DULCES SUEÑOS

LO QUE LA IMAGINACIÓN PROVOCA

CARLOS MAGARIÑOS ASCONE

2023

Diseño de portada

KLARA TORRES

Dedicado a

KLARA TORRES,

Mi amada esposa y gran compañera

ÍNDICE

Capítulo 1

Cayetano Fuentes

La piel de su cara llena de pliegues y arrugas le da el aspecto de haber llevado una vida compleja. Su actitud tranquila y parsimoniosa al hablar induce a prestarle atención, a observar atentamente cada uno de sus gestos. Los ojos, a pesar del círculo senil, denotan cierta vivacidad; en la profundidad de su destello, cualquier observador atento puede admirar la expectación que engendra un ser agradecido a las circunstancias que lo han marcado. De pie, con ropas desgastadas y las manos grandes y abiertas, fuera de los bolsillos, son parte de su ser, estar siempre alerta. Se mantiene erguido, impávido aún en estos momentos. La situación exige prudencia. A veces explota con ademanes de impotencia, pero rápidamente se centra, mira al interlocutor y con una suave sonrisa responde con la calma que da haber pasado por circunstancias parecidas. Medita. Observa con atención a Augusta Varela; le rondan motivos de preocupación. Es un hombre precavido a pesar de los impactos que ha recibido. En este momento lo acorralan con preguntas absurdas.

Cómo se les puede ocurrir. Abruman cuando insisten una y otra vez con argumentos absurdos e insolentes. Fui el último en verla con vida, es cierto. Pasó cerca de mí montada en un caballo, agarrada a un hombre joven. No me vio. El murmullo de la gente, sus miradas acusadoras y preguntas absurdas irritan. Como si debiera haber hecho algo para impedirlo. No pareció un secuestro. Por qué se aferran a ello; están cargados de miedo. El nerviosismo de Julia, su madre, es justificado, pero el alcalde, con las pistolas a cada lado de la cintura, en posición agresiva para dar un aspecto de entrega y obediencia al deber, no ayuda; ofrece una imagen chocante.

Augusta Varela aprieta mi brazo con fuerza. Trato de tranquilizarla, pero es muy imperiosa. Entiendo la frustración en la gente de no saber qué hacer. Siento desprecio al escuchar tanta tontería. Cuando se vive tanto no hay lugar a la desesperación ni a la angustia del mañana. Poco se espera. Despertarse sin mayores dolencias, qué más. Cada día es una bendición. Levantarse y ver el amanecer da sensación de plenitud, de estar en paz con el mundo, de haber cumplido. Con el último rayo de sol muero un poco, pero en la mañana al abrir los ojos, su cuerpo caliente, su entrega, reconforta, empuja a continuar. Quiero a Delia como si fuera la hija que nunca tuvimos. La encontraremos.

Delia Mendoza desapareció poco después de acercarse a inspeccionar los quesos que su familia guarda en una cueva, cerca del río. Delgada, agradable al conversar, trabajadora incansable, tiene la seguridad que imprime haber nacido con dones privilegiados. Sucedió cuando Julia, su madre, realizaba las tareas del campo. La noche anterior, en las fiestas patronales, había bailado, bebido vino y comido una gran variedad de quesos. La alegría, y cansancio le hicieron olvidar el riesgo que la acechaba; rompió aguas y parió encima de un pajar sin más ayuda que su propio instinto. Al nacer abrió la boca como para dar un bostezo; dio unos débiles gimoteos de auxilio, un suspiro largo y comenzó a olfatear, en busca de algo. No lloriqueó, con los ojos empañados, giró su cabeza alrededor para descubrir un mundo nuevo al margen de la complacencia del vientre materno. La madre la limpió, la acunó contra su pecho y amamantó. Los sabrosos quesos de la cena anterior al parto a través de la leche materna, con el runrún posterior para mecerla y dormirla, le confirieron un don que le marcaría la vida entera: un finísimo olfato y un gusto exquisito para determinar el estado de cualquier cosa derivada de la leche; en especial los quesos. Con apenas tres años abría la nevera y luego de una cuidadosa observación, ante la atenta mirada de su madre, cogía varios quesos y los ponía encima de una mesa ordenándolos según su volumen o color. Los olía y miraba a su madre esperando se los cortara en trozos. Dudaba cuál elegir primero. Cogía el menos curado y así hasta el de mayor sabor. Dejaba en su paladar el trozo elegido hasta que su saliva lo disolviera de a poco, actitud que causó mucha gracia en un principio, pero años después comprendieron el milagro de aquella percepción sensorial. Delia Mendoza tenía la virtud de reconocer las principales características de los quesos. Dejaba el bolo alimenticio en su boca el tiempo suficiente para expresar con salero y determinación la composición exacta de lo consumido. En sus ojos, ligeramente entornados, lucía un viso de satisfacción y la expresión de su rostro magnificaba la experiencia. A veces se quedaba un rato sin decir palabra, concentrada, deleitándose.

A los 14 años ya daba lecciones sobre su composición:" Tiene una maduración de noventa días. Se ha hecho con leche cruda de raza frisona ordeñada muy temprano. Con un deje en la boca un tanto áspero ofrece una textura demasiado endeble. Ha sido expuesto a una humedad por encima de sus propiedades organolépticas"

Julia la miraba con una sensación de admiración y asombro. Parecía un conocimiento inútil en un pueblo montañés con pocos pobladores. La edad avanzada de la mayoría no daba pie a muchas esperanzas de cambios o crecimiento económico. El clima suave no hace muchos distingos entre las estaciones y cada uno se las apaña para vivir en armonía. La valentía de los moradores se corresponde con el acierto en el vivir y en sentirse liberados de preocupaciones.

Apretujados en un territorio cercado de colinas se dedican a labores agrícolas y ganaderas. Pequeñas granjas, huertos, cría de gallinas ponedoras, explotación de productos porcinos, etc. Los Mendoza tienen una vaquería. En un principio recogían la leche y la distribuían entre los vecinos, pero con el tiempo, gracias a las aptitudes de Delia, comenzaron a producir quesos. Viven en las afueras del pueblo, alejados de la cadencia del pueblo, en una casa de piedra con ventanas de madera y el techo a dos aguas cubierto de tejas de pizarra negra. Sus padres ocupan la planta inferior, Julia y Delia la superior; María Eugenia, su pequeña hermana, ocupa una estancia a medio camino de la planta inferior; hay dos piezas más en caso de necesidad, de alguna visita, un pariente o simplemente la usan para cualquier circunstancia, almacenar trastos viejos o cosas innecesarias.

Julia, mujer de gran corpulencia, cabello intonso y voz gruesa, ordena con firmeza desde que la abandonó su pareja al nacer Delia. Siempre tuvo un carácter acérrimo al desaliento, de enfrentarse al mundo a pecho descubierto, pero al verse sin compañía le sobrevino una gruesa capa de indolencia impenetrable a los problemas mundanos. Quedó pensativa, mirando con intriga la carga que debía llevar toda la vida; una niña indefensa ajena al sufrimiento. Sin hacerse muchas preguntas, apechugó como pudo el fardo impuesto luego de una noche de placer. Dejó de maquillarse y verse en el espejo, se ocupaba de las necesidades diarias con su hija y en mantener la ganadería en condiciones ideales, que no sucumbiera a los vendavales del tiempo o a los apretujones del diario vivir;

situación que la indujo a llevar adelante una vida sin contemplaciones ni debilidades. Desarrolló un carácter áspero, bronco para los demás, pero con una gran debilidad interna. En las noches largas llenas de ausencia amorosa, al margen de caricias y ternuras que poca huella le dejaron, vio crecer un fino manto de debilidad femenina inaccesible a nadie más que a su más íntimo confesor, su propio yo al que nadie más que ella podía acceder. Embebida en lo externo, se dedicó a formar a su hija recubriéndola con un muro para protegerla de la maldad imperante. Desde niña le enseñó el trato con las vacas, recogerlas por las tardes, agruparlas en el establo y trucos para ordeñarlas. Órdenes para cumplir a rajatabla. Limpiar las ubres con delicadeza antes de ordeñarlas, jalar desde la base de la tetilla lentamente al principio para que se sientan mimadas, hablarles con cariño o cantarles una canción arrulladora para que den más leche. La educó en todos los detalles de la producción de los quesos. Filtrar la leche para eliminar bacterias y sustancias extrañas, separar la nata según fuera el tipo de queso y llevarla a las cubas de separación. Etapas rutinarias que exigen una gran concentración.

Delia creció gobernada por su madre. Pero los principios e ideas que en ella crecían no eran los mismos que su madre pregonaba. En su fuero interno reconocía las contradicciones, no congeniaba con los juicios innatos que le sugerían sus propios pensamientos. No podía ser que la vida fuera tan dura y exigente, ni que el tiempo se resumiera a un conglomerado de tareas sin fin; limpiar la casa, recoger y cuidar los animales, cocinar para la familia. No se animaba a desdecirla. Callaba sus opiniones y tendencias tan diferentes, sus ambiciones de independizarse, de encontrar amor. En el pueblo veía a Cayetano Fuentes y Aurora Varela como ejemplo digno de emular.

Viejos, a veces gruñones, pero con una disposición envidiable para cumplir lo que se interpusiera en su camino, sin amilanarse con el trabajo, con alegría y buen carácter. Cuando se topaba con ellos distinguía la diferencia en el trato, en las formas y en la conducción diaria. Al despedirse, luego de entablar una corta relación amistosa y amena, se giraba para verlos perderse en la distancia cogidos de la mano.

Al llegar a la adolescencia el hueco entre madre e hija se hizo más patente. Mascullaba desavenencias que la obligaban a callarse por obediencia, por evitar una distancia enojosa, por no saber en caso de enfrentamiento donde refugiarse. Se guareció en sus vacas y en cómo tratarlas. Le respondían y aceptaban su presencia como si fueran la familia que no tenía. Para incrementar sus funciones se dedicó a mejorar las fuentes de ingreso, quizás pensando en una forma de liberarse y coger la llave que pudiera abrir otras puertas; que en alguna de ellas encontrara su verdadero camino.

Acondicionó una cueva en la colina no muy lejos del pueblo, cerca del nacimiento del río para que se garantizara un ambiente húmedo. Tres veces por semana se acercaba a inspeccionar el desarrollo del moho y cuando le pareció que disponía de las condiciones adecuadas construyó estanterías de sabina para que descansaran sus productos. Que "reposaran su sabiduría" les comentaba a sus trabajadores y vecinos, quienes mostraban ese tipo de arrugas en la cara esculpidas a martillazo limpio por la fuerza del trabajo a la intemperie. A pesar de ello, las bondades del microclima, apacible en verano y suave las más de las veces en invierno, influyó en los habitantes a permanecer en un estado aletargado al paso del tiempo. Cayetano, el más mayor, aún recolecta el pienso a pleno sol. Tiene el espinazo ligeramente arqueado por las tareas diarias que no le impiden acumular el grano encimándolo sobre los tablones del pajar, desbrozar las malas hierbas a machetazo corajudo y esforzarse cada día en cumplir las labores que surjan. Temprano en la mañana desayuna un montón de buñuelos preparados por su esposa Augusta Varela, veinte años más joven. Los acompaña, como "digestivo", con un par de vasos de aguardiente y traga, sin inmutarse, la uva empapada de alcohol del fondo del vaso; le sigue un eructo estruendoso y marcha al campo a trabajar tarareando. Luego de almorzar se echa una siesta y por la tarde continúa con los quehaceres del campo.

El resto de los pobladores llevan una vida similar. Sin muchos sobresaltos. Bastante mayores casi todos. Nada les doblega y con el pasar de los años les ha crecido una bendita confianza en la vida. Comen y beben sin controlarse y guardan un cierto desprecio por los infortunios diarios. Cuando los foráneos les preguntan por el misterio de su longevidad y capacidad de trabajo responden con total entereza "Por estos aires limpios y la obligación de mantener el campo"; a continuación, con cierto enfado de espalda al intruso, rematan "Y porque somos duros como la tierra, carajo"

Delia Mendoza, con 20 años, manda y ordena a sus jornaleros con disciplina y rigor en cada etapa de la producción y mejora de sus productos. Enteramente dedicada a sus labores, voltea los quesos cuando es necesario y cuando les llega la hora los cepilla con vino, cerveza, salmuera o directamente con el moho que recubre las paredes de caliza. A otros los sumerge en oporto para contrarrestar los sabores salados y ácidos, y finalmente, cuando sabe que están preparados, los pincela con aceite de oliva si es necesario Cuando termina, entre suspiros, se vuelve recostada a sus pensamientos hasta perderse en la maraña del bosque. Completamente entregada a sus tareas no advierte que su cuerpo ha cambiado. Marcadas formas de mujer resaltan su figura. Sin percatarse de ello, camina con un vaivén y desparpajo atrayente. Su natural feminidad pasa desapercibida a los vecinos entregados a las labores cotidianas. No hay mayormente jóvenes de su edad. Al mirarse al espejo se hace preguntas y al retirarse le brota un soplo de melancolía. En solitario, por las mañanas marcha a cumplir con su trabajo. Al rato aparecen los asalariados, cansinos del madrugar, con el cuerpo encorvado y sin decirse muchas palabras se acoplan a las tareas. Al atardecer pasea por el pueblo sola, se distrae viendo las nubes pasar con la misma lentitud que su vida; ronronea y apaga sus reflexiones entre quehaceres rutinarios. A la noche observa las estrellas y al dormir el sueño amamanta encuentros amorosos donde se entrega a satisfacción; al despertar se sonroja avergonzada al recordarlos, aunque repasa con detalle aquellos instantes que gobiernan sus más íntimos sentidos. Únicamente mantiene charlas con gente joven cuando se acerca a regiones cercanas en busca de necesidades que cubrir en la producción de los quesos o para exhibición y venta en jornadas dedicadas a los productos del campo. Son simples momentos de trabajo; no la distraen ni le llaman la atención aquellos jóvenes que solo se centran en cómo gestionar mejor su hacienda, faltos de alegría, con demasiado peso en unos cuerpos abrumados por el rigor de la monotonía, con la misma tristeza que dan los días nublados, contenidos al andar, malolientes, de ropas gastadas y con un mirar alejado del firmamento.

En un día radiante de sol, lleno de energía por la llegada de la primavera, se adentra en la cueva para inspeccionar los quesos. El aire tibio se cuela en su piel. Se quita la rebeca y deja sus brazos al descubierto. Con el pelo sin recoger, respira profundamente y, antes de entrar, echa una mirada al bosque. Desde la quebrada se escuchan los borbotones de agua del río deslizándose sobre el lecho límpido; el débil golpear contra las piedras permea en el aire la misma sensación que se tiene al hamacarse encima de una nube de algodón. Un ruido lejano no le incomoda. A veces pasa algún vecino camino al pueblo. Un hombre, a caballo, se abre paso. Cabalga ladeando el abrupto camino lleno de matorrales espinosos que circunda la cueva donde "descansan su sabiduría" los quesos de los Mendoza. El destino a veces muestra su ingenio y con estratagemas y artilugios varios estampa sobre la tela de la vida afortunados o desafortunados encuentros. Delia encima de una escalera quiso voltear uno de los quesos situado al final de todos. El crujido de pisadas la alertó y al girarse para indagar sufrió un resbalón. Cayó sobre el suelo mojado, rodó y parte de su cuerpo terminó fuera de la cueva. Atolondrada con las piernas abiertas y la falda levantada mostrando las enaguas quedó turbada. El pelo le cubría totalmente la cara. La pose en sí podría generar lástima o vergüenza. Creyendo estar sola permaneció inmóvil haciéndose preguntas de una caída tan ridícula como absurda. Intentó recomponer su figura sin saber que estaba siendo observada desde muy cerca.

"¿La puedo ayudar?" preguntó respetuosamente un caballero montado a caballo, guardando mantener distancia. Le sobrevino un temor repentino que no supo definir. Instintivamente trató de cubrirse las piernas a la vez que sentía encogimiento sin poder explicarse el motivo de su compostura tan irreal como insólita. Atardecía. El sol no permitía ver con claridad, pero la voz grave de un hombre joven la resaltó y reaccionó. Entre las penumbras que generan las ramas de los árboles, la planta del caballo y su penetrante olor la puso en guardia. Su fino olfato le indicó una fragancia desconocida, atrayente, diferente, que no provenía más que de un ser distinto. "Es que...", pronunció sin lograr comprender una situación nunca experimentada. Sobre el suelo, sin reaccionar, notó el calor llenándole su cuerpo y, sin explicarse el porqué, un sonrojo enigmático se expandió con rapidez hasta alcanzar las mejillas. El desconcierto inicial dio lugar al encuentro previamente imaginado en sus ensueños de solitaria buscadora de emociones alternativas. Las ilusiones, de tanto pensarlas y desearlas, en ocasiones, se hacen realidad, como la bruma cuya forma al crecer va seduciendo el ambiente para dejar una silueta de encanto.

La pose enhiesta del joven, sus botas relucientes y una fragancia desconocida la imbuyeron de un arresto interior enigmático. Se rehízo de la primera impresión y dándose cuenta de su porte grotesco se puso de pie con la decisión que imprime el salvar una situación desfavorable. Con sus ojos, de la manera más imperceptible repasó, con disimulo, la estampa varonil que aún se mantenía a prudente distancia; la suficiente como para lograr ponerla nerviosa. Alcides Leguina, una vez apeado, la ayudó galantemente a reponerse ofreciéndole su mano. Delia, al verlo de frente, perpleja, bajó la vista. Los colores de su cara le recorrieron el cuerpo entero hasta lograr cimbrar una campanilla que la puso en alerta. El cambio de actitud ponía patente su fuero interno. Quiso dar unos pasos como para distanciarse de sus propios temores, pero al contrario se aproximó. Estaban muy cerca uno del otro. Un rayo de sol iluminaba la cara de Alcides mostrando la frescura de la juventud, sus cabellos negros ondeaban y el reflejo de un halo de sol iluminaba parte de su cara resaltando su aspecto de virilidad. La observaba con una sonrisa de admiración. El follaje circundante ofrecía un marco vibrante de color verdoso. Los árboles frondosos se movían de a ratos haciendo entrechocar las hojas dando una sonoridad arrulladora. Quieta, intentó reponerse del ardor inexplicable que la impulsaba. El penetrante sudor del caballo, el aroma varonil que desprendía el jinete, su sonrisa franca y abierta, con una expresión de dulzura, la impresionaron sobremanera. Levantó la vista para observarlo con cuidado, intentando no revelar sus sentimientos. Joven, alto, de pantalón negro ajustado, botas relucientes y una camisa blanca con algunos botones abiertos; los suficientes para dejar entrever un pecho generoso. De los amplios hollares del caballo emanaba un vaho que sobresalía dando destellos resplandecientes a las hojas circundantes. El canto de los pájaros imprimía placidez; la melancolía de esos atardeceres que resultan posteriormente evocadores de un grato recuerdo. La cogió de la mano con delicadeza y al verle el pelo largo dorado desplegado sobre su pecho, los ojos de un azul cielo y los colores rosados de la cara comprendió que los fuertes latidos del corazón tenían otro significado; estaba siendo atraído por la figura esbelta y fascinadora de Delia quien intentaba ponerse lo más conquistadora posible. Recompuso sus cabellos sin mirarlo, aún desconcertada. Se ajustó la falda, limpió los atisbos de corteza de quesos que le colgaban del pecho, meneó su estampa y amoldó con sus manos pecho, cintura y caderas. El gesto no pasó desapercibido. Alcides Leguina acostumbrado a mimar sus caballos y ser respondido con movimientos sinuosos de agradecimiento notó en esa actitud una invitación a conocerla en profundidad.

Pasado el primer instante, luego de unas pocas palabras de presentación Alcides la invitó a montarse. La llevaría de vuelta para así compensar el susto de la caída. Delia, detrás de Alcides, se apretó a la montura ajustando sus piernas con firmeza a la grupa del caballo. Cogió la cintura del jinete con ambas manos y luego, instintivamente, puso la mejilla contra su espalda hasta sentir el calor de su figura. Relajó sus músculos y se dejó llevar por las circunstancias. Alcides cogió las bridas y con las piernas apretó con suavidad el flanco del caballo haciéndole marchar con lentitud para disfrutar más tiempo las bondades de la compañía.

Antes de llegar al pueblo se cruzaron con Cayetano Fuentes en esos momentos ocupado en encender un fuego para ahumar un panal de abejas y arrebatarles la miel. Con una mano cogida a su cintura y con la otra sosteniendo un cayado los observó con atención. Al verlos andar tan pausadamente, tan en un mundo abstracto ajeno a los aconteceres terrenales, sintió la pesadumbre de estar perdiendo un ser muy querido. Desaparecieron en el bosque cercano al pueblo.

Días después, alarmados por la ausencia de Delia, se reunieron familiares y amigos en varios grupos comandados por Cayetano y comenzaron su búsqueda. La idea de un secuestro importunaba, una afrenta sin par jamás esperada. A nadie se le pasaba por la cabeza que fuera algo diferente. El temor hizo presa del pueblo. Recorrieron el monte palmo a palmo. Los perros olfateaban cada rincón desde la cueva hasta el río cercano. Las mujeres portaban cestos con comida en caso los sobrecogiera el cansancio. Extenuados, se sentaron, abrieron amplios telares, depositaron las cestas a lo largo y ancho del improvisado campo y colocaron con cautela y en orden varios tipos de quesos: curados, semicurados, azules, manchegos etc. La intención era aprovechar el embate del viento para que las emanaciones de los quesos le llegaran a Delia, se hiciera presente o diera una voz que indicara que estaba viva. Se acumulaba la tensión; no disminuía el estar viviendo una situación teatral, a nadie le parecía real. Sin bromear abiertamente se les pasaban comentarios a veces rayando con lo cómico o lo trágico; en los pueblos pequeños no deja de ser una parte del chismorreo obligado; es una buena alternativa al aburrimiento del convivir. Luego de escanciar vino en cada vaso, jarra y cuenco, tratando de evitar la pesadumbre del momento, se pusieron a cantar con la esperanza que Delia, gustosa de las fiestas locales, de oírlos, se uniera al jolgorio. En medio del atardecer, luego de haber bebido en abundancia, fatigados y somnolientos, vieron aproximarse el caballo negro de Alcides Leguina. Detrás de él, en un solo abrazo, cabalgaba Delia con la cabeza descansando sobre su espalda, los ojos entornados en actitud de entrega, recogida sobre la nube rosa que envuelve a los enamorados. Les hicieron señas, se pusieron de pie a saludarlos y con saltos y aleluyas se abrazaron unos a otros. Alcides y Delia, inmutables a la escena, siguieron de largo. Los ignoraron. Se alejaron y se perdieron nuevamente en el bosque. Cayetano aturdido por el beber, cansado de esperar y desilusionado, se dirigió a sus paisanos con pesar y todos volvieron con un sabor amargo. Aquello a todas luces no había sido un rapto. El aspecto de Delia no ofrecía dudas. Era una entrega en toda regla. Si la agraciada exposición de quesos no había surtido efecto, ni tampoco la juerga con amigos y familiares, entonces ya nada se podía hacer.

Bajaron el crespón del Ayuntamiento. Se miraban y murmuraban, pero los dados estaban echados. Delia se había perdido y quizás para siempre. Las cábalas, rumores, alternativas y discusiones bullían por doquier.

Alcides

El aire tibio refresca, acaricia al cabalgar. Sus brazos rodeando mi cintura y las manos aferradas con fuerza me conmovieron y despertaron deseos adormecidos, impulsos que no conocía. Me fascina la delicadeza de su carácter, sus abrazos tibios y miradas tiernas. El calor que emana de su cuerpo llena de confort. Se esfumaron mis preocupaciones, esos temores que siempre agobian al acercarse a una mujer tan atractiva. Apenas conozco su vida, pero tengo la sensación de haberla llevado dentro desde hace mucho tiempo. Al verla más de cerca, cuando hicimos una parada para descansar y admirar el paisaje desde el acantilado con todo el valle a nuestro alcance, quedé atrapado en sus ojos entornados. Me contó parte de su vida. El esfuerzo por cumplir sus sueños, lo lejos que estaba de alcanzarlos, la soledad y monotonía de su vida, la distancia con su madre, el querer vivir sin saber cómo. En mi interior supe lo que vendría. Es un instinto que no tiene explicación, producto de la vida, de acontecimientos nunca esperados que cuando aparecen sorprenden por el parecido tan abrupto con lo deseado. Cuando dijo nunca haber conocido a su padre, sentí un agudo dolor. Esa puntada que aparece y recorre como un relámpago; desde el vientre hasta el pecho. Una mezcla de temor con resabios de angustia que surgen de vez en cuando para dejar una huella profunda. Marca que permanece dando pie a situaciones que no se olvidan. Llantos y lágrimas en solitario. Las paredes limpias, sin adornos, grises, con un crucifijo solitario en la cabecera del pabellón. La cama, un jergón que por las noches rompía el silencio con crujidos metálicos cada vez que me giraba. Al levantarme, quedaba impreso el hueco de mi cuerpo. En el amplio dormitorio general, los camastros estaban cerca uno del otro. Por las noches se podían oír algunos sollozos. No tuve la intimidad que ofrece tener compañeros en quien confiar. Había una callada rivalidad. Al irse uno de nosotros, en silencio, se rumiaba el dolor de haber sido rechazados. Sin decir una palabra volvíamos a la rutina de los quehaceres diarios. La escuela no significó una alternativa de esperanza; aprender para escapar de la angustia de no tener familia. El orfanato me dejó una estela de recuerdos emborronados por el pesar que causa cada vez que vienen padres a elegir y sentirse relegado. El verlos riendo, de la mano del elegido con la alegría del calor de un hogar, nos hacía estar más unidos. Hermanados, por mencionar una palabra poco adecuada. Hasta que llegara una nueva visita. Nunca comprendí el abandono de mi padrastro. Aún llevo en la mente el día que me entregó. Con la cara mirando el suelo sentí sus pasos alejarse y dejarme en la sombra. Sus palizas ya no duelen. La figura de mi madre muerta rodeada de cirios y los llantos de los vecinos no los podré olvidar. Estoy seguro que fueron los golpes que nos daba lo que hizo que un día amaneciera sin aliento.

La miro y en la profundidad de sus ojos de cielo azul encuentro respuestas a mis deseos. No es un encuentro fortuito, es la realidad formada desde muy pequeño por el peso inconsciente de querer sentirse amado. En silencio nos miramos. Me pregunta y respondo. Pero no es un acto cabalmente reflexionado. Es un automatismo, una mezcla de miedo con la aprehensión que da creer que todo se puede interrumpir abruptamente como parte de un sueño. Me pierdo en la serenidad de su estampa, en las figuras que realiza con sus manos para describir su pueblo, los personajes variopintos que lo habitan, la forma de sentarse sobre la hierba, los altibajos de su voz para narrar su vida; rutinaria sí, pero llena de esperanzas por presentir se aproxima un cambio.

Dimos varias vueltas en la profundidad del bosque. Se hizo de noche repentinamente. Hicimos una alto en una cabaña abandonada. Alrededor de la chimenea encendida, nos acurrucamos muy cerca temiendo desapareciera el calor que brotaba en nuestro interior. Permanecimos en silencio observando cómo chisporroteaban y saltaban los filamentos relampagueantes de las brasas, como cambiaba el color y la forma de las lenguas de fuego. Su pelo largo alborotado, rodeaba mi cuello. El óvalo de su cara resplandecía con el brillo de los troncos ardiendo. Levanté con suavidad mi cuerpo y en el fondo de sus ojos dejé descansar las penurias de mi niñez. Nos amamos. Nuestros cuerpos entrelazados volaron siguiendo el contorno iluminado de las llamas que lentamente se apagaban. El deseo se fue extinguiendo hasta ser consumido por la somnolencia que provoca el cansancio de los cuerpos entregados.

Cayetano charla con Julia en el medio de la calle principal. Abatida por la situación inesperada lleva sobre sus hombros el resquemor de verse defraudada y abandonada por su hija. Su temple ante las circunstancias parece magullado por golpes que jamás hubiera esperado. Habla con voz cansina, hace largas pausas y parece respirar con dificultad, mira sin mirar, esconde el dolor de verse abandonada. Cayetano la observa callado, no deja de querer penetrar en ojos cansados con ojeras que denotan su pesar. Comienza a hacer calor. Desde el Ayuntamiento, Calixto Martiño puede escuchar lo que conversan, como un zumbido, un ronroneo lejano que no penetra, pero incordia. No presta atención. Sentado sobre la silla del alcalde en su despacho algo oscuro por las persianas entornadas para que no enceguezca el sol, observa distraído cómo las moscas dan vueltas y cada tanto copulan. Las voces de ambos, discurriendo los acontecimientos pasados se le escabullen entre sus pensamientos. Excelente pastor en su tiempo, con 84 años bien despachados, pasa las horas descansando entre ocioso y pensativo. Es un ser diferente, llevó su vida al margen de la sociedad. Aislado y refugiado en su interior parece que piensa constantemente, pero está ausente, no tiene recelo en demostrar su apacible vida austera y falta de interés en lo mundano. Pocas cosas le importunan, pero cuando surge algo que le molesta rompe su silencio con una explosiva fuerza demoledora hasta dejar a sus interlocutores pasmados y con susto en el cuerpo. Una vez que había perdido una oveja la estuvo buscando hasta que la encontró deambulando en un campo perteneciente al pueblo vecino "El Cortigal de la Costa" La disputa entre ambos poblados los llevó a un cierto distanciamiento, pero finalmente se hizo justicia. Calixto Martiño y sus partidarios vencieron volviendo el trofeo a su redil. Desde ese día Calixto Martiño, entonces con 76 años, pasó a ser el comisario, pero debido a la falta de delincuentes, robos y otros hechos punibles, a los pocos años lo ascendieron a alcalde, por lo cual lleva prendido al pecho con mucho orgullo ambas obligaciones. A pesar de su cargo, lleva dentro el acervo de quien cuida sus ovejas como principio y ahora, con más razón, a sus vecinos. Con esmero y dedicación se apoltronó a su despacho y como el trabajo es más que escaso pasa las horas muertas haciendo pequeñas esculturas de madera con su navaja.

De pronto, la conversación entre Cayetano y Julia se vio interrumpida por el lento cabalgar de la pareja desaparecida. Alcides y Delia montados en dos caballos se apean y saludan brevemente. Delia no prestó atención a su madre, ni a Cayetano, quien boquiabierta paró de hablar. Cogidos de la mano se dirigieron al

Ayuntamiento. Al pasarse la voz de su llegada se armó un revuelo general.

Los vecinos murmuran y caminan de lado a lado sobre la escalinata de entrada. Se quejan y se hacen preguntas, pero no se atreven a entrar. Al cabo de un rato la pareja sale, saluda con discreción al gentío de amigos, se vuelven a montar y parten hacia el bosque. No dan crédito a lo que han visto.

Surgieron interminables interrogantes. Julia no salió de su asombro. Los vio perderse en el bosque y permaneció varios minutos haciéndose preguntas sin respuestas. Cayetano miraba a Augusta Varela que se había aproximado con curiosidad. En el murmullo que siguió alguien pronunció la pregunta ¿Casados? Calixto Martiño, calmo como buen pastor, desempolvó los pelos largos que tenía, se quitó plácidamente la caspa que le cubría los hombros y estirando brazos y piernas sobre la escalinata del Ayuntamiento dijo: "Sí, se casaron"

Julia miró a Cayetano y este con el ceño fruncido volvió la mirada hacia Augusta Varela. ¿Un casamiento? No lo podemos creer, esto es un absurdo ¿Adónde se han ido? El alboroto tomó ciertas dimensiones. Algunos comenzaron a dar muestras de agresividad, haciendo comentarios absurdos y obscenos.

"Si; los casé, un trámite sencillo, rápido y conciso" Tantos años preparándose para una oportunidad de ejercer su autoridad, esperando con ansiedad un suceso digno de su presencia que, cuando llegó la ocasión, le resultó imposible desaprovechar. Con su bastón de alcalde consumó las nupcias, firmaron los papeles y se marcharon como marido y mujer. Julia atónita, ¿Casados? Luego acalorada zanjó "¿Y quiénes fueron los testigos?"

—Estamos indignados. ¿Cómo es que no los detuviste? Eso está anulado, sin testigos no hay casamiento.

Haciendo muestras de su responsabilidad el comisario-alcalde espetó a bocajarro:

—Yo fui su testigo.

—Pero es que se necesitan dos para ello, vociferó Cayetano.

—Así es; yo como comisario y yo como alcalde. Para algo tengo los dos cargos, ¿No?, a la vez que enarcaba su entrecejo.

Hubo un silencio general. Nadie puso en tela de juicio el dual trabajo de Calixto Martiño, su dedicación a cada tarea, pero se dudaba de la legalidad pues las firmas eran de la misma persona, aunque ocupara dos cargos. Los cuchicheos subieron de tono. Julia no atinaba a salir de su asombro. Sin embargo, para algunos podía terminar desembocando en algo provechoso. Si el hombre de Delia, como se sospechaba de buena fuente, era tan buen adiestrador de caballos y se ocupaba de cuidar y desarrollar las caballerizas de los ricos hacendados, sería un provecho ventajoso para el pueblo. Además, intuían que, si superaban cierto número de naturales tendrían la oportunidad de aparecer más destacados en los mapas de la región; incluso permitirles construir una escuela en caso de presunta prosperidad dijo Calixto Martiño. Después de esta palabra hubo un silencio tan demostrativo que no se oía volar más que las moscas y abejorros del verano. La mujer de Cayetano, Augusta Varela, comenzó a llorar. Enjuta y arrugada como pasa de uva, los lagrimones le resbalaban entre los surcos de su cara. Cabizbaja se sonó los mocos sonoramente al tiempo que compungida meneaba la cabeza, sinónimo de querer algo tan deseado como tener una escuela. Al verla tan afectada, Bruno Garrido, muy cerca, temeroso, espetó unas palabras de difícil comprensión. Normalmente habla a saltos cortos, respirando con profundidad antes de lanzar la siguiente frase. Amante de lo grecorromano, dramaturgo y experto en el manejo del refranero, quiso poner un toque diferente; expresó sin ambages:

—Las ocasiones las pintan calvas, y permaneció en silencio esperando la aprobación de su ocurrencia.

Siendo joven había estado de novios con Augusta Varela, noviazgo llamativo por la entrega sin límite de ambos, pero fue rechazado con desprecio luego de un inexplicable cambio en sus modales y actitudes; de lisonjero, deportista, culto y aparente cautivador, pasó por un supuesto accidente, a parco, desaliñado, abrupto y dedicado a contradictorias pasiones. Desde entonces le tomó una ojeriza a su antiguo pretendiente y le cambio su actitud.

La gente que los rodeaba quedó en silencio, más preocupados por el carácter de la situación y desconocedores que a las ocasiones les pudiera faltar algo tan relevante como el cabello. Augusta Varela después de haber escuchado una descripción tan ingrata, reaccionó. Puso cara avinagrada, lo miró fijamente a los ojos y con cierto desprecio, antes que respondiera, le espetó:

—Siempre tan versado, melifluo y arrogante, cogones.

Bruno Garrido le contestó con suma rapidez:

—Mi querida Augusta Varela es un dicho que proviene de los romanos. La diosa llamada Ocasión, muy hermosa, por cierto, desnuda en punta de pies, llevaba alas para indicar que las ocasiones pasaban con rapidez. Además, la representaban con abundante cabellera por delante, pero calva por detrás para significar la imposibilidad de cogerla por los pelos una vez pasada la oportunidad y la facilidad de asirla del cabello cuando se está frente a ella.

Quedó de piedra como estatua serpentina esperando reconocieran la calidad de sus conocimientos. Lo ignoraron por completo. Julia que había estado todo el tiempo callada, murmuró algo bajito tanto que se le acercaron a escucharla. Calixto Martiño con un brazo la cogió de la cintura y expresó con autoridad.

—Repítalo Julia.

—Digo, titubeó y espetó de inmediato:

—Quizás se vayan a vivir al pueblo del caballero. Hubo un silencio general. Cuchicheaban, hablaban en voz baja. La posibilidad de perder una persona tan valiosa y querida quedó flotando en el ambiente.

Días después Alcides Leguina montado sobre su brioso caballo se adelanta a un grupo de seis jinetes y sobrepasa al favorito del pueblo cercano en los últimos metros. Cruza la meta entre el griterío y aplausos. Recorrió los tres kilómetros de playa en un tiempo récord. Era una amplia lengua costera rematada en una punta por un monte rodeado de tupida vegetación de distintos tonos de verde conocido como el "Monte de las Gaviotas", ocupado por comerciantes y veraneantes extranjeros obsesionados con vivir cómodamente en un lugar apartado del bullicio. Mayormente jubilados, ajenos a la idiosincrasia nacional, hablan lenguas extrañas, con pieles rosadas, panzones de comer chorizo, engullir chucrut con salchichas y beber cerveza a raudales. Odian sagrados entretenimientos nacionales como las pipas y deprecian por ignorancia supina los churros y las porras. Forman un grupo aparte, distinguido por reunirse todos a la vez, cual tropa invasora, jugar a los dardos, ver partidos de fútbol y celebrar las victorias con borracheras sin fin. Nunca aprendieron español por lo cual la comunicación con los lugareños jamás pasó de unos "buenos días" o "buen tiempo, ¿verdad?" en un español paupérrimo.

Alcides Leguina alzó la copa de la victoria, recibió el bono que lo invitaba a comer y beber en el restaurante más elegante de la costa, amén de una cifra económica que le resolvería sus necesidades más cercanas. Delia un tanto alejada, se deleitaba con el reconocimiento y hazaña de su querido hombre. Entre el gentío, un conocido de su pueblo la observaba con discreción: Bruno Garrido. Escuálido, con cuerpo esmirriado, vistiendo ropas viejas y arrugadas. Lo bolsillos de su pantalón estaban rebosantes de papeles y colgaban como balcones floridos lleno de lamparones. Siempre había sido un sujeto misterioso y en sus últimos años le había brotado el cosquilleo infame que da apostar. Vio a Delia, hermosa, radiante, enamorada y por su mente se deslizaron refranes indicadores de su letargia verbal dando rienda suelta a su envidia. A su vez le rondaban conocidos pasajes conocidos de la Odisea dada su condición de amante de todo lo concerniente con lo heleno. Con discreción para no ser visto, observaba la actitud de la pareja. Su cabeza resonaba, vibraba como un nido de abejas. Se decidió volver al pueblo con la noticia.

Al cabo de un rato de regocijo general, se acerca a paso lento Melville Smith, soez personaje, dominador de gran parte de "El Cortigal de la Costa", principal instigador de oscuras transacciones inmobiliarias y otros negocios turbios. Le sobresale una barriga pronunciada que lleva con alegría y simpatía. Sabe ser convincente y generoso cuando lo necesita. Apremió a Alcides Leguina con una proposición desmedida: una carrera de carácter oficial impulsada por el Ayuntamiento de "El Cortigal" sede del distrito mayor que agrupa a toda la región. Él mismo la auspiciaría y se encargaría de todo lo concerniente a organización y publicidad; un "relaciones públicas" adecuado por sus contactos con personas de cuna, con los políticos de turno y con elementos de pocos escrúpulos al margen de la ley. De triunfar pasarían a ganar lo suficiente como para vivir holgadamente durante un tiempo. Algo muy tentador para Alcides.

Delia se mostró disgustada. El tiempo transcurrido sumergida en obnubiladas nubes de algodón, aferrada al presente, no le permitía más que ver las burbujas doradas que rodean su pareja. De golpe, una proposición de una carrera para ganar dinero, le pareció rondar con algo oficial, totalmente fuera de lugar, le rompió los esquemas, la realidad le golpeó con toda fuerza.

Delia

No puedo creer lo que dice, que siga siendo el mismo hombre que conocí, el que amo con todas mis fuerzas. Ha cambiado o ha sido siempre así y el enamoramiento me ha trastornado. Tiene que haber una respuesta. ¿Es que mi madre ha vivido lo mismo y quedó embarazada en una sola noche de placer? ¿Y si se escabulle entre el bosque tal como vino y todo es producto de un absurdo acaloramiento? Le contaré mis preocupaciones, no permitiré tal atrevimiento, está mal por donde lo mire. He dejado muchas cosas que quiero por seguir a su lado. No puedo creer que haya cambiado, aunque el dinero hace profundas huellas en el sentir humano. Me lo tendrá que explicar con todo detalle, no lo dejaré, no sabe de lo que soy capaz cuando quiero algo. ¡Sí lo quiero! Lo quiero tener a mi lado como sea, no escatimaré esfuerzos en hacerle cambiar de opinión. Me escuchará con atención, me le impondré, vaya si lo haré.

Querer basar la futura felicidad en algo tan disoluto como las apuestas, le pareció inoportuno, ajeno a las buenas costumbres, algo deshonesto sin duda. Adiestrar caballos con esmero hasta que se conviertan en dóciles animales y satisfacer los caprichos de los ricos hacendados es de admirar, pero otra cosa son las apuestas. Significaría un bajón indigno; social y moral.

Respetuosa con cualquier clase de trabajo no cabía en ella ningún tipo de indecencia. Las apuestas representan la fase oscura del hombre; se comienza apostando y se termina denigrado y enviciado. Fueron los primeros nubarrones que se le presentaban como prueba palpable de su amor y, de no cambiar el rumbo, el viaje postrero podría estar inclinado hacia un camino errante y peligroso.

Alcides la observaba con preocupación pues no podía ocultar la tentación de vivir desahogadamente con algo que le apasionaba. La entrega amorosa sin condiciones parecía llegar a su final. Delia hasta ese momento no se había puesto a pensar en el pueblo, en los amigos, en su plena dedicación a aquello que la absorbía desde pequeña. Le ronroneaba la preocupación; la nostalgia crecía. Había olvidado la actitud dominante de su madre, su obstinación en obedecerla a ciegas, seguir unas normas de conductas aberrantes y obsoletas. Ahora se había encontrado con la felicidad en todos sus términos, pero le surgían dudas.

¿Y si viviera lo mismo? Si el tiempo no fuera más que una tómbola que gira en una sola dirección y siempre se repite una y otra vez. Al fin y al cabo, somos nosotras las que cargamos con el destino de la humanidad. Ellos aparecen y desaparecen; dejan la semilla para que otros la rieguen.

Es verdad que algunos nubarrones obscurecían el momento, pero sabía que podía reconducirlo. La experiencia con su madre le señalaba el camino a seguir; ser fuerte y romper con todos los moldes, mostrar quien lleva las riendas, dominar sin pensar en el prójimo. Al pasarle este pensamiento lo desechó; la cara tan atractiva de Alcides y sus modales le cambiaban el humor.

No. No podía ser como su madre. La sola idea de imponer su voluntad la martiriza. Tiene que haber otra forma de vivir en paz. Habla con Alcides y, poniendo su cara más dulce, mueve con sutileza su figura; en un vaivén sinuoso explica sus deseos de volver, de reencontrarse con su familia, sus amistades, sus colaboradores. No deja caer las dudas que lleva prendidas a la blusa, pero instintivamente bambolea su pecho e intenta persuadirlo con movimientos cadenciosos; argumenta que pronto será la fiesta anual, un regocijo que no quiere perderse al tiempo que mueve la cintura sugestivamente, se abanica con el cuerpo y entorna los ojos a Alcides que permanece inmóvil ante su presencia. Observa con admiración los gestos delicados de sus manos, los movimientos de sus caderas, su cuerpo cimbreante al querer imponerse; sigue los movimientos del cabello de Delia. Lo ha recogido alrededor de su cuello para dejarlo caer con insinuante seducción sobre un lado de su cuerpo hasta cubrir parte del pecho; de la única manera que lo sabe hacer una mujer cuando necesita convencer aquello que quiere obtener: comprensión, cariño, lealtad.

¿Por qué me mira de esa manera? Cuando lo vi llegar primero y bajar del caballo... La sonrisa y alegría suyas me llegaron muy dentro. Sí. Es mi hombre. Iría hasta los mismos infiernos si me lo pidiera. ¡Dios! Cuando estoy entre sus brazos siento el cielo a mis pies. Aún se me representa la escena en que lo vi por primera vez. Tirada sobre el suelo al caer de la escalera. Montado sobre "Rufián" Tan esbelto como su dueño. Al subirme a la grupa y abrazarlo. No puedo describir aquello. El calor de su cuerpo, el andar sin rumbo, su esbelta y alta figura con los hombros bien marcados, su voz gruesa tan varonil, de un ser distinto, joven, persona aseada y a la vez con un deje de macho que impulsa a ser capturado, domesticarlo a mi antojo. En el acantilado la vista era espléndida. Me observaba con ternura. El color de su cutis tan manifiesto y diferente del mío sobrecoge; impacta. La profundidad de sus ojos negros, tan sobrecogedores, la quijada cuadrada y el candor de su cara; la pose gallarda; el olor de su cuerpo, sublime acogedor, inspira a revolcarse dentro suyo, despeja, provoca acercarse, a sentirlo dentro mío; respiro sus pensamientos, me embarga su hombría, su gallardía sublima. Algo hizo que hablara sin parar. Le conté parte de mi vida. Es verdad. Tengo un olfato muy desarrollado. Desde lejos puedo notar las características de muchas cosas. Como un perro. Cada persona despide un olor diferente. Se me queda grabada la personalidad de alguien nomás acercarse. Quizás se pueda pensar que es un don, pero hay veces que lo llego a maldecir. Porque me da miedo conocer a cada uno por el simple hecho del olor que despide y no equivocarme. Sé que asocian mi olfato con los derivados lácteos y con distinguir las propiedades organolépticas de los quesos. Pero hay más. Mucho más. Puedo reconocer cada vaca sin verla. En cuanto se acerca sé cuál es. Son increíbles las diferencias que tienen. Cuando están a gusto, cuando sienten miedo o están enfermas. Algo similar me pasa con la gente. Cada uno expele un aroma, por así decirlo, que denota su estado de ánimo. ¡Oh, Alcides! Sentirlo dentro, moverse y retorcerse hasta saciar un apetito nunca conocido y luego de la cópula seguir abrazada a sus fuertes bíceps, a sus piernas rodeando mi cuerpo y luego empezar una vez más hasta quedar agotada. Es algo tan indescriptible que no se puede entender por un hombre. Antes que se acerque lo llego a olfatear. Es como un halo que lo acompaña y sé cuánto me desea. Mi madre tiene algo similar. No necesito saber cuándo está contrariada. Lleva dentro una gruesa capa, una tapia impenetrable que no alcanzo a romper. Aunque trate de disimularlo. Alcides es una maravilla de hombre; diferente a cualquiera. Es la pureza personificada. Me recuerda en cierto aspecto a Cayetano; en la entereza que lo distingue, en su afán de conseguir lo que se ha propuesto. Lo quiero, estimo y respeto como al padre que nunca conocí. Aunque, algo inesperado me ha hecho dudar con Alcides. Como el filo cortante que penetra y deja una herida. Es un miedo. Sí. Se le reconoce. Viene desde las tripas. Sale de la profundidad de su ser. Desprende un temor que no termino de definir a qué se debe. En su alma esconde algo. ¿Qué es? No es malo. Ni es su deseo de triunfar, que lo veo en la expresión de sus gestos, en su andar y en el brillo de sus ojos ante la presencia de ese hombre. Ese gordo con olor a salchicha y a cerveza que le ofrece participar en una carrera. Repele el olor a tabaco que desprende, y sus risas, tan falsas. Las apuestas me indignan y esa barriga pestilente no es buena señal. No soy una bruja, aunque me podrían tachar así. Sí, es verdad. Por qué no. Me veo con él triunfando. Con familia. Con hijos y sobresaliendo en nuestras áreas. Es mío. Juntos en un abrazo trabajando, viviendo intensos momentos constantemente. Sé que no será fácil. Pienso en algunos personajes del pueblo y me reconfortan. Otros me dan pena. Sé que nos irá mejor que a Silverio Ortuño. Quizás porque es apocado y temeroso, creo. Todo lo contrario de Alcides. Me veo más bien como Cayetano Fuentes y Augusta Varela. Añares ligados el uno al otro. ¡No! Somos jóvenes y la vida es mucho mejor ahora. No es tan dura. Sé que nos irá bien. No va a participar en esa carrera. Sé cómo convencerlo. Somos mujeres. Somos mejores. Cuando se me mete algo en la cabeza nadie me lo quita. No necesitamos ir a la guerra, ¿Pelear? Para qué, si sabemos convencer.

Alcides lleva sobre la grupa del caballo un atado de ropa con sus principales pertenencias y elementos propios de su oficio. Cuerdas gruesas de cuero, frenos, riendas, cepillos y demás utensilios para acicalar caballos, mantas apropiadas y especiales tiras de cuero para atarlos. Delia le sigue detrás en otro caballo portando sobre la espalda una bolsa de lona con vestidos recién comprados, un par de zapatos de tacón, ropa interior y unos regalos para Julia. A una señal de Delia hacen un alto en la cueva junto al río. Se apea y una vez dentro comprueba que los quesos están en bastante buen estado a pesar del tiempo que lleva sin revisarlos. Cepilla aquellos cubiertos con más humedad de la requerida; a otros les quita parte de la capa de moho. Le da la vuelta a los que están situados en las filas posteriores y barre el suelo. Se sube a la escalera y raspa hasta quedar limpia la parte del techo donde existía una ligera fuga de agua recubierta de moho, líquenes y suciedad. Luego apelmaza y recubre el espacio dejado con una masa hecha con viruta, barro y arcilla, que tenía para tales ocasiones, ubicada dentro de una cuba de madera en un rincón. En medio de la penumbra de la cueva recuerda el primer encuentro con Alcides. Con una sonrisa relajada se aposta contra el muro de entrada, cubierto en parte por una enredadera silvestre, de tal forma que puede observar a Alcides sin ser vista. Rayos de sol le iluminan la cara haciéndolo aún más atractivo. Recostada contra una esquina, lo admira. Por su cabeza desfilan las recientes experiencias. Alcides está apoyado contra el grueso tronco de un Ficus, con una pierna reclinada y la otra estirada; toca la armónica. El Laurel de la India, cómo así lo conocen en los pueblos de los alrededores, lo cobija y sombrea rodeado de sus potentes y enormes raíces aéreas. Con botas negras brillantes, un pantalón de montar ajustado en la cintura y una camisa blanca, como aquel día que la había enamorado, luce atractivo, masculino.

La piel bronceada le brilla dándole un toque de mayor señorío. Se ha dejado crecer un bigote. Con las patillas abundantes y una gorra con visera de pana oscura, el sol que penetra entre las raíces desmesuradas colgando como estalactitas de madera, le remarca la cara de hombre rudo, hecho a los vaivenes de la vida. Toca una canción melódica. Delia se acerca con sutileza para no ser descubierta y lo abraza impetuosamente. Pasaron un rato largo en el éxtasis que da sentirse solos, cobijados por el calor de su entrega, sin nada que les ronde la cabeza más que el momento sublime de estar juntos en el bosque cercano al pueblo; en su bosque. De pronto sintieron unos ruidos que rompieron el encanto. Un susurro lejano, un gimoteo. Alcides abrió su navaja y apartó a Delia; ambos en silencio atentos a lo que fuera. Los pasos de dos personas se acercaban. Delia, observa atenta. Entre los brazos de Alcides distinguió a Don Fernando y Paulina sin prestar atención más que lo que estaban rastreando. Sostuvo del brazo a Alcides para calmarlo y bajito le dijo que eran amigos del pueblo. En esos momentos Paulina corría delante persiguiendo una marta que se trepó a un árbol. De orejas pequeñas y hocico puntiagudo, estaba encaramada entre las ramas cerca de donde estaban Alcides y Delia. Don Fernando una vez se hubo aproximado le tiró su hacha con muy mala fortuna. No le dio, pero quebró una rama seca, gruesa, que cayó encima de Delia. Con rapidez se quitó la rama y sacudió las hojas que le estorbaban. Inmediatamente se acarició el vientre. Al observar ese acto tan significativo Alcides quedó pensativo. Miraba con recelo a Don Fernando quien seguía observando el atrevimiento de la marta ya lejos de su alcance. Conversaron entre ellos un rato. Luego se despidieron.

Delia, a pesar de reponerse, se sentía descompuesta. Estaban aún a unos pocos kilómetros del pueblo. Una serie de nubarrones comenzaron a cubrir el cielo y el tronar lejano anunciaba una tormenta. Pensó con rapidez y le surgió la casa de Paulina como el lugar más cercano para resguardarse. Se acercaron con toda la rapidez que pudieron.

Antes de llegar pudieron ver a Federico, el mayor de los gemelos. Miraba el cielo con mucha atención. Estaba haciendo unas señas con una linterna al monte cercano. Acurrucado entre unas malezas otra linterna le respondía. En cuanto estuvieron cerca vieron que Federico encendía una hoguera muy grande. Alcides, inquieto se aproximó y anunció en voz fuerte para no ser confundido:

—Buenas tardes. Aquí gente que viene en son de paz.

Fedor, desde la maleza, escopeta en mano, apuntando respondió:

—Quien vive. Responda o se arriesga a que dispare.

—Soy Alcides Leguina vengo con Delia Mendoza. Viene indispuesta, por favor ayuda.

Ambos gemelos corrieron en busca de Paulina. Acudió al instante. Los albergó en su casa y encendió la chimenea. Fuera, los relámpagos alumbraban las inmediaciones del bosque sombrío y solitario. Aullidos de lobos retumbaban en los alrededores; el viento silbaba encorvando los árboles. Multitud de hojas secas revoloteaban haciendo de maracas el tronar de la tormenta y el crujir de gruesos troncos forrados de vetustas cortezas a punto de volar. Entraron en la casa y se apoltronaron cerca del fuego. De pronto, la electricidad se cortó repentinamente. Federico tuvo que encender un farol a mantilla. Delia se abrazó a Alcides con cierto temor a pesar de conocerlos y confiar en ellos. Los gemelos salieron de inmediato en busca de más leña. Llevaban sus linternas. Al abrir la puerta un relámpago iluminó el bosque. Llovió torrencialmente durante unos minutos. Creía que los foráneos con los cuales había tenido un encuentro podrían volver a visitarlos, pero esta vez estaban preparados. Con escopetas en mano, cargados de balas, el hacha en su cinto y sus cejas alzadas muy atentos caminaron hurgando por doquier. Cuando la verruga se le movía a Federico a un lado y a otro, sabía muy bien que estaban ante un peligro. Fedor, impaciente, apuntó al aire e hizo un disparo de alerta. Le siguió un relámpago que iluminó hasta poder ver a varios lobos agazapados escondidos entre los árboles. Federico hizo varios disparos y huyeron, uno aullando de dolor.

Al rato volvieron cargados de leña. Al entrar, de inmediato volvió la electricidad. Delia acurrucada junto a Alcides lo apretaba contra sí mientras Paulina preparaba la cena. Quesos maduros, sopa de nabos, carne asada con patatas, boñatos al horno y una abundante ración de arroz para los gemelos. Descansaron las escopetas, se acercaron a la ventana y con sus linternas alumbraron el bosque para cerciorarse que los lobos no estuvieran merodeando; luego iluminaron el monte vecino; demoraron un buen rato observándolo. En la cúspide del mismo Federico había tenido la extraña experiencia la cual solo creyó Fedor, quien en tierra vio como un rayo de luz blanca elevaba a su hermano. Sintió todo el estertor que sufrió su par. Unos escalofríos le atravesaron su cuerpo al darse cuenta de que su hermano estaba viviendo una situación peligrosa, incluso sintió cómo se le movía la verruga a Federico, y jura y perjura, por Cernnunos y todos los dioses íberos, que se comunicó mentalmente con ellos. Los insultó, los amenazó y les dijo que los perseguiría por todo el Universo a menos que le devolvieran a su hermano. Debió de haber causado efecto pues otra luz, esta vez roja, lo tiró al suelo y dando tumbos cayó a sus pies. No les creyó ni siquiera su madre.

—Vaya bobadas. Es que estáis bebiendo demasiado vino fermentado en ayunas. Se los dije muchas veces, causa trastornos y alucinaciones. Vuestro padre cada mañana bebía varios vasos antes del desayuno y luego marchaba al pueblo tarareando y hablando solo hasta toparse con algún parroquiano distraído. Le soltaba un disparate verbal sin consistencia hasta que lo dejaba doblado sin aire, boqueando con dolor de tripa, olvidando que es lo que hacía. Por eso le llamaban el Cataplás. Hasta yo olvidé su nombre.

Pasaron la noche sin más percances. Paulina estuvo horas meditando cruzada de piernas y farfullando por lo bajito a Sucellus Dios de la agricultura, los bosques y la medicina y a Dagda, dios de la bondad y la sabiduría. Cada tanto se ponía en pie, se acercaba a Delia que dormitaba abrazada a Alcides, y con mucha precaución para no despertarla ponía las manos sobre su vientre, sabía lo que llevaba dentro. Previamente se las había restregado para adquirir energía santa, y muy bajito decía "Santanctórum, plenus digente permitis sanctus, orad" De inmediato se volvía a su lugar, se colocaba nuevamente en cuclillas sobre el tapiz y continuaba con sus rezos y oraciones.

Los gemelos en la habitación contigua roncaban a pierna suelta en una cama matrimonial y, de vez en cuando, se giraban los dos al mismo tiempo hacia el lado opuesto; resoplaban o eructaban con fuerza al unísono, lanzando un fuerte hedor a queso. Luego, se callaban unos instantes y cuando Federico decía "Te voy a atrapar" Fedor, de inmediato contestaba "De esta no os libráis" y seguían un buen rato dialogando entre ambos, persiguiendo enemigos, teniendo el mismo sueño compartido.

Alcides Leguina demoró un rato en conciliar el sueño. Muy preocupado con la nueva situación se le sucedían imágenes en donde Delia alumbraba un niño con sus mismos rasgos faciales, luego se veía cambiando los pañales, enseñándole los secretos de montar a caballo y jugando con él en la finca que siempre había deseado.

Una vez en la cama tuvo un sueño manso, delicado, en donde se veía montado sobre nubes abrazado a Delia que parecía estar pasando un peligro latente, inminente; se doblaba de dolor, respiraba con dificultad. Agobiado reaccionó. La agarró fuertemente del brazo con la intención de salvarla. Delia, a su costado en la cama, dio un grito asustado, lanzó un manotazo al aire y levantó su cuerpo hasta quedar sentada. Alcides despertó. Sobresaltado miró a Delia quien aturdida no comprendía lo sucedido. Los gemelos al escuchar el grito también despertaron, cogieron las escopetas y salieron a ver que había sido aquello. Todo pasó sin más alteración que unas risas entre Alcides y Delia al ver las caras de circunstancias de ambos gemelos.

Temprano por la mañana, Alcides Leguina montó a caballo. Salió a sentir el aire fresco. La tormenta había pasado y decidió ir solo al pueblo a saludar a Julia, encontrarse con Cayetano y preguntarle por las tierras que este tenía con la intención de darle una sorpresa a Delia.

Faltaban pocos días para que comenzaran las fiestas anuales en donde convergían distintos tipos de espectáculos: bailes, tómbolas, exposición de productos locales como quesos, vinos, embutidos, mermeladas, telares; quioscos con ofertas de manualidades, innovaciones artesanales, etc. Había un alboroto general y un nerviosismo contagioso: ensayos de grupos musicales, preparación de desfiles, marchas de disfrazados encima de zancos y alineación de maderas para levantar el tablado donde se ejercerían las representaciones. Se olía por doquier un ambiente bullanguero; todo el pueblo participaba de una u otra manera. Calixto Martiño estaba exultante. Enfundada la pistola alrededor de su cinturón paseaba su figura haciendo las gestuales de quien manda. Cayetano ordenaba con la naturalidad que da el respecto del que está cerca de los cien años. El gentío iba y venía dando vueltas alrededor de la plaza principal donde la Comisaría, el Ayuntamiento y varias casas que la rodean son el epicentro de las reuniones.

Ernestino el grande

La plaza de "El Cortigal del Monte" es más grande de lo esperado. Ajardinada con sencillez luce en las esquinas y desparramados sin mucho orden, bancos de madera; en medio de la plaza una fuente con un ángel alado encima de un pedestal derrama agua a borbotones mansos de la punta del pene. El toque particular lo dan una serie de esculturas, de pequeña y mediana estatura, de dioses griegos y romanos realizados por un urbanista que vivió largos años en el pueblo: Ernestino el grande, personaje de gran oratoria con un amor desmedido hacia lo heleno. Incluso la Comisaría y el Ayuntamiento le deben su toque particular; diseñada con amplias escalinatas y columnas que desde lejos impresionan por su aspecto excesivo.

Alto, de mediana edad, viste con cuidada elegancia. Gran orador y poeta. Luego de haber residido en varias ciudades del sur de España e Italia pensó que la apacible vida y buenos aires montañosos de "El Cortigal del Monte" le servirían de marco para afianzar y desplegar la sabia engendradora, elocuencia en la retórica y creatividad artística que lo caracteriza desde que siendo niño lo bautizaron como "el grande", pues suena particular, de suficiente reconocimiento. Lo único que no le cuadra en sus aventuradas ideas de emular las vivencias imperiales es el nombre del pueblo que le parece simple y malsonante, pero cree que su empuje y dialéctica lograrán cambiarlo por algo más digno y sonoro. Ha comprado una extensa parcela al final de la calle principal y construyó una casa singular con el legado que le dejó su familia: una domus romana grande y cómoda. Construida en una sola planta tiene una entrada de varios escalones custodiada por dos pilastras con capiteles ornados que dan lugar al vestibulum, como lo llama, o amplio corredor interno, con una fuente rodeada de macetas con flores por el cual se accede al "atrio" en donde ha dispuesto estatuas de sus antepasados mezcladas con otras de dioses griegos: Zeus, Atenea, Afrodita, etc. En su interior varias estancias ofrecen comodidades bien dispuestas para albergar varios invitados. Al terminarla los obreros, muchos del pueblo, pasaron la información al resto de vecinos que un general estrafalario había hecho construir un palacio demencial con estatuas de seres místicos y hechiceros grotescos que denotan el tamaño de su locura.

Sus primeras andanzas tuvieron serios tropiezos con el resto de la población. Se apartaban en cuanto aparecía, lo miraban intrigados, le daban la espalda. Sólo unos pocos curioseaban en cuanto lo veían aproximarse a la plaza principal a dar unas arengas poco comprensibles. Entre ellos Bruno Garrido, sujeto reservado, de esos que nunca pasan desapercibidos, al que impresionó hasta ser cómplice suyo en varias de las locuras que marcaron con fascinación el normal letargo pueblerino. Los pobladores, en un principio alejados por lo estrafalario de sus costumbres y lo abigarrado de su comportamiento, con el tiempo se fueron acostumbrando a verlo encimado a una tarima a dar discursos, volear con los brazos en actitud de entrega a dioses invisibles al resto de los mortales y hacer morisquetas incomprensibles mirando el cielo como si fuera a perderse en el limbo de su mente calenturienta.

Un día llegó cargando una estatua. Con mucho esfuerzo la colocó cerca de un rincón al lado de un banco de madera y se sentó a descansar, agotado del esfuerzo. Debajo decía Zeus. Se levantó y quedo observándola un rato, dio varios pasos alrededor y se volvió a sentar, esta vez en un banco más alejado. Varias personas lo observaron sin atreverse a hacerle una pregunta, temían que se enzarzara en su particular oratoria sin fin. A los locos no hay que contrariarlos, se ponen furiosos y amenazantes. Pasaron un par de días y volvió con un pedestal. Subió a Zeus y se le notó una gran satisfacción. Lo comentó con Bruno Garrido y algunos más que no podían aguantar la curiosidad de conocer el tamaño de su disparatada aventura. A varios les pareció que hasta podía quedar bien.

—Es diferente. No hay muchos pueblos que tengan una estatua griega en la plaza, comentaron algunos por lo bajito queriendo comprender lo incomprensible.

A Bruno Garrido le pareció "Excepcional. Es algo magnífico" y miraba a sus compatriotas buscando aprobación. Semanas después apareció con otra. La trasportaba encima de un carrito con ruedas atada con cuerdas. La colocó en la parte opuesta a Zeus. La subió a otro pedestal en donde se podía leer "Afrodita" Cuando volvió a dar su discurso emplazado entre ambas esculturas se le notaba el semblante reluciente, como si estuviera en medio de un teatro. Esta vez se acercaron a escucharlo un grupo más numeroso y sin entender lo que decía cada tanto lo aplaudían y luego se tapaban lo boca para evitar se les notara la sorna y el descrédito.

Deslumbras. Cada vez que me adentro en el Ádyton y veo tu esplendor sobre el trípode recibo tu magnánima inspiración. Entro en trance y viajamos juntos al encuentro de Apolo. Oigo las liras y los cánticos, escucho las palabras de los poetas elogiar tu belleza. ¿Por qué ignoran mi presencia? Las náyades nunca me miran. Tú sí que entregas la ternura y el calor de tus efluvios sagrados. Cuando te agitas y nombras, tus oráculos se escuchan y se siguen tus divinas palabras. En tus brazos siento palpitar la vida, en tu presencia brota la llama de la eternidad. Es nuestro secreto. En el pueblo no comprenden la altura de nuestro esfuerzo. Apolo, escucha mis súplicas. Amada Pitia te entrego la esencia de mi vida.

A partir de allí continuó colocando estatuas a lo largo de la plaza. De a poco y por lo bajito, comenzaron a apreciar su gesto de hombre culto, aunque seguían sin entender un lenguaje tan rebuscado como diferente. Otros, más alejados lo criticaban y hacían esfuerzos por convencer al resto para echarlo a patadas.

Sus ideas estrafalarias lo acompañaron hasta la muerte. Acaeció tan súbita como inesperada. Aquel día encimado sobre su tarima de madera, ensayaba un discurso para el próximo festejo rodeado de los más incondicionales de su elocuencia. Había comenzado su arenga exaltando la figura de Cicerón para luego recitar fragmentos de la Ilíada. Decía con admiración:

—Escuchad, pueblo "El Cortigal del Monte", Patroclo se presenta a Aquiles, derramando ardientes lágrimas como fuente profunda que vierte sus aguas sombrías por escarpada roca—, intentando convencer se erigiera una nueva escultura en honor de ambos personajes. En ese mismo instante se sintió tocado por un dolor penetrante en el pecho; se llevó las manos hacia el corazón en un gesto de sufrimiento. Los pocos oyentes, pensando era parte del acto le aplaudieron la espontaneidad y arrojo en la interpretación sin saber que la parca abrazaba su figura. Muy cerca suyo Bruno Garrido gran admirador con el que había entablado múltiples disquisiciones sobre la vida y cultura grecorromana en otros tiempos, quedó atónito al observar cómo su cuerpo fluctuaba encima de la tarima hasta verlo caer de bruces al suelo. Silverio Ortuño y varios oyentes lo rodearon para prestarle ayuda. Ernestino el grande, impecablemente vestido, con una americana azul marino de tres botones dorados, pantalón gris y zapatos negros de charol, yacía dando temblores intermitentes y exhalaba una espuma viscosa por la boca. Intentaron reanimarle, pero sintiendo era su última hora, balbuceando, se despidió con un:

—Aquiles héroe muerto, jamás te olvidaré.

En un principio quedaron desconcertados, no supieron muy bien que hacer. Su ilustre figura, tan intrigante como oscura, necesitaba un lugar respetuoso, digno. El cementerio, se había transformado en un árido campo lleno de matojos con unas pocas sepulturas que poco a poco iban perdiendo los nombres. La ocasión inducía a darle una sepultura respetuosa. Al fin y al cabo, le había dado un toque pintoresco al pueblo. Hasta se aproximaban con curiosidad morbosa visitantes de la región a ver la osadía y valentía desconcertante de una plaza tan singular como alocada donde moraban ilustres dioses de otras tierras.

Un gentío, quienes, turbados, no atinaban a donde velar a un hombre tan diferente. Entre los presentes, Guido, el jorobado, conocedor de la región por estar continuamente buscando cómo sobrevivir, intervino con gran sentido. Le permitieron hablar entre sornas y burlas referidas a su condición física. Se parte y reparte según se va naciendo y Guido, el jorobado, llegó bastante tarde al abastecimiento de virtudes, seguramente por el retraso en el parto; el impedimento de la joroba hizo difícil su natividad. Pero dentro del baúl de sus artimañas, experto como era en cualquier circunstancia adversa, encontró una respuesta convincente: llevarlo al cementerio que queda a medio camino, entre el pueblo y "El Cortigal de la Costa", provisto de una amplia sala para velarlo y atenderlo en un crematorio moderno, con el respeto que se merecía. Aceptaron, les pareció una idea descabellada pero acorde con el sujeto en cuestión. Tampoco era cuestión de enterrarlo en el cementerio local, quien sabe si un día sería capaz de aparecerse de entre las penumbras e incordiar con discursos ultraterrenos. Mejor lejos y apartado. Como había tan pocos sepelios dada la capacidad tan arraigada de vivir y el fuerte empeño en eludir a la muerte consintieron sin más en ir en procesión fiestera; buena ocasión para pasear, contar chistes y disfrutar de un día fuera del pueblo. En fúnebre peregrinación los admiradores más conocidos lo acompañaron. Les seguía una larga multitud más atraídos por la curiosidad de experimentar algo diferente que por empatía. La ocasión les servía para recordar y hacer comentarios sobre aquellos, que hacía largo tiempo permanecían tarareando alegres melodías al otro lado del mundo.

Llegaron al cementerio y se acomodaron dentro de la gran sala para velar al muerto. Cayetano dio un breve discurso para elogiar las características más importantes del difunto. Con pocas palabras dio auge a emotivos sentimientos hacia alguien que en vida no habían apreciado realmente más que para criticar sus osadas vestimentas, idiosincrasia y ranciedad en un vocabulario de otro siglo y con una testarudez pretenciosa en querer imponer gustos de un imperio perdido en el tiempo. En silencio, una parte de los dolientes movieron sus cabezas en señal de aprobación, mientras otro grupo más numeroso hablaba en voz baja cuando se lo permitían los aperitivos, los vasos de vino y las delicadeces preparadas la noche anterior.

Se había decidido por unanimidad incinerar a Ernestino el grande, pues era conocida su oposición a toda religión basada en un solo dios. Enterrarlo para esperar la resurrección no era de su agrado. Eso de un único ser divino le resultaba inexplicable, algo poco creíble teniendo en cuenta lo favorable y provechoso que había resultado a griegos y romanos un montón de seres luminosos, alados, con malicia, celosos, con tremendas disputas y con deidades variopintas para cada situación. Mucho más práctico y reconocible que rezarle a un ser sin estructura conocida ni particularidades físicas o poderes sobrenaturales palpables que jamás se presentó de cuerpo entero.

Los empleados del tanatorio viendo a Calixto Martiño aún repleto de cartucheras y bien armado le preguntaron en un susurro si deseaban algo del muerto. Cayetano Fuentes y Silverio Ortuño muy cerca quedaron tiesos, sin entender la pregunta, pero Augusta Varela muy puesta en cuestiones de entierros y situaciones de elevación espiritual pues leía con atención cuanto libro de muertos, vida del más allá y cartas de los fallecidos desde ultratumba, le espetó cuál era la costumbre habitual:

—Por todos los muertos: si os vais a quedar con algo del fiambre, cogones—, espetó con el enfado típico que la caracterizaba cada vez que hablaba en lugares cerrados, la claustrofobia la ponía de los nervios.

 Bruno Garrido le dijo en voz baja a Silverio Ortuño:

—Es que antes de quemarlo, parece que los empleados se diputan sus ropas, a menos que surjan interesados.

 Silverio Ortuño, rápidamente con la velocidad de un rayo, sin sesear ni toser como era su costumbre, expuso:" Yo quiero la americana azul marino" Guido, el jorobado, temiendo le cogieran el turno antes dijo "pues yo los zapatos de charol"

Los empleados de la funeraria, que ya habían hecho la selección de qué ropa y calzado llevarse, atendieron sus demandas con cara compungida y malhumorados. Abrieron el ataúd que estaba en la sala de incineración, apartado del resto de dolientes, y comenzaron a practicar lo solicitado. Pero el rigor mortis de Ernestino el grande era tal que no se pudo quitarle la americana con la facilidad que esperaban. De primeras tuvieron que ponerlo de pie. Estaba tieso como un salame muy curado. Los brazos estirados no daban juego a hacer la maniobra de desvestirlo por lo cual tuvieron que llamar para que los auxiliara a Arsenio, el compacto enterrador, de complexión tan fuerte y dura que ni el más furioso invierno, la nieve, ni temperaturas extremas de varios grados bajo cero lograban que usase un abrigo. La camisa a cuadros remangada la tenía pegada al cuero desde hacía varias semanas y de los huecos de sus brazos destellaban como fieras enjauladas, olores pestilentes y un cebollino abrasador. Para acercarse a realizar su tarea tuvo que atravesar la antesala donde los afligidos en voz baja comentaban sobre la vida y obra de Ernestino el grande. A su paso dejó una estela tan mal oliente que Augusta Varela no se contuvo y exclamó con asco y signos de malestar:

— Por las barbas del profeta, huela a macho de los cogones.

El resto de los participantes callaron. Al sentirse rodeados por la estela de hedor dejada por Arsenio a su paso, pusieron caras de asco y repugnancia, pero enseguida siguieron conversando y comentando entre risas disimuladas, historias y acontecimientos del pueblo, entregados con satisfacción a la atrayente y novedosa experiencia de velar un muerto en un lugar tan diferente.

Arsenio, el enterrador, se remangó aún más la camisa, apartó a los oficinistas de la funeraria, empujó a Cayetano, le dio un codazo a Silverio Ortuño y con el pecho arrinconó a Guido, el jorobado. Aplicó su amplia experiencia para estos casos; cogió un brazo de Ernestino el grande, y lo desmembró con cuidado suficiente para no rasgar la americana. Hizo lo propio con el otro y finalmente consiguió apartarla y la puso con delicadeza sobre el mostrador. Para quitarles los zapatos tuvo que emplear también su don natural, le dobló los pies con un crujido estremecedor y los dejó a un costado del cuerpo.

Lo incineraron. Una vez fuera del recinto, desde la alta chimenea comenzó a esparcirse una humareda espesa que adquirió una forma extraña. Bruno Garrido, inmerso como estaba en epopeyas de tiempos pasados, expresó sin ambages que el perfil semejaba un velero romano, "un trirreme para ser más exacto"; que se trataba del espíritu del finado navegando por los aires para unirse a Zeus. Lo miraron desconcertados con cara de interrogación. Les pareció una apreciación fuera de lugar, una de sus muchas extravagancias. Cayetano resuelto a no dejar que se burlaran, espetó tajantemente:

—No es más que una nube pasajera.

Asintieron y dejaron a Bruno Garrido viendo absorto como el nubarrón se diluía en el cielo. Volvieron al pueblo en una peregrinación radiante. Parecía el jaleo que sigue a una verbena con cánticos, bailes, alabanzas a la vida y al mundo entero. Calixto Martiño se sumaba cada tanto disparando algunos tiros al aire que remataban al unísono con un "Ole, Ole"

Para conmemorar la figura del muerto encargaron una escultura a Calixto Martiño por su habilidad en esculpir figuras. La estatua quedó encima de un pedestal de granito desproporcionadamente grande. Debajo, en forma rudimentaria, le puso una dedicatoria explicando su defunción y la firma del autor:

A Ernestino el grande.

Grande en su discurso.

Murió de forma súbita sin darle tiempo a despedirse.

Esculpido por Calixto Martiño, comisario y alcalde de "El Cortigal del Monte" por obra y gracia de los habitantes del pueblo; en honor de tan ilustre vecino.

La estatua se colocó algo alejada de la fuente del ángel para ser admirada y respetada, ocupando un espacio respetable. El sol la iluminaba por el día y una pequeña lamparita indicaba el patrimonio cultural del pueblo por la noche, pero en días de fiesta se convertía en un incordio ya que ocupaba el sitio adecuado para instalar la orquesta y explayarse los bailarines, por lo tanto, había que transportarla a otro lugar menos necesario. Por su peso se necesitaban cuatro vecinos de robusta presencia: los gemelos González Ruibarbo, Don Fernando Quintana e Irena Guzmán la corpulenta ama de casa.

Los gemelos González Ruibarbo viven en su finca alejados del centro. Federico, el mayor por 15 segundos, tiene una ligera diferencia con Fedor; de pequeño en la nariz le salió una verruga que con el tiempo le creció hasta formar una especie de espigón marrón, una tetilla que cuelga y se mueve cuando se enfada o pone nervioso. No hay forma de confundirlos, hasta cuando iban a la escuela del pueblo vecino los diferenciaban. Federico era conocido como "el verrugoso", apelativo que le gritaban algunos compañeros de forma insultante cada vez que querían verlo nervioso; bien alejados para que no les dieran alcance pues formaban un tándem monumental en cuanto a peleas se refiere; siempre fueron muy fuertes. Su madre Paulina, alta, delgada pero fibrosa, tiene algo de bruja. Es viuda desde hace tantos años que apenas se acuerda del nombre de su marido; en cuanto se refieren al difunto lo llama por el diminutivo: Macizo Cataplás pues a quien pillara desprevenido le sujetaba firmemente con su labia aplastante y azarosa varias horas hasta soltarle extenuado sin recordar el rumbo que seguía.

Los alimenta a base de garbanzos medio crudos, quesos curados y leche de cabra para desayunar, por la tarde los despacha con pollo en una salsa condimentada con pimientos, guindillas y ajos machacados rodeados de arroz blanco y los remata con abundantes porciones de quesos acompañado con una gran hogaza de pan para mojar la salsa. A la noche, otra tanda de quesos en un plato rebosante de arroz blanco. El atracón los deja tan estreñidos que para aligerar los intestinos cada tanto los debe salmodiar con alabanzas crepusculares antes de irse a la cama, amén de sendos recitales e invocaciones a divinidades foráneas para finalmente, si no da resultado, nomás amanecer los baña en verdolaga, por su alto contenido en mucílago, practicándoles cada dos días una purga, y si aún no pasa lo deseado, les da masajes en la tripa con aceite de sésamo empapado en paños envueltos en ortigas secadas previamente a la luz de la luna llena. Cuando llega el éxito esperado el baño se ocupa durante mañanas enteras.

Los gemelos sacaron la corpulencia del padre y el interés por las cosas misteriosas de su madre; juran haber visto un OVNI y haber tenido una experiencia extracorpórea. Federico dijo que había sido abducido para luego ser expulsado abruptamente porque al verle la verruga que se movía con autonomía propia pensaron era producto de una simbiosis contagiosa.

Su fortaleza se debe a la herencia del padre y, según su madre, a los atracones con quesos y los sahumerios que ella cada domingo temprano por la mañana prepara para evitar vibraciones nocivas. Originalmente consistían en oraciones para animar el alma, para protegerlos contra ataques de espíritus malignos y armonizar la mente. Tiempo después una meiga le recomendó otras pócimas más efectivas para que cogieran gran fuerza. Desde entonces les pasa alrededor del cuerpo, entre las piernas bien abiertas y por encima de sus cabezas, el sahumador, un cuenco de hierro colmado de almizcle, benjuí, sándalo y copal. Al cabo de un rato los gemelos cansados de tanto trajín bostezan y le piden a la madre que por favor los deje en paz.

Fernando Quintana, el otro cargador de la estatua, es un barbero que, a falta de médico y dentista, se encarga también de remedar situaciones sanitarias inesperadas. Alto, fornido de tez oscura y ojos achinados con marcadas arrugas a los costados que le llegan hasta la boca como si fueran calles profundas por la que solo transita su humor variado. Tiene los pies tan grandes que el dedo gordo sobresale encima del calzado y le sirve para puntear a aquellos que no le quieren pagar sus servicios, es como un garfio desgarrador, el solo verlo amedrenta. Sacar muelas es su especialidad. Con dos dedos tiene una sagacidad increíble. En cuestión de segundos luce entre dedo mayor e índice el despreciado molar ensangrentado y, a veces debido a su entusiasmo, parte de la encía. Se ha entrenado en sacar clavos enterrados a distintas alturas en una gruesa tabla de madera bien dura. Contiene diez clavos, de tal forma que cuando logra quitar el último de la fila, enterrado hasta el cuello, siente que ya está preparado para atender al paciente dolorido. La idea le surgió después de escuchar un programa de radio en donde un guerrero japonés había descrito su experiencia de sobrevivir más de 20 años en la selva sin querer rendirse al ejército de EEUU; aislado totalmente dada su ciega obediencia al emperador Hirohito. De la debilidad y desnutrición tuvo que quitarse la mayoría de sus dientes sin ninguna ayuda más que su ingenio y sus dedos. Así pues, tiene sobre el mostrador la tabla con la fila de clavos y para calmar al paciente, antes de la extracción, ejercita sus dotes a modo de calentamiento.

De lo más austero y temperado se ducha con agua fría en cuanto se levanta no importa la estación del año. Antes de desayunar va al bosque a recoger madera, corta los árboles que están decaídos con su hacha, trae los maderos que puede en una carretilla y el resto en una bolsa de lona gruesa cargada encima de un hombro; sobre el otro lleva la escopeta en caso le surja algún oso o para intimidar a los lobos y en cuanto llega al hogar ordena los leños en el galpón, cierra la puerta de la casa, barre el piso y calienta café. Lo sorbe bien caliente, acompañado con galletas de maicena y unos panes horneados del día anterior. A continuación, sale al jardín y le da golpes a un saco que tiene para tal ocasión colgado de la rama más gruesa de un tilo para expulsar las insidias de su padre quien de pequeño lo hubo atormentado día tras día con consignas de guerra.

—En la vida Fernandito hay que estar preparado para todo, lo digo como precaución en caso los japoneses triunfen y nos invadan— le decía.

De inmediato seguía con peroratas marciales y lo incitaba a dar gritos y consignas militares. Murió de un ataque de preocupación y desesperación por no poder enfrentarse a "ningún bastardo nipón", dando sablazos a diestro y siniestro en su jardín. Pero también le había enseñado cosas prácticas como el arte de la barbería; lo obligaba a recortarle la barba con mucho cuidado. Si se le iba la mano, al primer "sangrerío", según gritaba con grandes aspavientos de manos, lo enviaba al patio a cortar leña:

—En pequeños trozos hasta que parezcan mondadientes.

Cosa que nunca olvidó, pero la experiencia con la navaja para afeitarle la barba y con las tijeras para desmelenarlo cada mes le imprimió la base de su futuro trabajo. Una vez muerto su padre quiso lo llamaran Don Fernando, quizás por aquello del respecto que impone un Don delante. Decidió cambiar por completo y tiró a la basura todos los libros de filosofía, historia y artes marciales que su padre le leía desde pequeño y comenzó a aficionarse al Tarot pues en la radio el programa "El deslumbrante futuro de García de los Santos" le había solucionado, según su criterio, todos los traumas que le había acarreado su padre. Cuando volvía del trabajo, se pasaba horas echando las cartas. Se encargaba de encontrar soluciones a los problemas de gente que conocía o cuando los clientes le contaban su vida en la barbería. A veces acertaba, pues en aquella ocasión donde Delia había desaparecido y pensaban todos que había sido raptaba contra su voluntad, él vio que salía la carta del Emperador acompañada por la Rueda de la Fortuna, claramente indicando que Delia estaba a buen resguardo con el acompañante, que no era un rapto, sino que estaba enamorada perdidamente. Cuando lo dijo Augusta Varela, descreída como era, le contestó a rajatabla: "No vengas con bobadas. Eso no sirve para nada, cogones" Nadie le creyó, por lo tanto, sus experiencias con las cartas las redujo para averiguar su futuro y en ocasiones problemas de orden general que atañeran al pueblo.

Una vez quedó huérfano a los 43 años, se encontraba a hurtadillas con Paulina. Tenían en común el interés por lo insólito de la vida, por las cosas sin explicación como el estreñimiento de las vacas en primavera, la falta de coraje de los toros para montarlas o cómo engañar a las ranas cuando están en celo imitando el croar de los machos para atraparlas.

Una vez, Bruno Garrido, fisgoneando como solía hacer a menudo cuando salía por las noches a encomendarse a dioses foráneos, los observó a cierta distancia y, con rapidez, para no ser visto, se escondió entre arbustos. La pareja iba muy cerca uno del otro, en actitud pasional según él creyera, aunque eran solo meras suposiciones suyas. Lo comentó en el pueblo con la satisfacción que da ser conocedor de chismes, pero pocos le creyeron. Los rumores le llegaron a Paulina y nerviosa evitó lo supieran sus gemelos pues eran muy celosos con su madre. En varias ocasiones dejaron caer con qué antipatía y desprecio verían a algún "Forajido pretendiente", "La madre es la madre" y cerraban la conversación ante la indiferencia de Paulina quien sabía que a su edad pocos osados se atreverían a tratar de enamorarla.

No llegaron a etapas más fructíferas de pasión o cariño, aunque cada tanto a Don Fernando le latía su corazón por ella. Aquello fue un acercamiento amistoso de complicidad en lo furtivo, en la tortuosidad y provocación que da inmiscuirse en soluciones tenebrosas a la razón, imbuidas e inspiradas en lo irracional de la vida. En realidad, lo suyo fue "un ir y venir que ya tanto da" según expresara en su día con apatía Don Fernando a sabiendas que se estaban enfrentado a "un no vivir, ni a un no morir" según le había contestado Paulina mientras ambos estaban imitando el croar de los machos, con la bolsa ya repleta de ranas. Su acercamiento quedó limitado en el tiempo a esas pocas ocasiones y de a poco se fueron distanciando.

Irena Guzmán es la otra robusta transportadora. Soltera, está acostumbrada a vivir sola luego de la muerte prematura de su madre quien de carácter rudo y extremadamente religiosa la ha criado con resquemor hacia los hombres, pues la habían dejado embarazada cuando tenía 18 años. El autor se había marchado, según ella contara, a tierra santa a seguir el camino del redentor. Verdad o no, desde entonces la crio con austeridad y la severidad propia de las personas que no creen más que en la luz divina que alumbra el sagrado corazón de Jesús; cuadro que tuvo colgado encima de la cama hasta el mismo día de su muerte.

Una vez muerta su madre, Irena se dedicó por entero a las tareas domésticas. Para ello se levanta temprano en la mañana a despertar a los gallos que permanecen encimados y apretujados el uno junto al otro, agarrados fuertemente a un palo, con los ojos velados de cansancio, pues durante el día las gallinas los persiguen cacareando y persiguiéndolos enceladas y eufóricas con la intención de copular. Son un porrón de gallinas para tan sólo dos gallos quienes a veces se esconden para que no los vean, pues quedan desplumados y exhaustos después de tanta faena copuladora. El despertarlos bien temprano es un hecho muy importante, pues si los gallos no dan la tónica cantora matutina, las gallinas se niegan a poner huevos y cuanto más tarde se despierten menos huevos ponen; lógica simple y efectiva. Por las tardes corresponde el jolgorio pasional. El gallinero hierve de jaleo entre el desprendimiento de plumas; las gallinas eufóricas se afanan en perseguir a los asustados gallos y querer atraparlos contra las alambradas buscando desprenderse del celo.

A las siete de la mañana obliga a sus 15 vacas a ponerse en fila para ordeñarlas. Una vez terminada la tarea carga los cubos repletos de leche y los deja en la puerta de la casa de Delia. Vuelve para dar de comer a los cerdos las sobras del día anterior y como son pocas pues no suele desperdiciar mucha comida, los suelta al campo para que se las apañen. A veces tienen tanta hambre que debe separarlos entre ellos a escobazos para que no se devoren. En otras ocasiones, forman bandas, atacan directamente a cuanto animal esté a su alcance: zorros distraídos, conejos, mapaches e incluso se atreven, perfectamente organizados, con algún lobo perdido al que si pillan desprevenido lo destrozan a pura dentellada. Luego recoge las patatas, cebollas, zanahorias, puerros y resto de vegetales y verduras. A continuación, se va al pinar a extraer resina, realiza cortes en los troncos nuevos y les coloca potes debajo para que supuren. Vuelve a casa y se pone a amasar harina de maíz, de trigo y centeno para hornear hogazas y empanadas. Cada varios meses se encarga de varear la lana de los colchones y escardarla hasta que quede fina y pulcra.

Por las tardes luego de la siesta se dedica a su pasatiempo favorito según le enseñara su madre. Prepararse físicamente para cualquier contienda que pueda tener. Se va a la carbonera donde en un rincón están depositados varios cubos de cemento de distintos tamaños. Los levanta de a uno con cada brazo con la intención de hacer crecer sus bíceps, luego se estira, balancea, sube y baja de una barra fija hasta llegar a las 50 veces, hace 100 flexiones con los brazos apoyados contra el suelo y como suda profusamente para refrescarse bebe vino de una bota hasta agotarla. Luego, ya entonada, se acerca al galpón, aparta a sus dos caballos, le coloca una capucha en el testuz al burro pues es muy sensible y no quiere que la vea haciendo ejercicio. En una ocasión, después de verla saltar, agacharse y hacer piruetas dando vueltas sobre sí misma para ejercitar el equilibrio al estilo derviche, el burro se puso tan furioso que comenzó a rebuznar y dar coces hasta que, de puro cabezota y ensañado, destrozó la puerta de entrada. Una vez fuera, corrió hasta quedar enloquecido, dando brincos y saltos para imitarla. Estuvo días buscándolo en el bosque; lo encontró tirado de costado echando babas, pero lo pudo volver al galpón. Una vez dentro comienza su preparación final. Se cuelga del madero del techo, salta hasta el rastrillo que coge con una mano y luego alcanza la azada; con una en cada brazo a modo de muletas, da saltos. Su cuerpo ha desarrollado una musculatura exagerada para beneplácito de su madre quien con orgullo le decía:

—Para que nadie te engañe y si lo hace tengas brazos y cuerpo con que responder.

Preparados los cuatro esforzados personajes se juntan en la plaza alrededor de la estatua, prontos para elevarla y transportarla a un lugar más alejado para que haya espacio suficiente y se realice el baile esperado.

La fiesta está a punto de comenzar en el pueblo. Alcides, al llegar, ve un gentío y se acerca a husmear hasta ver a un grupo numeroso alrededor de la estatua de Ernestino el grande; pretenden moverla. Observó a Julia y Cayetano atentos a las circunstancias y se acercó con precaución, no quería llamar la atención de la madre de Delia. Cogió con suavidad el brazo de Cayetano y, en voz baja para que Julia no lo oyera, lo invitó a tener una conversación "De hombre a hombre". Marcharon juntos ante la observación y asombro de Julia quien le seguía con la vista, muy enfadada. El ladrón de su hija estaba a unos pasos suyos; entero de pies a cabeza lucía su estampa como si nada hubiera pasado. Se le acercó a prudente distancia. Con el ceño fruncido, un brazo dentro del faldón de su vestimenta y el otro apoyado en su cintura en actitud amenazante lo miraba con hostilidad. Luego de un rato Cayetano le da la mano y Alcides lo abraza con cariño. Se acercan a Julia y le dice:

—No te preocupes, está todo arreglado. Le vendo una parte de las tierras del Norte, cercano al monte "Mal rayo" que linda con las propiedades de Irena. Se quedan a vivir entre nosotros.

Los tres personajes estuvieron un rato conversando con tranquilidad. Julia luego de dar unos pasos hacia atrás y mirar fijamente la cara de Alcides le brindó un abrazo fuerte y largo. Volvieron andando despacio. Cada tanto se detenían y Julia agarrada fuertemente de Alcides lo apretujaba con un brazo mientras con el otro llevaba a Cayetano quien sonriente caminaba con la satisfacción de haber cumplido con éxito una difícil situación. Volvieron al centro de la plaza para observar cómo cambiaban la estatua a un lugar más seguro. Luego, sin esperar a ver lo que sucedía, Alcides monta su caballo y se vuelve a contarle a Delia la buena noticia.

Los cuatro portadores estaban listos. Arremangados, agachados observándose mutuamente con gran tensión muscular. Calixto Martiño dio el disparo para comenzar a moverla. Pero surgió una maniobra de despiste. La estatua se inclinó más hacia un lado que al otro. Silverio Ortuño entre el grupo seseando comenzó a toser a la vez que señalaba con el dedo la estatua. Los gemelos habían hecho un aúpa exagerado. Levantaron de un lado la estatua al unísono mientras Irena y Don Fernando Quintana no respondieron al esfuerzo compartido al mismo tiempo; la estatua se ladeó y cayó estrepitosamente. Se quebró el brazo de Ernestino el grande que señalaba el horizonte y se desparramó la inscripción del homenajeado. El brazo caído señalaba la dedicación partida en varios pedazos dando juego a una frase que decía:

Murió, Grande, su discurso.

El resto se había hecho trizas, quedando únicamente esa expresión. Al desconcierto general siguió una repulsa efervescente. Calixto Martiño al sentir el escandaloso caer de la estatua y viendo su esfuerzo desparramado, su fino trabajo de escultor por los suelos y la dedicatoria cambiada por ese epitafio ridículo, lleno de ira comenzó a disparar al aire a la vez que hijoputeaba al cielo entero. Su honor y el beneplácito de los habitantes de "El Cortigal del Monte" habían quedado por los suelos.

El borbollón no paró. Comenzaron a buscar culpables hasta que el buen sentido de Cayetano impuso su criterio y separando bandos los instó a olvidarse del incidente. Se haría una nueva estatua.

Mientras, un aguerrido grupo pretendía unir los pedazos y colocarla en algún lugar menos sobresaliente. Calixto Martiño, ofendido, se negó rotundamente a esculpir una nueva estatua, pero luego recapacitó y con señas de "ya veremos" trató de zanjar el asunto. Es entonces que Bruno Garrido intervino con un:

—A grandes males, grandes remedios— y quedó impávido esperando el consentimiento de su aguda observación. Hubo un silencio, lo miraron con atención e intrigados. Inmediatamente siguió con una frase de Homero:

—La vida es en gran medida una cuestión de expectativas.

Seguramente queriendo atenuar a Calixto Martiño quien iracundo no cejaba de maldecir a los gemelos por anticiparse y a Irena y Don Fernando por no estar a lo que debían de estar. Nadie le hizo caso. Levantaron los restos de Ernestino el grande, los arrinconaron en la parte más lejana de la plaza y pusieron un cartel bien grande pintado con brea: "NO TOCAR", debajo en minúsculas: "Se arreglará en breve", como una advertencia.

La orquesta

Finalmente, dejaron libre el lugar para que se instalara la orquesta formada por un trompeta Joaquín Bermúdez, una violinista Sonia Martínez de los Montes, dos panderetas tocadas por Braulio Montesquinos quien si la ocasión lo meritaba las cambiaba por las maracas, en el bajo el joven Facundo Bermúdez y tocando el acordeón María Eugenia, la hermana menor de Julia.

A la banda a veces se unía Saturnino Belmonte con su flauta; joven, ayudante de Calixto Martiño cuando era pastor. Juntos habían pasado buenos momentos de ocio y aburrimiento ensimismados en su diario soliloquio o acurrucados sobre mantas felpudas por las noches para observar el tintinear de las estrellas hasta que el cansancio los doblegara y los dejara sin aliento. En sus labores de pastoreo a veces se escapaba a ver mundo. Abstraído y concentrado en sus elocuciones musicales aprovechaba a tocar la flauta por los senderos donde transitaba creando ecos de hermosos sonidos. Le resultaron de mucha utilidad para apaciguar a los jóvenes machos cabríos cuando se desmadraban. Querían aparearse a las bravas con las cabras sin respetar la jerarquía natural de los chivos patriarcas, cosa que daba lugar a tremebundas cornadas entre ellos y esto mermaba la producción de leche; las cabras se negaban a dar de mamar a sus retoños si no las montaban con la frecuencia esperada. Se ponían furiosas con cada uno que se acercara a ordeñarlas. Entonces, sacaba la flauta y al son de cadencias celtas los amansaba hasta dejarlos como simples chivitos, virtud que utilizó en varias otras situaciones que tuvo. Cuando sentía algún temor, provocación o posible violencia sacaba a relucir estrofas en be mol de tal forma que los que lo escuchaban desistían de seguir discutiendo, agarrarse a puñetazos o matarse a cuchilladas. Cuando Joaquín Bermúdez lo oyó una noche que había salido del almacén harto de escuchar las monsergas de Francisca sobre cómo conseguir más clientes, quedo asombrado de tal despliegue armonioso y pasó a formar parte destacada de la orquesta.

Llevaban tocando juntos varios años; en las celebraciones locales, en cada cambio de estación y en fin de año. Ensayaban poco puesto que se sabían casi de memoria el repertorio musical. Se juntaban en la plaza. Sentados en sillas de tijera plegable de madera, con los atriles delante alrededor del director. Luego de los saludos de rigor y conversaciones banales, se ponían serios a esperar la orden de comienzo, concentrados en Joaquín Bermúdez el director. Colocado delante, de pie, la mirada perdida hacia el firmamento, el ceño fruncido, bajaba la vista y recorría al grupo tratando de imponerse. Luego cerraba los ojos llevaba la trompeta a sus labios, aspiraba profundamente, daba unos trompetazos a modo de calentamiento y el grupo se lanzaba a tocar casi sin mirar la partitura. El éxito era total, se reunía todo el pueblo y en silencio los miraban con admiración. Al final aplaudían luego de bailar y cantar en grupos o en solitario. Desde antes de reunirse ya había un montón grande de curiosos que los observaban con nerviosismo y deseos de integrarse a la celebración.

La vida transcurría con la tranquilidad propia de los pueblos pequeños hasta unas semanas antes del acontecimiento esperado. Sin embargo, una tarde hubo un episodio que hizo tambalear la cordura y el orgullo. Puso en duda la integridad y el jolgorio general. Un visitante proveniente de "El Cortigal de la Costa" había llegado a comprar quesos a la vaquería de Delia. Estaban en plena fiesta de verano. El bullicio era grande y la curiosidad lo empujó a ver de qué se trataba. En cuanto pararon de tocar "La raspa", después de los aplausos y antes de empezar la pieza siguiente, en medio del silencio que ocurre en estas ocasiones, el susodicho, que había bebido bastante, recalcó animadamente con voz gruesa y en tono burlón, para imponerse y causar impresión:

—Pero siempre tocáis las mismas piezas. O es que no sabéis ninguna otra.

Hubo un silencio general. Todas las miradas se dirigieron para ver quién había sido el atrevido. La orquesta formaba parte del acervo cultural del pueblo, nadie jamás había alzado una voz en contra; era y es el legado más preciado, un orgullo reconcentrado, una medalla colgando de la solapa de cada pueblerino. Se puede criticar cualquier cosa en un pueblo siempre y cuando provenga de alguien conocido o sea respetado, de lo contrario puede encender una chispa que generará un fuego imposible de apagar. Se miraron entre ellos y, percibiendo que no era de los suyos, se le empezaron a acercar hasta rodearlo. Fedor reaccionó abruptamente:

—Si no te gusta lo que escuchas o ves, he hizo una pausa ante la aprobación de la multitud que ya lo comenzaba a apretujar con hostilidad. Federico, sin dejar una pausa continuó:

—Si te molesta nuestra música, te invitamos a irte de inmediato. ¡So ingrato!

Todos asintieron. Estaban tan cerca uno del otro que se sentía la respiración forzada de los más belicosos. El individuo, lejos de amilanarse, ensoberbecido por los buenos vinos bebidos, y consciente de su raciocinio y verdad indiscutible, respondió altivamente:

— El año pasado vine y estaban tocando "La raspa" seguro que ahora le sigue "Mi vaca lechera" y luego "Dos cruces"

El arresto y coraje eran sin duda de admiración. Pero era la pura verdad, pues en cuanto terminaron de cantar el estribillo:

"Dame el brazo para rodar y ahora el otro para cambiar, salta y brinca siempre al compás, que la raspa es eso nomás", algunos, con buena memoria, comenzaban con las primeras estrofas "Tengo una vaca lechera, no es una vaca cualquiera"

El asedio se relajó; comenzaron a hacer espacio, unos cuantos bajaron la cabeza indicando la realidad de sus palabras. Las canciones eran siempre las mismas. Es más, seguían el mismo orden. Todos sabían que a "Mi vaca lechera" les seguía "Dos cruces" y luego "El beso" en honor de los Churumbeles de España y así continuaban para luego terminar con "La chocolatera"

Hubo un desencanto general. La verdad duele y más cuando la dice alguien que no es de la familia. Ante el descrédito que se estaba formando en la concurrencia y la falta de entusiasmo entre los alegres bailarines emergió Bruno Garrido, persona que nunca le gustó bailar, para dar su opinión. Sentado a un costado, se puso de pie y lanzó una de las suyas:

—Los niños y los borrachos siempre dicen la verdad.

A continuación, remarcó un proverbio árabe:

—La verdad que daña es mejor que la mentira que alegra.

Y miró cariacontecido al resto de vecinos que se sentían entre humillados y zaheridos. Se formaron varios grupos con miradas resolutivas y forcejeo imprevisto, con el ceño fruncido y amenazante. Un tumulto es más peligroso cuando no hay líderes que los conduzcan por sendas de cordura. Parecía que la sinrazón podría ejercer su domino sobre los más exaltados, pero ante la indecisión de si matarlo con la rapidez que exigía la ofensa o dejarlo como un postre para el final de la fiesta le permitieron marcharse al desagradecido forastero; muy a su pesar lo dejaron irse vivo. Sin duda les habían aguado la festividad, pero a Bruno Garrido no se lo podían perdonar. Con suaves empujones, pues temían que por su delgadez lo desarmaran de escuálido que estaba, lo arrinconaron contra una bancada y la fuente. Los gemelos tomando aire, le dieron un ligero pechazo para evitar desarmarlo, lo sentaron y al unísono dijeron:

—Una sola palabra y te atragantamos tus dientes.

El aire fresco soplaba ligeramente trayendo desde la serranía cercana aromas de azahar pues los cítricos estaban en flor. La noche, ligeramente tibia, entusiasmaba a relajarse; algunos tomaron asiento para descansar. La orquesta, desarbolada, afinaba sus instrumentos para hacer tiempo en espera que alguien pusiera un poco de orden. La pista de baile quedó un tanto aislada pues algunos se habían sentado, otros bebían y un grupo separado conversaba en voz baja a la sombra de las lamparitas colgadas a cada costado iluminando simples adornos. Se ansiaba que alguien encendiera nuevamente los bríos perdidos.

Allí surgió Augusta Varela, gran bailadora. Había ganado algunos concursos regionales en sus años mozos y era de las que en cuanto empiezan los primeros compases se lanzan a pierna suelta a jaranear en medio del ruedo, a hacer gestos e invitar a cuanta persona esté a su alcance. Los coge por el brazo y les obliga a seguir sus pasos. En esos momentos de angustia dominguera, dentro del resquemor sufrido por la intempestiva irrupción del maldito intruso, se le acercó a Bruno Garrido enfadada y tan cerca se le puso que este tuvo que dar unos pasos hacia atrás y de los nervios le expresó con voz tenue y melindrosa:

— ¿Es que no conoces estos refranes?

—Eres un arlequín afeminado y no mereces el sol que nos alumbra, cogones. Le contestó en punta de pies, su nariz pegada a la fina nuez del cuello de Bruno Garrido, sus venas hinchadas sobresalían del cuello y de azules que eran pasaron a rojo intenso, como si fueran a reventar.

Se dio media vuelta y mirando fijamente a Cayetano le ordenó que siguieran bailando. Empezó a azuzar con los brazos en alto a la vez que daba aplausos conminando a la orquesta.

Los músicos con la cara desencajada se miraron sin saber qué hacer hasta que oyeron decir a Cayetano con voz firme y sonora.

—Adelante con los bailes. Somos o no somos "El Cortigal del Monte"

y se oyeron varios disparos al aire de Calixto Martiño.

Joaquín Bermúdez dio una nota potente con su trompeta y reanudaron el espectáculo. Como no tenían muchas alternativas musicales, recomenzaron con "La raspa"; luego siguieron con "Mi vaca lechera", "Dos cruces", "El beso" y así el resto del repertorio hasta terminar con "La chocolatera". No cambiaron un ápice el turno que siempre seguían. Todos cantaron, bailaron, bebieron y rieron hasta el otro día.

Los Titanes

Los Bermúdez son una familia típica. Viven en el mismo centro del pueblo y regentean un colmado llamado "Los Titanes" Se supone en honor de las poderosas deidades griegas, pero no está claro el por qué, pues el alcance de su acervo cultural es limitado; lo cierto es que ponen un empeño desmesurado en conseguir los productos necesarios para la venta, sea lo que sea el encargo y cueste lo que cueste; suficiente para mantener al pueblo contento con su trabajo. Facundo, su único hijo, corpulento y obsesionado con los detalles, no ceja en viajar tan lejos como sea, aunque el cometido le lleve semanas; no vuelve hasta encontrarlo. Sus ojos negros penetrantes están demarcados por cejas espesas y con una extraña curvatura que le da un aspecto de signo de interrogación, de recién haber perdido algo importante o empeñado en resolver algún entuerto misterioso, cosa que le da cierta ventaja cuando se tratan temas espinosos, conversaciones delicadas o cuando su madre lo envuelve en labores escabrosas. Una vez Augusta Varela le encargó un vestido de organza que había visto en una revista de modas francesa para lucirlo con Cayetano Fuentes en uno de sus aniversarios. De inmediato partió en busca del mandado. Estuvo semanas recorriendo la Galia hasta que lo encontró en una tienda en Lyon. Fue y vino en su caballo. No quiso usar los medios convencionales de transporte pues le resulta molesto hablar con gente desconocida; sacar billetes de trenes o subirse a un avión lo pone de los nervios. Considera innecesario hacer colas. Como no fuma le fastidia el humo de los cigarrillos, únicamente soporta el aroma del tabaco de las pipas pues él a menudo usa una. Quisquilloso, se ofusca por nada, pero si la condición se pone espesa, sabe muy bien sacar su lado amable y convencer a quien sea de sus razones.

En cuanto entró en Lyon tuvo problemas con la policía. No le permitían entrar montado a caballo por el casco antiguo, pero como hablaba buen francés les explicó con lujo de detalles la festividad de Augusta Varela y Cayetano, la importancia que tenía para "Los Titanes" llevar esas prendas y les regaló una tanda de quesos de Delia. Le permitieron pasar con la única condición que pusiera a buen recaudo el caballo fuera de la tienda de los Rossigneau. Al fin de cuentas los policías franceses con los que se topó eran sobrinos de Madame Rossigneau.

Francisca Moreno, su madre, es toda una señorona. Ama de casa, madre y esposa, pasea su ilustre figura rebosante de vida por todos los costados a lo largo y ancho del local. Elegante y vistosa luce con orgullo un protuberante pechamen que no duda en encimar al mostrador y pavonearse con el cliente masculino que aparezca. De voz aguda y penetrante no permite que una vez la víctima asome su nariz por el negocio se vaya con las manos vacías. Convence ofreciendo las ventajas del producto y si la cosa se pone dura de roer, para terminar de persuadirlo, regala algún suplemento de utilidad; a las mujeres cremas para las arrugas, polvos sin parabenos para tapar imperfecciones y lucir naturales a base de avena, aceite de eucalipto, clavo de olor, almidón de arruruz y caolín y les recalca "Brinda una cobertura lisa, libre de grasa; se ajusta a todo tipo de piel" o un librillo de consejos "Para mujeres de más de 50 años" con abundantes explicaciones de como hidratarse, tipos de "serum" para tapar poros, mascarillas y enjuagues diversos para que el cabello se mantenga sedoso e iluminado. Si son hombres les invita a usar sin compromiso alguno fajas reductoras, engalanarse con perfumes o aromas sugerentes, llevarse medias de comprensión para ajustar las varices, aderezarse con aceites y pomadas caseras contra las inflamaciones y/o lubricantes de las articulaciones basadas en alcanfor, mentol, ácido salicílico y varios brebajes más que Facundo, su hijo, en días aburridos, se dedica a mezclar en el fondo del local siguiendo un manual de farmacia que le han devuelto en una compra fallida y, si tiene confianza con el cliente, les regala una ristra de preservativos con indicadores sugestivos como "máximo placer" "retardante" o "clímax profundo", este último producto estrella del local. Se arremanga nomás amanecer y limpia el suelo con una escoba descargando el polvo diario fuera de la casa sobre la calle principal, cambia los precios de la mercadería según sean las circunstancias; si son bienes perecederos y están un poco pachuchos los rebaja a discreción, si están de moda los aumenta moderadamente. A los electrodomésticos les varía el precio, en verano a las neveras y ventiladores les sube un 10 %, y en invierno a las mantas, edredones y abrigos les aumenta un 5-10 %. Le gusta comer sin contenerse y no se amilana en darse gustos; aunque haga un esfuerzo en sujetarse por las mañanas, a la tarde se le afloja el arrojo y se ablanda antes de caer el sol: helados, pastas, chocolates, turrones, caramelos y cuanto sea azucarado y contenga grasa lo deglute sin consideraciones con la balanza. No le importan los consejos que le pueda dar Don Fernando acerca de las dietas nutritivas; el colesterol es solo un nombre, hasta suena lindo, y si lo tiene alto mejor, pues como es un tanto bajita de estatura lo que indique crecer, aunque sea a los costados, es para bien "Mejora la raza; la vida es corta; para sufrido el Nazareno" y luego sigue con frases por el estilo "Además a los hombres les gustan rellenitas y yo tengo donde agarrarse". A su esposo, Joaquín, no le importa su tamaño con tal que le deje tocar la trompeta, ensayar (por las mañanas mejor) e irse de caza al monte; las perdices y los conejos le apasionan, con chorizo, morcilla, tocino y garbanzos, son su perdición y deleite, aunque Facundo los toma a regañadientes; le tiran las carnes asadas sin más adornos culinarios.

Joaquín, su querido esposo, es alto, algo desgarbado, con el labio superior hinchado de tanto soplar la trompeta, con marcadas arrugas en la cara que le dan un aspecto de curtido marinero, aunque no haya visto el mar en toda su vida y con unos pies desmesuradamente grandes que él dice "para sostenerme tieso en la vida"; calza un 44 en invierno y un 46 en verano pues se le hinchan a reventar por lo cual tiene que usar sandalias. Temprano por las mañanas abre el local, sale a la calle, aspira con todas sus fuerzas llenando los pulmones de aire puro y límpido y da unos toques de trompeta para indicar que comienza el día. A las seis de la mañana en punto. Dentro del local chifla a su hijo, Facundo, para que se ponga manos a la obra, le indica saque brillo al mostrador y reponga lo faltante, abra los sacos de garbanzos, lentejas y judías para removerlas y luzcan más sugestivas, luego que revise las comandas de los clientes del día y se ponga en contacto con los proveedores.

Pero Facundo tiene otros asuntos en que pasar el día; en cuanto puede se pone a tocar el bajo. Usa unos tamboriles de distintos tamaños y alturas. Se entusiasmó de pequeño cuando vino un grupo de animadores de visita al pueblo: un proyeccionista, saltimbanquis y titiriteros, con la intención de divertir, proyectar una película y dar a conocer la realidad que existe en lugares particulares y lejanos. Se instalaron en la plaza principal a la que prepararon para el evento. Colocaron una pantalla grande, consistente en dos grandes columnas unidas por un par de sábanas blancas de matrimonio que colgaban asidas entre sí por unas pinzas de la ropa, a modo de pantalla. Todo el pueblo asistió a ver la película. El proyeccionista, al fondo de la plaza, desplazaba con destreza las bobinas que iban dejando pasar el sueño del cine en blanco y negro acerca de una fiesta popular en un país de Hispanoamérica. Facundo no recuerda de que se trataba la historia, era muy pequeño, pero le impresionó sobremanera la algarabía y los sonidos tan rimbombantes que emergían de una banda de tamborileros negros que aporreaban sin descanso sus instrumentos. El grupo caminaba animadamente, cargando a su costado tamboriles de distintos tamaños, marchando al son de compases mitad africano mitad criollo; delante de ellos, de forma llamativa, bailaba una pareja; una negra de caderas rebosantes impostadas que se movía con gracia, seguida muy de cerca por un viejo negro muy delgado vestido pomposamente con un simulacro de smoking negro, de pobladas y largas barbas blancas fingidas, apretujadas a su quijada que, con simulados movimientos entre bruscos y aparatosos de su cadera, pretendía conquistarla apoyándose en un bastón.

A partir de allí, intentó por todos los medios de conseguir hacerse con un tambor. Para ello comenzó a utilizar los barriles una vez terminada su existencia tanto fueran de granos, harinas o whisky. Los limpiaba, secaba y encima les colocaba una tira de piel de vaca, becerro o cerdo. Al principio le costó mucho lograr uno, pero no se amilanó y siguió intentándolo. En seguida notó que cortando apropiadamente las duelas podía confeccionarlos más pequeños, de distintos tamaños. Las humedecía y luego con calor y maña lentamente les iba dando la forma requerida. Posteriormente elegía los aros metálicos que le daban la forma definitiva y al final les colocaba el cuero ajustado y bien prieto en la parte superior. Antes de tocarlo ajustaba el sonido dándole la tensión adecuada; lo sostenía desde la parte trasera y acercaba el cuero a un fuego hasta que se tensaba lo suficiente. Luego practicaba por las tardes antes de anochecer, en el jardín trasero de su casa donde su madre cultivaba varios tipos de flores. El golpeteo no pasaba desapercibo; en varias ocasiones se les quejó Don Fernando que tiene la barbería muy cerca. Con cada golpazo que daba sobresaltaba la clientela, la asustaba de manera que se negaban los afeitara; la navaja reluciente les semejaba una guadaña, el barbero de blanco les sugería el mensajero inquisidor y los zambombazos el paso marcial; la hora definitiva. Paraba por un rato, pero después del atardecer continuaba practicando. En cuanto cerraban el colmado Joaquín se le unía con su trompeta. Formaban un dúo cuyo sonido retumbaba machaconamente hasta llegar a las colinas; los ecos en el monte devolvían el estruendo espantando la manada de cerdos de Irena incapaces de terminar su persecución a las presas elegidas. Entonces salía enfurecida a regresarlos a su pocilga y desde su casa comenzaba a disparar con su escopeta hasta que ambos músicos se percataban de su insolencia y se retiraban a continuar con su sonata dentro de la casa.

Facundo con el correr de los tiempos decidió aumentar su talante musical y compró una batería, un poco simple pero suficientemente ruidosa, en uno de los viajes que tuvo que hacer a Bilbao. De esta manera pudo incrementar notablemente su acervo musical dándole a la orquesta un timbre más moderno, más encauzado al repertorio. Podían atreverse con canciones diferentes. Por lo tanto, luego del triste episodio con el infausto e ingrato extranjero, a las órdenes de Joaquín como director, decidieron que el siguiente año sería diferente. Partió Facundo a Madrid a la compra de nuevas partituras. Los atelieres musicales más destacados están situados en el casco antiguo y pensando que no llegaría a tener la misma suerte que en Lyon, que seguramente no le permitirían entrar con su caballo, no tuvo más remedio, a insistencia de su propio padre, que ir y volver en autobús. Un par de semanas después volvió con un montón de partituras nuevas, algunas para ser cantadas con un coro. Tuvo que ir a varios locales musicales y de paso se trajo consigo nuevos tambores, pero esta vez de reconocido luthier.

Al volver se acercó a la casa de la violinista Sonia Martínez de los Montes y de la acordeonista María Eugenia, la hermana menor de Julia, a entregarles las partituras que le correspondían del nuevo repertorio. María Eugenia, en especial, le pellizcaba muy dentro suyo; soltera y atractiva, joven para lo que representa el pueblo, había nacido de casualidad pues nadie esperaba que sus padres, ambos de más de cincuenta años, pudieran llegar a pasar por trances tan peculiares y que concibieran un desacierto tan preocupante a esa edad. En un principio Matilde, madre de Julia, distinguió síntomas extraños dentro de su cuerpo, ajenos a lo que se pudiera interpretar como un ataque masivo de gases; algo diferente estaba ocurriendo, esos movimientos peristálticos no se correspondían con ninguna colitis o estreñimiento. Viven a la vuelta de la barbería de Don Fernando. Pensó que se podría arreglar con una simple infusión de anís estrellado, ruda o similar. Su error la llevó a confiar en la sapiencia curandera del barbero. Abrió la puerta de su local abruptamente. Don Fernando en ese momento estaba luchando contra el molar de un vecino que tenía la boca totalmente abierta; pujaba con sus dos dedos cual garfios, tirando a un lado y otro, de tal manera que movía la cabeza del afligido y gran parte de su cuerpo que, sin reparos, se escabullía como podía dentro del asiento al cual se agarraba con ambas manos; hizo tanta fuerza que el molar con parte de la encía, saliva, sangre, babas, gargajeo y un montón de palabrotas, se le escapó de las manos; el conjunto rodó por los suelos. Matilde, un tanto consternada, se echó atrás hasta que Don Fernando, satisfecho de su tarea y notando su presencia le dijo:

—Matilde, que alegría verte.

Se estiró, restregó el delantal tratando de ponerse presentable, se limpió las manos, recogió con la escoba el deteriorado molar y sus acompañantes sanguinolentos y le ofreció asiento.

A continuación, apretó la encía del paciente a los lados del hueco dejado, que palpitaba con vida propia, para evitar una probable hemorragia. El sufridor, aullando de dolor, le dio con fuerza un puntapié en sus espinillas, pero tan acostumbrado estaba a esas actitudes desagradecidas que no se inmutó, cogió las dos gallinas y tres docenas de huevos con que le pagó y se acometió a escuchar a Matilde.

Luego de un rato, le hizo un cuestionario tan sencillo como lógico: Última vez que había evacuado, color de las heces, fiebre, vómitos, dolor de cabeza, etc. Al cabo de un rato, rascándose la cabeza del desconcierto, se acercó un poco abrumado, le colocó ambas manos en su vientre y exclamó entre asustado y temeroso:

—Pero Matilde, estás embarazada, por lo menos de cinco meses, carajo, como lo has hecho, ¿Es de tu marido?

Matilde impávida de momento reaccionó enseguida y, sin tomar en cuenta la realidad de un embarazo, lo acusó firmemente en lo que consideró un insulto. Le espetó a bocajarro:

—Pretendes ofenderme — contestó iracunda, ruborizada.

—Mi Alberto es de muy buena ley, aún puede, me oíste. ¡Sacamuelas!

Bueno, replicó Don Fernando, es que a tu edad….

—A mi edad, ¡Qué! Quieres que venga y te zurza a puñetazos.

Se levantó cogió su bolso y se fue ofendida.

Meses después nacía María Eugenia, redondita de cara, un poco escuchimizada, pero despierta intelectualmente. Tuvo una influencia harmoniosa persuasiva desde temprana edad que la llevó a apasionarse definitivamente por la música. A la madrugada la despertaba el contrapuntear de los gallos de Irena en su desespero por escapar de las gallinas en celo, en cuanto salía el sol los trompetazos de Joaquín Bermúdez la sobresaltaban para el resto del día; el persistente resonar y entrechocar de las lecheras y cubetas cargadas con el mañanero ordeñe de las vacas de Delia la dejaba desconcertada y, a la tarde, la abrumaba el rebuscar, hociquear y gruñir de los cerdos de Irena desesperados por atemperar el atardecer con algo sólido antes de ser recogidos; entrando el día los sonidos intempestivos de trompeta y tambores con que padre e hijo en momentos de inspiración musical homenajeaban la caída del sol la ponía de los nervios. Todo en sí le representó esplendorosos y, a veces tormentosos, momentos auditivos que moldearon el corazón sensible de la joven más querida del pueblo; de tal forma que cuando se formaron los primeros esbozos de orquesta y fructuosos ensayos con los Bermúdez y Braulio Montesquinos, que en esos primeros tanteos solo utilizaba un cuchillo raspándolo contra los bordes de una botella vacía de anís, quedó prendada con todo lo referido a la música. Sonidos armónicos que en su conjunto hilvanaban emociones tan bellas e inspiradoras como las poesías que le había contado de pequeña Julia. Decidida a continuar por esa vía dedicó parte de su vida a aprender un instrumento.

Entre ella y Delia nació una sólida amistad. La ayudaba en todo lo que podía. Por las mañanas cargaba los quesos recién preparados hasta la cueva, quitaba el exudado a los más añejos y los separaba por añadas en distintas estanterías. Una vez en casa llevaba los frescos al colmado de los Bermúdez, los más curados a casa de Paulina y luego seguía entregando los encargos del pueblo.

Por las tardes se dedicaba al estudio. Dos veces a la semana venía una profesora desde "El Cortigal" llamada Amelia García Robledo, su instructora. La entusiasmó sobre el valor de la música, le explicó su comienzo e importancia en el desarrollo de la cultura, las distintas tonalidades, el orden de las notas y las leyes de la armonía. En su paso por la historia le recordó la gran influencia que tuvo la China en todo tipo de inventos, hallazgos, artificios y descubrimientos. Le resaltó la importancia de Ling Lun a quien se atribuye la confección de unas cañas de bambú que imitaban a la perfección los cantos de los pájaros mediante la armonización de cinco notas musicales. Al verla tan entusiasmada le trajo a conocimiento algunos instrumentos que conocía muy bien y que incluso ella tocaba como el acordeón.

—Es un instrumento de lengüetas que vibra con el paso del aire. Tiene su origen en las hojas de los árboles que silban al ser agitadas por el viento. Leonardo da Vinci diseñó un instrumento "el organi di carta" consistente en tubos sonoros de papel. Mediante un fuelle de viento continuo y un teclado adosado a un costado permitía la formación de notas, es decir el antecesor del acordeón.

Amelia García Robledo era pródiga en música, historia y ciencia, y María Eugenia la admiraba y quedaba boquiabierta cada vez que se lanzaba a discurrir sus conocimientos culturales, los cuales a veces los adornaba con disquisiciones propias. Solterona, nunca había tenido un hombre a quien amar, pero había volcado su desbordante energía en el saber.

Un día le trajo el acordeón y descubrió su manejo, cómo abrir y cerrar el fuelle, donde pisar las notas, la posición, el mantenimiento de la postura y tocó algunas canciones populares con la idea de entusiasmarla. A partir de allí la mayor parte de la enseñanza terminó encausada en la música. María Eugenia volcó su ingenio en el acordeón por las tardes, una vez terminadas sus labores con los quesos de Delia y con el mantenimiento y cuidado de las vacas de la familia durante las mañanas.

Aquel día llegó a su casa Facundo a entregarle las partituras. Cuando le abrió María Eugenia no pudo menos que decir:

—Pero Facundo—, y tomó aliento. ¿Es que murió alguien o vas a un casamiento?

Facundo en su último viaje a Madrid había visto varias tiendas y con el corazón palpitante de sonrojo juvenil decidió adquirir ropas capaces de enamorar. Ese día, oportunidad deseada y esperada, no debía de perderla. Se vistió de una elegancia desconocida.

Acostumbrados como estaban a verlo en overol azul con varios lápices de colores colgados del pecho, los bolsillos deformados por herramientas, notas y facturas, oliendo a macho campestre, calzando botas de goma negra con el taco y los bordes embarrados, ahora parecía un figurín de moda. Impoluto, con una chaqueta azul cruzada, abotonada; llevaba un pañuelo delicadamente puesto en su bolsillo delantero del cual sobresalían con distinción tres picos, un pantalón oscuro con la raya remarcada por la plancha de su madre, zapatos de cuero negro muy lustrados, perfumado con lociones varoniles y una camisa blanca debajo de la cual, lucía un colgante a modo de escapulario que le había obsequiado Paulina en una ocasión cuando se había puesto con una diarrea galopante; la esfinge de Dian Cecht, dios de la salud. Llevaba en una mano las partituras y en la otra un ramo de flores; unos lirios olorosos recién cortados del jardín de su madre.

Facundo, colorado como un tomate y la cabeza agachada, le respondió con voz temblorosa:

—Te vengo a traer estas partituras. Mi padre quiere que las tengas presente. Está preparando un ensayo para la semana que viene y desea saber si están a tu alcance.

María Eugenia, aun con la boca abierta, demoró unos segundos en recomponer sus pensamientos. No cejaba de mirarlo de arriba abajo. El perfume la endulzaba y la vestimenta de Facundo, brillante, deslumbrante, le relajó las piernas.

Facundo buen mozo, alto, con barba negra bien recortada que encajaba con sus ojos negros redondos y cabellos largos ligeramente ondulados a la altura de la sien; le caían hasta ocultar ligeramente el cuello. Estaba impoluto, serio, con los cachetes rojos de la vergüenza mirando el suelo pues no se atrevía a levantar la vista. Los pies soportando su estampa y las manos tiesas, a los costados como columnas griegas, estirado como si lo hubieran recién planchado, movía el pescuezo con discreción pues le apretaba tanto la camisa que le costaba respirar. María Eugenia seguía muda. Con cara de asombro se le había iluminado el torso, y sin querer, instintivamente sacaba pecho. Desde el fondo le subían con ardor guiños mareantes, le tintinearon sus ojos marrones, parpadeando daban destellos luminosos que se desprendían hasta rebotar en la silueta engalanada de Facundo. Su cuerpo comenzó a dar señales de acercamiento amoroso.

Lo hizo pasar. Se arremangó el vestido de a diario, recompuso el cabello haciéndose un nudo que le formaba una cola larga y se sentaron en el sofá, amplio para tres personas; uno enfrente del otro. Repentinamente apareció Delia quien, desde el corredor sin ver la escena, pensando que María Eugenia estaba sola le dijo:

—Hoy tiene que ser un gran día, es el comienzo de la primavera, presiento como si fuera a...— y vio a Facundo sentado en el sofá del comedor sujetando con ambas manos el ramo de flores. Quedó estupefacta. Le costó reconocerlo.

María Eugenia y Facundo estaban en silencio, sin decir una palabra, mirándose a los ojos, embelesados. Intentó pasar desapercibida. Sintió, en efecto, que el comienzo de la primavera estaba apoderándose de María Eugenia tocada por Cupido; las flechas los estaban atravesando sin piedad a ambos que seguían mirándose a los ojos y callados.

Meses después la orquesta cobraba nuevos arranques. A las órdenes de Joaquín se estrenaba con un nuevo repertorio melodioso para comienzos del verano. Se había formado un coro de unas 15 personas y tentaban entonar una nueva selección musical.

Capítulo 2

Los tiempos normalmente se agitan con rapidez, pero en algunos casos la lentitud es exasperante porque los motivos de cambio escasean. La tranquilidad se atesora cuando dentro existe un motor que ronronea y tira de las piernas, más en los lugares aislados no hay muchos alicientes a menos que un suceso alarmante rompa el silencio permanente; las sombras de la ociosidad corroen los cimientos de las parejas hasta hartarlas, la rutina se come los días y las noches mueren en el silencio de la oscuridad. Delia, extasiada al principio bajo la tutela de un hombre diferente, se refugia bajo el paraguas de un amor inquebrantable. Una lluvia de buenas intenciones y planes sin fin los embargan y llenan de expectativas durante el día y los arrumacos se pierden entre la suavidad de las sábanas por las noches. El pueblo languidece a falta de novedades, las buenas intenciones se esconden entre la somnolencia de unos habitantes que permanecen inalterables a expensas de sucesos que los empujen a nuevos cotilleos; las miradas recorren las paredes de los aburridos pobladores.

Delia y Alcides instalados en una casa pequeña al final de la calle principal viven adormecidos a expensas de conseguir los frutos de sus sueños. Se la alquilaron a Silverio Ortuño por unos meses hasta que su nuevo hogar estuviera preparado en "Mal rayo" la parcela que le han comprado a Cayetano. Alcides, prudente como es y con algo de aprehensión a nombres que puedan dejar una impronta negativa, decidió cambiarlo previo permiso de Cayetano quien asintió sin poner objeciones. El extenso terreno con el monte y toda la región, base de la futura familia, se llamaría "Dulces Sueños".

Mandaron allanar el camino pedregoso, cubierto de maleza y abandono y acondicionarlo según había quedado después del accidentado día que tuvo una pareja de novios que paseaba de excursión por la zona y que dio origen al nombre del campo. Luego de comprar quesos, vinos y algunas provisiones a Francisca Moreno en los "Titanes" para pasar el día, los pilló una tormenta muy potente, plagada de fenómenos eléctricos hasta que un rayo los dejó tiesos, calcinados. Murieron abrazados, petrificados cual estatua y como no los pudieron separar decidieron taparlos con una lona, dejándolos resguardados muy cerca de un árbol, hasta encontrar los medios para enterrarlos. Quedaron custodiados para evitar que el olor a chamusquina atrajera a los cerdos de Irena siempre ansiosos de comida.

Cayetano por un lado y Calixto Martiño por el otro hicieron desmedidas diligencias para encontrar a sus deudos y puesto que nadie demandó su presencia ni hubo ninguna demanda policial de su ausencia, decidieron darles sepultura allí mismo. Quisieron llamar al "cura trotador" para que les diera el último adiós y bendecirlos, pero Ernestino el grande que aún vivía y que se había apersonado con un grupo de personas del pueblo, se opuso terminantemente, aduciendo que, bajo la jurisdicción territorial de sus ancestros, íberos peninsulares, directos descendientes de ilustres romanos, nunca lo permitiría. Con la aprobación de Bruno Garrido y algún otro pueblerino, decidieron darles un "sepulchrum" según consta en los pliegues romanos de entierros y defunciones importantes. Así los manes no vagarían incesantes por todo el pueblo y aledaños. A continuación, se les ofrecería una moneda para que Caronte transportara sus almas en barca y pudieran atravesar la laguna Estigia hacia el reino de los muertos, pero como estaban tan tiesos y la boca completamente abierta del susto, a insistencia de Augusta Varela, le colocaron la moneda en la frente a martillazo limpio a cada uno aduciendo que no importaba donde colocarla siempre y cuando pagaran; luego esparcieron hierbas sagradas, quemaron incienso, cavaron y ajardinaron el lugar. Sobre una piedra Calixto Martiño cinceló una rústica lápida que decía:

"Unidos para siempre en un abrazo eterno"

Con el consentimiento de Cayetano y Calixto trasladaron la lápida de los "novios eternos" a un rincón bien alejado para evitar presencias extrañas. Quedaron incólumes, grises cual blasón largo tiempo abandonado, simulando ser unos espantapájaros hechos a navajazos, con cara de espanto y lágrimas cinceladas a la piel de escuerzo. La silueta quedó transformada en un símbolo para ahuyentar cualquier mal espíritu que osara acercarse; suficiente ejemplo para rechazar intrusos y salvajes malolientes.

Así transcurrió aquel día aciago tan marcado en el recuerdo del pueblo. Ahora otros vientos surcaban el monte y la pradera "Dulces Sueños" Los alrededores comenzaban a lucir una era de esplendor; savia nueva recorría los bosques y las inmediaciones, arrojando una fragancia inspiradora.

Antes de mudarse a su hogar definitivo Delia sintió agudos dolores en el bajo vientre. No le había venido la regla. Intuía lo que estaba pasando. No quiso comunicárselo de inmediato a Alcides. Lo miró con ternura al entrar al hogar luego de haber colocado los caballos a buen resguardo. "¡Qué sucede! Porque esa cara tan angelical" le dijo. Sostenía con una mano la escoba; la otra la llevaba extendida cerca de su regazo, la palma de la mano abierta con los dedos en posición de dar las gracias. Las piernas ligeramente abiertas la sostenían lo suficiente para mantenerse erguida un buen rato. El cabello le cubría parcialmente la cara; recostado hacia un lado le caía con gracia sobre el busto. Alcides se limpió las botas sin dejar de observarla. Se dirigió a la cocina y se sirvió café aún caliente. Era su segunda taza. La primera la había bebido de un trago, temprano por la mañana. Fría de la noche anterior. Se sentó, apoyó ambos codos sobre la mesa y volvió a hacerle la misma pregunta. Esta vez la miro fijamente a los ojos mientras salía humo de la taza. Se le acercó. Lo abrazó. Le cogió una de sus manos y se la llevó a su vientre. No se dijeron mucho más. Surgió entre ellos un calor reconfortante; momentos que se plasman en la memoria y se graban a fuego en las mismas entrañas. El frío del invierno estaba llegando a su fin. La casa lucía limpia. La habían dejado a su gusto, aunque sabían que pronto pasarían a su "hogar" definitivo.

Pasados unos meses observaba con cariño cómo su retoño se movía dentro de su inflado vientre formando con ésa vida una unión que la hacía más mujer; sabía que en breve sería madre y ésa sola palabra sumada a la imagen de ella acunando a su hijo la empujaba a sentirse elevada. Alcides enternecido lucía esplendoroso de felicidad.

Un día Delia estaba en su casa preparando una hogaza de pan y café para el desayuno. Sintió agudos dolores en su destacada barriga al tiempo que agua le caía entre las piernas. Llamó a Alcides quien con rapidez se apersonó con Augusta Varela, Lucía Ramírez quien oficiaba de partera y Don Fernando que pronto la auxiliaron.

Delia entumecida sobre la cama, rodeada de toallas, gemía vociferando por querer escapar de lo más ingrato de toda su vida.

No hay dolor en este mundo tan fuerte, nada comparable, las vacas paren sin el más mínimo esfuerzo, porqué duele tanto. Nunca las vi gemir o que les saliera una sola lágrima. Cuánto llevo esforzándome por quitarme… esto que no sale…no encuentro otras palabras para describir esta tortura, y todos vociferan alrededor mío, quieren dar aliento y dicen, ordenan qué debo hacer. Empuja, empuja, carajo. Ya sale, le veo la cabeza. Más fuerte, con toda la fuerza de tu ímpetu saldrá. Lo veo, lo veo. Empuja más, no aflojes le grita al unísono Lucía Ramírez, la parturienta, mientras Don Fernando ayuda secando y, entusiasmado, le sale de la garganta una voz de barítono a punto de desfallecer del intento de recoger al niño casi fuera, mientras Delia, a punto del desmayo, grita no más por favor, que valientes mis vacas, casi sin esfuerzo, por amor a todos los santos que se acabe. Nunca más, nunca más.

Ya fuera, despertaba un varón sano y bien formado. Aún no tenían decidido el nombre, les rondaban varios. Sostenido por Don Fernando, con cara arrugada, se movía como una lagartija sin llorar ante el gran susto general. Le dieron unas palmaditas en la espalda abrió la boca y lanzó un bronco sonido, un rugido fuerte y desgarrador. Hubo silencio. Incluso en la puerta de la casa se había reunido un grupo de amigos que sintieron como el bebé enseguida de aparecer al mundo se desahogaba de forma estruendosa. Alcides, sorprendido, se acercó a cogerlo entre sus manos; entonces emitió otro sonoro gruñido aún más penetrante, tan fuerte que dio un paso hacia atrás. Se miraron entre todos y comenzaron a preguntarse cuál sería un nombre apropiado. A Alcides se le había pasado por la cabeza el nombre de Basilio en honor del maestro que le había enseñado su amor a los caballos, a tratarlos con respeto, a sentirlos como si fueran humanos. Augusta Varela con los ojos abiertos, atenta a cada bramido del niño puso su huella "No llora ruge, carajo, como un León" Quedaron pensativos. Basilio ya no les sonaba adecuado hasta que Augusta Varela exclamó nuevamente "Sin duda es un León" al volver a oír un nuevo gemido grave. Delia miró a Alcides con ojos tiernos en señal de aprobación debido al amor hacia Augusta Varela y allí mismo quedó estampado el nombre del retoño.

León creció como lo que se supuso sería. No había momento de tranquilidad. A los meses gateaba. Se detenía constantemente para descubrir algo nuevo en cada instante; lo observaba minuciosamente, lo lamía, olía y luego exhalaba un distinguido y chirriado sonido más parecido a un reniego, un refunfuño característico, para a continuación apartarlo. Vista la nueva experiencia, a buscar más. Los pechos de Delia no le resultaban suficientes para calmar el feroz apetito. Alcides, con paciencia, preparaba biberones rellenándolos con abundante leche de vaca, de cabra y, ya crecido, le añadía un surtido de carne bien triturada y quesos curados rayados a sugerencia de Paulina. Al fin del segundo biberón reclinaba su cabeza a un costado de los brazos del padre en actitud de entrega y le colgaba desde la boca entreabierta, un hilo denso de materia prima que le corría por el cachete hasta llegar a los dedos del padre. Esa sensación sobre su mano derecha era el indicio inequívoco de que León tenía la barriga a tope y que no se despertaría por lo menos en tres o cuatro horas. No era la única característica de León; en cuanto se puso en dos piernas, comenzó a recorrer la casa a grandes pasos, cogiendo carrerilla en cuanto notaba que empezaba a dominar el andar, pero con poco estilo, tambaleándose como un borracho y, como su equilibrio aún no estaba del todo bien formado, cada tanto caía al suelo. A medida que iba cayendo, antes de tocar el suelo, daba una voz de alerta diciendo "Cae", primera palabra que aprendió poco después de decir

Papá, y Mamá. Luego se sentía un fuerte ¡cataplum! contra el suelo, pues la densidad de su cuerpo retumbaba sólidamente. Estallaba en una risa contagiosa mostrando los dos dientes de arriba hasta que Delia o Alcides lo levantaban entre muestras de cariño.

Siguió creciendo y tuvo como amigo inseparable al hijo de Facundo y María Eugenia quienes se habían casado a los pocos días de conocerse. Ambas mujeres quedaron embarazadas al mismo tiempo. Algo tan insólito en el pueblo de manera que cuando salían de sus casas y se encontraban en la plaza principal el encuentro daba lugar a reuniones de los vecinos curiosos por ver como crecía la vida. Asombrados de ver unas barrigas esplendorosas, puntiagudas y relucientes. Les ponían las manos encima para notar las patadas de los bebés. "Le noté el pie", "Es un brazo", "No" decía otra "Es la cabeza" y así se entretenían hasta que ambas mujeres retornaban a sus quehaceres diarios.

Marcelino, el hijo de Facundo y María Eugenia, nació una semana después de León. Nació con una cara de viejo que daba miedo mirarlo. No se lo podían explicar. Por más que lo observaran no había lugar a dudas, tenía la cara de un anciano. Sobre el ambiente crecía la sospecha. Con un parecido enorme a Cayetano. Augusta Varela miraba al niño, luego a Cayetano y cuando se volvía para ver la cara a Facundo, traslucía en sus ojos achinados por la incertidumbre un deje de furor entre rabieta, celos y desconfianza "A mí no me extraña nada" pensaba y le echaba una gélida mirada insidiosa a Cayetano quien incómodo por el parecido no sabía dónde esconder su cara. Era obvio que no tenía absolutamente nada que ver, no solo por la ridiculez y el absurdo de pensar que había habido alguna relación, sino por la imposibilidad de ello porque llevaba años sin saber que era una noche de amor; pero esto mismo era lo que a Augusta Varela la hacía sospechar. Su falta de apego amoroso en la cama, su ausencia de virilidad, su carencia de candial fervoroso con ella. "Si no es conmigo, con quién se las verá este energúmeno. Y yo que celaba de Paulina, cogones" y se marchaba de la casa de María Eugenia, bufando. Daba sus pasos de retirada con lentitud, mascullando, de cara al suelo. Se detenía en la puerta, se volvía para mirar al niño, a su cara arrugada, a sus ojos empequeñecidos por la vejez prematura y su expresión de viejo herrumbrado como si recién se hubiera tragado el vaso de ron con la uva empapada en alcohol con que Cayetano desayunaba y, negando con la cabeza antes de irse, miraba de soslayo a Facundo con la intención de ver hasta donde le llegaban los cuernos.

Esto fue sólo un pequeño incidente, pues a partir de allí, a Marcelino fue cambiándole la fisonomía; pasó de parecerse a Cayetano las primeras semanas, a tener un aspecto más apocado, estornudaba a menudo, en vez de gruñir o llorar daba la sensación que seseaba y cuando los fue a visitar Silverio Ortuño, María Eugenia y Facundo no daban crédito a la semejanza. Callaron desconcertados. En cuanto Silverio Ortuño lo levantó en brazos para juguetear, Marcelino le esbozó una sonrisa tan amplia que Cayetano, presente como estaba pues los visitaba a menudo para ver si el parecido cejaba de serlo, se sintió aliviado. Sin duda alguna era la viva imagen de Silverio Ortuño quien muy impresionado no pudo olvidar esa cara tan angelical, su sonrisa de entrega, al igual que la suya según creía. Pero esto no duró mucho, Marcelino se fue pareciendo físicamente, semana tras semana, a cada uno de los vecinos masculinos, hasta que un día determinado, cuando ya no quedaban integrantes varoniles a quien parecerse; ese día en que María Eugenia fue a despertarlo, un domingo para ir a pasear por la plaza, al vestirlo notó con gran satisfacción que de la entrepierna del niño le colgaba una hombría exacta a la de Facundo. El cambio repentino era evidente. Las formas varoniles, pene y colgajos, sin lugar a dudas eran por entero una copia fiel de los del padre: grandes pero desarbolados, pues Facundo la tenía delgada, larga y con un giro retorcido al llegar al final, como una serpentina tirada en carnaval. Entonces es que se respiró con alivio y así acabose el litigio entre los habitantes respecto a la verdadera identidad de Marcelino. No solo la genitalidad era propia del padre, su cara y todo su cuerpo físico pasó a ser un duplicado de Facundo, hasta en la rudimentaria forma de caminar en cuanto supo andar, algo escorado a un lado.

Ambas parejas vivían muy cerca y como notaban que la amistad entre los niños era tan grande y a falta de más niños jugando por el pueblo, Delia y Alcides decidieron comprarle la casa donde vivían que era propiedad de Silverio Ortuño. La mudanza hacia "Dulces Sueños" quedaría para más adelante; sería más que nada el lugar dedicado a las cabras, vacas lecheras y a criar caballos de raza; encargarían el trabajo principal a un par de conocidos para preparar el terreno y comprar el ganado. Alcides cada tanto marcharía a los lugares más apropiados a elegir las yeguas y potros para la crianza especializada.

Silverio Ortuño

Silverio Ortuño, antiguo monaguillo y ayudante de carnicero, era la estampa de un personaje totalmente diferente y singular. Hombre joven del pueblo pues no llegaba a los cuarenta, se había casado siendo casi un adolescente, pero pronto fue abandonado por su mujer, por lo cual había decidido vivir su tiempo sumergido dentro de la austeridad que regala la soledad en momentos de quebraderos espirituales. Esmirriado, de mirada ausente y algo acomplejado nunca tuvo grandes preocupaciones económicas pues había heredado algunas propiedades; compañero de Cayetano en los quehaceres carniceros cuando ocurría la matanza y jugador de mus en los ratos libres; pareja de juego de Bruno Garrido. Apocado con las mujeres a raíz de su mala experiencia con su esposa. Aún le giraba sobre su cabeza aquella nota escueta, escrita sobre un papel rústico de panadería, pinchada con un clavo sobre la puerta de salida, como para insuflarle aún más desprecio: "Me voy. ¡So aburrido y sin gracia!" Desde entonces, muy tocado en su amor propio y desilusionado con el Mesías, había dejado sus labores como monaguillo del "cura Trotador" que se aparecía en el pueblo cada dos o tres meses a celebrar una eucaristía a los pocos creyentes que aún existían, pues la mayoría de los pobladores cuando pasaban los sesenta años comenzaban a darse cuenta que el crucificado si hubiera vivido unos pocos años más, jamás hubiera perseverado en su actitud salvífica. También tuvo experiencia en labores menores, pero siempre como segundón, indicando su compostura, su perfil de hombre tirando por debajo de la media del pueblo. Llevaba encima una estrechez de miras irreductible pues saludaba en plan filosófico "el futuro es incierto, porqué hacer planes" Quizás debido a su pobre salud atribuida a una gripe perniciosa y duradera que le había durado más de ocho años dejándole como secuela principal una tos fuerte acompañada de una carraspera larga que terminaba con fuertes gargajeos previos a un escupitajo verdoso. Esta situación le aparecía constantemente y a su esposa le llevaba por la calle de la amargura, pues si se ponía nervioso comenzaba a sesear, pero si empeoraba, cosa muy frecuente, le surgía esa tos revoltosa y un tartamudeo desesperante. Dados echados, ella partió para nunca más volver.

Luego de venderle la casa a Delia y Alcides, Silverio Ortuño comenzó a sentirse un hombre nuevo. Respiró profundamente, sintió le corría savia nueva por sus venas, en especial al ver la palpable felicidad de Delia y Alcides con León y cómo Facundo y María Eugenia mostraban una alegría desbordante. Cuando levantó en sus brazos a Marcelino, una criatura débil pero llena de vida, le insufló una energía desconocida como si hubiera tocado un botón de arranque hacia nuevas aventuras; le brotó una inusitada algarabía interna. Pensó que ya era su hora. Dejar una simiente le pareció de lo más oportuno sacando a luz los sermones del "cura trotador" cuando oficiaba de monaguillo "Multiplicaos y Dios os tendrá en cuenta en su sagrado regazo" Hasta le surgía una envidia desconocida. Se decía "Si Facundo, con lo bruto que es y la falta de tacto para encandilar a una mujer lo logró, pues a mí me sobra hombría para enamorar" sin tener en cuenta su aspecto físico y olvidando por completo la carta que le había dejado su esposa. Ni se le ocurría que fuera aburrido, ponía sobre la balanza sus bondades: joven (dentro del pueblo), ex monaguillo, gran jugador de mus, aunque no le parecía que esto sirviera para cautivar, pero en sí le resultaba favorable y le hacía sentirse mejor, y siempre bien dispuesto a ayudar al prójimo, heredad que se le había incrustado en sus carnes gracias a la oratoria persuasiva de escuchar tantos sermones. Hizo sus averiguaciones y llegó a la conclusión que había dos mujeres que estaban a tiro de escopeta: Amelia García Robledo la profesora que instruía a María Eugenia y tocaba el acordeón y Sonia Martínez de los Montes la violinista de la orquesta. Pero en sí se daba cuenta que había algún obstáculo que tenía que salvar: las dos estaban muy unidas a la música y esto le resultaba preocupante pues siempre supo que era muy duro de oreja. Nunca pudo cantar más de dos notas seguidas sin perder el compás y bailando era lo que se dice un zoquete, tropezaba en la raspa, se olvidaba de la letra de "Tengo una vaca lechera" y se perdía con los pasos dobles. De un desaliento brutal. Pero no se amilanó. Llevaba mucho tiempo solo. Estaban en primavera y luego de haberse puesto la americana azul abotonada que se había apropiado de Ernestino el grande y verse en el espejo, se peinó a lo Gardel con un montón de gomina. Intentando ser un conquistador tarareó "Cambalache" a la vez que sonreía y daba unos pasos bien juntos. Pie tras pie, casi pisándose, tipo arrabalero. Creyendo sentirse un chulo rioplatense, sacaba pecho e imaginaba escenas de películas inolvidables en donde los hombres todavía eran de pelo en pecho. Mientras hacía sus mejores pinitos de baile con la música bien alta para entusiasmarse, se miraba en el espejo, del lado bueno de su sonrisa, es decir el izquierdo con unos dientes bastantes bien equilibrados, pues del lado derecho los tenía torcidos y un premolar le sobresalía indiscretamente.

Sé lo que pasó con Ana María. No me volverá a ocurrir. Voy a cambiar. La soledad no es buena consejera. ¡Mi hermano tan perfecto! ¿Por qué desapareció tan repentinamente? Sobresalía en todo. Mis padres lo adoraban. Poco empeño pusieron en mí. Fui consciente de su superioridad, pero el favoritismo no se explica. Salvaje y fuerte, se sentía querido y eso lo hacía sentirse superior. Conmigo se comportaban con displicencia. Ahora no están. La dureza de la casa vacía me oprime. Hay días que salgo a caminar para respirar, ver gente, escucharlos, aunque tengan la opinión que tienen. Hay miradas hirientes. Augusta Varela es cruel, no necesito escuchar lo que dice. Su mirada es expresiva. En la soledad del cuarto me agobian sus caras, sienten desprecio. No conocen la sensibilidad de los demás. He visto morir a mis padres. Su esfuerzo por demostrar que me querían, aunque dentro les notaba la forma compasiva de su mirada. Hasta adivino sus pensamientos. El seseo que tengo los descomponía. La tartamudez que aparece sin anunciar los dejaba mirando para otro lado, esquivando su repulsa. En especial cuando me contemplaban y comparaban. Sé que lo hacían. Sus ojos delataban sus pensamientos. No los deprecio, pero no permitieron que… La memoria pesa. Está siempre girando dentro de uno. Vuelve y se agarra, puede llegar a destrozar. No recuerdo siquiera una caricia de parte de madre. Y cómo me hubiera gustado que me abrazara como hacía con mi hermano. Sus sonrisas cómplices. Fuera esta cara. No puedo disimular los dientes del lado izquierdo. El pelo así, bien liso, está mejor. Ese tango arrabalero. La letra. Qué desgarro. Estos pasos. ¿Serán tan pegados o estoy exagerando? De este costado hasta parezco otro. Así, así. Una vuelta corta cogiéndola de la cintura y riendo, hablando lento, sin grandes pausas, como para adormecerla. Susurrar al oído cosas bellas, empalagosas. Tengo que lograrlo. Seguro que Facundo hizo algo similar. Los veo felices. Un niño. Eso debe de enorgullecer. Verlo crecer, reír y que sus brazos pequeños se alcen para alcanzar al padre. Ser padre…Debe de ser una maravilla. Sentirse amado. Nunca lo experimenté Seré completamente diferente. Sí que lo querría, siempre estaría a su lado para protegerlo, no permitiría que sufriera ni que se sintiera acomplejado. Tengo que superarme, pero cómo ¿Y si me dejo el pelo largo? Limpio y aseado es suficiente. Alcides y Delia… Son todo un ejemplo.

Pasaron unos cuantos días; decidido a un cambio como fuera ensayaba posturas y formas de caminar, leía en voz alta diálogos de novelas románticas en donde los héroes siempre se hacían con la enamorada y pensaba cómo abordar a sus pretendientes, pero le seguía faltando un atisbo de arresto. Su sueño se trancaba en cuanto advertía su carencia de bagaje musical. Finalmente decidió aprender un instrumento. Que fuera fácil pues entendía que la música tiene un abanico muy grande de aprendizaje. Su falta de coraje y empuje lo retrasaba en sus intentos. Se acordó que Braulio Montesquinos tocaba la pandereta en la orquesta y seguro que algo así podría estar a su alcance. De niño tuvo una época en que había salido con amiguitos en carnaval para conseguir propina; él era el más pequeño. Se encargaba de silbar y golpear dos tapas de cacerolas; en sí no era mucho, pero podría servirle de apoyo.

Tenía que ir a visitar a Braulio Montesquinos a su casa que quedaba al final de una calle de poca importancia, algo lejos del centro. Sabía que tendría que soportar la cháchara de aquel hombre solitario de 82 años con cuentos y hazañas propias (las menos) y un sinfín de discursos políticos. Había sido un guerrillero en su tiempo y contaba por decenas los enfrentamientos que tuvo con las fuerzas del bando opuesto; pero como nunca hubo testigos, siempre quedó la sospecha que muchas eran de su invención y otras escuchadas de su padre quien sí de veras había sido un legionario conocido y cargado de medallas, tantas que después de muchos años de usarlas constantemente prendidas a la solapa del cuerpo de guerreros, que no se quitaba ni para dormir, le vino una lumbalgia trepidante y le quedó doblado el espinazo. Andaba cabizbajo por entero, como buscando algo perdido en el suelo. No hubo forma de enderezarlo. Al final de sus días con 103 años, arrugado y canijo lo tuvieron que enterrar en una caja de madera de fruta, pues con tanta edad (los huesos casi flotaban) y la falta total de movimiento a excepción de la lengua pues nunca paró de hablar, se había quedado tan estrecho de todos lados que hasta los ataúdes de niños le quedaban holgados. Como Braulio Montesquinos era muy cabezón y con una idea muy particular de la religión, insistió que lo enterraran en su jardín, en un apartado visible desde la ventana de su cuarto pues entendía que en cualquier momento llegaría el juicio final y con la esperada resurrección quería estar entre los primeros en saludarlo.

Un día Silverio Ortuño se animó y se acercó a su casa. Antes de entrar se sacudió el polvo y rezó en sus adentros un padre nuestro, aunque ya era poco creyente, pues le daba un poco de cuidado entrar en la casa de Braulio solo; los allegados y amistades que poco o nada lo visitaban sabían muy bien a qué hora entraban, pero ni se podían imaginar la hora de salida. Se le consideraba un "tostón" de mucho cuidado. Se recuerda el día que se topó cara a cara en medio del pueblo con el "Macizo Cataplás", el marido de Paulina. Se miraron en medio de la principal calle. El entrecejo fruncido, preparados para enzarzarse. Cuando estuvieron frente a frente el "Macizo Cataplás" consiguió hablar primero. Braulio Montesquinos, tieso como estaba, no dio un paso atrás, aguantó el vendaval y luego de horas de escucharlo dijo: "Ahora me toca a mí" Sacó las manos de los bolsillos para poder gesticular mejor y empezó con destreza su charlatanería. Pasaron horas. Los vecinos permanecieron escondidos para que no los envolvieran en tales discursos anodinos. Entrada la noche una lluvia sin precedentes los separó; ambos se fueron cada uno por su lado a paso lento.

Silverio Ortuño tímidamente golpeó la puerta. Braulio Montesquinos no le abrió. Como estaba ligeramente entornada, la empujó para descubrirlo frente a la ventana hablando con firmeza y solicitud hacia el jardín, adonde estaba la sepultura de su padre. En ese momento le decía en voz alta:

—Yo tengo mis virtudes. Mis galardones son auténticos no me importa donde escondiste tus medallas, ya te lo he dicho; no amenaces ni intentes darme la bronca con tus victorias. Me tienes harto de escuchar tus monsergas, no importa que todos sepan tus relaciones con Paulina. Siempre fuiste un embaucador y obsceno irreverente.

Al escuchar esa confesión Silverio Ortuño dio unos pasos hacia atrás con la intención de dejarlo para otro momento, pero muy alterado con un pie tiró al piso la estatuilla que Braulio Montesquinos tenía a la entrada: un buda con cara de burlón y una serpiente enrollada a lo largo del cuerpo.

Hizo un ruido estremecedor en cuanto golpeó contra el suelo, rodó y se deprendió la serpiente que quedó enredada entre las piernas de Silverio. Braulio Montesquinos se giró y miró con furia. Quién sería el atrevido de entrar en su hogar sin haber golpeado la aldaba de hierro.

— ¿Cómo te atreves?, bramó con insolencia.

—Es que quieres que te muela a palos, y cogió rápidamente la escopeta que tenía al lado del buda. Silverio Ortuño se puso a sesear como nunca lo había hecho en su vida, luego gargajeó y en la garganta se le atravesó una mucosidad espesa que no le permitió más que decir bien bajito:

—Soy Silverio Ortuño. A continuación, carraspeó y dijo:

—Vengo a charlar un rato, una visita sin importancia, y se apresuró a aclarar:

—No oí absolutamente nada de lo que decías. Claro que hablabas con tu padre, tan reconocido y buen militar que fue.

A continuación, y con suma rapidez recuperó el aliento, dejó de sesear y gargajear haciendo fuerte el curso de 6 meses que había hecho por correo para agregar ya con voz de hombre:

—En realidad vengo a que me enseñes algo de tu buen saber musical.

Braulio Montesquinos abandonó su actitud beligerante, dejó a un lado la escopeta y recogió malhumoradamente el buda mientras Silverio Ortuño levantaba la serpiente y trataba de recomponer el estropicio que había hecho.

De inmediato lo invitó a sentarse a la vez que abría una botella de aguardiente y colocaba dos copas encima de la mesa. Comenzó a conversar como bien sabía; batallas, luchas con los enemigos, heridas recibidas que las mostraba con gran orgullo en las piernas y parte de la bala que se le había quedado incrustada entre dos vértebras.

—Mira esta radiografía. Es mía y esta cosa pequeña que ves es un pedazo de bala de un rifle, del maldito bastardo que luego le arranqué el corazón. Estará dando vueltas por el limbo, pero jamás le permitiré que se acerque a nosotros. La tengo encajada entre vértebra y vértebra, nadie me pudo quitar ese maldito cacho de plomo. El dolor que me causa cuando hay tormenta me hace jurar y perjurar por todos los cielos ante la tumba de mi padre que no le permitiré descanso alguno; cada relámpago lo siento dentro, me sacude los huesos y con los truenos me vibran algunas vértebras.

Luego seguía con las hazañas de su padre, que adornaba y multiplicaba. Vivía solo desde tiempo inmemorial, pues la única novia que tuvo cuando tenía 19 años se fue espantada en cuanto lo vio disparar contra cada pájaro que pasaba por su jardín. Se dedicó meses enteros a la cocina, a preparar mermeladas de ciruela y su especialidad, naranjas amargas; aderezar perdices en escabeche que luego almacenaba en el congelador, etc., y así le iba explicando su vida doméstica a Silverio Ortuño, inmóvil como había quedado después del susto de verlo apuntándolo con una escopeta. Siguió dando detalles de sus preparados culinarios. Como embalsamar, según llamaba a rellenar, a los pavos después de desplumarlos, quitarles las vísceras y embutirlos con cebollas, ajos, nueces, pasas de uva, manzanas machacadas, aceitunas, res molida, chorizo, tocino y un largo etc.

—Los crio en el amplio terreno del fondo, los dejo libre para que se las arreglen y en lugar separado tengo los gansos y patos; a veces los junto todos para que se conozcan y disfruten en común. Además…, y paró repentinamente de hablar. Le vino un vahído. Quedó tieso. Respiraba tan lentamente que Silverio Ortuño empezó a sentirse con ahogos y temía le resurgieran sus tartamudeos.

Al cabo de unos minutos recomenzó el habla y dijo:

—Debe de estar formándose una tormenta, esa electricidad parece que mueve el metal y hace rechinar algunos nervios de la garganta; me deja sin habla unos minutos. Quiso seguir charlando, pero viendo a Silverio Ortuño tieso como si se hubiera tragado un sable, que respiraba de a ratos con dificultad, rojo totalmente, le expresó:

—Pero Silverio Ortuño, aún no te conté lo que le sucedió a mi padre en el enfrentamiento con las huestes enemigas. Vamos hombre, y le tocó un brazo. Estaba tan frío que le sirvió otro vaso de aguardiente. Le cayó bien pues antes que Braulio Montesquinos siguiera con su disparatado monólogo lanzó con rapidez y decisión:

—Quiero que me ayudes a que aprenda algo de música para tocar en la orquesta, pero no sé por dónde empezar, tú te las arreglas muy bien con la pandereta, necesito aprender algo sencillo y rápido, y a continuación siguió explicando los motivos que tenía para embelesar y atraer, harto de vivir solo y su gran necesidad de traer un vástago al mundo. Habló con suma rapidez sin dejar un ápice de espacio en su discurso, nada que pudiera darle pie a seguir con sus farragosas historias.

Braulio Montesquinos se puso a pensar, calló un buen rato y de pronto sugirió:

—Las matracas, las castañuelas o la zambomba serían lo ideal para tipos con tan poca oreja como tú.

A partir de ese momento sus peregrinaciones a la casa de Braulio Montesquinos se fueron acentuando; hasta se acostumbró a escucharlo. Sabía que las tres primeras horas se las tendría que aguantar como fuera pues necesitaba beber media botella de aguardiente antes siquiera de empezar a volcarse en algún instrumento. Se había centrado en la zambomba pues aún le vibraba el gusto por aquel sonido. Tuvo que cambiar el parche que la recubría; estaba roído y además al primer tirón la varilla se resquebrajó. Cambió todo y lo dejó listo. Silverio Ortuño no más verlo y tirar de la varilla notó que no era tan obtuso. Le sacó el sonido grave y peculiar apto para música populachera y regional, aunque Braulio Montesquinos insistió en que debía de tomar muchas clases, que no era tan sencillo.

—La zambomba es un instrumento muy serio, requiere su tiempo de aprendizaje, y, aunque me doy cuenta de tus avances, aún estás muy verde.

Luego de un par de meses de sufrimiento, con la ayuda de Braulio Montesquinos y mucha perseverancia, pensando que ya estaba preparado para dar el salto, se apersonaron a visitar a Joaquín Bermúdez al que convencieron con la ilusión que la zambomba o las castañuelas le darían un toque más español a su ajustado repertorio y lo aprobó para que hiciera una prueba. Todavía faltaban unas semanas para la festividad del verano por lo cual los ensayos se repetían cada semana; para ello pusieron a Silverio Ortuño muy cerca de la violinista Sonia Martínez de los Montes, cosa que a él lo puso ansioso y lleno de nervios. La oportunidad se le presentaba cercana, sin duda surgiría el momento de entusiasmarla con alguna ocurrencia y así conseguir de a poco enamorarla. Le indicaron que su turno era después de los primeros 35 compases, que los contara; cosa que afirmó sin enterarse y temeroso de preguntar por el significado de un compás. Tampoco le advirtieron que debía de seguir la batuta de Joaquín, pero esto no le hubiera servido de mucha ayuda pues el director, muy suyo como era, tocaba unos cuantos compases con la trompeta, a modo de entrada, y luego cogía el palo pulido y lacado personalmente en su casa que usaba a modo de batuta. Esto a Silverio Ortuño lo terminó de perder y en un momento determinado que debía de tocar Sonia Martínez de Montes el violín en solitario, el resto de la orquesta permanecer en silencio, Silverio Ortuño creyendo era su turno dio varios zambombazos seguidos con todas sus fuerzas, como para decir aquí estoy. Hubo un silencio desolador; todas las miradas coincidieron en Silverio Ortuño quien aturdido no lograba entender que estaba sucediendo. Lo perdonaron.

Pasaron muchísimos ensayos y tremebundas explicaciones; Silverio Ortuño con gran perseverancia, pasó los exámenes y se amoldó a la orquesta, a las horas de ensayo, a la jerga musical del director, a las conversaciones con los demás integrantes. Cada tanto observaba a Sonia sin atreverse a dirigirle la palabra. Nunca pudo contar los 35 compases de silencio, pues a los 6 o 7 se mareaba o se embobaba mirando la silueta de Sonia quien viéndolo tan perdido optó por echarle una mano. Cuando llegara su momento musical le daría un toquecito discreto con el pie y así fue como pasó a formar parte de la orquesta.

De allí en adelante hizo cuanto pudo por estar a su lado. En cuanto terminaban los ensayos se le arrimaba. Experimentaba sus dotes amatorias y recitales memorizados de las novelas románticas que había aprendido o los solos melifluos de algunas películas viejas, sin que Sonia se diera por aludida, quizás pensando que un tipo tan solitario y aburrido como era descargaba su solitud en quién podía. Lo aguantaba compadecida, aunque su corazón giraba hacia otras latitudes; el director de orquesta le chiflaba con sus dotes y apariencia. Encimado a un cajón de madera, se mantenía erguido, haciendo equilibrio con las piernas entreabiertas para mejor manejo de la batuta; con la elegancia de quien dirige el tránsito en una calle concurrida. A ella le parecía de una audacia y erotismo singular, en especial cuando posaba sus gruesos labios sobre la trompeta pues esos labios tan carnosos los imaginaba deslizándolos sobre sus curvas.

Sonia, un poco entrada en carnes, pero de simpatía contagiosa, sonreía con gracia a Silverio Ortuño sin ninguna otra intención que la de ser amable. De pelo negro muy espeso y largo, con voz suave y dulce, sus delicadas formas de hablar sobresalían dejando una sensación de placidez y confort. Vivía cerca de Don Fernando y desde su casa podía oír cuantos gritos daban algunos clientes doloridos, por lo cual en esos instantes sacaba el violín y se daba a la tarea de tocar el Allegro Nº 5 de Bach, menos agudo y de sonoridad más soportable para su perro. Cuando tocaba su pieza favorita el Adagio de Albinoni, el perro se ponía a aullar sin parar hasta que sus padres la conminaban a cambiar de repertorio o ellos mismos se encargarían de echar al perro, pues reconocían que los Bermúdez, con quienes hacían vecindad se podrían quejar y como creyentes que eran, no querían que nadie se ofendiera y diera lugar a que el altísimo, tan ocupado en tareas más importantes, se molestara y les cayera una tromba de desgracias.

A Sonia, esa proximidad con Joaquín Bermúdez, le llenaba la cabeza de intenciones. Antes que saliera a dar sus toques de trompeta para indicar el comienzo de un nuevo día en su negocio, espiaba sus movimientos desde su cuarto haciendo eco de su agudo oído y en cuanto afianzó su lugar en la orquesta no le perdía la pista. Sabía que estaba casado con Francisca Moreno, pero no entendía que fuera de su gusto amar a ese ser rollizo, basta, afectada y vanidosa, quien se esfuerza en relucir sus pechos con ajustes y adornos, marcando con pomposidad desde donde comienzan esas fortalezas carnosas que le sobresalen como bolas infladas y lustrosas. Me descompone verla. Y saber que están juntos.

Sonia con busto modesto, se observa de refilón acrecentando la compostura del torso en un afán de parecer más tentadora. En la orquesta le echa miradas de fuego y está siempre dispuesta a tentarlo como sea. Riéndole sus chistes, apoyándolo en los cambios del repertorio, afirmando sus reacciones con los integrantes de la orquesta por no estar atentos. Es la primera en obedecerle y darle la razón cuando remarca los errores que cometen. A Joaquín le descomponía la orquesta cuando no entraban al unísono sabiendo la mala impresión que causa cuando se forma un barullo sin armonía al comenzar una pieza. Otras veces, mientras el bajo daba los primeros compases y el resto callaba, algunos entraban a destiempo o se sucedía un silencio devastador hasta que la melodía con Sonia en el violín salvaba el desliz recomponiendo la confusión, cosa que el público, profano como era, entendía que era una improvisación maravillosa del director y aplaudían unos segundos sin control.
En su casa nunca faltó de nada, única hija y heredera de unos pocos bienes que habían acumulado sus padres como ganaderos. Habían convencido y orientado a su hija desde pequeña para que aprendiera el violín y siempre muy obediente y condescendiente con

ellos no los defraudó. Venía un tutor a su casa regularmente, mayor y serio, que la encausó en la música durante los primeros años de su juventud. La falta de muchachos de su edad la convirtieron en una persona entregada a la música y a sus padres. Durante los ratos libres pasaba las horas escuchando novelas en la radio. Leía con pasión y escuchaba seriales radiofónicos de amor; series interminables que seguía con gran afición.

Las relaciones entre Silverio Ortuño y Sonia Martínez de los Montes no parecían que fueran a madurar. Ella no mostraba ningún interés, pero Silverio estaba obsesionado, no era cosa de darse por vencido, así como así. El haber sido aceptado por la orquesta le hizo crecer un orgullo que nunca había sentido y los aires de Sonia, su perfume que lo acariciaba cada vez que el arco le zumbaba tan cerca, le imbuían de ensoñaciones embriagadoras. Una vez llegado el buen tiempo la invitó a pasear por el campo. Aceptó más por lástima que por ver en él algún atractivo, más bien llevada por una inocencia presuntuosa; pensó en divertirse un buen rato. Silverio llevó una cesta con víveres y se esmeró en mostrar su mejor figura sin comprender que para Sonia consistía en un mero pasatiempo. La cesta contenía quesos que compró en "Los Titanes", una botella de vino de la bodega de Armando Pérez-García, vecino ilustre y acomodado del pueblo, mermeladas de ciruelas que le regaló Braulio Montesquinos y, a consejo de Bruno Garrido, en un momento de esparcimiento y tranquilidad natural en el ambiente pastoral que los rodeaba, con gran entusiasmo y poniendo voces impostada, leyó poesías de Neruda y Miguel Hernández. Entusiasmado como estaba se detuvo en "Llama a la juventud" y recitó a viva voz con voz melindrosa:

"Sangre que no se desborda, juventud que no se atreve, ni es sangre, ni es juventud, ni relucen, ni florecen. Cuerpos que nacen vencidos, vencidos y grises mueren: vienen con la edad de un siglo, y son viejos cuando vienen"

Dejando claro, según interpretaba sin entender demasiado, que las ocasiones había que aprovecharlas pues la vida no daba dos vueltas. Le indicaba, a continuación, que más valía decidirse ahora antes de volverse viejo y gris.

Sonia quedó algo sorprendida de primera, no se lo esperaba. Silverio Ortuño siempre le había parecido un moscardón, empalagoso y fastidioso, pero esa vena artística le pareció desconcertante. En cuanto siguió con otros poemas y luego lanzó una serie de anécdotas de humor que había aprendido con mucho tesón y dedicación, comenzó a verlo con otros ojos. Al fin de cuentas su estado de mujer seguía incólume y, a pesar de su dedicación a la música, seguía siendo joven en un pueblo de relucientes personajes, pero bastante mayores. Sabía muy bien que las ocasiones no abundaban, pero se resistía a dejarse seducir y le dio a entender que con ella no llegaría a buen puerto; dentro de los términos femeninos que se utilizan para decir que no pero que en realidad puede ser un sí cuando se insiste.

Silverio Ortuño no lo interpreto bien, se sintió bastante decepcionado, supo que no era la ruta para seguir. Le habían fallado sus intuiciones y se retiró apesadumbrado a masticar su derrota y recoger sus artimañas para usarlas en otra ocasión, aunque vislumbraba que no le quedaban muchas. Recapacitando decidió acercarse a los Titanes con la intención de observar a Facundo. No le entraba en la cabeza que semejante bruto e insulso varón pudiera haber seducido a una mujer como María Eugenia.

Se aproximó al colmado con la doble intención de copiar lo bueno de Facundo, lo que fuera, y a su vez engalanarse con nuevas ropas más modernas y a la moda. En medio de la calle se cruzó con

Amelia García Robledo que portaba su acordeón e iba camino para dar una clase a María Eugenia. Se detuvo a hablar con ella. Al verla, le brotó el corazón del pecho; el último cartucho estaba a su alcance. Amelia lucía espléndida. Sus tacones altos al caminar redondeaban sus caderas y dibujaban una silueta remarcada por el sol. Era temprano por la mañana, los haces luminosos resaltaban su pecho erguido ante los ojos de Silverio Ortuño que encajaba lo mejor que podía el golpe primaveral. Amelia rondaba esa edad media en que una mujer lleva prendada a su cuerpo el orgullo de sentirse plena, alguien para admirar, para enceguecer a cuanta mirada masculina se atreva a seguir sus pasos, pero que le resultaría inalcanzable al inculto y vulgar macho existente; la finura y buenos modales eran una esencia en sus requerimientos. Un tanto altiva, aunque sabía muy bien que las oportunidades no sobraban.

Hablaron unos instantes. Silverio Ortuño estuvo a punto de sesear, pero se le hizo fuerte en la garganta el curso de aprendizaje y sobrepasó el inconveniente. Juntó fuerzas, respiró hondo, apretó los pensamientos buscando fórmulas de abordaje. Rebuscó en su memoria y sin titubear le expresó que formaba parte de la orquesta, recurso hábil para entrarle a su lado emocional; que tocaba la zambomba pero que era solo el principio de su andadura dentro de la música. Le subrayó cómo sentía cada nota que tocaba (si bien no eran muchas) y que había pasado a ser un hombre completamente diferente en cuanto vislumbró los acordes melodiosos del conjunto orquestal; los sonidos lo habían encandilado hasta despertar en él vientos aún más esperanzadores.

La posesión de creerse otro lo desmelenaba; el verla tan atento a sus palabras llegó a creer por completo que iba por la ruta señalada de rompedor y conquistador, principio básico que ha movido montañas. Se sentía un ser diferente, un espíritu superior le señalaba el camino. Recuperado del bajón con Sonia, andaba tocado por la varita mágica del destino. Amelia, que no sabía mucho de Silverio Ortuño ni del pueblo, lo escuchaba con atención e interés. Cuando dijo que le encantaban los niños, que vivía solo, que en su casa le apasionaba la cocina y realizaba con ahínco, entrega y satisfacción las labores domésticas; planchar y dejar impoluto la casa le llenaba de satisfacción, cosa que no era cierta pero que Sonia en su confesión de intenciones le había dejado entrever que el hombre de su vida debería tener ese lado femenino totalmente carente en todos los hombres; le dio un vuelco el corazón, le tembló su interior. Comenzó a verlo con otros ojos, el orgullo de Amelia entregada a la ciencia y al conocimiento fue dejando lugar a la vanidad que acompaña a una persona cuando se encuentra halagada y escucha lo que desea oír, cuando se ilumina un nuevo camino no esperado, cuando el corazón palpita haciendo de cada latido la fuerza de un nuevo despertar. Al verlo con los rayos parpadeantes de la puesta de sol, la figura de Silverio Ortuño se engrandecía con su verborrea apacible. Un deje romántico que ablandaba las oxidadas articulaciones románticas de una dama melancólica, ajena a un galanteo ausente en toda su vida. A partir de allí se le empezaron a ver juntos a menudo; dos o tres veces por semana según fueran las clases con María Eugenia.

Por el pueblo comenzaron a haber rumores con mayor intensidad y uno de ellos le llegó a los oídos de Sonia, quien perpleja, no quería admitir que fuera verdad, que Silverio Ortuño estuviera coqueteando con otra mujer. La defección la dejó perpleja. Su orgullo herido no le permitía pensar "Debe de ser la maldita envidia de los vecinos" se decía buscando un consuelo, aunque un gusanillo de sospecha la ronroneaba. En verdad, de ser cierto consistía una afrenta desconcertante pues ya muchos daban por hecho su noviazgo con

Silverio Ortuño. Cayetano fue uno de los primeros junto con Augusta Varela en cuchichear sobre la nueva situación de Silverio Ortuño. Incluso Calixto Martiño llegó a comentar "Y todos creíamos que era una mosca muerta" a lo que Augusta Varela acentuaba "Y bien muerta carajo, con esa cara de aturdido y pasmado, es increíble, cogones"

Así pasaron las semanas hasta que en la orquesta se reanudaron los ensayos; se aproximaba una de las fiestas regionales. Silverio Ortuño apareció, prestante, con nuevas ropas a la moda después de haber visitado "Lo Titanes". Vaqueros ajustados, una camiseta de algodón blanca con un letrero bien grande que decía en inglés "God Save the Queen", leyenda cuya traducción desconocía, pero no le importaba, zapatillas deportivas de colores llamativos, con cordones y lengüeta exageradamente larga y con tanta gomina en el cabello que cuando giraba la cabeza a un lado le costaba volverla a su sitio. Ese día Sonia, molesta por los rumores y al verlo tan cambiado, cuando llegó el compás 35 se hizo la distraída, no le dio el toque esencial y su solo pasó desapercibido. De inmediato Joaquín Bermúdez lo conminó a que no se repitiera. Silverio Ortuño no tuvo valor para indicar que Sonia no le había dado el consabido toquecito, pero no importaba puesto que la siguiente pieza comenzaba con unos sonoros zambombazos, por lo cual Silverio Ortuño, de momento, había salvado los muebles. Sin embargo, en sus adentros acusó el golpe, de primeras se sintió algo avergonzado. Mientras la música seguía su curso y esperaba su próxima intervención al final de la pieza, le fue creciendo una semilla diferente, insospechada; una idea le rondó con insistencia; se sintió superado. La palabra irresistible regó su ser hasta sacar pecho; el aurea de conquistador latino lo dejó extasiado pues se daba cuenta que los celos habían hecho presa de Sonia.

A partir de allí con diferentes argucias sabiendo que había surgido entre ellas una competición, alternaba los paseos entre Sonia y Amelia delante de la calle principal argumentando ante ellas diferentes estratagemas estudiadas. En el pueblo no daban crédito a lo que veían; llegaron a pensar que sería una nueva moda importada de Francia, donde en realidad son las mujeres las que deciden todo y estaban haciendo de Silverio Ortuño un juguete, más para llenar su espacio emocional y presumido, que, como argucia de carácter amatorio, incapaces de reconocer que el éxito podría ser obra del esfuerzo de un Silverio Ortuño renovado.

La idea de sentirse un seductor hizo a Silverio Ortuño superarse de una forma desconocida, lo convirtió en otra persona, hasta cuando hablaba se notaba el cambio, se le había engolado la voz, tenía salero en sus comentarios llenos de picardía y desparpajo y caía muy bien a los foráneos de paso; cada tanto le florecían dichos o diálogos famosos que había hecho suyos a los cuales les agregaba alguna floritura propia y tan bien le iba que hasta Augusta Varela decía:

—Es increíble, como un idiota sin parangón, puede haber cambiado tanto en tan poco tiempo. A este lo debió de haber tratado Paulina con alguno de sus malditos hechizos, la muy ladina; porque nadie le podía sacar de la cabeza que Paulina hubiera tenido un romance muy escondido con su Cayetano; en eso no cambiaría jamás.

Las sospechas en cuanto a las propiedades malignas de Paulina quizás llevaban un tinte de verdad en cierto aspecto. Paulina una vez enviudado siendo joven se comportó con dedicación y entrega a sus gemelos, pero las múltiples evocaciones a las huestes galácticas del Universo y dioses celtas para solventar cada situación diferente a la que se enfrentaba le confundieron el verbo racional y la normal serenidad de su mollera. En cuanto descansaba de sus múltiples tareas, los deseos de hombre la arrumaban y le escalaban hasta deformar sus pensamientos ya que en cuanto olfateaba la maraña de penetrantes olores que distinguían a cada varón campestre que se aproximaba, perdía los estribos, y entonces para disimular los ardores ante sus gemelos, se daba a beber unos vasos de ginebra casero que preparaba a base de bayas de enebro, cardamomo, cilantro y canela al que añadía alcohol de grano y fermentaba en un alambique con un termómetro adecuado. Pero ese talante indomable, mezcla de finas invocaciones de ultratumba y lascivia reconcentrada hicieron de su mente, arrinconada en las penumbras de su soledad, un mareo de perturbaciones. En el pueblo a falta de tener a quien criticar se escuchaban bulos y rumores sobre el tema, algunos firmemente apoyados por situaciones extrañas que habían pasado. Cuando algún joven excursionista de paseo para conocer las bellezas naturales de la región se aislaba de su grupo y aparecía días más tarde con el semblante retorcido, descangallado, los pelos erizados, todo el aspecto de haber sido vapuleado por un ser de otro mundo y desmemoriado por completo, preguntando por su mamá, y diciendo: "No es mi culpa, yo no quería", la gente se codeaba y sin decir palabra pensaban en una fechoría de Paulina. Callaban temerosos de la gallardía e ímpetus avasalladores de "la bruja maquiavélica" cuando en trance se apoderaba de ella la deidad Deva. Sobre ella existía un reguero de mitos indemostrados. En esas actitudes Silverio Ortuño que tenía muy en cuenta lo que Braulio Montesquinos dejó dicho la tarde aciaga de su encuentro con Paulina, rebuscaba en su mente una explicación racional. Aquellas palabras le dieron vueltas durante meses; no se explicaba la participación de Paulina como amante de Braulio Montesquinos. La diferencia entre ambos era más que marcada. Cuando Braulio Montesquinos era un joven promisorio de pelo en pecho Paulina recién nacía. Se escudriñaba y esforzaba durante horas en cálculos interminables para resolver ese galimatías, por lo que llegó a la conclusión que Paulina habría traspasado los límites del tiempo, colándose con ingenuidad dentro de algún pliegue interestelar. O quizás sería un subproducto de la mente enfermiza de Braulio Montesquinos a quien su aislamiento y tanto aguardiente lo descomponían y runruneaba sin ton ni son majaderías de todo tipo.

Nada extraño sucedió en varios meses al respecto de los amores de Silverio Ortuño quien orondo, paseaba su figura de conquistador. En el pueblo la gente dejó de murmurar. Sabían que en cualquier momento estallaría como una burbuja de jabón la pomposidad de Silverio Ortuño y todo volvería a recomponerse; ambas mujeres dejarían de jugar y pondrían las cosas en su sitio.

Algo parecido sucedió. Silverio Ortuño engominado, invencible, se aproximó a la orquesta pisando fuerte. Agrandado, amplió sus dotes musicales adentrándose en instrumentos con más carisma y sonoridad rítmica como las maracas para acompañar rumbas y boleros y la pandereta para lucirse con villancicos y música religiosa. Sacando pecho luego de despedirse de Amelia se sentó en su lugar habitual en la orquesta. Joaquín golpeó la batuta sobre el atril, la levantó y comenzó la preparación del primer ensayo. A pesar de todos sus esfuerzos armoniosos Silverio Ortuño jamás llegó comprender las bases de una partitura; el solfeo, las notas, los acordes; las claves de sol, do o fa, le parecían trazados arabescos sin más fin que entretener a los doctos de la música, distraer la atención, hacer difícil y complicada la vida a seres normales o poner trabas a los lanzados como él. Al sentarse notó una ausencia.

Nervioso comenzó a mirar buscando por todos lados la presencia de Sonia, quien desde un rincón oculto disfrutaba observando cómo Silverio Ortuño se removía en su asiento; se estaba acercando el compás 35. De pura chiripa acertó en el momento justo y la música siguió su curso ante la desesperación de Sonia que se hizo presente de inmediato con una excusa sobre la salud de su madre. Terminaron el ensayo y Silverio Ortuño la invitó a un paseo por el rio previo paso por la bodega de vinos de Armando Pérez-García para degustar y pasar un rato ameno; estaba de camino al río. Sonia lo acompañó a regañadientes, lo miraba de reojo; continuos pensamientos la dirigían por estrechos callejones donde la distancia hacia Silverio Ortuño, la frialdad respecto a un ser altivo y más dispuesto a ser admirado que a una entrega sin limitaciones según creía, la condicionaba a despreciarlo, a esperar con paciencia una oportunidad de devolverle los golpes recibidos, a restregarle sin miramientos ese fastidio de sentirse humillada. El paseo por el río, la degustación en la bodega de Armando Pérez-García de vinos reconfortantes, que no sólo alegran el espíritu, sino que despiertan y abren cofres de recelos y desagravios, podrían ofrecerle esa esperada oportunidad de venganza.

Armando Pérez-García

Armando Pérez-García, único ser rico del pueblo, tenía una formación perfilada en múltiples trabajos logrados a fuerza de coraje, empuje y tesón. Había amasado una fortuna poco a poco; comenzó guardando cada moneda que ganaba, con ahínco y mucho tesón, en una cartera de cuero que llevaba prendida del cuello por una gruesa cuerda, la cual arrastró con orgullo hasta mucho tiempo después de haberse hecho rico. Comenzó comprando y vendiendo cacerolas, sartenes, ollas y afilando cuchillos encima de una bicicleta recorriendo toda la región. Al verlo de lejos, no había dudas que se aproximaba. Los bultos de su mercancía colgaban de los costados a modo de carro destartalado moviéndose con dificultad. Encima suyo sobre la espalda, le sobresalía una bolsa grande de tela de arpillera tejida a mano con gruesos cordeles y con muchos bolsillos desparramados por los cuatro costados desde los cuales pendían los más variados utensilios: destornilladores, llaves inglesas, cepillos de limpieza, tarros de condimentos, pasta de dientes casera, cintas de adorno, cuerdas de distintos tamaños hábilmente enrolladas, zapatos de niños, imágenes de vírgenes, escapularios, crucifijos, etc. Deambulaba con lentitud en las subidas y cuando la pendiente se hacía muy rebelde debía apearse y cargar con todo en un esfuerzo mayúsculo, arqueando el cuerpo. Jadeando y sudando maldecía el tanto esfuerzo y en las bajadas se agarraba como podía haciendo malabares para no caerse; el pelo se le revolvía, se levantaban sus ropas y gustaba del aire que le refrescaba luego de haberse ensopado en la subida.

En sus vueltas por la vida conoció mucha gente y de cada uno de ellos aprendió algo que le sirviera para manejarse con mayor soltura. De los monjes errantes que vagaban viviendo de la limosna copió la cara de arrepentido purgando por sus yerros, pero demostrando con claridad que ya habían encontrado la rectitud que los liberaba del pecado original; de los gitanos con que tropezaba intercambiaba ropas de segunda mano y le afilaba los cuchillos a cambio de calcar las maneras de convencer, fingir y embaucar, y de las gitanas a leer la mano mientras con la otra se ponía a escudriñar la cartera del afligido de turno. En cada monte, cuando se cruzaba con algún francés huido de la justicia, se detenía a ensayar sus dotes lingüísticas y adoctrinarse en sus cualidades de escape ante posibles persecuciones de gendarmes; situación que le sirvió de mucho valor después de haber sorteado varios encuentros con maquis de la zona y bandadas de ladrones montañeros. Veía a los campesinos como meros monigotes a los que estaba dispuesto a desplumar a la primera ocasión, pero es allí donde aprendió a jugar sus cartas con prudencia dada las veces que salió escaldado; la mayoría de los pueblerinos con que se topó le dieron lecciones magistrales de cómo hacerse el tonto, fingirse de otro planeta, a sabiendas de lo que el enemigo está tramando y darse tiempo para darle la vuelta al supuesto petulante correcaminos para dejarlo en medio de la cuneta masticando la deshonra del fracaso. Pero la salvación suya que le permitió remontar en la vida hasta llegar a cimas inalcanzables fue cuando en una oportunidad sendereando por las laderas de una colina resbaló de la bicicleta para caer barranco abajo hasta quedar enredado en los alambres que separaban los linderos de un viñedo. Estaban vendimiando en un campo de extensas y finas hileras de parra totalmente limpias de matojos; descollaba una cantidad de labriegos diseminados por doquier. De sus cuerpos encorvados, luciendo ropas desteñidas por largas jornadas de labor, sobresalían cestas de mimbre desgastadas por el uso dentro de las cuales colgaban limpios racimos de uvas entre negras y violáceas, dejando sobre el aire un penetrante olor dulces a mosto fresco, tierra húmeda y a una fragancia deliciosa, mezcla de cítricos, manzanas y humo chamuscado típico aroma de los vinos de aquella zona.

El chasquido con que cortaban las cepas se detuvo repentinamente ante el estruendo de Armando en su caída, quien despatarrado se lamentaba y hacía esfuerzos por ponerse en pie. El fuerte olor del aceite lubricador con que embadurnaban el muelle de las tijeras para afilarlas le embargaba y fustigaba su cabeza dolorida recordándole su oficio. Mientras se lamentaba del revolcón y de las posibles consecuencias, repasaba mentalmente con agilidad, en esfuerzo financiero, un cálculo aproximado de las pérdidas.

Varias cuadrillas de vendimiadores detuvieron su jornada; las tijeras, atuendos de labor y algunas cepas mal cortadas por la sorpresa, quedaron recostadas entre los surcos que limitaban las hileras de las parras. Un grupo grande de ellos se le acercó raudamente sorprendido por el maremágnum de artículos, bártulos y utensilios esparcidos por todos lados y tan variopintos que en un principio pensaron más en la caída de una caravana de mercancía de contrabando mora que en un personaje tan diferente y solitario. Luego de ayudarlo y las presentaciones correspondientes, Armando Pérez-García se sacudió el polvo, organizo sus enseres y, pensando en cómo sacar provecho de la situación, comenzó a indagar las posibilidades que se le pudieran ofrecer. El golpe, sin duda, le había aturdido, pero con rapidez tomó la decisión de anclarse en la zona en búsqueda de una oportunidad. De primeras no supo muy bien en qué, pero cuando vio las bodegas, las zonas de fermentación, el olor penetrante del mosto, las enormes barricas y, en especial, cuando lo invitaron a una degustación decidió esforzarse en cultivar amistades vinícolas que le fueran de provecho. Los dueños estaban ausentes, de viaje por regiones lejanas, conociendo y estudiando más oportunidades de venta y especialización de su bodega, pero el encargado, Romualdo Carballo, alegre, pujante y parlanchín, le ofreció su desinteresada amistad y fue quien lo introdujo en cada uno de los detalles de la elaboración del vino. Aprendió todo lo relativo al cultivo: los tipos de uvas, las épocas propicias para vendimiar, las formas de evitar bacterias y cómo fumigar, los terrenos adecuados, el almacenamiento, las clases de barrica, etc. Desde allí a encumbrarse como bodeguero principal de la zona pasó un largo trecho. En esos momentos tenía un problema grande que solventar: su economía era austera y rampante, debería de alguna forma ajustarse o inventarse algo que le ocasionara los ingresos adecuados para la primera etapa, la compra del terreno y la edificación de la bodega para su almacenaje; es decir un socio inversor, alguien que confiara lo suficiente para ello. En sus largas charlas Romualdo Carballo le expresó sus deseos de independizarse cosa que Armando no desaprovechó. De allí en adelante hubo un largo desfile de ocasiones y socios que de una forma u otra Armando fue quitándose del medio hasta llegar a generar unos vinos de muy buena calidad y quedar como único y solitario dueño.

En ningún momento dejó de llevar prendido a su cuello la cartera de cuero, ya cuarteada y deforme, pero que aún usaba; ahora era donde guardaba los números secretos de su caja fuerte empotrada para esquivar sospechas, pues era tan astuto como desconfiado, dentro de una barrica muy grande especialmente diseñada con doble fondo. Nadie más que él se adentraba con asiduidad para regocijarse con los dineros repartidos en billetes cuidadosamente almacenados unidos con ribetes y cintas de colores indicando la cuantía acumulada, documentos secretos acreditando bienes inmuebles, lingotes de oro y documentos de distintas inversiones escondidos durante las últimas tres décadas. Siempre atento a cualquier cosa que le pudiera generar unas extras pasaba las horas apoltronado en el mostrador de la entrada, muy cerca de la caja registradora de la cual apenas se movía. Para los clientes y repartos generales tenía un sinfín de empleados. Otros de menor rango se encargaban de la limpieza. Su única debilidad era una sobrina joven y alerta, Berta, que había quedado huérfana cuando vivía con sus padres en otra región de España y que él, en uno de esos gestos impredecibles que brotan de las personas menos inesperadas, le ofreció cobijo, trabajo y un cariño desinteresado; insospechado en alguien que había vivido toda su vida intentando quitarle algo al prójimo sin necesidad de matarlo. La adoraba y mimaba, aunque ese afecto nunca fue lo suficientemente fuerte como para revelarle los tesoros que guardaba con tanto celo en la barrica seleccionada.

No era mal patrón pues pagaba buenos sueldos; normalmente su tiempo lo pasaba alternando una mano prendida a la caja registradora, cual garra que no suelta la presa, mientras sus ojos achinados observaban con recelo la entrada y salida de mercancía para que se cumplieran los horarios sin demora. Sus oídos permanecían en alerta a los movimientos de tractores con la llegada de la vendimia o la entrega de género, y su raciocino general se centraba en descifrar si el capataz cumplía su labor de control general. En los momentos de desahogo, hurgaba en su visión de gavilán asilvestrado queriendo interpretar el pensamiento del viticultor, que no se distrajera, ni se saltara la normalidad requerida.

El sol estaba en su plenitud y era lo suficientemente caluroso como para hacer un alto en el camino bajo la fresca sombra del almacén general de la Bodega. Silverio Ortuño y Sonia, vestidos para la ocasión, se apersonaron a la entrada, saludaron a Armando quien desde lejos, con los codos en el mostrador observaba el rodar de barriles que resbalaban lentamente sobre el cemento llevados con destreza y habilidad por un par de jornaleros. Los dirigían hacia la sala de almacenaje de vinos reservas, no muy lejos de donde se encontraban. Dentro existía un fuerte aroma mezcla de alcohol, mosto y uvas pisoteadas, con fuertes marcas sobre un suelo desde el cual se notaban las huellas dejadas por el caucho negro de neumáticos arrastrando la carga de la vendimia.

Los atendieron prestamente. Silverio Ortuño, haciendo alarde de conocimiento, pidió dos copas de vino tinto de la uva Cabernet Sauvignon a la vez que con voz impostada decía:

—Es una uva con un intenso aroma a grosella y pimiento verde con un deje en el paladar a menta y un retrogusto a aceitunas recién cortadas, algo que había memorizado con gran esfuerzo luego de haber escuchado un programa de radio, a lo que Sonia, dispuesta como estaba a demoler su galantería, contestó rotundamente con desprecio:

—Pues a mí nunca me han gustado las grosellas y el pimiento verde lo detesto; de niña me dio un ataque de alergia que aún recuerdo. Seguro que tiene otro tipo de vino, quizás un blanco bien frío.

Silverio Ortuño se repuso y con audacia y desenfreno, sacando argumentos estudiados de su mochila de aprendiz de conquistador, le respondió:

—Seguramente algún verdejo bien frío; su degustación porta aromas intensos, afrutados, con matices herbáceos, flores blancas con tonos amargos inconfundibles, o quizás prefieras un moscatel con un fuerte aroma frutal y un regusto característico.

Sonia con las cejas ligeramente juntas, pero tratando de disimular su acumulado enfado, le replicó con una expresión de indiferencia a la vez que hacía un movimiento de mano llevándola ligeramente hacia un costado en actitud de menosprecio, enfatizando su irritación y desacuerdo:

— "Buah", el que sea me viene bien, mientras esté fresco y sepa a uvas.

Antes de ser servido se les acercó Armando a paso lento, pues a estas alturas de su vida pocas cosas le invitaban a sentir interés; una vez aproximado les dijo:

—Silverio Ortuño, Sonia Martínez de los Montes, que les trae por nuestra bodega.

Puso su cara arrugada muy cerca de Sonia, tanto, que esta dio un paso hacia atrás y sin ningún miramiento por su edad espetó malgeniada:

—Pero Don Armando que mal aliento tiene. No se ha lavado los dientes o lleva horas de ayuno descontrolado.

Armando Pérez-García, era ahorrador y aprovechado, pero siempre tuvo mucho cuidado con su porte general pues sabía que estar a la altura de las circunstancias, donde fuera, tenía una importancia que se traduciría posteriormente en beneficios, aunque fuera con gente de poca importancia como Silverio Ortuño y Sonia Martínez de los Montes.

—Lo siento Sonia, tiene razón, y saco de un bolsillo pequeñito situado debajo del cinturón con dos dedos y mucha habilidad, una pastilla de menta. Se la restregó con cuidado de pasar desapercibido por la pernera del pantalón y se la metió en la boca con disimulo, tratando de evitar que diera lugar a una probable invitación.

Bebieron unos cuantos chupitos y, a medida que la conversación cursaba su rumbo Sonia se iba soltando mientras Silverio Ortuño sacaba pecho y continuaba con sus charlas de hombre curtido, de personaje altanero, con gran despliegue de anécdotas. En un momento determinado, Sonia sobrepuesta y embravecida por los vinos bebidos y harta de tanta chulería, lo miró a los ojos seriamente y le apuntó bien fuerte:

—Eres un engreído, un tonto y encima un mal polvo, te desenvuelves a la ligera, no das lugar a ningún placer.

Silverio Ortuño quedó de piedra. Armando a prudente distancia, pero sin perderse detalle, los miró, vio la cara desencajada de Silverio, esbozó una disimulada sonrisa, se metió los dedos en el bolsillo pequeñito y, sin rebuscar pues todo bulto bien estudiado se encuentra a la primera, sacó otra pastilla, se la limpió en el pantalón y se la recomendó a Silverio Ortuño a la vez que decía:

—Hijo, con cualquier tema un hombre se repone, pero si te lanzan a bote pronto el varapalo de menesteroso sexual, no hay quien lo trague. Tómate esta pastilla para pasarlo.

Silverio Ortuño, lívido, tieso, cogió la pastilla la comenzó a revolver en su boca seca con la lengua desabrida, compungido y le contestó tartamudeando; "Gra,gra,gra...ci,ci,ci, cias" Sonia, liberada por haberse descargado de tan pesada carga, vio en los ojos de Silverio la dimensión de un ser repentinamente empequeñecido y asustado. Masticaba la pastilla que le había ofrecido Armando, haciendo que sus dientes crujieran con sonoros ruidos desagradables como tratando de aplastar su vergüenza y sudaba copiosamente; de las axilas de su nueva camiseta de algodón blanca que lucía en el pecho, un cartel negro con letras bien grandes "God Save the Quen" seguido renglón abajo con "Make Love, not War", empapado, salía un manchurrón que crecía con inusitada rapidez hasta llegarle a la cintura. Avergonzado e incómodo, en un descuido de su estima y sin percatarse de la compañía, se pasó la mano debajo de la sobaquera y apretó el costado izquierdo de la camiseta con la mano derecha, se la secó en el otro lado, sin importarle mucho pues el dolor de esas palabras le conmovieron el alma.

Hubo un gran silencio. Sonia, con la cabeza ligeramente levantada en actitud de victoria, observaba fijamente cada parpadeo de Silverio, cómo luego de haberse engullido la pastilla, su boca quedaba pastosa de los nervios, le costaba tragar saliva; intentaba abrirla, pero la lengua se le había quedado pegada al paladar. Armando con los ojos muy abiertos, tenía algo de satisfacción en su fuero interno, pues realidades tan provocadoras no las veía desde hacía muchos años; desde cuando su antigua esposa en una de las tantas discusiones mantenidas le partió sobre su cabeza una de las cacerolas que nunca pudo vender de tan mala que era, por haber puesto tantos problemas a que fuera a festejar su cumpleaños con sus amigas y le confesó a botepronto para quitarse un peso de encima:

—Eres tan malo en la cama como el primer novio que tuve.

Por lo cual, reviviendo la misma escena, pero ahora teniendo como protagonista a Silverio Ortuño sintió un gran regocijo interno, ese tipo de satisfacción malsana que brota dentro del bullicio mental cotidiano. Le surgieron relamidas satisfacciones, preguntas ingratas, paganas, pecaminosas, pero a la vez salvadoras "No soy el único", "¿Habré puesto la misma cara de tonto?" y otras tantas reflexiones filosóficas. Pero en un momento determinado le hizo interrupción en su mente retorcida, ese ser diminuto y alado que pocas veces escuchamos; sintió pena por Silverio Ortuño. Al final de cuentas, pensó, estamos en el mismo bando y le espetó con rapidez antes que Silverio, pálido como estaba, se desmayara:

—No tengo más pastillas, pero te puedo invitar con un Jerez Gran Reserva muy apropiado. Levanta el ánimo de un muerto.

Sonia sin titubear le contestó

—Ponga dos, pues yo necesito un poco más de correa para dejar caer el resto de las cosas que llevo guardadas, cosidas a un corazón apagado a bastonazos por gente impiadosa, embrutecida por la vanidad.

Armando Pérez-García respiró fuerte; vio en Sonia una mujer hecha y derecha con los ovarios bien puestos, capaz de decir lo que pensaba, sin tapujos, las dotes de mando necesarias para ayudarlo a llevar su negocio. Le surgió un instinto que había perdido cuando se separó de Acacia, su esposa con la que no pudo tener hijos.

Siempre quedó la duda de quién era el infortunado desabrido que no lograba salir adelante en el empeño de traer un niño. Si por sus escuálidos espermatozoides como suponía Acacia o los marchitos óvulos de ella, desbaratados y alcoholizados por beber tanto vino tinto según él pensaba. Esos temas ya no le importaban, no le interesaba tener hijos, pero Sonia representaba algo que hacía muchos años andaba buscando. No era cosa de amor, pues se daba cuenta que a los 54 años no la podría enamorar, pero sabiendo que Silverio Ortuño había sido capaz de llevársela al huerto, y entendiendo el sufrimiento de una Sonia despechada, ignorada por alguien de una talla tan discutida, se le pasaron por la cabeza alocadas ideas de asalto, aunque más no fuera para verla taconear por la bodega, oírla ordenar a sus empleados o que le tocara el violín sólo para él, pues a pesar de ser tan agarrado económicamente, dentro de su corazón latía la fibra de un ser romántico y sensible para la música.

A Silverio Ortuño le costó reponerse. Bebió tres vasos seguidos del Jerez Extra Reserva, con un contenido de alcohol muy elevado y comenzó a hablar sin ton ni son en un idioma que sólo entienden los borrachos cuando están muy borrachos. No tartamudeó y dejó de sudar aunque le quedaron unos marcados lamparones debajo de los brazos y en todo el pecho; tampoco se pudo despegar la camiseta del cuerpo; el cartel con el letrero sobre su camiseta se había desteñido, y con tanta sudadera los apartados con los anuncios se entremezclaron; ahora parecía leerse "God and Queen Make Love" y más abajo un " Not Save War" que le colgaba encima del cinturón.

La escena no pasó desapercibida. Los oídos del pueblo, ávido de este tipo de noticias volaron y los comentarios aumentaron constantemente. Un noviazgo roto da para mucho hablar y si encima alguien de la talla de Armando Pérez-García lanza su sombrero al ruedo para galantear la cosa toma unos ribetes de incalculable chismorreo. Amelia, por otro lado, no se enteró. Estuvo dos semanas sin aparecer ayudando a sus padres en el trabajo diario, un pequeño almacén.

Silverio Ortuño pasó esas dos semanas lamiéndose las heridas. No se atrevía a pasear por el pueblo, quedó ensimismado haciéndose preguntas, escuchando programas de radio y repasando una y otra vez las escenas de la bodega. Aquello de "mal polvo" no se lo podía quitar de encima. Buscaba soluciones, hojeaba revistas viejas para ver algún contenido que le pudiera ayudar y se centraba en Amelia. Para ello debería de esforzarse en la única dirección que había fallado, pero no sabía a quién pedir auxilio. La pasó tan mal que le dolía todo el cuerpo, había dejado de cenar y se estaba poniendo muy delgado. Un día se levantó y al verse al espejo vio la cara de un ser irreconocible, es más, de un lado de la cara se le notaba una marcada hinchazón. Se tocó por fuera y notó falta de sensibilidad. Pensó que se estaba muriendo. No sería el primero; tantos que han muerto de puro fracasados en el amor que a nadie le extrañaría "Es que yo Silverio Ortuño….es que yo… ", pensaba y se esforzaba en conocer cómo sería el resto de la frase, aunque pálido y mal comido cómo estaba, entendía que hasta la sinrazón de sus lúgubres pensamientos se mofaban de su menguada figura. Tuvo que hacer un gran esfuerzo para levantarse. La seis de la mañana; había sonado la trompeta de Joaquín el director de orquesta anunciando el comienzo de otro día. Desayunó, un café sin más y se dirigió al centro del pueblo; a apechugar con lo que fuera. El dolor en el lado izquierdo con la cara aún más hinchada, no le dejaba pensar con lucidez, pero más miedo le daba acercarse a Don Fernando pues reconocía que si era un molar en mal estado terminaría con un par de dientes menos, desconfiaba de todo "Demasiada fuerza en esos garfios y poca sesera para discernir entre lo bueno y lo malo" se dijo, pero no tenía más remedio que acudir a verlo.

Se cruzó con un par de compañeros de la orquesta "¿Qué tal la vida Silverio Ortuño?" le dijeron en tono burlón y Silverio rojo como un tomate deformado de un costado se encogía en su rebajada estampa y tragaba saliva eludiendo contestar pues bien sabía que su respuesta estaría examinada con lupa y nunca, jamás de los jamases, la interpretarían bien; si hay algo a destacar cuando se cae en desgracia son los palos que luego recibirá.

Se cruzó con Bruno Garrido quien al verlo le dijo por lo bajito:" Ya sabes. Del árbol caído todos hacen leña" Y sintiéndose una leñera al completo sin nada más que perder abrió la puerta de la barbería. Don Fernando, de pie con las manos abiertas y los dedos en movimiento en ademán de "aquí te pillo, aquí te mato" le señaló el fatídico asiento "el sufridor", como bien le habían puesto en plan de guasa. Se sentó directamente sin decir nada, abrió la boca y le dijo "Hazlo" Don Fernando le puso el babero, se separó hasta el mostrador debajo del espejo, observó la ristra de clavos encima del madero y con la vista fija en el aparatoso ingenio, se fijó de reojo en la atención de Silverio Ortuño. Se prendió del más difícil de quitar y lo arrancó sin problemas, pero Silverio Ortuño no lo observó, estaba acobardado, las rodillas de sus piernas apretujadas, las manos agarradas con fuerza al asiento que, desgastada, tenía profundas marcas de huellas dactilares. Cuatro dedos por detrás y delante un hueco señalaba perfectamente donde encajaba el pulgar. Don Fernando, lo miró a los ojos, tanteó el lugar hinchado, con levedad. Para asegurase que era el indicado lo apretó ligeramente para ver la reacción de Silverio Ortuño quien con velocidad se desprendió del asiento y le dio un manotazo suficiente como para que se enterase que sí, que allí estaba el quid del asunto. La infección se extendía a los cachetes fulgurantes de colores, y sin entender que quizás habría que esperar a que bajara la inflamación con algún antibiótico, apretó sus dedos, los giró a un lado y a otro, luego hacia arriba y abajo a la par que comenzaba a sobresalir la raíz y un reguero de sangre, pus, saliva y gargajeo brotaban a raudales, mientras la cara de Silverio desencajada sufría con cada tirón. Tuvo que cambiar tres veces el algodón enrollado que hacía las veces de muro de contención, entre labio y molar, y con una jeringa de goma comenzó a chupar saliva, sangre, detritos, mugre antigua y mugre nueva de los últimos tres días, para luego regar lo extraído sobre una palangana. Se estaba poniendo difícil. A continuación, se arremangó más de lo acostumbrado, se volvió a lavar las manos, se limpió las uñas, se secó y las remojó en un recipiente de alcohol. Observó los ojos de Silverio Ortuño que permanecían cerrados y de a ratos le caía una lágrima de un solo ojo. Con la cabeza encogida entre los hombros respiraba con dificultad; las gotas de sudor le caían por los costados, le llegaban a los labios y le cosquillaban, pero el susto era tan grande que le impedía hacer cualquier ademán, pensaba en Sonia y aún se metía más dentro del "Sufridor"

Don Fernando respiró con profundidad. Pensó, esto nunca me ha pasado; es más rebelde de lo que creía. Encendió la radio, puso su cadena preferida de música flamenca española y al rimo de bulerías se escuchaba "Na, es eterno" de Camerón. Se oía:

"Quita una pena otra pena

Y un dolor otro dolor.

Un clavo saca otro clavo

Y un amor otro dolor"

Silverio Ortuño estaba tan aturdido y concentrado en lo suyo que no prestó atención que la letra se adaptaba perfectamente a su desgraciada situación; entendió que un clavo quitaba otro clavo y pensó se refería al sistema que tenía el barbero sacamuelas de hacer que el paciente se distrajera y observara su espectáculo circense. Don Fernando que se sabía al dedillo la canción aprovechó el grito de Cameron en la siguiente estrofa para arrancarle con todas sus fuerzas el molar mientras que Silverio Ortuño le pateaba la espinilla y le apretaba la huevera de la entrepierna sin pretender soltarle, pero el barbero con voz muy fuerte le dijo "Suelta o sigo con la otra muela"

Sonia cuya ventana está muy cerca de la barbería, no se perdía detalle. Con agrado y satisfacción mezclada con la tristeza que insufla un amor perdido comenzó a tocar el violín; una canción tan triste y desolada que su perro aullando como un lobo agregó un concertino siniestro hasta que Joaquín salió fuera de su tienda a ver si se acercaba una tormenta.

Don Fernando, de inmediato, invitó a Silverio Ortuño a un vaso de ron, luego otro y después del tercero Silverio Ortuño, repuesto a medias, contestó balbuceando "Ya basta" seguido de unos cuantos dislates más llenos de erres pues estaba entre beodo, atolondrado y asustado, con la lengua un poco fuera de la boca desde la cual le caían unas babas gruesas de color amarillo-rojizo que con esfuerzo se las limpiaba pasándose el brazo desde el codo hasta la mano, y de entre los dedos le resbalaban salivazos sangrientos para caer sobre los tablones de madera que recubren la barbería.

 Las cosas, las abruptas coincidencias y los descarriados caminos de la suerte a veces cursan sobre rieles misteriosos y anárquicos, como maldiciones encaminadas más a destruir que a solventar problemas o al revés ofrecen una oportunidad jamás soñada. En ese mismo momento apareció Amelia. Alertada por los gritos entró en la barbería. Iba camino a dar una clase. Silverio Ortuño casi agonizante, bebido, la cara hinchada, los ojos abotargados, escuálido y tambaleándose quiso ponerse de pie para saludarla, pero su compostura no aguantó lo suficiente, trastabilló, se quiso coger del mostrador, pero erró y cogió la muestra de madera con todos los clavos que desparramó contra el suelo. Amelia, dio unos pasos atrás al ver una escena que la dejó abrumada. A veces la vida da unos bandazos inesperados y cuando todo hace creer que es el final de una persona y que dé ésa no escapará, que su fin, no es que esté cerca es que ya no lo tiene, aparece un ligero halo luminoso de entre la nada y los vientos se llevan las nubes dejando ver el sol que siempre había estado esperando. Amelia lo vio sobre el suelo, derrumbado, la boca inflada, la lengua amoratada, babeando y sin poder hablar; todo en sí la estampa de la derrota. Contra todo pronóstico Silverio Ortuño le representó un ser desvalido, alguien a quien proteger. Enternecida, viéndolo sufrir, transformado en un escuálido pelele, se arrodilló, sacó un pañuelo de su cartera, le echo una loción y comenzó, con amor y humilde dedicación, a limpiarlo. Lo ayudó a levantarlo y lo acompañó a su casa. Pasaron dos semanas. Silverio Ortuño y Amelia tenían su luna de miel particular ante la atenta expectación de todo el pueblo.

Sonia comenzó a desprenderse de toda imagen de Silverio, pero dentro le surgía una ansiedad inesperada. Empezaba a reconocer que había perdido un tren, quizás lo había empujado a que descarrilara y eso la enaltecía, pero por otro lado reconocía que quizás ningún otro haría escala en su estación de solterona. En esas estaba cuando sonó el timbre. La figura de Facundo la sorprendió, traía una cesta tipo navideña llena de regalos y varias botellas de vino con la marca de Armando Pérez-García. "No ha querido dejar su nombre" y esbozó una sonrisa cómplice a la vez que señalaba con el dedo índice la marca de los vinos, le guiñaba un ojo y expresó con un deje de ironía "Je, Je, Je" y se marchó.

Sonia abrió la cesta, miró con atención cada regalo, separó las cajas de turrón, puso a un lado los quesos y las latas de atún, calamares en su tinta, mejillones y conservas de guisantes y maíz y, cuando vio los vinos y la marca de Armando Pérez-García, no pudo menos que recordar el mal aliento y los huesudos dedos de sus manos. Levantó la cabeza en síntoma de indignación:" Cómo se puede atrever semejante viejo enclenque" Por otro lado pensaba en Silverio Ortuño, tenaz, obtuso y desconsiderado. Luego recapacitaba y voces interiores le remojaban su conciencia de soltera, envejeciendo y con poca mecha juvenil como para menospreciar cualquier galán que surgiera, aunque este fuera de otro siglo.

Es inaudito, es que piensa tener éxito, pero si es un viejo destartalado que huele a foca con hambre de tres días. No me lo puedo creer. Por Dios que he hecho para merecer este castigo. No me importa que sea el más rico del pueblo.

Quedó mirando el cielo de su ventana, enfrente del hombre que le cosquillaba. Cuando lo veía toquetear a esa gorda pechugona nauseabunda le subían los colores de rabia y envidia. Volvió a mirar la cesta y recordó su estampa de viejo avinagrado. Sus elucubraciones revoleaban por sendero ambiguos, se le mezclaban con intereses hasta ese momento jamás pensados. Se volvía sobre sus pasos y renegaba con la cabeza cualquier intento de debilidad material. Pasó largo rato tratando de desprenderse de tentaciones prosaicas. Pero no podía doblegar un interés desconocido hasta la fecha. Recordaba las extensiones de los campos de vendimia de Armando Pérez-García, la cantidad y variedad de sus vinos, sus riquezas acumuladas, los terrenos, pisos y lujosas residencias que tendría. La falta de parientes de Armando Pérez-García le sugería a las claras un porvenir honroso y holgado; viajar, vestir ropas elegantes, conocer gente distinguida etc.; pero a su vez se decía "imposible" y le repugnaba la sola idea de estar en una misma cama revolviendo huesos y separando pliegues de piel para encontrar algo semejante a un ser humano; besar esa boca que olía a pescado podrido, imaginar que esquivaría su lengua, que le tocaría el pecho con esos dedos anudados, esqueléticos, ampulosos de tanto contar dinero ajeno o despertar y, cual pesadilla, tantear a un costado el vaso de agua con los dientes de Armando dentro, pues suponía sin razón, que estaría completamente desdentado y que le diría, aprovechando su posición de patrón autoritario, que se los lavase. Le sobrevenía un asco feroz.

Estuvo varios días pensativa. No fue a los ensayos de la orquesta y tampoco fue Silverio Ortuño por razones diferentes, por lo que en el pueblo suponían que estarían juntos y que quizás, habían llegado a un misterioso arreglo entre tres, cosa que Bruno Garrido se encargó de propagar dada su condición de liviandad y elasticidad en todos los menesteres que involucraran asuntos de amor.

Un día Armando Pérez-García apareció en casa de Sonia. Estaba impecablemente vestido, como para ir a una boda, se bajó de un carruaje tirado por cuatro caballos con penachos en el testuz, conducido por un chófer que cogía las riendas con guantes blancos. Tocó el timbre; en sus manos sostenía un ramo de flores. Rosas rojas y blancas, y en la otra una caja de bombones. Sonia desde la ventana, al verlo, quedó pasmada. Tragó saliva, no lo podía creer. No quiso abrir. Su madre enfadada le respondió que nada de descortesías; le permitió pasar, y le preguntó a que se debía el honor de su visita. Sonia permaneció encerrada en su cuarto, tirada encima de la cama con la almohada cubriéndole la cara y los oídos. Armando, con cortesía, hablando con pausa y el respecto que merecía la madre de su cortejada, contestó que en ocasiones le gustaba mostrar a la vecindad la calidad de su generosidad; que pretendía devolverle a Sonia su visita. Sonia no quiso acercarse. Le indicó a su madre que dijera que una molestia estomacal se le había transformado en una jaqueca y que se fuera. Tres veces se apersonó Armando Pérez-García a visitarla con pretendidos y diferentes argumentos. Sonia se negó las tres veces a verlo. Su madre avergonzada le rogaba por favor que lo recibiera pues se estaba cansando de fingir tantas mentiras. La última vez que Armando se presentó llevaba otro ramo de flores y dejó al costado de su carruaje un par de caballos, su regalo más personal. Obstinado como era en salirse con la suya, se sentó en la sala de estar y dijo que no se movería hasta que Sonia lo recibiera. Llegó la noche y aún seguía sentado con el ramo de rosas en las manos y, desde fuera, se podía oír cómo los caballos inquietos, relinchaban a la vez que el cochero trataba de entretenerlos. Al cabo de un rato, la madre de Sonia, inquieta y avergonzada, se acercó a la sala y le ofreció un caldo caliente recién hecho, pero Armando Pérez-García sin titubear se negó. Parecía decidido a apoltronarse por tiempo indefinido hasta que de pronto apareció el "cura trotador" Armando le había "encargado" su aproximación a la casa para que su "sorpresiva visita" incidiera en los padres de Sonia, únicos y verdaderos cristianos del pueblo, creyentes a rabiar en que las cosas siempre se debían hacer según lo mandara el todopoderoso. Estaban juntos, madre, "cura trotador" y Armando sentados sin decir palabra. Para quitar hielo a la situación la madre sugirió tener una partida de parchís, jugar a la perinola o entretenerse con un juego de cartas, pero en esos momentos apareció Sonia:

—No es necesario madre. Señor cura y usted madre pueden retirarse, deseo hablar a solas con Armando Pérez-García.

En todo ese tiempo había reflexionado y, convencida como estaba de jugarse la última partida a cara o cruz, decidió coger al toro por los cuernos y sin titubear le espetó:

—Permítame olerle la boca.

Armando Pérez-García es una de las personas más astutas habidas y por haber, a taimado nadie le gana y, preparado como estaba, cada tanto se lanzaba una bocanada de un aire perfumado con un spray dentro del paladar, que abarcara toda su dentadura; Sonia lo miró fijo a sus ojos y le dijo

—¿Son suyos todos los dientes? — a lo que Armando le contestó:

—Míos desde que era un crío, es de familia, mi abuelo y mi padre murieron sin conocer un dentista.

Le abrió la boca e invitó a palparlos. Sonia, que después de su experiencia con Silverio Ortuño no creía en nada que viniera de un hombre, a excepción de su venerable padre, tocó con firmeza los dos incisivos superiores; dio un tirón bien fuerte y a continuación metió sus dedos profundamente en los molares, sin percibirse que Armando estaba conteniendo arcadas sabiendo que era una prueba muy importante en ese pueblo; tener buena dentadura era la forma más absoluta de representar una robusta y perfecta disciplina sanitaria. Luego espetó, esta vez respetuosamente:

—Me va a respetar toda la vida, no me va a obligar a lavarle la ropa, me permitirá visitar a mis padres, podré ser libre en todos mis pensamientos y tocar el violín cuando me plazca, callará si no estoy de acuerdo, si no quisiera y…, allí se detuvo un instante sin atreverse a decir tan directamente lo que pensaba, tragó saliva, bajó ligeramente la vista y continuó:

—¿Tener una relación o satisfacer sus deseos, los que fueran, obligada? Armando Pérez-García saboreando la victoria, entendiendo que ya era suya le replicó:

—Prometido, mi querida Sonia. Usted será la quién manda, el resto de mi vida estará en sus manos, no se arrepentirá.

Capítulo 3

En la bodega de Armando Pérez-García había un nuevo orden desplegado en plan marcial. Sonia vestida de pantalones azules ajustados, tacones altos y una blusa blanca adornada con boleritos en las mangas, avanzando a pasos que crujían sobre los escalones de madera, daba órdenes sin parar hasta que apareció Berta, la sobrina de Armando. Se miraron de refilón, apenas se saludaron. Si Sonia hubiera sospechado de su existencia no se hubiera entregado así sin más, hubiera exigido un testamento, algo que la reconociera como única sucesora firmado frente a un notario.

Entre ellas creció un resquemor, un distanciamiento, una guerra sorda no declarada en la que cada una hacía usufructo de sus cualidades innatas. Berta, delgada, fibrosa, con ojos algo achinados de sospecha innata, caminaba a veces ladeando el cuerpo a un lado, como si le pesara parte de la vida transcurrida, sabía que la oportunidad de su vida se estaba tambaleando ante la presencia de Sonia. Había aprendido lo suficiente para solventar cualquier obstáculo, su orfandad la había hecho de una sustancia dura, de una coraza infranqueable al desaliento y una vez "acomodada" bajo la tutela de su tío, le había crecido una ambición, bien disimulada para no despertar sospechas, que podría rivalizar con la fortuna de Armando. En ningún momento de su estancia llegó a pensar que le iba a surgir un rival entre las barricas, que ya las consideraba suyas, un personaje femenino y menos a la edad tan madura de Armando Pérez-García. Una mujer dominante era lo peor que hubiera podido esperar. Cuando conoció la noticia y el posterior casamiento fulminante le entró una furia tremenda. La convivencia se transformó en una situación densa; debía evitar que despertara sospechas en su tío. Sonia permanecía imperturbable a las miradas indagadoras de Berta. No se amilanaba un ápice de sus despectivas respuestas, seguía adelante con su posición de dueña absoluta de la bodega, pero su sola presencia la alteraba, se descomponía al verla saludar a su Armando con tan fingidos gestos de amor. Sus órdenes eran cumplidas al instante. Armando Pérez-García se había convertido en un señor atento a sus demandas, la observaba con admiración y la devoción típica de un hombre algo mayor que siempre hubo anhelado una presencia fuerte, deslumbrante y con ese lado tierno que manejaba cuando sacaba sonidos armoniosos a las cuerdas del violín. Berta, en las sombras de la bodega, escuchando con la rebeldía propia del que lleva perdida la mitad de la batalla, se revolvía en sus maldiciones. Sabía que a su honorable tío no le podía ofrecer los goces carnales que se entrelazan en una cama matrimonial, pero pensaba en otras formas de lograr sus objetivos; en la negritud de sus pensamientos rumiaba compensaciones y desagravios e imaginaba formas maquiavélicas de destrucción; apisonar, dejarla sin aliento hasta verla revolcada en el lodo de la separación, ganar esa batalla era la única misión que se había propuesto. La ambición es un arma que roe las entrañas. El poder es la herramienta más fuerte que existe y el que logre sostener esa llave tendrá a su disposición la clave que rige los destinos del mundo; Berta sabía esta verdad, se saldría con la suya como fuera.

Armando Pérez-García llevaba una vida plena; su flamante esposa relucía perfecta en su organigrama de gran señor: joven, bien parecida, con un lado sensible y artístico, representaba el último eslabón en la cadena de sus éxitos. No podría haber ningún mortal que le pudiera hacer sombra. Pero la vida nunca discurre por donde creemos y, a veces, impedimentos llamados destino por muchos, surgen imperiosamente para volvernos a nuestra realidad de simples personajes esculpidos por un barro que desconocemos quien lo moldea.

Llegó el invierno. El pueblo se prepara para acondicionarse a un tiempo frío pero soportable; la lluvia más que molestar deja un manto de nostalgia al pintar un campo brillante y resplandecientemente verde mientras una suave tela gris flota al raso acariciando cada árbol que luce cual solitaria estatua desnuda mostrando su descarnado encanto. El viento agita levemente las puertas de las casas haciendo temblar cada gozne que cruje en murmullo arrullador.

Delia continúa criando a León. Encuentra tiempo para enseñarle los secretos de su sabiduría mientras Alcides, entregado por completo a su hogar, ve palpitar cómo discurre lentamente el amor entre ambos. Calixto Martiño dormita las horas sobre su despacho. Aburrido de modelar animales con su navaja comienza a barrer el suelo sin mucho entusiasmo hasta que siente los cascos de un caballo aproximarse. Abre la puerta y el jinete que entrega los correos le proporciona una serie de paquetes. Normalmente son cartas, noticias del ayuntamiento de la región, pasquines con la búsqueda nacional de maleantes peligrosos, probabilidad de elecciones etc., pero esta vez se puede descubrir un sobre membretado con unos dibujos anunciadores de un concurso variopinto destinado a "Delia Mendoza" Lo guardó hasta que Delia se acercó a entregarle varios quesos encargados semanas atrás para que los fuera separando para las próximas festividades.

Al abrirlo Delia sintió un escalofrío. Lo cerró de inmediato. Posteriormente lo comentó con Alcides mientras León caminaba a los tumbos o corría sin poder parar y caía riendo, se levantaba y hurgaba cada rincón que podía.

—Vamos Delia no podrás creer que eso es una oportunidad. Los concursos por estas zonas están más que amañados. Eso es una pantomima preparada para entregar un premio que de antemano ya está otorgado.

A Delia le pareció la oportunidad de su vida, presentarse a un concurso regional sobre variedades de quesos, algo que muchas veces había pensado. Tenía las bases impresas y a continuación comenzó a leerlas en voz alta mientras Alcides le quitaba a León unos palillos de la ropa partidos en dos que intentaba tragarlos como si fueran caramelos.

Cuando terminó de leerlos, se apretó el papel contra el pecho. La mirada se le perdió en la lontananza y sus pensamientos rondaron lugares lejanos donde la ilusión, la esperanza y el desespero se toman de la mano hasta que los dedos de León prendidos a los pantalones de faena la volvieron a la realidad. Bajó la cabeza al mismo tiempo que acariciaba a León y se apresuraba a limpiarles los mocos que le llegaban a la boca y que hacía intento tras intento por sorberlos.

Alcides recogió la instancia. Con un gesto mezcla de comprensión y ternura, comenzó a releer las condiciones y qué otros ramos abarcaban el certamen. Levantó la vista, observó la silueta de Delia, abrazando a León, tan enternecedora como atractiva, y para sus adentros juró que la ayudaría en todo lo que pudiera en caso de que finalmente diera el paso definitivo. Un par de semanas después Sonia se allega a su casa. La misma invitación del certamen le había sido entregada personalmente al bodeguero y la primera en leerlo fue Sonia. El certamen incluía una jugosa recompensa monetaria y un despliegue publicitario muy tentador al ganador en cuestión de vinos. A Sonia le representaba una oportunidad única de demostrar sus virtudes, su manejo negociador, su condición de mujer dominante y emprendedora; ésa simple nota informativa había hecho emerger dentro de ella insospechados delirios de grandeza y poder. Berta aún desconocía la noticia y las intenciones de Sonia en esa dirección, pero estaba al acecho de cualquier oportunidad que surgiera para aplacar su sed de venganza. Vivía en una casa rústica, no muy alejada del recinto principal con todas las comodidades. Destaca un salón grande y bien dispuesto con un gran ventanal desde el cual se vislumbra el bosque cercano; se oye el lejano murmullo del río. Cuando se siente muy sola y despechada se acerca a la sala principal a remover viejas historias; en uno de los cajones del armario general del comedor tenía un sinfín de recuerdos de su juventud: cuadernos de sus clases en el orfanato, recortes de revistas antiguas, unas pocas fotografías acartonadas de sus compañeras, un álbum con papeles lleno de dibujos, notas de su mano expresando deseos y, a un costado, en el fondo casi perdido encontró un libro pequeño un poco deteriorado, que creía haber perdido, titulado "Estratagemas idóneas para alcanzar lo imposible" Lo empezó a hojear y descubrió en la mitad un pergamino cuarteado; lo abrió con cuidado y pudo leer frases declamatorias que invocaban la presencia de hechizos malignos para inclinar la balanza en beneficio propio, conjuros y rituales mágicos. Lo cerró un poco asustada y se le representó la imagen de Sor Inmaculada. La feroz guardiana del orfanato. Hincada sobre una esterilla rezando frente a una vela negra a una imagen tenebrosa a la que dedicaba interminables palabras de difícil comprensión. Era una corpulenta monja de las clarisas. Verdugo infantil, estricta cuidadora. Vengativa y fustigadora. En su afán de entrega a Dios intentaba por todos los medios de inmiscuirse en el lejano e inalcanzable Universo cuyo mesías redentor reconocía que en realidad había sido solo un aprendiz. Cuando se acercaba a los aposentos infantiles para dar las buenas noches, en la semioscuridad de los pasillos, a las huérfanas las aterraba el halo violáceo alrededor de su figura del cual se desprendían descargas eléctricas a cada paso que daba. Su andar cansino dejaba un asqueroso olor a ajo y azufre. El hábito de color gris emitía intermitencias destellantes y de los tres nudos del cinturón supuestamente representando castidad, obediencia y pobreza le descolgaban goterones de azogue. Inclusive del velo negro que le cubría el cabello caían flores de boca de dragón que en cuanto tocaban el suelo rebotaban y corrían camino del desagüe. Antes de cerrar la puerta se giraba repentinamente y recogía dos lagartos de piel escamosa que la seguían a todas partes. Los escondía entre pecho y espalda: eran su guardia pretoriana. Las niñas se apresuraban prestas a recoger el azogue pues luego, durante el día, lo intercambiaban por huevos de codorniz, libros infantiles y galletas de maíz con los huérfanos varones que lindaban en las otras barracas cercanas.

Estaba oscureciendo y en medio del silencio se podía oír el aullido lejano de los lobos. Los recuerdos le seguían apareciendo a borbotones. Envuelta en una particular nube de desprecio, pensando en cómo solventar su situación personal en clara desventaja, abrumada de pensamientos oscuros, inesperadamente, Sor Inmaculada muerta y enterrada fuera del camposanto por precaución, se le iluminó en la ventana como si fuera un desprendimiento de su fervorosa imaginación. De primeras se puso nerviosa, se restregó los ojos y se acercó con cautela. La imagen se hacía más patente a medida que se iba acercando. No podía creerlo. La figura de Sor Inmaculada con toda su presencia de espectro alucinante reflejaba un destello gris apagado con unos matices rojizos que se desprendían de sus ojos enormemente grandes. Se le acercó titubeante, se detuvo ante la ventana para sentir su silueta. El espectro entró como un torbellino, giró alrededor de la habitación y se detuvo frente a ella. Quedó paralizada, tremendamente asustada. Reaccionó y con mucho temor se animó a escucharla en un idioma poco comprensible. Con sus ojos humeantes le indicaba las consignas a seguir; la estuvo siguiendo constantemente al saber que su preciado líquido mágico estaba en sus manos. Asentía a cada cosa que la visión le murmuraba; luego de un rato cerró los ojos en señal de aprobación y al volver a abrirlos la imagen había desaparecido, pero ya tenía parte de la información que buscaba, bajó la vista en señal de sumisión y con satisfacción se retiró a mascullar sus planes.

Delia en su casa, repartía su tiempo entre las tareas domésticas y la labor de preparación y custodia de los quesos, pero sus pensamientos hurgaban en otra dirección. Nerviosa, sin dudarlo mucho salió corriendo a la cocina, abrió el bote de basura y en un fervor apasionado revolvió con ahínco hasta encontrar arrugada y con manchas de frutas y leche agriada la invitación al certamen.

Espoleada por Sonia Martínez de los Montes decidió releer las bases. No necesitaba grandes esfuerzos para cumplir con el reglamento pues se destinaba en especial a personas que no hubieran sido premiadas anteriormente en ningún concurso similar y, lo que más la aleccionó, era el apartado que exhortaba a que participaran mujeres; les sería concedida una especial consideración, sin extenderse ni aclarar en qué consistía.

Decidió embarcarse en secreto, no le comentó a nadie sus intenciones, ni siquiera a Alcides y para ello una mañana en lugar de acarrear los cubos de leche y continuar con el resto de las tareas se acercó a la bodega de Armando Pérez-García. La primera en atenderla fue Berta quien diligentemente le ofreció asiento y algo de beber. Luego de un rato apareció Sonia. Berta Lizárraga se alejó con lentitud, pero lo suficiente como para escuchar la palabra certamen y se apalancó en la sala de su casa a meditar.

Silverio Ortuño recuperado totalmente comenzó una nueva era. Decidió entregarse a satisfacer a Amelia al completo, no quería le sucediera otro traspié. Caminaba recto, sacando pecho, pero adentro suyo aún miraba de recelo al pasar delante de la barbería. Esquivaba a Don Fernando y evitaba encontrarse con el resto de los participantes de la orquesta; aún llevaba encima los rescoldos del último fracaso. Mimaba a Amelia, quien primeriza en las lides amatorias, lo veía como a un juglar encantador, como "su hombre" Lo servía en cada cosa se le ocurriera. Se le había contagiado parte de la zalamería con la que Silverio Ortuño pretendía a toda costa complacerla. Un día, paseando juntos cogidos de la mano por el pueblo, se acercaron a "Los Titanes" a realizar unos encargos a Francisca Moreno quien en esos momentos estaba arreglándose el busto; pretendía elevarlo, poner las puntas más hacia arriba y no se percató de su presencia. Al verlos los saludó amablemente, les ofreció sentarse en sus recientes butacas, más cómodas que las anteriores sillas, pero se negaron. Silverio Ortuño se le acercó y susurrando bien bajo le dio la buena nueva. Amelia estaba encinta. Deseaban encargarle una cuna y ropas adecuadas, sin importarle fuera varón o niña, pues sentían que la nueva época que estaba surgiendo, más igualitaria en todos los aspectos, debería de sobreponerse al azul y al rosa; blanco y punto. Aquello fue un suceso digno de festejar; llamó a Facundo que seguía trabajando con tesón a pesar de su paternidad y entrega amorosa, para darle la nueva entre aspavientos y risotadas nerviosas. Joaquín al escuchar tanto alboroto se les acercó, cogió la trompeta, salió del almacén, dio tres bocinazos estruendosos y tan sonoramente fuertes que se acercó un borbollón de vecinos. Todo el vecindario se enteró de la noticia; "Silverio Ortuño padre, inconcebible, cogones" espetó casi enfadada Augusta Varela. A continuación, miró con seriedad a Cayetano y le confesó:

—No puedo creer que sigan naciendo memos sin control; qué se puede esperar de un hombre que arrastra tanto misterio como deficiencias.

El murmullo en la puerta iba creciendo y Joaquín entusiasmado, pensando que la aglomeración se debía a su esfuerzo musical, despachó con altivez unos increíbles trompetazos más, cosa que hizo que se reunieran más personas del pueblo para vitorear a Silverio Ortuño como si fuera un héroe. Al cabo de unos minutos hubo un silencio. A un lado mascando envidia y fastidio un bando numeroso de mujeres se arremolinan y entre ellas hablan en voz baja al principio, pero luego como espoleadas por un aguijón y viendo la falta de reconocimiento hacia Amelia como madre generadora de vida, comienzan enfadadas a gritar consignas que fueron subiendo de tono hasta que la más osada se atrevió a decir "Nosotras somos mejores, nuestro es el útero engendrador" señalando el vientre. Todas al unísono asintieron. Se movían de un lugar a otro. Juntas, apretujadas formando un solo grupo unido en desahogo. Unas pocas, más radicales y desafiantes se pusieron directamente ambas manos en la vagina y la señalaban indicando que suyo era el comienzo de la vida, que nadie podría negar la indispensable esencia, la máxima virtud de la naturaleza. Miraban con fastidio, con rabia acumulada para así descargarse del sufrimiento de años de sumisión, de sometimiento, de falta de reconocimiento. Un puñado de mujeres de "El Cortigal de la Costa" logró enterarse gracias a los trompetazos de Joaquín, cuya sonoridad rebotando en cada pino, palmera, eucalipto y canto rodado fue empujando el mensaje corriente abajo hasta chocar con las lavanderas del pueblo que hincadas frente al río se embrutecían lavando ropa de la familia entera. Entre ellas cuchichearon y decidieron acercarse para constatar la verosimilitud del alboroto. Cuando llegaron se encontraron que los hombres, menos Cayetano Fuentes, Bruno Garrido y unos pocos más, llevaban a Silverio Ortuño a hombros. Cual torero, sonriendo, portaba en cada mano un zapatito de cuando Facundo era bebé que Francisca le había regalado. Había un alboroto general, contagioso. En el bando de las mujeres, acariciaban el vientre de Amelia y cantaban gritos de aleluya al supuesto y deseado cambio de orden. En plan divertido, para mofarse y vengarse, esparcieron la noticia que la mayoría de los hombres del pueblo se habían quedado sin pólvora, que eran incapaces de igualar la hazaña de Silverio Ortuño y que por esa circunstancia el pueblo se había quedado raquítico, que le faltaban sementales. Los hombres, orgullosos como estaban de su edad, de su salud, del buen aire montañero, del buen hacer y buena vecindad, comenzaron a acusar el golpe. Se sentían molestos al escuchar las risas y comentarios jocosos de las mujeres. Reaccionaron. Comenzaron a acercarse, tímidamente a "Los Titanes" Titubeantes y con aprehensión, tratando de no ser vistos, con la ilusión de encontrar una pócima venerable que les permitiera cambiar las tornas negativas que habían surgido, cada uno con un solo pensamiento. Su hombría no podía quedar en entredicho y, pensando en una posible solución a su desgaste varonil, reclamaban soluciones. Tenían que demostrar como fuera cuando les tocaban los "cogones", la famosa coletilla de Augusta Varela.

En "Los Titanes" la posibilidad de aumentar ganancias no pasó desapercibida. Francisca, viendo el sabroso negocio que se aproximaba, le encomendó a su hijo encontrar, en cualquier lugar del mundo y como fuera, la semilla, hierbajo, corteza o raíz capaz de provocar el milagro de devolver a los hombres la virilidad perdida. Montado en su caballo salió en busca de la pócima. No volvería en años.

Amelia lucía con orgullo su embarazo. Caminando con entereza cruzaba la calle principal y se paraba a conversar con cuanto vecino se encontraba. Se había despedido tiernamente de sus padres a quienes les había demostrado la razón de su enamoramiento con alguien tan "bien avenido y tan justo" como Silverio, quien, como futuro padre, se encontraba con un anonadamiento indescriptible.

Dio a luz un par de meses antes de lo previsto y Mario tal cual le pusieron para honrar a sus padres que mucho habían insistido en nombrarlo para congraciarse con "Nuestro Señor que en las alturas todo lo observa para nuestro bien y seguridad" se comportó como era habitual en un sietemesino. Tardó en hablar tanto que pensaban era mudo o que Silverio le habría transmitido alguno de sus genes chanfleados, pero cuando se largó a decir palabra no paraba ni durmiendo. Lo tuvieron que llevar a un cuarto separado pues los despertaba por la noche diciendo cosas poco entendibles y, ya un poco mayor, en las comidas no los dejaba hablar entre ellos aduciendo que era el mejor niño del mundo pues nunca se quejaba de nada, cosa que no era cierto pues en cuanto tuvo un poco de razón notó que mintiendo le iba mucho mejor y no había momento en que no se inventara alguna historia. A Silverio en cuanto le dijo "Papá" por primera vez se le transformó la cara, aquello era lo que deseaba desde hacía mucho tiempo y no le importó en absoluto que dudaran de su paternidad dada la inteligencia y destreza de Mario. El arriendo de sus tierras, escaso pero suficiente para llevar una vida austera, ofrecía un beneficio que le permitía vivir con cierto decoro. Las ocasiones de trabajo no le llegaban con asiduidad. Esporádicas. Cuando llegaba la matanza, con Cayetano, la provechaba con ahínco. Se las arreglaban para despiezar y hacer acopio, suficiente por un tiempo, y vender al resto de pobladores. Amelia, en la casa, era una joya del hogar. Repartía su tiempo en busca de la perfección en los asuntos domésticos y en atender las necesidades de Mario. Con pulcritud y dedicación lo mimaba. En los ratos libres, tocaba el acordeón ante la observación de Mario quien, a su lado, jugaba distraído. La seguía por toda la casa. Al padre no le prestaba mucha atención. Estaba enmadrado.

Se me está cayendo el pelo. Creo que es la gomina. Tendré que echarme menos. Esta entrada no la tenía antes. Es bastante grande. ¿Serán las preocupaciones? Mario no nos deja un minuto tranquilo. Jamás pensé que fueran tan absorbentes. Amelia ha cambiado. Lo noto en su mirada. Todo su tiempo, cada minuto del día, está pendiente del niño. Cuando está libre, cuando el niño duerme; se dedica por entero a las tareas de mantenimiento y limpieza del hogar o a tocar el acordeón. Todo tiene que estar según su criterio. Cada cosa en su lugar. De lo contrario se enfada y dice que estoy distraído, que me centre en lo que estoy haciendo, que no puedo seguir así. ¡Que no me distraiga! La vida ha cambiado rápidamente, creía estar tocando el cielo, pero me doy cuenta que cada realidad que alcanzo deja lugar a nuevas etapas, a nuevos enfrentamientos con situaciones que nunca son iguales. Mario es maravilloso, es un niño especial, es lo que anhelaba, sin embargo, tengo dentro esa duda que no desaparece. Crecerá, sin duda cambiará. Lo noto mes a mes. ¿Cómo evitar transmitirle mis temores, esta inseguridad que me ha acompañado toda la vida? Nunca tendrá un hermano. Jamás. Sé que Amelia insiste, es maravillosa, pero no puedo ceder. No se repetirá mi historia. Con uno basta. Cuando los miro abrazados, como lo sostiene contra sí, mirando el firmamento en señal de agradecimiento, siento dentro mío que algo falta. He perdido parte de la fe que siempre tuve. Hay días que me abruma una soledad inesperada. Sí, es verdad, he vuelto a sentirme solo. Otras veces cuando lo veo corretear con tanta firmeza y seguridad… se encoje el corazón y me entra un miedo terrible a perderlo. Estoy siempre lleno de dudas, navego en un mar de incertidumbre. No entiendo. Hay momentos, hubo veces, en que creí que la vida era lo más maravilloso del mundo, para luego derrumbarse y sentirme ahogado al ver las caras de algunos personajes. Sus comportamientos y miradas… Los siento dentro de mí, sus voces criticando, hablando. Debo superarme, otras veces lo logré. Pasaré página. Voy cariño ya llego. Claro que puedo cogerlo.

La Espléndida

Facundo tardo años en volver de su excursión en búsqueda de una planta o medicamento de utilidad para salvaguardar la hombría de la gente del pueblo. Como era muy descreído y cabezón se obstinó en comprobar si el efecto buscado era satisfactorio. Por lo cual cuando retornó trajo consigo la prueba demostrativa. Apareció con cuatro retoños de entre 10 meses y tres años; testimonio fehaciente que el yuyo adquirido en un pueblo perdido de las montañas del norte de Alemania cumplía con creces las aspiraciones de los hombres. Cada paso que dio, al retornar camino a casa, se encontró con nuevos vástagos suyos que mujeres indómitas y lanzadas se lo mostraban como muestra de su poderío. Recorrió todo el pueblo a caballo con su herencia prendida de la cintura. Nadie lo reconoció. No pareció que el pueblo hubiera cambiado, permanecía todo cual lo había dejado. Se cruzó con Cayetano que le dio los buenos días con el clásico cordial saludo con que se brinda a los foráneos recién llegados, no lo reconoció.

Se acercó con timidez y cierta aprehensión a su casa. Titubeó antes de entrar. María Eugenia lo recibió con sorpresa. Anonadada no daba crédito a lo que veía. Fría y descreída se quedó observándolo un rato. De primeras hizo ademán de cerrarle la puerta en medio de su cara. Todo ese tiempo había estado escuchando los consejos de Augusta Varela y el grupo de mujeres radicales empecinadas en cambiar la tradición: el imperfecto equilibrio hombre-mujer parecía estar inclinado por el "mandamos nosotras" compenetrándose con las teorías supremacistas de Rosalía Casielles, la lideresa indiscutible. No lo lograron por completo pero la llama de la rebeldía estaba creciendo con firmeza.

La falta de noticias de Facundo le pareció la razón más grande del tamaño pernicioso que alcanzan a tener los hombres. Una cerrazón impermeable le oscureció su sesera; los machos le empezaron a parecer unos pobres monigotes, unos asquerosos, irremediables en su carácter de conseguir como fuera llevarse la mujer a la cama, la que fuera, para luego encerrarlas con desprecio dentro de la casa en la cocina para que le sirvan a su gusto. Al verlo de pie, cambiado físicamente como si fuera un pasmarote de otro mundo, se echó para atrás. Lo olió, lo remiró de arriba a abajo sin dar crédito a esa estampa de vagabundo perdido que se aparece de improviso con la cola entre las piernas a buscar refugio en su olvidado hogar. Malhumorada, asqueada, rebuscando en su interior cómo vapulearlo le permitió pasar acompañado de su infame prole que lo seguía como un grupo de perros abandonados. Pasaron a la sala. Se quedó contemplando la escena sin saber que iniciativa tomar. Daban pena. Sucios y malolientes.

Están asquerosos y este ser deplorable era mi hombre, pero bueno, por Dios bendito, lo echaré a escobazos nomás abra la boca, y con esa prole inmunda, sucia, llena de mocos verdes.

Al centrarse en la cara translúcida y avergonzada de Facundo, mirando el suelo en señal de arrepentimiento, las manos abiertas como implorando perdón le sobrevino un repentino e inesperado sentimiento de misericordia.

No por favor, no puedo tener lástima, vino cargado de hijos de quien sabe cuántas mujeres. Pero dentro, la herida hurgaba por ser cicatrizada. Tantos años inmersos en una vida tranquila que no parecía fuera a extinguirse y ahora repentinamente, lo veo por los suelos, abatido, entregado, quien sabe los sufrimientos que debió haber aguantado. Sus ojos cambiaron. Los bajó y dio un suspiro profundo. Sin decir palabra le limpió los mocos verdes al más pequeño y le dio un pellizcó en las orejas al mayor por preguntar "¿Papá quién es esta gorda?", pues en esos años María Eugenia, por la desesperación que impone la soledad y el abandono, no paró de llevarse a la boca cuanta comida encontraba.

Facundo en su periplo por tierras hostiles se había afeitado algunas veces. El aseo general, poco y mal hecho, le había dado una aceptación asombrosa en el cuerpo femenino; cuanto más barbudo y abandonado estaba y con olores de solera, lo encontraban más varonil e irresistible en esos dominios con gustos tan diferentes. Marcelino con cuatro años y sin saber de él en todo ese tiempo al ver a su padre lloró a grito pelado y agarrándose a las faldas de su madre decía "No, no lo quiero, no puede ser mi padre, es sucio y asqueroso"

Días más tarde, cuando la situación doméstica amainó un poco, le confesaba a María Eugenia con la cara mirando el suelos de vergüenza que sólo había podido traer cuatro hijos como prueba de la eficacia de la planta que había conseguido; era lo máximo que el caballo aguantaba, que comprendiera que había sido un encargo muy importante de su madre y agregó, como para dar a entender lo cumplidor que había sido, que tenía muchos más hijos desperdigados a lo largo de toda la travesía de vuelta al pueblo, que eran fiel testigo de la bonanza que traía consigo. Cosa que no cambió para nada el desencanto inicial de María Eugenia quien por dentro se pellizcaba para creer lo que estaba oyendo. Los hierbajos encontrados en la ladera norte de esa montaña son pura dinamita. Se puede con horas de salvajismo erótico-sexual, amor mío y la miraba con los ojos de deseo con que se mira a la joven mujer que lo ha enamorado hasta las patas y según se vislumbraba de los resultados, el efecto "preñador" era tremendo. Fue precisamente esa arma constructiva-enceguecedora la que convenció a María Eugenia y le perdonó tanta bestialidad salvaje, pues a la primera demostración que le hizo pasaron tres días completos con sus noches enteras ofreciendo un repertorio tan extenso como persuasivo sobre la cama hasta desencajar los alambres del jergón y desvencijar las patas de madera de tanto encimarse, montarse, bajarse y vuelta a subirse; moverse a diestra y siniestra. La exhibición no dejó lugar a ningún reproche y quedó tan embarazada que parió una niña hermosísima y perfecta de cinco kilos después de tan sólo seis meses de embarazo. Le pusieron Valeria pues el reencuentro había sido valeroso y de lo más sano según supieron indicaba su nombre.

En el ínterin, los hombres habían perdido la fe en "Los Titanes"; no les pudieron ofrecer ninguna alternativa práctica; les ofertaban puros cuentos sin efectos visibles, por lo cual poco a poco fueron desapareciendo las esperanzas de reconquistar el trono de machos ibéricos y debieron rendirse a la sorna y desprecio de las mujeres que ya soñaban, alicaídos como estaban, en mandarles barrer la casa, fregar los platos, planchar, encender la leña en la chimenea, hacer los recados, cocinar, ocuparse del jardín y sufrir tanto como ellas lo habían hecho durante centenares de años. Cuando volvió Facundo maloliente, hirsuto y destartalado, montado en un caballo con cuatro hijos detrás, a nadie se le ocurrió pensar que esos críos eran la muestra más fidedigna de un hallazgo que revolucionaría al pueblo. Unos pocos días después, veían a María Eugenia lozana y llena de vida y no se explicaban la transformación; había adelgazado tantos kilos abruptamente que ninguno supuso que el secreto estaba en unos hierbajos que exprimen los jugos sementales y reparten embriaguez de fertilidad en los óvulos femeninos; ese adelgazamiento súbito no era producto de una rigurosa dieta, sino el resultado de un esfuerzo físico agotador, pero sumamente placentero. La famosa planta fue conocida como "La Espléndida" por lo que decidieron ponerles a sus hijos bastardos, aún sin nombre, apelativos que la dignificaran: Innata a la más pequeña, Ifigenia a la que le seguía en edad y a los dos varones de dos y tres años Iván y Gabriel. Pronto formaron un clan con el primogénito Marcelino, ya con 5 años, y la nueva estrella Valeria que crecía con suma rapidez y perseguía al grupo con tesón; los imitaba en todo. Recorrían dentro de "Los Titanes" haciendo y deshaciendo cuanto podían ante los gritos de ¡Orden carajo!" de Francisca Moreno que veía cómo se les estaba yendo de la mano el férreo control que tenía.

En cuanto Joaquín se enteró de la maravillosa pócima que tenían entre sus manos salió entusiasmado a las afueras para hacer conocer el prodigio deslumbrante y comenzó a dar un solo de trompeta como en la vida lo había hecho. Una música divina y solaz. Al pasarse la voz de las maravillas de la planta, los hombres del pueblo, en fila uno detrás de otro, llegaban a paso lento con cierto temor, tratando de no ser vistos, con la mirada extraviada. Entraban a "Los Titanes" y Francisca, imantada por la generosidad del momento, despachaba porciones meticulosamente pesadas de "La Esplendida" a cada hombre que, luego, encendido de ardor se marchaba a realizar el sueño carnal sin límite. Al cabo de meses el pueblo se llenó de niños; todos de padres mayores; quedaban satisfechos del deber cumplido, descansaban un tiempo y volvían a por más, enviciados por completo. Inclusive Matilde quedó embarazada gracias a ese matojo silvestre tan bienvenido. En principio no se pudo explicar semejante hinchazón en el vientre; decidió callarse, no iría a pedir opinión al sacamuelas, pero a medida que el bulto iba creciendo miraba a su Alberto con intriga y un ojo de sospecha hasta que, memorizando, se percató que aquel sueño maravilloso que tuvo una noche en donde Alberto había realizado la mejor faena de su vida hasta quedar despatarrada y babeando de placer, se dio cuenta que había sido pura realidad. Basada en una planta y no parte de un sueño, por lo cual un día mientras almorzaban tranquilamente le espetó a bocajarro:

—Desgraciado, por qué no me dijiste que habías visitado "Los Titanes"; te forraste de esa mata agobiadora, para añadir aún más enfadada—y por qué carajo no volviste a comprar más. Estoy embarazada de cinco meses por lo menos" , y le repitió en voz más alta ¡Desgraciado!

El hecho de que estuviera embarazada a su edad pasó totalmente desapercibido pues no había mujer que no exhibiera pomposamente su barriga, pero la verdad, que mientras el resto de las mujeres parían hijos entre los 6 y los 9 meses todos sanos y esplendorosos, ella siguió cargando su embarazo hasta que después de 14 meses de soportarlo, ya con el espinazo doblado por una barriga enormemente abultada, resignada, decidió aproximarse a Don Fernando. Abrió la puerta de su barbería con fuerza y furia y le espetó:" Es de mi Alberto, no hay barriga más grande en todo el pueblo, pero estoy hasta la coronilla del peso, Sácame esto como puedas, ¡Sacamuelas!"

Don Fernando en esos momentos estaba ocioso, más pendiente de ver desfilar mujeres barrigonas y hombres que entraban escuchimizados al colmado de Francisca para salir corriendo a tropezones, que en atender una clientela masculina que pasaba totalmente de su aseo personal. La observó detenidamente, le palpó el desproporcionado vientre con ambas manos y le ofreció un líquido negro que llevaba desde tiempo inmemorial situado encima de su mostrador detrás de la ristra de clavos para apaciguar clientes nerviosos. Lo había adquirido a unos trashumantes rumanos con la idea de hacer una demostración de potencia purgativa y combatir los entuertos menstruales; lo llevaba desde hacía tanto tiempo que tuvo que esforzarse para despegarlo del mostrador; dejó un reborde marrón oscuro y pegajoso. Sorprendida al ver la inmundicia y con muestras de enfado Matilde le replicó: "Me quieres matar con esa mugre asquerosa" a lo que Don Fernando contestó "Y qué otra cosa vas a hacer; ¿Encomendarte a Paulina?" La sola mención de Paulina en algunas personas del pueblo era suficiente para hacerse cruces y orar a los dioses celtas. Se ausentó un instante. Matilde, muy desesperada, lo bebió por completo de un tirón. El barbero salió del fondo de la barbería con una cucharita en la mano, vio el frasco vacío y la cara de repugnancia de Matilde, pero no se atrevió a decirle que se aconsejaba tomar una cucharadita por día y en ayunas. Le pagó con un cabrito y se marchó con cara de repugnancia. Poco antes de llegar a su casa unos dolores tremendos le obligaron a sentarse en la escalinata del Ayuntamiento. Al verla arrodillada y descompuesta salió Calixto Martiño de su despacho y cruzó para pedir auxilio a Don Fernando. En cuanto se acercaron, Matilde ya cargaba un niño de más de siete kilos; las aguas que había roto fueron tantas que anegaron la calle principal y corrieron pueblo abajo. Alberto, alarmado por la demora de Matilde, se apresuró a su encuentro esquivando la corriente de agua. Encima de la escalinata, piernas abiertas y aun goteando, Matilde no desprendía mirada de su retoño quien le sonreía y mostraba dos dientes relucientes en la arcada superior y uno abajo. Estaba muy crecido y se mandaba unos ajos tras otros mientras miraba a Alberto con el ceño fruncido quien se hacía preguntas sin respuestas. Era un varón. De inmediato lanzó una orinada larga y mal oliente de un pene grande erizado de pelos negros.

"Los Titanes" no daban abasto con tanta demanda. Facundo había traído una remesa suficiente para abastecer a todos los hombres, pero jamás imaginó tal efervescencia. Estaban totalmente enviciados de tal suerte que en poco tiempo el suministró se agotó; tuvieron que darle largas al asunto; el negocio se estancó. No había sustituto que se asemejara. Ante tal desaguisado y decepción, muchos hombres se enfadaron, pero no había más remedio que aguantarse. Al cabo de unas semanas comenzaron a sentir escalofríos, sudores y tembleques en las piernas; les costaba caminar. Don Fernando, haciendo uso de sus conocimientos, en cuanto empezó a observar ese apasionamiento desmedido por la pócima engendradora de críos les había adelantado "Eso es una droga, os lo advierto" y viendo el decaimiento general y quizás pensando en una tropa de viudas sin consuelo, se fue al fondo de la barbería a rebuscar algún potingue que pudiera salvar la situación. Se acordó que a los trashumantes rumanos les había comprado dos frascos similares como el que se bebió de un tirón Matilde. A pesar de que probablemente no pudiera ejercer ningún efecto, decidió exponerlo en el mostrador por si caía algún cliente desesperado.

Francisca, buena previsora y conocedora del ramo, pensando en una calamidad financiera en caso se agotaran las reservas o surgiera un imprevisto, se había encargado de sembrar las semillas de la planta y a los pocos meses una nueva generación de "La Espléndida" se ponía a la venta, pero no tuvo los resultados esperados; al contrario, los hombres que la usaban empezaron a sentirse cansados, les pesaba el cuerpo y, lo peor, la herramienta capaz de los milagros no parecía responder, parecía un triste colgante, un pellejo "amorcillado" y soso sin más presencia que la de importunar. Aquello fue el fin de un sueño sensual. Poco a poco los hombres comenzaron a recuperarse hasta que un buen día la normalidad volvió a apoderarse del pueblo. Pero había una nueva realidad, una nutrida generación infantil correteaba por las calles con las consecuencias que esto podría traer.

Tiempo antes de aquellos eventos, en la bodega de Armando Pérez-García primaban otras consideraciones. Sonia regañaba a su esposo; insistía con firmeza; quería apuntarse al certamen y ganarlo como fuera. Sabía que Armando era una persona con muchas conexiones importantes y no escatimaba esfuerzos en que usara esos vínculos. En la conversación que tuvo con Delia Mendoza habían decidido aunar esfuerzos e inclusive sugirieron la posibilidad de conseguir una Denominación de Origen Regional. La charla no pasó desapercibida para Berta Lizárraga que estaba atenta a cada nueva que llegaba; ahora sabía lo que Sonia se proponía y hurgó un plan. Harta de aguantar una situación que se le estaba escapando de las manos decidió arriesgarse.

Inflada de orgullo, no aguanto su porte de dama elegante y presumida. Hay que verla cómo se pavonea delante del viejo tonto y machete. Me salvó, me salvó del orfanato, repite varias veces cuando me ve y cree que estoy ociosa. No sabe ni sabrá en qué pienso. Me pregunto de qué me salvó o es que va a amonestarme el resto de la vida con palabras aburridoras. Lo repite constantemente. Esas insinuaciones, y las dice delante de esta presumida sin ton ni son para arrinconarme en este pueblo infame lleno de viejos recalcitrantes. Me muerdo para no contestarle, aunque no aguantaré mucho más, pero debe de buscar la ocasión precisa.

En esos momentos de desesperación arrumaba en su cuarto estratagemas; no se decidía por ninguna. El plan debía de urdirse con una paciencia que se le escapaba de entre las manos. Se sonrojaba de ira cada vez que se cruzaba con Sonia. Ese aspecto autoritario y suficiente le carcomía las tripas, se le revolvían los pensamientos.

Sonia y Delia tenían que usar una estrategia común; le explicó cómo a través de su "querido esposo" había conseguido unos contactos muy apetecibles; se aseguraban el paso a la segunda ronda sin mayores problemas. A la vuelta de su conversación aprovechó para visitar a sus padres. En cuanto entró a su casa le vino un ataque de melancolía; abrió la ventana para dejar paso al aire fresco y ventilar su habitación y distinguió enfrente, ventana con ventana, cómo Joaquín, su antiguo amor frustrado, estaba limpiado la trompeta. Joaquín llevaba dentro de sí una chispa de decepción y decaimiento al ver a Francisca cada día más voluminosa y entregada al negocio, mientras a él la falta de desfogue le sobrecogía sus deseos; lo atrapaba en cuanto la primavera se aproximaba. Francisca, sin embargo, parecía estar incólume a los arrebatos del amor. Los cerezos en la ladera sur que colindaban con el pueblo empezaban a estar en flor y unos aromas penetrantes y dulces provenientes del azahar de los almendros de los huertos cercanos inundaban cada resquicio del pueblo e impulsaban los recónditos lugares donde se engendran los súbitos amores. Joaquín, al cruzarse la mirada con Sonia, aspirar esos efluvios tan sugerentes, verla tan elegantemente vestida y maquillada con esmero, sintió fugaces golpeteos de su corazón, mientras Sonia sintiéndose observada quedaba sin aire de la emoción. Se saludaron con educación; Joaquín abrió su ventana y le expresó:

—Este domingo reanudamos los ensayos, ¿Vas a venir finalmente a honrarnos con tu presencia? Tenemos un repertorio nuevo muy apropiado para tu violín.

Sonia, muy atareada en su nueva posición de empresaria, se había descolgado de la orquesta. Estuvo meses sin aparecer muy ocupada colocando la bodega a su antojo. Se quedó sin responder, impávida. El ofrecimiento la acometió por sorpresa. En un breve intervalo de tiempo fue absorbida por pensamientos encontrados. Por un lado, debía de proteger sus intereses. Berta Lizárraga la ponía en guardia constantemente, no era cosa de aflojar rienda y dejarle campo abierto, pero por otro lado la boca tan carnosa de Joaquín, su esbelta figura, su genio musical tan contrastante con Armando que le representaba un saco de huesos sin chispa afectiva y desgarbado como estaba la conminó a retrotraer su seguridad económica en aras de un escape romántico. Le irrumpieron pasajes de su vida que le pesaban. Armando con solo poner la cabeza en la almohada comenzaba unos ronquidos colosales y con su lento caminar arrastraba una falta total de atractivo físico. No dudó en responder con soltura, voz suave y algo de embeleso "Allí estaré sin falta "

Volvió a la bodega con una sonrisa de placer y el ondear de su estampa como si estuviera ya enroscada alrededor de Joaquín. Cual gata cautiva ronroneaba interiormente. Abrió la puerta grande de la bodega y de sopetón se encontró con Armando, quien llevaba varios días sufriendo un decaimiento inexplicable. Tosía y las piernas no le sostenían por lo cual Sonia tuvo que encamarlo y abrigarlo. Le preparó infusiones de ortiga para la circulación y le masajeó la espalda con emplastos de eucalipto y un complejo de raíces hecha papilla suministrado por su madre. Le refregaba esa espalda esmirriada con huesos sobresaliendo en cada esquina y un montón de vértebras encimadas como queriendo escaparse de tan apretadas que estaban. Atornillado dentro de la cama, parecía un apiñado de emplastos mal articulados; le representaba la decrepitud de un ser desabrido y no le inducía siquiera afecto o gratitud.

Armando estaba tan sobrecogido con su caída física que le rodeaban impetuosas ideas de entrega al otro mundo, pero como siempre había sido una persona luchadora y empecinada, en estas lides que parecían ser sus postrimerías, juró no entregarse a la parca sin tener un mano a mano del que saliera victorioso. En los peores momentos le resurgía una entereza y un pertinaz deseo de vivir. Cuantos más dolores sentía, más rebelde le surgían las ganas de supervivencia. Desde las tripas, en sus delirios, veía a Berta Lizárraga detrás de la puerta de su dormitorio intentando pasar desapercibida, observándolo con cara de satisfacción y, como mucha gente en los trances más cercanos a la muerte, le sobrevino una lucidez que le permitió descifrar los pensamientos más recónditos de su sobrina. Entendiendo que le estaba jugando una mala pasada, se quitó abruptamente las sábanas de encima, tiró a un costado las cataplasmas, de una patada arrinconó la bacinilla con los orines de la noche y se lanzó desnudo como estaba contra ella, ciego de furia con el puño cerrado. Sonia espantada se colocó a un costado y con mucho esfuerzo y ayuda de los sirvientes lo volvieron a la cama ante los gritos de Armando que vociferaba "Perversa, diabólica, no sabes con quien te estás enfrentando", todos, menos Berta, pensaron que eran alucinaciones sobre su antigua esposa.

Berta Lizárraga salió disimuladamente de la habitación y comprendió que Armando la había descubierto. Tenía que conseguir una dosis que le ablandara la lengua y confiara su escondite secreto como fuera antes que despareciera para siempre, pero debía de entregársela en un momento de soledad, cosa que no era fácil. En esos momentos de angustia ante la posible pérdida de alguien tan necesario, ambas mujeres se encontraban jugando sus cartas en el mismo bando, llevaban encima un temor en común: que Armando muriera sin dejar al descubierto el lugar de su fortuna, por lo cual tenían que curarlo como fuera. Así fue. Lo recompusieron, con parsimonia y dedicación. Como adivinando las intenciones hicieron que se levantara de la cama y gozara momentáneamente de un respiro de la muerte.

Sonia, vistos los problemas acaecidos decidió que antes que pudiera ocurrir algún percance mortal gozaran de un viaje reparador para así, estando a solas lejos de la caja registradora y sin Berta husmeando, convencerlo que era la única heredera; tenía que obtener como fuera un testamento favorable o le indicara donde escondía su riqueza. Armando ya repuesto fue fácilmente convencido, la visita de la parca lo dejó reblandecido y consideró que debía conocer las satisfacciones que deja el marcharse fuera de la región en un viaje de placer. Visitaron con todo lujo, ciudades maravillosas como París, Madrid y Roma, y conocieron la realidad de la vida moderna. Nunca había puesto un pie fuera de "El Cortigal del Monte", estaba exultante. Tuvo un despertar lleno de asombro e ilusión. La abrumadora cantidad de anuncios con los estímulos más increíbles para embellecer a una mujer que luciera tentadora la insuflaron de ambiciones desconocidas. Reclamos publicitarios perfectamente presentados en vivos colores y sumamente convincentes la dejaron perpleja. Ver cómo señoras con pocos atractivos físicos eran transformadas en un plis-plas en despampanantes mujeres jóvenes mediante artilugios impostados, maquillajes deleitantes, ropas ensalzadoras de pródigas curvas y aderezos deslumbrantes la dejaron boquiabierta. Un mundo moderno y cautivador hizo se le pasasen por la cabeza desenfrenadas ideas para adornar los atributos naturales de mujer. Entusiasmó a Armando con la idea de recomponer su pecho. Armando quien se veía disfrutando de una segunda luna de miel, pues la primera por ansiedad y pura tacañería no había pasado de una simple boda con un presupuesto muy ajustado, le deleitaba la idea de juguetear encima de un busto pronunciado y rebosante de vitalidad por lo cual accedió a que diera el paso. En realidad, las ideas de Sonia estaban dirigidas a entusiasmar a Joaquín, a que él fuera quien se sumergiera dentro de pechos abultados de salud fiestera, mucho mejores y más firmes que los de Francisca.

Entretanto la pareja gozaba de su viaje Berta Lizárraga comenzaba a jugar sus cartas. Cambió de parecer, pretendía deshacerse de ambos, de Sonia y de su tío. Como única heredera todo quedaría a su nombre. Ya encontraría en algún lugar el escondite con su fortuna una vez estuviera sola. Se había decidido por un líquido incoloro con un leve olor dulces con un letrero que apenas dejaba vislumbrar "Dimetilmercurio"; se podía distinguir una cruz roja pintada encima de una clavera. De inmediato se le apareció la imagen de alegría de Sor Inmaculada cuando levantando ese mismo frasquito lo elevaba hacia el cielo y repitiendo unos conjuros indescifrables se lo había hecho oler al perro sarnoso del Regente Superior del orfanato al que odiaba por ladrarle cada vez que se acercaba, sin más razón que su aspecto fúnebre y repulsivo. Berta aún recordaba las risas de satisfacción de Sor Inmaculada cuando minutos más tarde el pobre animal se retorcía en convulsiones, se orinaba y vomitaba; le habían reventado los riñones y de la boca se le desprendían espumarajos y trozos de hígado. Muy intrigada se había acercado a hurtadillas a observar el desenlace de Sor Inmaculada. Detrás de una columna la vio esconder con mucho cuidado el frasquito en un armario junto a otros productos misteriosos. Esa desagradable desventura nunca se le olvidó, pues días más tarde encontraron a Sor Inmaculada envuelta en sus propios excrementos, su piel hecha jirones, manos y pies ensangrentados, y los ojos fuera de las órbitas. Los monjes asustados pretendieron que el hecho pasara desapercibido; que había sido una transformación en Asunción de María, entregada en cuerpo y alma al Señor nuestro creador; todo un ejemplo de su martirio al haberse entregado humildemente al destino de los pobres. Pero volcaron sus restos previamente envueltos con sábanas santiguadas por el Papa dentro de una cueva repleta de murciélagos, muy alejada del camposanto en una noche oscura y sin luna intentando pasar desapercibidos. Berta, intrigada y pensando que el frasquito le pudiera ayudar en alguna ocasión se las ingenió para apropiárselo. Sabiendo que en los próximos días Armando y Sonia volverían de su extenso viaje de placer quiso hacer un ensayo. Se acercó a una de las barricas en donde se estaba realizando el despalillado y el estrujado para extraer el mosto y formar una nueva hornada de vino; un ensayo que había ideado Armando con unas remesas de uvas nuevas recogidas en una ladera que le daba mucho el sol; había puesto en ello mucha ilusión. Olía fuertemente y se desprendían unas burbujas que al romper producían un sonido débil. Era domingo y los trabajadores estaban de asueto; correspondía al único lugar en que Berta se sentía segura; el aislamiento era total y varias veces había ido al mismo sitio a recomponer ideas, pensar o elucidar estratagemas inspiradas por los olores insinuantes del vino primigenio. Llevaba consigo el frasquito con un corcho en la punta. En principio tuvo cierto reparo, no sabía muy bien las probables consecuencias. La muerte extraña de Sor Inmaculada en parte la retenía, pero no creía en el más allá ni en hechizos estrafalarios. Su paso por el orfanato la había dejado muy descreída de todo. No podía ser que existiera alguien con tanto poder y no advirtiera del sufrimiento que existía bajo sus pies. Si su dominio era tan grande por qué no atemperar un poco las condiciones de la vida, dulcificar la pesadumbre general, acabar con la pobreza y la maldad de una vez por todas. No le encajaba que para satisfacer el ego de un dios tuviéramos que humillarnos, suplicar arrodillados y morir implorando perdón con el miedo cosido al cuerpo por habernos equivocado en nuestro camino; si existe algo debería de ser muy diferente, pero por otro lado la muerte tan horrorosa de Sor Inmaculada la dejaba cavilando. Se le ocurrió ir con un gato de unas pocas semanas, le ofrecería una pequeña dosis. Con el gatito en la mano, lo depositó suavemente en el suelo y con la otra intentó sacar el cocho, pero estaba atascado. Tuvo que tirar tan fuerte que se le cayó, se rompió ante el maullido asustado del gato y se desprendió un aroma fuerte, reconcentrado; había mojado uno de los ojos de gato el cual dio unos alaridos muy fuertes; de inmediato el ojo se desprendió de la órbita, rodó por el suelo y a cada contacto con los bordes de la madera de la barrica dejaba un rastro lagañoso. De la cuenca vacía del gato salieron pedazos de cerebro que resbalaron por el suelo y formaron un tapiz marmoleo. Berta, al oler aquella asquerosidad, comenzó a toser muy fuerte. Se desplomó. Parte del líquido le llegó a la boca y a sus ojos. Arrodillada con poco aliento, mareada y sintiendo morir se encomendó a dios con gruesas maldiciones. El proceso corrosivo del Dimetilmercurio continuó. Los restos de Berta Lizárraga se fueron dispersando como si tuvieran vida propia. Se encaminaron derecho a la barrica dando bufidos y murmullos de furia reconcentrada debido a la cólera engendrada por su frustrada intentona. Sus vísceras y huesos se esparcieron y disolvieron dentro del mosto hasta darle un sabor tan diferente y propio que cuando Armando, días más tarde de vuelta de su periplo europeo se dirigió a ver cómo iba su experimento quedó maravillado con el gusto tan concreto y diferente. "Esta cepa es fantástica ", y se lo comentó a Sonia quien ya se hacía con el primer premio del certamen sin saber que el retrogusto tan delicioso era gracias a los restos reblandecidos de su enemiga Berta Lizárraga.

Pasaron varias semanas de preocupación y búsqueda de Berta. No encontraron explicación alguna a tan súbita desaparición, Hubo batidas por los bosques cercanos, se rezaron a todos los dioses celtas y, resignados a un misterio celeste, le impugnaron al cura "trotador" que terciara ante las divinidades cristianas para ver donde se podía encontrar. No hubo caso. Armando era el único pariente vivo que quedaba, por lo cual al cabo de unas semanas la búsqueda y el escaso interés decayeron y dieron el asunto por concluido.

Sonia Martínez de los Montes respiró aliviada. Su nueva figura la lucía frente al espejo de costado, incluso se esforzaba en crecer y erguirse lo que más podía. Se le pasaban ideas de conquista y solazamiento corpóreo. Pero no todo estaba resuelto aún debía de encontrar el escondite donde Armando guardaba su riqueza.

Semanas previas, los hombres del pueblo, en especial los más mayores, andaban perdidos en mantener el ritmo de placer y descansar para arremeter más tarde con más bríos y andanadas de goce carnal; no les venía ninguna otra idea a su mente. Si acaso se aproximaban a la bodega de Armando Pérez-García; más a reponer el ánimo y cargarse de nuevos arrojos que para deleitarse con el sabor del vino. En una ocasión Armando se encontró en el mostrador con Primitivo Hernández, un viejo conocido de su juventud quien, dando pasos con temeridad, pues las fuerzas le flaqueaban, se aproximó a comprar una remesa de vinos. Armando muy repuesto después de su viaje con Sonia lo atendió con diligencia.

Primitivo Hernández

Primitivo Hernández se había criado solo en una casucha pequeña situada en las afueras del pueblo. Apareció por primera vez siendo niño con poca ropa y tanto pelo enmarañado recubriéndole el cuerpo que parecía un osezno; caminaba descalzo soportado por unos pies enormes para su edad y balbuceaba palabras que parecían decir "tengo hambre" Solo Cayetano Fuentes, joven y enamorado de Augusta Varela por esa época, llegó a enterarse y traducirlo. Había sido abandonado a su suerte por su familia, unos titiriteros que se habían apoltronado unos meses en una cabaña abandonada. Tenía un vocabulario reducido. Aprendió a hablar mejor a fuerza de encontronazos con la gente del pueblo pues al principio se asustaban al verlo tan salvaje y le tiraban piedras. Se hizo una vida errante galopando por los montes, viviendo como podía. Había sobrevivido comiendo raíces, hierbas, hojas secas, cortezas de árboles y frutos, y de tanto en tanto robaba alguna gallina de una casa cercana donde una mujer soltaba cerdos al campo temprano por la mañana; tenía que treparse a los árboles con rapidez para evitar que los cerdos lo zamparan y esperar horas a que el asedio le permitiera bajarse. Sin duda, al describir la situación, Cayetano y Augusta Varela se dieron cuenta que se refería a Irena y sus dominios. De mayor se ganaba la vida como leñador con un hacha que había encontrado herrumbrada, vendía leña de pueblo en pueblo. Se vestía con los cueros de los animales que cazaba; nunca conoció el jabón; se bañaba en el río y se restregaba la piel con piedras por lo cual tenía escamas, callos y todo el cuerpo tan endurecido que lo mantenía al abrigo de la intemperie y el frio nocturno. Dormía en su casucha sobre el suelo. Un montón de paja era su lecho y jamás había leído un libro, escuchado la radio o conocido mujer. La única música que sentía era la que provenía de los tiros de Irena espantando a sus cerdos que enfurecidos del hambre se querían comer a las gallinas cuando estas se escapaban del corral en busca de aventura. Era en esos momentos que a hurtadillas y toreando los cerdos robaba alguna. Con el tiempo se fue civilizando. Unos pastores le enseñaron a leer y hablar con corrección, le propinaron ropas confeccionadas por ellos mismos de la esquila de sus ovejas y lo encaminaron por la senda de la religión, pero no hubo modo alguno de encontrarle zapatos a su medida pues en todo ese tiempo se le habían puesto tan macizos que no había forma de enterarse cuál era el dedo gordo y cual el pequeño, lucían del mismo tamaño, tipo ladrillo. Los pastores, aislados como estaban del mundo, tiesos de observar constantemente el horizonte o marearse contando estrellas, le indujeron creencias extrañas y le llenaron la cabeza con deidades inexistentes. Así, Primitivo, aún jovenzuelo, se concentraba apoyado sobre las rodillas y repetía rosarios y novenas a dioses y vírgenes desconocidos hasta llegar a ver luces que, en su soledad, atribuía a ángeles protectores, pero en realidad se debía a las hambrunas que lo acosaban de continuo pues desaparecían de inmediato en cuanto se merendaba alguna iguana. En una de sus andanzas por los montes tuvo un encuentro con Armando Pérez-García quien bicicleta al hombro repleto de trastes recorría los pueblos de la región vendiendo enseres domésticos. Al verse de improviso frente a frente en un estrecho paso en una colina muy elevada y tupida de vegetación gritaron de espanto; el estado de abandono de ambos imponía miedo. Ninguno echó a correr pues les imposibilitaba movimiento alguno lo cargado que andaban. Primitivo Hernández con un par de liebres colgando de los hombros, un morral con ropas pestilentes, el hacha encintada a la cintura, descalzo y barba de meses lucía andrajoso y bestial, mientras Armando cargado hasta la coronilla de bártulos, en un costado arreaba la bicicleta, en la espalda una mochila de donde sobresalían cuchillos, cucharas y trastos domésticos y sin asearse en semanas parecía el abominable hombre de las cavernas; quedaron unos minutos sin palabra. Al reponerse iniciaron una conversación que terminó en sinceridad, formando momentáneamente un frente común ante las adversidades. Intercalaron experiencias provechosas y luego de unas semanas de recorrer bosques y compartir sufrimiento se separaron.

Años después se volvían a encontrar. Las circunstancias eran otras. Armando Pérez-García se había encumbrado en la bodega de su nombre. Primitivo también había prosperado. Llevaba un negocio de pieles y había puesto una tienda especializada en cueros en las afueras del pueblo. No se había casado. Tuvo un agrio encontronazo con Rosalía Casielles, a quien conoció en una de las fiestas de verano. Indomable y muy lanzada, posteriormente cabecilla de las mujeres en su lucha liberadora; ese día lo invitó a bailar. Lo vio robusto y algo atolondrado. Se le acercó con el cabello revuelto, enmarañado, los ojos muy marcados de gruesas pinceladas de negro y un porte desenfadado como para arrasar una legión de machos. Primitivo, a pesar de su garra de hombre maniático llevaba dentro una timidez de escándalo, se ruborizaba en cuanto una mujer le rozaba tan siquiera con un codo. Ella, en su interior, notaba que a cada paso que daba al acercársele, mirándolo fijamente con ojos lunados, escapados de su cuerpo de fuego, se lo iba a llevar al huerto, a descorcharlo sin lástima; los desafíos cuanto más peligrosos la enardecían y un macho feroz sin montar le revolvía la entrepierna. Primitivo, acobardado al sentir su respiración tan cerca y las puntas de sus pezones apuntándole como para disparar una andanada de regocijo, reculó avergonzado y le expresó con cortesía "Lo siento, no sé bailar"

Rosalía, imperturbable al desaliento, sacando su lado masculino, lo cogió de una mano y tiró de él con fuerza hacia el centro de la pista. Los participantes y conocidos, sabiendo la torpeza y apocamiento de Primitivo con las féminas hicieron corillo y observaban con sorna. Se asustó y reaccionó a la defensiva contra atacando como animal acorralado "Puedo con cualquier animal, pero nunca con una hembra" Esas palabras pusieron un tono gris, de tormenta en el ambiente. Rosalía, con carácter fuerte moldeado por haberse tenido que encargar de sus cuatro hermanos menores; arroparlos, mantenerlos, educarlos y soportarlos hasta que un día, ya hecho unos monigotes sin esperanza de recuperación, los echó sin miramientos de la casa dejando todas sus pertenencias arrinconadas junto al tilo que sombreaba su casa. Sus padres habían muerto al mismo tiempo años atrás en un ataque de apoplejía víctimas de ver a sus hijos varones convertidos en un montón de pingajos y vagos siempre a la espera de ser atendidos y cuidados. Roja de la ira le dio a Primitivo un empujón y lo dejó sólo en la pista diciendo:

—Lobo cretino de monte, quién te has creído que eres, aquí hay una mujer mucho mejor que cualquier sonámbulo vanidoso; lo que les cuelga no sirve de nada si nosotras no queremos, ante las risotadas de los presentes.

 Esas palabras le brotaron del alma. Las llevaba dentro de su inconsciente. Le surgieron de improviso. Quizás su orgullo herido o el resentimiento de ver a tanto hombre ensoberbecido con conductas imperantes le recordaban la presencia de los zánganos de sus hermanos.

Aquello fue un guantazo en la cara de Primitivo que en ningún momento pensó en ponerla de ese calibre de enfado. Quiso arreglarla, le extendió la mano para pedir perdón, pero Rosalía le dio la espalda; los conocidos y amigos que los rodeaban comenzaron a aplaudirlos como si estuvieran en un teatro y quedaron expectantes a ver cómo seguía el segundo acto. Pero no lo hubo. Días después Primitivo, avergonzado, le envió a su casa una esquela señalando su arrepentimiento. Rosalía plena de ira ni siquiera se molestó en contestarle.

Primitivo muy corajudo y necesitado de cariño de mujer, se obstinó en enviarle nota tras nota rogándole, suspirando por un perdón que quizás nunca llegaría, pero insistía, no era de los que se rinden a la primera. Los mensajes y notas escritos con ayuda de Bruno Garrido iban acompañados de ramos de flores que los dejaba en la puerta un emisario bien plantado a la espera de respuesta. Los conocidos se paraban cerca y en cuanto veían acercarse al enviado con un paquete, notas perfumadas y un ramo espléndidamente bien adornado y a él, apalancado contra un árbol cercano, le daban ánimo como si se estuviera jugando una partida. Después de semanas de fallidos intentos la chusma comenzó a aburrirse; empezaron a mofarse. Algunos a silbarlo despectivamente. Le gritaban "Primitivo, nunca en la vida lo vas a conseguir" Quizás haya sido esto último lo que enterneció a Rosalía quien dentro de la casa esperaba media hora a que se fuera Primitivo para abrir la puerta y recoger las notas y flores, pero ante el aplauso y algún que otro silbido de un pequeño grupo que quedaba expectante, se volvía dentro maldiciendo "Pueblo de hombres estúpidos" Una mañana viendo la insistencia de Primitivo, su estampa tan solitaria y adolorido por las burlas, le sobrevino un reblandecimiento de culpabilidad y antes que llegara salió a su encuentro; con ambas manos cogió el ramo de flores de varios colores, olfateó la esquela con la dedicatoria y le hizo pasar para tener una conversación. Se aseguró que no hubiera nadie que los espiara. Nunca se supo la conversación que tuvieron, pero semanas más tarde paseaban del brazo por la calle principal ante el asombro de todos.

En la bodega, Armando se acercó a Primitivo y le dio un fuerte abrazo. Trastabillaron pues pocas fuerzas les quedaban. En la conversación Armando se enteró de la buena nueva, miró fijamente a Primitivo y le dijo asombrado y descreído "¿De verdad es tan efectiva? No puedo creerlo" a lo que Primitivo le contestó "Sí, sí. Hasta yo a mi edad tengo un hijo"

Rosalía Casielles, que nunca quiso ser madre, pensaba que la montonera de años de Primitivo llevaba en su repertorio seminal un minúsculo grupo de escuálidos espermatozoides y confiaba en que no servirían más que de adorno y sin respuesta fehaciente. Se descuidó al verlo tan exacerbado; no tomó las precauciones de siempre. Ahora madre, había rebajado en parte su encono hacia los hombres.

Primitivo continuó entusiasmado:

—Esa noche tuve el comportamiento más generoso y creativo de toda mi vida; fue una acometida como jamás hubiera esperado realizar. Algo inaudito, para agregar:

—Todos los hombres andan alzados con esa planta, se comportan como si tuvieran quince años; las mujeres paren niños hasta de pie; es que no nacen, salen disparados. Así se expresaba, pues lo bruto, exagerado y mal hablado no lo había perdido.

A Armando le brotó desde el fondo aquel gusto, machacado por la impotencia y la vejez, de tener un heredero. Le sobrevinieron unos impulsos descontrolados y le pesaba que al busto de Sonia sólo lo había podido tímidamente acariciar sin más derrotero a seguir. Desde las profundidades de su bragadura lo saludaban con los suspiros del que ya solo puede, y con mucho esfuerzo, segregar un chorrito de orina esmirriado al mear. Lo único que le había crecido desmesuradamente en todo ese tiempo era la próstata que era del tamaño de un melón; las gotitas de orín eran dispersas y salían como una regadera taponada. Lo despachó tan a gusto con la noticia que no le cobró y partió acelerado hacia "Los Titanes" antes que se agotaran los depósitos de la maravillosa droga.

Días después miraba de reojo a Sonia quien merodeaba a lo largo de la bodega ordenando y paseando con orgullo su pecho erguido. Decidió esperar a la noche para sorprenderla con el atentado erótico-sexual. Esa mañana Sonia marchó con alegría a ensayar con la orquesta. Volvió mucho más tarde de lo habitual con una cara de felicidad enorme y tal cansancio en el cuerpo que decidió irse al dormitorio más temprano de lo normal. La esperaba Armando tendido en la cama quien en busca de una felicidad sin límite y para asegurarse un hijo se había tragado la planta entera para que aumentara al límite la potencia dada su edad y falta de pólvora. Al verlo Sonia casi no lo reconoció. Parecía mucho más joven. No se le notaban las costillas. Tenía las mejillas rojas ardiendo de deseo y de los ojos le bullían estelas luminosas. Encontró en esa cara la misma expresión de Joaquín por la mañana cuando se le abalanzó y la apretó contra un rincón, la colmó de besos y tuvo una actuación fornicadora que la dejó estremecida de placer hasta bien entrada la tarde. No cayó en la cuenta de que debajo de esa actitud tan arrebatadora una droga movía los hilos de la vida sexual. Casi de inmediato, Armando, con unos brazos cuya fortaleza le resultaban desconocidas hasta para él mismo, la poseía de una forma tan salvaje que hasta la faena de Joaquín por la mañana le pareció de un imberbe adolescente. Quedó desahuciada, tirada en la cama durante tres días sin moverse elucubrando sin entender por qué los placeres y la vida corrían por tenebrosos túneles sin ninguna forma de cruzarse a menos que los dioses se apiadaran y enviaran algún tipo de mensaje oculto o droga vilipendiadora. Armando al otro día, extenuado, comenzó a balbucear con el sentido totalmente ausente y, en su delirio hablando sin ton ni son, le descubrió donde verdaderamente tenía escondida su fortuna, pero Sonia estaba tan cansada y abstraída que no pudo prestar la atención que el hecho merecía. Una semana después, más repuesta, intentaba memorizar esas palabras tan importantes y solo podía recordar que estaba escondida en el doble fondo de una barrica, pero no alcanzaba a acordarse cual; había más de doscientas.

Armando no pudo recuperarse de la faena prodigiosa enseguida. Estuvo más de un mes en cama tratando de recobrarse. En un momento dado, alzó la vista, con temor para ver si los golpes que sentía en la cama eran de la parca que venía a llevárselo, pero eran los sirvientes que le indicaban "Por favor, amo levántese, el desayuno está servido lleva muchos días sin comer" Desayunó. Sonia le dio un beso cariñoso y, con asombro, creyó observar su vientre dilatado. Con cierto temor, ofuscada y despreciativa, le dijo "Si, esperamos un hijo" Estaba tan esquelético y desnutrido que no se atrevió a dar su bendición. Se desmayó y estuvo en cama dos meses más. Sobrevivió gracias a la paciencia de Don Fernando que venía todos los días a darle una cucharada del potingue marrón que tenía en el mostrador detrás de la ristra de clavos que había sido muy efectivo con Matilde. Tuvo un resultado fantástico. Se repuso totalmente y de la alegría de ver a Sonia embarazada con esa barriga enorme se volvió a desmayar. Estuvo esta vez varias semanas en cama, debilitado, apenas comía sintiendo la muerte se le aproximaba y farfullaba incongruencias, pues el brebaje milagroso de Don Fernando se había terminado. No hubo sustituto alguno. Creía que era su final. Pero rezos van rezos vienen, volvió en sí cuando escuchó los lloriqueos de auxilio de su hijo recién nacido. Se levantó como si tuviera un resorte, se acercó a la cuna haciendo hipos de emoción y entre lágrimas expresó "Es la viva imagen mía" Pero en el pueblo nadie creyó que fuera suyo. No se podían disimular las ideas de recelo al ver al bebé con la trompa tan carnosa que mostraban sus labios, semejantes sin duda alguna a los labios trompeteros de Joaquín. Las sospechas y rumores corrieron con la rapidez de un relámpago. Con hambre no hacía pucheros, ni gesticulaba. Intentaba alcanzar el busto de Sonia que ahora le había crecido aún más. En cuanto cogía al niño para darle de mamar, no succionaba con normalidad, lo suyo era un tirar del pezón, apretar con las encías hasta sacar unos sonidos que no podían engañar, se debían sin duda a los genes de Joaquín intentando trompetear desde muy chiquito. Pero pocas semanas más tarde el parecido había cambiado por completo y nadie dudaba que la cara de tramposo, el ceño fruncido y los enfados que cogía cuando le retiraban de sus manos las llaves con que jugaba, fueran debido a los genes comerciales de Armando. Los parecidos se fueron alternando constantemente de forma que en el pueblo nadie dudaba que fuera un híbrido, con rasgos de Joaquín por los labios gruesos y silbidos pronunciados como si estuviera trompeteando, pero con el carácter taimado y sagaz de Armando. La indeterminación sobre la verdadera identidad de Romualdo, como le llamó Sonia, no paró allí, pues un grupo grande de vecinos sostenía que la mitad era propia de Joaquín, pero las dudas del resto del hijo de Sonia debían de esperar a que creciera y se dieran síntomas de cuál era el porcentaje del niño que le correspondía a Armando.

Sonia rebosaba de ilusión. La felicidad se le escapaba por todos los, poros de la piel; caminaba sin pisar el suelo y una seguridad imparable en cada uno de sus actos. Había logrado todos sus fines. En la bodega los empleados la saludaban como "Mi Señora", "Doña Sonia" o "Doña Sonia de Pérez-García" con los ojos al suelo en señal de humildad y temor. Armando, algo recuperado, algo tambaleante, algo reblandecido, quería jugar con "Romualdo, mi hijito", pero sus intentos no pasaban de enrollarse unos pocos minutos; al cabo de un rato las pocas energías que le quedaban lo obligaban a descansar, llamaba a su niñera y se embarcaba en beber del Jerez reserva con el que apaciguó la desventura de Silverio Ortuño para que notara que aún le corría sangre por las venas o un par de vasos de vino de la cuba especial de "gusto soberbio" donde Berta Lizárraga había dejado su impronta.

En el pueblo la falta de "La Espléndida" había empujado a los hombres a arrinconarse en espera de mejores tiempos, pero una realidad muy diferente oscurecía el ambiente; grandes cambios estaban ocurriendo. Por un lado, existía una actividad frenética y constante de grupos de mujeres lanzando lemas triunfales y feministas en actitud provocadora mientras por otro lado la abundancia de niños sueltos jugando en las calles comenzaba a presentar un problema. Se comportaban como una banda de salvajes persiguiendo por los montes a cada bicho que encontraran; incluso los cerdos de Irena huían asustados de la brutalidad con que se comportaban. Había que ponerle remedio a una serie de barbaridades que estaban ocurriendo y nadie mejor que Calixto Martiño, el comisario-alcalde. En una de esas ocasiones en que el bullicio por la gritería de los niños era ensordecedor, se juntaban más de 20, y la algarabía de mujeres entonando himnos de conquista resultaba fastidiosa, salió enfurecido y encima de la escalinata del Ayuntamiento comenzó a dar tiros al aire con sus dos revólveres. Hubo una espantada general y volvió el silencio, pero eso no podía seguir así, el despiporre era solo una muestra; la tranquilidad del pueblo había desaparecido; los hombres acobardados y entregados sentían una nostalgia tremenda de cuando eran mucho menos habitantes, extrañaban el silencio, añoraban con melancolía el pasado. Había que ponerle remedio a una situación que se estaba escapando de control. Cayetano hizo uso de su experiencia y mandó una extensa carta al ayuntamiento de "El Cortigal" señalando la necesidad de poner remedio a la situación.

Semanas más tarde se acercaba una comitiva en un coche negro con los vidrios tintados; dentro un par de hombres a atestiguar la veracidad de la información, inspeccionar como remediarlo. Se bajaron y nomás dar unos pasos por la calle principal, una camada de niños los recibió a escupitajos, pedradas e insultos; al poco rato escucharon marchas gritando "rebelión, basta de sumisión" de unas mujeres que les mostraban el puño, les hacían morisquetas y señas de degüello con las manos. Se volvieron con rapidez, pero antes le informaron a Calixto Martiño, totalmente sobrepasado por las circunstancias, que le enviarían la solución: la proyección de una escuela y un grupo de carabineros en su ayuda para restablecer el orden y parar la anarquía.

Tiempo atrás Delia trabajaba con ahínco y fervor en la producción de una nueva generación de quesos. Con Sonia se habían apuntado al certamen regional y de vez en cuando se juntaban y urdían formas de mejorar sus productos. Cuando la vio entrar a su casa después del viaje tan largo que había tenido casi no la reconoció. Estaba radiante, llevaba unas prendas modernas, diferentes y con orgullo hacía ligeros movimientos de su torso para dejar entrever su amplio busto rebosante; cada pecho parecía que iba a estallar. Lucían inflados y brillantes, sobresalían del vestido de tirantes hasta reflejar el sol mañanero. Le confesó con lujo de detalles sus experiencias en París, cada vestido y loción que había comprado, la cirugía en Madrid donde había pasado a sentirse una mujer en toda regla, sin complejos y con esperanzas de comerse a su amor, sin nombrarlo; los hoteles tan distinguidos en Roma, cuantos zapatos había traído y lo orgullosa que se sentía de los primeros pasos de su Romualdo. Delia con los ojos abiertos del asombro, le observaba sus tacones altos y los vestidos. No podía desprender su mirada del pecho erguido recorrido por gruesas venas azules que le daban gran solidez. Sabía muy bien de quien se trataba cuando se refería "a su amor", no era ninguna novedad para nadie el interés desmedido hacia el director de orquesta. Incluso a Francisca, la esposa de Joaquín le había llegado el rumor, pero no le dio importancia "A mi Joaquín nadie se le acerca" había dicho al mismo tiempo que, desafiante, se subía el busto con ambas manos y se arremangaba como diciendo: "Pobre de la que se anime", para de inmediato acercarse a la caja y, mirando con cara de irritación a la chismosa de turno, se ponía a contar los ingresos del día, su verdadera pasión. No sabía que insistentes rumores por el pueblo apadrinaban la autoría de la mitad de Romualdo a Joaquín. "Aunque se haya tragado toda la cosecha entera de "La Espléndida, apuesto a que no tiene ni un pelo de ese señor" argumentaba Bruno Garrido con muestras inequívocas de gran envidia puesto que en la etapa gloriosa de sexo sin fin no tuvo con quien verificar las mieles que se saboreaban. Augusta Varela lo miraba de reojo con desdén y le zanjaba sin ningún miramiento:

—Es que contigo no hay quien se roce siquiera, cogones—y lo dejaba tieso ante las risas del núcleo que los rodeaba.

En esos días, por la tarde, llegaron varios coches y un camión. Se estacionaron en la calle principal totalmente embarrados y cubiertos de polvo pues los caminos para llegar al pueblo estaban intransitables por las lluvias. Se formó un revuelo impresionante. Muchos habitantes ni siquiera sabían que el ejército tuviera camiones. De los coches se bajaron cuatro personas y del camión 12 soldados armados. Preguntaron por Calixto Martiño el comisario, por Calixto Martiño Hojuela de Martiño el alcalde y por Cayetano Fuentes.

Delia Mendoza, asustada, les puso al tanto que el comisario y el alcalde, eran la misma persona y por tanto el nombre correcto era Calixto Martiño a secas. Se acercó a casa de Augusta Varela con el miedo en el cuerpo y le preguntó cuál era el apellido de Cayetano pues el ejército estaba buscando a un tal Cayetano Fuentes. Como estaba en el monte cazando perdices con Primitivo Hernández, Augusta Varela con todo su coraje, sin amilanarse, cogió del armario la otra escopeta colgada y se acercó a paso decidido. No sabía muy bien el contenido de la búsqueda, pero con su Cayetano nadie se metía. A paso seguro, los ojos firmes, enarcadas las cejas, sostenía el rifle con ambas manos contra su pecho. No le dio tiempo nada más que a ponerse las pantuflas diarias. Las arrugas de su cara destilaban furia contenida. En su camino se cruzó con Rosalía Casielles quien, al verla armada, con un fastidio sobrecargado y el cuerpo tieso adivinó lo que podía pasar. De inmediato se dio la voz de alarma "Un grupo armado de hombres ha invadido el pueblo; quieren ajusticiar al honorable Cayetano" A cada paso que daba

Augusta Varela recorriendo el trecho hasta llegar a los soldados, se escuchaba el cierre violento de puertas y más gente que se dirigía amenazadoramente a defender a Cayetano.

El coronel al mando, un hombre rudo, corpulento con un mostacho que le escondía los labios al completo, en cuanto vio la turba amenazante, sin mediar palabras dada su entereza militar, ordenó a la tropa que se colocaran en zafarrancho de combate; seis agachados y seis de pie apuntando al bulto de gente que se aproximaba. Del lado opuesto, más de un centenar de personas con palas, azadas, picos y escopetas marchaban enfurecidos. Se pararon frente a frente. El coronel pregunto quién era Cayetano Fuentes y les ordenó que se dispersaran o se abstuvieran de las consecuencias. Augusta Varela alzó el rifle y la turba que la seguía gritó enfurecida. Se oyó la voz del coronel, asustado pero decidido, decir sin temblarle la voz, "Alto u ordeno disparar" La turba ya enloquecida, en vez de acobardarse se le abalanzó al grito "los echamos a escobazos si es necesario" y de inmediato el coronel ordenó "Firmes, apunten, fuego"

Se oyó un estruendo espantoso. Los partidarios de Cayetano, quietos, ni se inmutaron; nadie cayó herido. Hubo silencio y en cuanto el humo oscuro que rodeaba los fusiles de los carabineros se disipó se pudo observar la cara pálida del coronel. Hacía tanto tiempo que no disparaban un tiro que las balas salieron torcidas; a algunos se les había doblado el cañón, a otros la cara les lucía embadurnada y negra de pólvora. Cayeron al suelo algunos pájaros.

La turba recuperada de la sorpresa se puso más encolerizada y se les abalanzó al grito de "Nunca sin Cayetano" Daba la impresión que se iba a realizar una carnicería. El estruendo despertó de la siesta a Calixto Martiño quien viendo una situación desesperante se apresuró a ponerse entre la turba y los soldados en el mismo momento que aparecían Cayetano con Primitivo cargados de liebres, codornices y arrastrando un jabalí. Hicieron de escudo para evitar una matanza.

El coronel desconcertado sin explicarse lo sucedido con los fusiles, intentó salvar la situación. El ejército no podía quedar en ridículo. Con su orgullo herido, se arregló el mostacho, se quitó el polvo de encima, se limpió una bota contra otra al tiempo que no cejaba de observar por el rabillo del ojo a los pobladores, tan asombrados como ellos, y ordenó a sus subalternos a montarse al camión. Al marcharse, desde la ventanilla agregó amenazadoramente "Volveremos con fusiles nuevos".

Luego de una corta búsqueda encontraron a los cuatro personajes del coche escondidos en el patio trasero de la barbería de Don Fernando: dos hombres y dos mujeres. Al verse sorprendidos, muy asustados levantaron los brazos e imploraron "piedad por favor, somos los maestros de la escuela"

La palabra "escuela" fue como un bálsamo sagrado. De un solo golpe cayeron al suelo azadas, picos, palas y las escopetas. Augusta Varela, aún con el rifle entre sus brazos, sufrió un desgarro en el alma. Los ojos se le enturbiaron. Comenzó a llorar. Borbotones de lágrimas le corrían por las mejillas. La escopeta le resbaló y cayó. Se arrodilló y les pidió perdón con una humildad tan grande que el resto de los manifestantes comenzaron a aplaudir a los nuevos maestros. En realidad, sólo un hombre y una mujer eran maestros, los otros dos eran los técnicos encargados de edificar la escuela.

Hubo una transformación general en el sentir del pueblo. Decidieron hacer una fiesta en la plaza principal en honor de tan apreciado evento. Se les presentaría oficialmente con todos los honores.

La Fiesta

En los días siguientes la orquesta se reunió varias veces para ensayar. Se congregaban en el galpón que Cayetano tenía, lejos del final de la calle principal. Se los cedía para ocasiones especiales. Lo usaba esporádicamente para almacenar granos y material de labranza; estaba bastante presentable. Entre los músicos, guiados por Joaquín, lo terminaron de acondicionar. Barrieron, apartaron algunas bolsas de granos, retiraron azadas, palas y utensilios usados y herrumbrados. Abrieron las sillas de tijera de madera y colocaron los atriles delante en el orden acostumbrado. Entusiasmados, cuchicheaban sin parar comentando las nuevas noticias. Silverio Ortuño, ya con suficiente experiencia, para evitar a Sonia, se sentó al lado de Saturnino Belmonte el flautista. Se entendían a las mil maravillas. Con sólo mirarse de reojo Silverio Ortuño comprendía que era su turno. Le profesaba grande admiración por sus relaciones con los animales y su virtuosismo con la flauta. Sonia, emperifollada de arriba abajo, lucía unos collares de perlas pegados al busto. Al deslizar el arco sobre las cuerdas, con el instrumento pegado al hombro, sus ojos perdidos en el infinito y mover la cabeza acompañando el ritmo, sus pechos fluctuaban bamboleantes, desparejos. El contenido, por requerimientos maternos, había quedado descompensado. Romualdo se había empecinado en mamar el lado derecho mientras que el otro pecho, más pesado, sobresalía brillante, expectante. Joaquín, sin fijar la vista en nadie en particular, con la seriedad que requería el caso, se subió a la tarima. Tocó con la batuta el atril para llamar la atención y les ordenó que comenzaran con las piezas que más necesitaban ensayar. Una vez comentados los matices requeridos siguió con el resto, desde el principio. Consientes que el éxito de las presentaciones de los maestros y que la diversión en general dependía de ellos pusieron un cuidado mayor en el repertorio agregando y quitando según dispusiera Joaquín.

El día esperado amaneció soleado. Una suave brisa corría por la plaza principal previamente adornada por los cuatro costados con banderines, globos, guirnaldas como si fuera Navidad y colgantes descoloridos. Un montón de sillas, ordenadas en grupos estaban recostadas, amontonadas contra los árboles. Toda la plaza recién barrida resplandecía con pulcritud en espera de la orden de Calixto Martiño que no apareció de inmediato. Se hizo esperar. Desde temprano comenzaron a surgir participantes. En parejas y en grupo comentaban los últimos acontecimientos. No faltó nadie a la plaza principal. Fedor y Federico se acercaron engalanados con sus mejores vestiduras; sin Paulina que quiso quedarse en casa concentrada en preparar unos conjuros para que sus hijos por fin conocieran mujer. Irena Guzmán también asistió. Llevaba muchos años sola y los rumores de construir una escuela la impulsaron a acercarse a ver los cambios. Hasta se unió un grupo de mujeres de "El Cortigal" inducidas por la curiosidad y deseos de fiesta, bailar y divertirse.

Poco antes de dar comienzo el festejo, una tropa de jinetes montados en caballos relucientes y adornados con flores hizo su aparición entrando por la calle principal. Eran varios amigos de Alcides Leguina. Se dirigieron al centro de la plaza, formaron un círculo y a la orden de Ricardo Damasco su jefe, el grupo comenzó a realizar ejercicios de equitación; levadas y distintos tipos de trote. Bien comandados por su líder, tres jinetes marcharon con rapidez en una dirección al galope para luego retornar al trote; movían la grupa con distinción, levantaban una pata delantera primero y luego la otra, queriendo saludar al gentío, y relinchaban sacando un vaho espeso de sus hollares ante el aplauso general.

A los niños los alejaron para que no molestaran, los pusieron junto al cartel que resguardaba los restos de la primigenia estatua de Ernestino el grande, aún sin retirar; se reían y señalaban el cartel en brea, deslucido y desgastado por el tiempo que ahora se leía "...TOCAR", el "NO" había desaparecido, y debajo aún más roído y desgastado faltándole varias letras se veía "........ en breve". Entre empujones, saltos y salivazos armaban un bullicio tal que tuvieron que poner a cuatro personas a su custodia; cada tanto les daban un tirón de pelo o un pellizco de oreja al que tuvieran más cerca; un coscorrón a los inquietos y un capón a los más exaltados, poco perceptible para que sus padres no se enteraran. Facundo, un padrazo, de vez en cuando se aproximaba al grupo con algunos caramelos para dárselos a sus seis hijos, pero después de un par de veces de acercarse las mujeres encargadas de la custodia le impidieron que volviera pues el resto se alborotaba para quitárselos y comenzaban a pelear.

Todo el pueblo estaba reunido alrededor de un pabellón con las sillas y atriles bien dispuestos formando un círculo alrededor de una tarima para el director. Los músicos no aparecieron de inmediato. De pronto, se escucharon unos petardos y desde el fondo de la plaza, la banda liderada por Joaquín hizo una entrada espectacular al ritmo de samba brasileña en donde Silverio Ortuño, muy engalanado, demostraba nuevas formas de tocar la zambomba. Les abrieron un corrillo y entre aplausos y cuchicheos de admiración terminaron la pieza y se colocaron en su lugar para dar comienzo a la fiesta.

Bailaron, bebieron y disfrutaron hasta que en un momento determinado hicieron un alto para presentar a los maestros. Calixto Martiño, emperejilado de pies a cabeza, espléndido cual general retirado, colmado de galones y medallas que nadie supo cómo las había conseguido, disparó un par de tiros al aire para silenciar a la multitud. Hizo una breve introducción y presentó primero a la dama:

—Cristina Cazorla, excelentísima profesora con amplia experiencia en todas las escuelas de Andalucía.

Luego le siguió Breixo Barroso antiguo director de la Escuela O Cebreiro y otras escuelas que mencionó con tanta rapidez que no se entendió lo que dijo, pero todos confirmaron con aplausos su gran experiencia. A continuación, siguieron con la juerga bebiendo sin pausa. Faltaba presentar a los otros dos personajes. No pudieron encontrarlos pues en el bullicio general con tanto alcohol y jarana se habían perdido.

El danzar, cantar, brindar entre grupos abrazados donde los amigos ya no se distinguen de los desconocidos, ni los parientes de los foráneos, hicieron de los festejados una masa compacta y produjeron varias aproximaciones amorosas. En esas danzas grupales una de las lavanderas, Ainoa Churruca, quedó cogida de la mano de Federico a la espera de la siguiente pieza. La mano fuerte y grande, la sostenía con timidez, no la apretaba. Notaba la callosidad de un hombre trabajador, de ropas limpias a pesar del sudor que otorgaba el bailar durante tanto rato. La cara cuadrada con los ojos algo caídos le daban el aspecto de niño grande y simple. Hasta la verruga le parecía un signo de hombría. Al estrecharla contra su pecho en el siguiente baile, los bíceps sobresalientes de sus fuertes brazos y el olor a hombre de campo hicieron le prestara más atención. De pronto paró la música. Sucedía cada tanto. Los músicos tomaban un respiro y los bailarines emparejados descansaban y aprovechaban para charlar un rato, juntar fuerzas y conocerse más. La tarde, ya anocheciendo mostraba la luna blanca, redonda. Un fondo azulado daba a la plaza un tinte y un resplandor conmovedor a los danzarines que entre murmullos y sonrisas conversaban. Federico con timidez, reflejaba en la cara los colores de una vergüenza inesperada. Al detenerse la música quedó sin aliento observando la compañía, como esperando que algo desde el cielo lo encaminara y le brindara una oportunidad interiormente deseada; quedó sin habla, observando cada pocos segundos, las lamparitas de la plaza evitando así que la compañía lo notara. De cachetes rubicundos, un ligero soplo de aire cálido le removió el cabello al completo mientras la verruga parecía empequeñecerse. Sintió que Ainoa no le soltaba la mano y un rojo intenso de vergüenza le bañó el cuerpo entero. Con la otra mano se secó unas gotas de sudor de la frente. Con disimulo, para que no se notara el calor interior. Ainoa, lo observó a los ojos con atrevimiento, con profundidad, con la intención de hacerle notar el gusto que la sobrecogía. A sus labios pintados de rojo vigoroso le brillaba una fina capa de saliva dándole un toque aún más tentador. Se le pusieron aún más gruesos de la energía que le sobrecogía el cuerpo entero. Su amiga, Miren Larrinaga, al verla tan relampagueante y contenta se acercó dispuesta como estaban a llevarse algo al huerto sin más interés que pasar un buen rato. Cerca de ellos, Fedor, solo en medio de la pista, miraba a su gemelo sin comprender el aspecto de despiste y anonadamiento que sobrellevaba. Miren Larrinaga al verlos juntos espetó con signo de interrogación:

—Por las barbas de profeta, es que sois dos o los vapores del vino están haciendo demasiado efecto.

Con un brazo sobre la cintura, los ojos abiertos, las piernas en estado de alerta militar y una sonrisa burlona los repasó para luego mirar al cielo, bajar la cabeza y echar una risotada. Fedor, más lanzado, se presentó y para zanjar dudas y hacer una brecha de distinción, le propuso tocara la verruga de Federico, que esa era la diferencia. Ella con temor, dio unos pasos atrás. Se negó, no disimuló su desagrado. Confiada y arrojada giró la cabeza y le indicó a Fedor:

—Tú pareces más fuerte. Qué otras condiciones puedes demostrar; ¿Algo importante que lucir? ¿Cómo te desenvuelves en...?, dejando en el aire su atrevimiento. Con afán provocativo agregó a continuación:

—O simplemente eres robusto a secas sin ningún otro don, al tiempo que le ponía una de sus manos en el pecho, la giraba y apretaba con delicadeza para hacerle notar hasta donde llegaba su atrevimiento. Fedor, tan tímido como su hermano, retraído pero ignorante de los gobiernos femeninos y bruto como era le contestó con voz bronca: "Como qué" Miren, sin sorprenderse, ensoberbecida de beber vino y dudando de su hombría se le escapó un:

—¡Ja! pero de dónde vienes; quien te ha criado o naciste en un alberge de imberbes, y se retiró hacia atrás a la vez que ponía los brazos en jarra. Fedor totalmente inocente le explicó donde vivían, el cariño a su madre, su sabiduría, detalles de las comidas, el encuentro de Federico con un OVNI, cómo gracias a su valentía los había expulsado de la comarca y siguió describiendo su vida. Miren entusiasmada con alguien tan fuerte, inocente y fácil de manejar se le arrimó y colocó su talle pegado a la hebilla de hierro del cinturón de Fedor empujando con su cadera. Lo cogió de la mano y con lentitud consiguió envolverlo en sus redes. Minutos más tarde se les veía acurrucados sentados en diferentes bancas alejados del bullicio formando una sola imagen.

Paulina en casa con tranquilidad y maña revolvía con una gran cuchara de madera un caldero humeante. Una burbuja amarilla desprendía vahos que entre brumas permitían ver el estado en que se encontraban sus gemelos en la fiesta. Se enterneció con la escena al verlos tan ensimismados y entregados. Ambos entrepiernados con sendas mujeres experimentadas; encimados y revolcados, los estaban virtualmente ordeñando como si fueran cabritos huérfanos sin destetar en un campo cercano a la plaza principal. Al ver las imágenes, de primeras se sintió orgullosa, pero la emoción le duró poco. A su mente le brotaron ideas de pérdida, de alejamiento, de soledad. Un cosquilleo de celos le atenazó la alegría de verlos emparejados. Molesta, dio vueltas alrededor de la cocina y en su "laboratorio" pensativa meneaba la cabeza sin atreverse a desarrollar al completo sus nuevos pensamientos. No era cosa de romper los conjuros que tanto le habían costado. Sabía muy bien que el retroceso y el quebranto de un embrujo, una vez conseguido, podía traer consecuencias fatales: perderse entre las tinieblas de seres monstruosamente perversos con castigos abisales, percibir demonios de ultratumba que la perseguirían hasta el fin del mundo, encaramarla en olas de repugnantes vicios impertinentes y demás aberraciones de mundos inexplorados. Resignada tenía que conseguir una forma de cuajar sus deseos de verlos acompañados con mujer y a la vez alejar sus anhelos y preocupación como madre abandonada.

Irena y Martina

Irena Guzmán no sabía bailar, pero sí beber mucho. Se apalancó al mostrador con su fuerte brazo apoyado encima de la barra mientras escuchaba la orquesta y miraba la gente divertirse. De pelo corto, cuello grueso y amplias espaldas, dándole la espalda al mostrador, un camarero joven se le acercó y le pregunto "Que desea beber el señor" Se giró enfadada y le señaló "Soy una mujer, pendejo de mierda, o no lo ves, ponme aguardiente, una botella y unos vasos en aquella mesa" y se retiró molesta por la falta de tacto; se sentó con las piernas abiertas y se puso a fumar. Al cabo de un rato una dama bien vestida paseando entre las mesas buscaba un lugar para sentarse; parecía estar perdida; tropezó con los pies de Irena y roja de vergüenza se excusó "Usted perdone Señorita no fue mi intención molestarla, es que esto es muy nuevo…" y agachó la cabeza con humildad. Irena aburrida de estar sola en el campo sin nadie con quien conversar la invitó a sentarse y a fumar un cigarrillo "No gracias no fumo, es muy dañino para la salud. Soy de afuera, estaré un corto tiempo en esta ciudad" Irena al escuchar "esta ciudad", con la pobre impresión que tenía del vecindario, con dos dedos tiró la colilla a un costado de la pista, colocó ambos codos sobre la mesa y le ofreció un vaso con aguardiente: "Bebe que te sentirás mucho mejor"

—No muchas gracias, no quiero incomodar a los acompañantes que espera, le dijo con una leve sonrisa.

—No espero a nadie más, pongo muchos vasos para no brindar sola, esta gente no es la mejor del mundo.

Luego de un corto silencio la invitada se presentó:

—Me llamo Martina Legrand vivo en "El Cortigal" y me han enviado para aplicar los planes de una escuela en construcción, el pueblo parece muy bonito y singular. ¿Usted vive aquí mismo?

—No, tengo mi casa en las afueras. Gusto en conocerla. He oído que van a construir una escuela y en verdad hace falta instruir a tanto hombre maleante y abusador que existe por estos montes. ¿Va aceptar mi invitación? Siéntese y charlemos un rato. No encuentro mucha gente con quien intercambiar opinión.

—Bueno, le agradezco la intención. Muchas gracias, con su permiso, y se sentó a su lado.

—No entiendo la existencia de gente sin educación. En realidad, me mojaré los labios para que no se sienta despreciada, no soy de beber, lo mío es el conocimiento y explayarme con los sentidos para abarcar la naturaleza. Soy una amante de la belleza, el medio ambiente y los animales que lo circundan.

Martina Legrand, de mediana edad, fina y elegante, bien maquillada, con los labios gruesos recubiertos de un carmín rojo fuego, vestida de gala, delgada, con las uñas de las manos pintadas de rojo brillante, parecía la antítesis de Irena Guzmán. Sentadas una cerca de la otra, el contraste llamaba la atención. En algunas ocasiones cuando uno ve una pareja, sean amigos o acompañantes íntimos, no deja de preguntarse cómo diablos comenzó la amistad o el romance, si es el caso, entre dos personas tan diferentes. No se puede dejar de mirarlos y hacerse preguntas. Se las sigue observando y buscando un común denominador hasta que se da por vencido y atribuye la unión a la amistad, a cosas del diablo, a rebusques misericordiosos o a misterios de la vida moderna.

Martina Legrand vivía sola en un piso de tres habitaciones con todas las comodidades. Estudió arquitectura en la mejor Universidad de la capital, luego se apuntó a teatro y ballet donde destacó por sus dotes histriónicas, nunca tuvo novio ni le entusiasmaban las relaciones. Sus padres habían tenido un divorcio con un final muy desgraciado. Enfrentados a muerte, con múltiples peleas, agarradas de pelos, puñetazos, arañazos y roturas de cristales y sillas en los momentos de enfado de tal forma que ella muy pequeña perjuró de cualquier relación que pudiera tener cuando fuera mayor. En las clases de ballet lloraba por la situación que vivía en su casa. Consolada por la profesora, varios años mayor que ella, encontró reposo, amistad y el cariño que le faltaba. Nació una relación que jamás había experimentado. Tuvieron un romance que perduró años hasta que se enteró que tenía otra amante muy joven y atractiva. El aldabonazo le cerró el corazón. Ahora llevaba años de libertad y soledumbre. Se concentraba en su trabajo creativo que le brindaba el espacio dejado por aquel amor frustrante.

Hablaron largo y tendido. De a poco Martina, entrando en confianza, iba mojándose los labios con el aguardiente y reía las situaciones que Irena contaba acerca de su madre tan religiosa como alocada, agregando y quitando para darle más énfasis al ver que tenía quien la escuchaba. Las persecuciones de las gallinas a los gallos por aparearse, las bandadas de cerdos arrinconando a lobos famélicos y asustados y la larga lista de ejercicios para defenderse de chuloputas regionales le parecieron graciosas y la conminaron a sentir empatía.

Martina de a poco bajó la guardia que la hostigaba. Los afanes que tuvo en contra de cualquier nueva relación fueron desapareciendo y dieron lugar a un vínculo amistoso con cada situación que surgía. La complementación, en un primer momento le pareció extraña, pero de a poco observaba con más atracción las maneras tan opuestas a su forma de ser. Mientras, Irena, no paraba de asombrarse al verla tan acicalada, de buena educación y una dulzura que la empujaron a indagar por su actual situación; le preguntó:

— ¿Dónde vives, estarás por estas tierras mucho tiempo?

—Vivo en una pieza que alquilo a Don Fernando, el barbero. Es pequeña pero suficiente, aunque es un sujeto con ciertos aires de petulancia, no se da cuenta que es un simple barbero con ligeras nociones de medicina. Debería de buscar algo más cómodo.

—Pues en casa tengo espacio suficiente, con todas las comodidades y no tienes necesidad de pagar ningún alquiler, será un placer disfrutar de compañía.

Irena, ajena a cualquier entramado de afecto veía en Martina algo diferente, se sentía calmada, en confianza. Su desprecio hacia los hombres estaba siendo sustituido por un afecto desconocido. A Martina, esa fortaleza, esa brutalidad física, esa entrega a las tareas diarias y empuje para vencer cualquier adversidad, la invitaron a abrir su corazón. En la soledad de su vida encontró un cobijo donde guardar sus sentimientos. Con suspiros y miradas sensibles, en un esfuerzo por eliminar barreras sociales, un día se entregaron en abrazos, mimos y caricias comprometedoras. Los vínculos sociales se esfumaron, la probable reprobación dejó lugar a una relación desconocida en el pueblo, aún ajeno a la compañía de personas del mismo género, a un emparejamiento que tuviera otro desarrollo diferente del "normalmente" conocido. Martina le preparaba el desayuno mientras Irena despachaba las gallinas, soltaba los cerdos, ordeñaba las vacas y con la tranquilidad que da una compañía placentera entraba a su nuevo "hogar". Con el corazón en alto, ambas mujeres vivían llenas de ilusión. Se complementaban sin que nadie, meses después, pudiera encontrar una respuesta acertada a tan extraña e inesperada relación. Al principio las miraban con desprecio, a nadie se le escapaba los suspiros que se daban al partir y los abrazos y besos al encontrarse. Hubo comentarios de todo tipo. Rumores malsanos les atribuían poderes extranaturales, mal gusto de países desangelados esclavizados por las malas costumbres o gente inescrupulosa indigna de vivir. A ninguno le podía convencer de que dos mujeres se pudieran amar excepto a Rosalía Casielles que al enterarse aplaudió el emparejamiento anunciando en plan subversivo:

—Por supuesto que está bien, para que se vayan enterando los hombres que no son los únicos que pueden dar placer, pero agarraba con fuerza la mano de Primitivo Hernández para que no sintiera que esas palabras iban dirigidas hacia su persona. Por otro lado, Augusta Varela si bien portaba también estandartes de liberación femenina le parecía que ya se estaba llegando muy lejos y contestaba:

 —Las parejas tienen que ser las parejas, carajo, y luego de mirar desafiante a los tertulianos en la calle principal que los observaban agregó:

—Por los cojones de mi abuelita, un hombre es un hombre y una mujer es una mujer.

 Las discusiones continuaron durante días enteros. Se formaron partidarios de parejas hombre-mujer "como dios manda", pero enfrente de ellos un montonazo de mujeres argüían con ahínco en favor de amistades mujer-mujer y hombre-hombre como las más normales que existían en la naturaleza. Inexplicablemente también aparecieron pequeños grupos defensores de otras opciones: amistades abiertas, poligamia, poliamor, intercambio de parejas sin preámbulos por el solo hecho de copular a rajatabla y una larga lista de incomprensibles amoríos que dejaban un sabor amargo de hartura e incomprensión en aquellos habitantes de más de sesenta años. La modernidad y apertura hacia los sentimientos había llegado e interrumpía con toda fuerza.

Sin embargo, la construcción de la escuela llevada a cabo por Martina Legrand tambaleó los pilares antimodernos en contra de relaciones extrañas. Las disputas sobre cuestiones sexuales fueron decayendo. Martina Legrand se entregaba por entero a su labor de arquitecta; ayudada y auxiliada en la construcción por consejos apropiados de Cristina Cazorla, la maestra. Formaron un tren de trabajo admirable hasta que en poco tiempo la escuela estaba casi terminada gracias a las labores de un sin fin de ayudantes voluntarios y un grupo reducido de obreros. Sumamente entusiasmados no cejaban en poner un ladrillo encima de otro, se pasaban los cubos con cemento al tiempo que contaban chistes y cantaban estribillos con finales picantes. Realizaron hasta tres turnos. Unos mezclaban la arena con cemento y agua, otros cargaban con cuidado los cubos repletos, caminado con cuidado para no desperdiciar hasta el último puñado y otros emparejaban los ladrillos. Entre bromas y chistes apostaban a ver quién terminaba primero la fila de ladrillos, luego un descanso para beber agua y vino de la bota mientras las mujeres repartían bocadillos de jamón, mortadela, queso y salchichón.

A Breixo Barroso, el otro maestro, no lo pudieron encontrar, se perdió entre el bullicio de la fiesta. Hubo una competición malsana entre un grupo de muchachos apretujados contra la barra del despacho de bebidas y espoleado por un grupo de vascos se enzarzó a ver quién bebía más vino y comía más chorizos; encimados al mostrador, codo con codo. Luego de un par de horas de campeonato Breixo Barroso con la barriga inflada a reventar, bajó la copa al mostrador con fuerza, escupió unos trozos de chorizo a un costado, se tambaleó un rato y en cuanto todos pensaban que el vasco había triunfado y Breixo Barroso pronto caería al suelo, comenzó a tararear y bailar una muñeira con gran alarde de rapidez y vistosidad al tiempo que seseaba simulando el sonido de una gaita. Luego pasó a cantar una jota zapateando y a tocar unas castañuelas que nadie supo de donde las había sacado. De vez en cuando le salían los desgarros de un fandango. Se le unieron varios espectadores borrachos que aplaudían mientras en el mostrador, el competidor vasco seguía empinando un vaso detrás de otro y zampando chorizos sin enterarse que el gallego estaba sumido en otros aires. Continuó Breixo Barroso bailando solo, girando sobre sí mismo y dando gritos "Mi Galicia querida" hasta que se fue perdiendo de la pista, atravesó el parque, le dio unos efusivos abrazos a la estatua de Ernestino el grande pensando que era´el monitor de un nuevo grupo musical y se secó el sudor con el cartel que decía "...TOCAR" Una vez en la calle principal golpeó el escaparate de Don Fernando con la intención de afeitarse y al no recibir respuesta con síntomas de malestar se dirigió silbando rumbo al bosque. Luego de horas y horas de andar cantando y zapateando por montes y valles llegó a "El Cortigal de la Costa" sin haberse enterado que era otro pueblo, y creyéndose engañado por las meigas, pues juraba y perjuraba que cuando había llegado no había mar alguno, se acercó al comisario local a presentar una denuncia; alguien le había cambiado el nombre al pueblo. Volvió, ya despejado, diciendo que el paseo por la zona le había resultado muy provechoso.

Faltaba presentar a los otros dos personajes; no pudieron encontrarlos pues en el bullicio con tanto alcohol y jarana va jarana viene no supieron su paradero. Cuando comenzaron a tocar "La raspa" pues a pesar de los adelantos musicales muchos vecinos la pedían y varios grupos estaban ya cogidos de las manos, hubo un apagón. Los músicos callaron y ante la preocupación, desconcierto y oscuridad se encendió repentinamente la bombilla que iluminaba la nueva estatua de Ernestino el grande. Para evitar las incomodidades de tener que cambiar la estatua que tanto pesaba y descambiarla cada vez que se realizaba algún festejo, la habían colocado detrás de la fuente esquinada en una punta de la plaza. Calixto había demorado varios meses en esculpir una nueva versión más modesta tallada en granito y pintada en colores llamativos para homenajear a los antiguos soldados romanos. En casi oscuridad, el gentío observaba la figura tan sobresaliente con cierto misterio y una mezcla de asombro y temor. Se mantenía erecta con el brazo en alto señalando el horizonte, una espada de hierro en su mano, y debajo del escueto pedestal se podía leer: "A Ernestino el grande, nueva estatua por Calixto" sin ninguna otra demostración de cariño; el enfado por destrozar su antigua obra maestra no le permitió extenderse más. De pronto en medio del silencio y casi a oscuras la estatua pareció cobrar vida. Movió el brazo y con la espada apuntó a Bruno Garrido que se acercó tímidamente con algo de susto y, con acento italiano, expresó muy bajo:

—El nacimiento y la muerte no son dos estados distintos, sino dos aspectos del mismo estado.

Bruno Garrido, aturdido intentó recuperar el ánimo, y sabiendo que detrás había una gran audiencia le contestó como para demostrar que a refranes y conocimientos pocos le ganaban:

—Grandiosas palabras profetizadas por Mahatma Gandhi.

y se fijó en el bulto de paisanos en la pista de baile medio borrachos, medio embrutecidos, medio torpes, medio dormidos, si les prestaban atención. A continuación, se acercó más hasta que, ya más animado, le expresó alzando la cabeza como para estar a su altura:

—De humanos es errar y de necios permanecer en el error—, para agregar, conociendo la falta de interés intelectual de la "masa inculta"

—expresión reconocida de Marco Tulio Cicerón, y de refilón ojeaba el gentío. De inmediato se hizo la luz. Bruno Garrido, ensoberbecido en su complicidad con el antiguo héroe del pueblo y como para terminar con el discurso proclamó:

—El sabio no dice nunca todo lo que piensa, pero siempre piensa todo lo que dice, refrán atribuido a Aristóteles. Lo dijo de espaldas ignorando al vulgo que comenzó a aplaudir por la vuelta de la electricidad que el creyó que era para elogiar su elocuencia; con rapidez se dio la vuelta a la vez que hacía genuflexiones de gracias. Completamente ignorado la música de reanudó y con ella el baile y la diversión.

Gavin

En un rincón se encontraban sentados Primitivo Hernández y Rosalía Casielles. Primitivo Hernández jamás aprendió a dar dos o tres pasos siguiendo el rimo por lo cual Rosalía, ya encauzada en luchas para demostrar que ellas son las mejores, disfrutaba viendo cómo los hombres tenían que acercarse con humillación para pedir a las damas que los acompañaran en el baile de turno. De pronto, un hombre barbudo con la cara curtida se les acercó, la observó a ella con detención, y le hizo una flexión de respeto y reconocimiento. Primitivo se puso en guardia, se levantó y echó mano del cuchillo envainado al cinto que lo acompañaba desde que era adolescente.

—Caballero no se moleste, me llamo Gavin, mi apellido de momento no importa, Doña Rosalía se merece todos mis respetos y en cuanto ella escuche mis palabras comprenderá los motivos de mi acercamiento.

Gavin, de estatura mediana, barba recortada vestía con ropas finas y su elegancia permitía sospechar una gran educación, aunque en la cara una gran cicatriz en un costado inducía a que los interlocutores guardaran un cierto alejamiento por pura precaución. De voz áspera y bronca era de obligado acatamiento prestarle atención ante la mirada de sospecha de Primitivo que no soltaba la mano de su cuchillo en la cintura. Comenzó su explicación:

—Escondido en un carruaje escape de mi hogar siendo joven y mal aprendido, que no mal criado. Recorrí montes plagados de forajidos a los que eludía como podía, vagué por distintos países sin comprender la lengua haciéndome entender cómo podía; sin trabajo ni oficio pasé días enteros sin comer; temblando de miedo robé para poder sobrevivir. Por ese hecho me encarcelaron varios meses donde conocí a la gente de peor calaña que se pueda imaginar. Acosado en la cárcel, en una pelea me marcaron la cara con una navaja, pero no lograron humillarme ni enclaustrarme con apodos y ridículos desprecios. Dentro de mi celda me tocó por compañero un viejo lobo de mar. Por sus relatos llenos de magia me interesé por la existencia de lugares remotos donde la vida era muy diferente; se explayaba dando detalles de los secretos de navegación, las distintas clases de barcos y sus partes; a distinguir la proa de la popa, reconocer los límites de la amura, aquella parte del costado donde el casco se estrecha formando la proa, distinguir la línea de flotación, los tipos de velas, el significado de las distintas banderas e infinidad de elementos y características náuticas que ilusionaron mis deseos de aventura. Cuando salí de la cárcel estaba decidido a vivir esas experiencias. Llegué a una costa y me embarqué como marinero. La suerte comenzó a ayudarme y pude resarcirme de todos mis errores. Completamente cambiado, años después, con serias aspiraciones de enderezar mi vida y centrado en el aprendizaje para poder comandar un barco, pude capitanear un velero de dos mástiles tipo Goleta bautizado como "El Bergantín del Este" Llevaba como primer oficial a un hombre de mediana edad, introvertido, que no decía más de una o dos palabras por día. En sus ratos libres leía constantemente y tenía una fuerte devoción religiosa según se podía desprender de los libros que tenía ordenadamente colocados en su camarote que lucía pulcritud. Era alto y delgado pero vigoroso, su cara enjuta denotaba seriedad mostrando largos y gruesos surcos dejados por la tristeza de llevar una vida austera. Surcamos todos los mares conocidos; aquello no fue una amistad, pero sí un respeto mutuo; dejó en mí una fuerte impresión por su serenidad y estoicismo; un hombre ejemplar a imitar, mi segunda referencia de vida pues en una ocasión transportando una valiosa mercancía de harina, sal y especies, en medio de una tormenta encallamos y su arrojo salvó mi vida, pero él pereció en el intento. En la soledad y en la tristeza que me acompañó posteriormente recapacité y sumergido en mis pensamientos surgieron etapas de la niñez con mis hermanos y la familia que tanto me quiso y no supe comprender.

Durante ese discurso de presentación apenas dirigió la mirada a Rosalía; hizo una pausa, se volvió y fijó sus sentidos en ella. Rosalía compenetrada con la narración sintió un hormigueo inexplicable, mientras que Primitivo abandonó la mano que apretaba su cuchillo y se relajó, aunque le intrigaba la dirección que podía seguir aquel hombre tan fuera de lugar en un pueblo alejado del mar, un capitán en medio de una fiesta en un pequeño poblado montañés era todo un enigma.

Rosalía comenzó a prestarle aún más atención, miraba con detención sus ropas y su cara, quería imaginar cómo sería sin la barba, sin la cicatriz, cómo podría haber sido su niñez. En cuanto dijo "mis hermanos" le dio un bote el corazón e intentó acercarse para ver su cuello, pero no pudo; Gavin que momentáneamente había interrumpido la lujosa descripción de su vida, observó cómo se le acercaba e intentaba mirarlo de cerca donde tenía una marca de nacimiento en el cuello simulando una cruz, y entonces descubierto le expresó:

—Si Rosalía, soy Gabriel tu hermano pequeño, el que te dio tanto trabajo y al que expulsaste y pusiste todas sus pertenencias debajo del tilo con toda justicia. Vengo a excusarme de mi comportamiento y a pedirte perdón. A los pocos días de partir los hermanos nos separamos; nunca más supe de ellos, pero me carcomían las ganas de verte y saludarte.

Después de unos minutos de desconcierto, se abrazaron y los tres juntos se acercaron a la barra a festejar el encuentro y hacer planes futuros. Quiso que lo llamaran Gavin, que nadie más supiera su derrotero por la vida y que no lo trataran como a su hermano perdido; quería quedarse un corto lapso de tiempo.

La fiesta parecía que llegaba a su fin; unos cuantos se habían retirado, pero el baile, las copas, la alegría desbordante y los destinos hicieron que se cruzaran varias vidas, nuevos aires de enamoramiento surgieron.

Ricardo Damasco, amigo íntimo de Alcides Leguina, experto en equitación etológica y doma tuvo un episodio romántico con Susana hija mayor de los Aizaga Olabarría primos de Joaquín. La verborrea de Ricardo, amena y divertida, las demostraciones encima de un corcel de un blanco inmaculado, el manejo con sus jinetes, la forma directa de mandar dando órdenes que eran inmediatamente cumplidas hicieron que Susana se aproximara e intentara tener una conversación:

—Usted perdone, ¿Es de aquí cerca? No creo haberle visto antes, ¿Dónde aprendió el manejo tan exquisito de los caballos y porqué le obedecen a ciegas? Sabe usted, los caballos siempre me han parecido hermosos ejemplares, pero les tengo un poco de miedo.

Ricardo Damasco, gentil y distinguido, hijo de criadores de caballos se sintió halagado. Desde pequeño se había hecho con el dominio ecuestre gracias a las enseñanzas de su padre. Alto, de cuerpo bien formado, lucía unos pantalones negros ajustados, botas relucientes con espuelas de plata, una camisa blanca abotonada que dejaba relucir un pecho varonil cubierto de pelos y una gorra negra de la cual a los costados aireaba una cabellera negra, amplia y voluminosa con ondulaciones y destellos luminosos resultado de las primeras canas. Debajo de la gorra su rostro alargado con un mentón prominente mostraba una sonrisa cuidada con dientes parejos; gruesas líneas de demarcación de piel le surgían al costado de los ojos y terminaban cerca de los labios para darle un aspecto aún más masculino. Algo sonrojado le contestó:

—Estimada señorita es un placer explicarle: mi padre, un excelentísimo adiestrador de caballos, me enseñó todos los trucos para domesticarlos sin hacerles daño. Son unos animales espléndidos, no hay por qué tenerles miedo. Para ellos es un placer demostrar sus saberes; se deleitan cuando los acariciamos, peinamos y bañamos; se entregan sin condiciones mientras se sepa conducirlos; son la perfecta compañía.

Susana, de mediana edad, con sinuosas curvas, al escucharlo, instintivamente se contoneaba provocativamente; se arreglaba el largo cabello rubio meciéndolo hacia un lado y a otro y, cada tanto, le daba una caricia a las crines del caballo que Ricardo sostenía de las riendas. Ricardo le brindó una sonrisa haciendo gala de conquista. La invitó a dar un paseo sobre "Impetuoso" Con delicadeza la ayudó a subirse a la grupa. Se mantuvo agarrada con ambas manos a la cintura de Ricardo todo el tiempo; con los ojos cerrados, las piernas apretadas contra los cuartos traseros y los talones ajustados muy cerca de las botas del jinete. Ese momento fue la revelación que siempre había deseado. De niña observaba la crianza de los caballos de sus tíos que vivían lejos del pueblo; verlos trotear y cabalgar le provocaban fantasías de amazona; anhelaba mimarlos, olerlos, percibir de cerca el sudor después de una cabalgata, vibrar hasta conseguir penetrar dentro de sus querencias, pero en cuanto se acercaba los veía tan grandes e inexpresivos que le sudaban las manos y no se atrevía a tocarlos. Al finalizar el recorrido no se quiso apear, insistió en una segunda ronda, pues el calor del cuerpo del animal y la fuerza y empuje de Ricardo en dominarlo, le produjeron sensaciones placenteras. Entonces abrió los ojos y el subir y bajar cadencioso, el roce contra la espalda triangular sobresaliendo los amplios hombros de Ricardo y la brisa de aire que le revoleaba sus cabellos la cautivaron; el corazón de Ricardo comenzaba a bombear con fuerza; las burbujas de los vinos espumosos de Armando Pérez-García le subían a su mente gobernada por instintos masculinos; siguieron paseando durante un rato largo; fue un flechazo terminal, quedaron imantados.

Capítulo 4

Augusta Varela, Bruno Garrido y Cayetano Fuentes

Augusta Varela de joven nunca utilizó palabras soeces. Delgada, alta, de pelo largo moreno, muy atractiva, fina y educada, con sensibilidad por las artes tuvo muchos pretendientes. Entre ellos Bruno Garrido quien por esas fechas era una persona irreconocible según fuera visto y escuchado años más tarde. Con cuerpo atlético y hombros acentuados destacaba en varios deportes que practicaba con entusiasmo. Alegre, optimista y osado, el cielo lo acompañaba en cada cosa que emprendía; con gusto por el conocimiento hablaba varios idiomas. Amable y ocurrente no era de extrañar que fuera el centro en cada reunión que hubiera.

Augusta Varela iba tres veces por semana a completar su educación. Por las mañanas, a casa de Natalia Fernández para aprender corte y confección, y dos veces por la tarde a casa de Josefina Ruiz que le enseñaba bordado, modales y elegancia en el caminar. Ese andar con pícaros bamboleos de cadera y distinción en el vestir, a Bruno Garrido le revolvió el gusanillo juvenil de conquista. Ella lo veía pasar montando a caballo con una seguridad deslumbrante. En cuanto se cruzaban por la calle principal, Bruno Garrido con gallardía, esbozaba una amplia sonrisa. Augusta Varela le respondía con una caída ensoñadora de ojos al tiempo que se abanicaba de forma característica, que en el lenguaje secreto significaba "eres muy atractivo" Bruno Garrido a pesar de desconocer tales argucias y formas de comunicarse, le respondía haciendo que el caballo subiera y bajara el cuello afirmando sus intenciones. La esperaba por las mañanas a la salida de las clases de corte y confección. Parado en una esquina, erguido cuanto podía, en plan militar, la saludaba con una rosa roja en la mano y una leve inclinación de admiración. Augusta Varela bajaba los ojos y, con un gesto de aprobación poco perceptible, indicaba su consentimiento. A las clases de las tardes se recostaba contra una farola con un pie detrás de otro en posición chulesca. Repeinado, bien vestido, con un ramo de margaritas que sostenía con ambas manos, acaramelado, se inclinaba más aún que por las mañanas. Desde lejos Cayetano Fuentes observaba la escena. Se ajustaba el cinto y seguía a caballo su paso rumbo al campo. La estampa de Augusta Varela sonriendo a Bruno Garrido le golpeaba sus sentimientos y no quería reconocer los celos y envidia que le iban surgiendo. El ser bastante más mayor que ella no le parecía un impedimento. Al contrario, la época sugería que las diferencias de edad aportaban experiencia, dominio y seguridad en los hombres. En el campo, segaba la mies con la hoz, recogía las espigas y las cargaba en grandes sacos que cerraba en la punta con una tira de piel de cerdo. Luego cavaba surcos con la azada en el campo adyacente para sembrar la simiente seca y dejaba preparado el huerto colindante para el día siguiente. Al volver por la tarde y ver la cara de conquistador de Bruno Garrido recostado contra una farola con un manojo de jazmines en las manos y con esa "inclinación absurda" y "cara de baboso malnacido", le dolían aún más los hombros de tanto agachar el lomo arando una tierra dura mezclada con caliza; era la parte del monte que se había empecinado en que fuera productiva. El esfuerzo lo doblaba, le dejaba unas agujetas enormes en las piernas, y por la espalda tenía la impresión de que le recorría un tren articulado con vagones cargados a tope, pero al cruzarse con Augusta Varela volviendo de su clase de modales quedaba arrebatado al columbrar su elegancia al andar y porte tan digno. Le desaparecía cualquier padecimiento, se erguía, inflaba el pecho, se limpiaba las rodillas de los pantalones llenas de tierra y revolvía los cabellos rubios y ondulados, pero Augusta Varela ni siquiera lo miraba de refilón, lo ignoraba por completo.

Cayetano, rumbo a su casa, piensa estratagemas de acercamiento. Se mira al espejo y como no le sale nada oportuno de la rabieta patea al gato que se le metió entre las piernas buscando caricias. Vive solo. Luego, arrepentido, le acerca un trozo de comida y lo acaricia sin mirarlo. Al ponerse de pie se le ocurre una manera de llamar la atención. Ata su caballo más guapo al sulky que utiliza en las carreras de primavera y coloca un toldo con la pretensión que semeje un carromato para darle un toque diferente y borrar la asociación general que se tiene con una carroza de gitanos. Lo pinta con estandartes regionales e instala una colchoneta mullida de vivos colores sobre el asiento; adorna con arreos de plata el caballo, cuelga flores en los costados de la cubierta de lona y se apropia con una fusta enguantada en pieles de zorro que encontró en el arcón de sus abuelos. Allí, en el altillo, revolvió por todos los lados y en otro baúl encontró abandonados y arrugados los vestidos con que se habían casado sus padres: zapatos de charol negro con la punta rematada con trabajados arabescos, camisa blanca bordada con los nombres de la familia y botones perlados, pantalones de lino de bota amplia, una chaqueta azul cruzada, el cinturón de cuero con una hebilla de plata con el símbolo de su familia cuando eran prósperos ganaderos antes que su padre perdiera gran parte de la fortuna en apuestas sin sentido, y un sombrero negro modelo Fedora de fieltro de pelo de liebre. Les quitó el polvo, limpió el traje, dio lustre a la hebilla del cinturón y se lo probó. Al mirarse al espejo se contuvo para evitar saludar a su padre. Pero no se amilanó. Ensayó variantes y poses. Se colocó el sombrero de varias formas. De costado, hacia atrás, escorado ocultando parte de la cara y poniendo cara de hombre duro hasta que se lo quitó de un golpe y lo tiró con fastidio contra el sofá. Se sentó, se frotó la cara y al notar una barba de una semana, los cabellos sucios, sin asearse por más de un mes y un tufo pestilente que erizaba de miedo a su gato en cuanto volvía de la faena del campo, comprendió que le faltaba un buen baño, refregarse el jabón con fuerza por la sobaquera y la entrepierna, afeitarse y conseguir un perfume; tenía que sobrepasar la chulería de Bruno Garrido. Luego de la fina operación de cambio de imagen se volvió a mirar con las ropas limpias y planchadas de su padre, y poniendo cara de artista de cine mudo hizo un gesto de galán con la intención de impresionar a Augusta Varela. Con voz ronca e impostada imitando al héroe local de la radio, señaló "Qué te parece, nena" Se desinfló. No era de los tipos duros, todo lo contrario, pero a falta de alternativas siguió esforzándose y, sabiendo que sólo se aprende tirándose al ruedo, decidió darse una vuelta delante de la casa de Augusta Varela.

No me daré por vencido. Ese mequetrefe es un figurín pasado de moda. El carro de paseo quedó brillante, estupendo. La impresionaré. Augusta Varela… ¡Qué silueta! Es una maravilla de mujer. Sueño con ella, la imagino a mi lado, me desespero en cuanto la veo con esa elegancia, el caminar acompasado como si la brisa la gobernara ¿La acabo de descubrir? ¡No! ¿O será por fastidiar a ese bufón? Otras cosas suyas me han impresionado. Ese vaivén, el pelo largo y negro que le llega más allá de la mitad de la espalda. Elegante, orgullosa y despreciativa. Me ignora. Me gusta más así, que haya que domarla, que se sufra antes de conseguirla. Es un desafío y su postulante un gran rival, lo reconozco. Noto cómo lo saluda. En sus ojos alicaídos, refleja cierta aprobación. Le demostraré lo que es un hombre. Esta postura bien recta, sacando pecho, todo estirado, Claro que le gustará. ¡Basta! No quiero obsesionarme, siento la necesidad de abrazarla, de poseerla. No se repetirán historias pasadas. Soy diferente a mi padre. No me arrepiento de lo que he hecho.

Dio unos pasos por el corredor, obscuro, pero amplio. Sus botas marcaban el crujir de los tablones de madera dejando marcas sobre el suelo sin barrer. Bajó las escaleras hasta llegar al rellano y se detuvo un instante. Miró la fotografía de sus padres en el día de su boda colgada sobre la pared. Algo opaca, con los bordes apagados y el fondo desfigurado. Mostraban la seriedad de la época. Su madre sentada, sosteniendo un ramo de flores artificiales sobre su regazo, la otra mano descansando sobre la falda en actitud de plegaria. Algo redondita, de cara pálida, con los ojos perdidos, levemente maquillada, parecía una estatua abandonada. El padre de pie, con un amplio bigote que le sobresalía de la cara, con cejas pobladas, en porte de alerta fingida y un rictus de tedio a un costado. Una mano sobre el espaldar de la silla y la otra colgando, tiesa contra el pantalón, la mano ligeramente entreabierta. Pensó un largo rato como queriendo imaginar la situación. Sin mostrar ningún gesto, esbozó una sonrisa con un tinte de lástima al recordarlos. Sin arrepentirse de lo vivido. Rememorando lo poco que hablaban entre ellos. Escuchaba a su madre llorar por las noches ante la prolongada ausencia de su esposo. Cómo al verlo llegar tambaleante, sucio, sin dormir varios días y sin explicación alguna; con estoicismo callaba y luchaba arrodillada para quitarle las botas. Se ponía de pie, encorvada del esfuerzo, sin mirarlo ni decirle palabra, sin reproche alguno lo arrastraba hasta la cama; se entregaba a su suerte y le preparaba la cena. En su mente revoloteaban las imágenes de ella.

La cara resignada por las circunstancias de haber perdido más dinero y la falta de aprecio se reflejaba en sus ojos llorosos y tristes. Se le pasaron diversos momentos agrios en la vida familiar. Cómo los vio sangrantes tirados sobre la cocina. En su borrachera la había acuchillado. Luego, el cuchillo largo y afilado con las huellas de su padre mezcladas con las suyas. No podía borrar la imagen mientras se limpiaba las ropas. Se lavó las manos tantas veces que le quedaron con la piel sensible, blancas, aunque al mirarlas sin quererlo, aún sentía el vientre de su padre dolorido y sus manos prendidas al cuchillo con sus ojos cerrados; empujando una y otra vez hasta oírlo caer al suelo. Mintió. Mintió a todo el vecindario y a los encargados de llevar las pesquisas. El entierro, simple y austero lo llevó con gallardía. La cabeza alta, las manos flácidas, escondidas. Juró que nunca más permitiría que humillaran a una mujer en su presencia. A su madre. Comprensiva y trabajadora. Pasó años encerrado en un mutismo y una soledad que, en el pueblo, la interpretaban como sufrimiento por la pérdida. En su casa oía la radio sin centrarse más que en su trabajo; sacarle a la tierra todas las bondades que regala. Las mujeres no le importaban, No sentía el más mínimo atractivo. En pocas ocasiones se cruzaba con alguna muchacha joven que al verlo tan erguido y compenetrado en su labor no le prestaba atención. Hasta que aquel día se cruzó con Augusta Varela, quien presumida parecía pasar de su presencia. Quizás eso hizo que la sintiera dentro como algo discordante.

Bruno Garrido la miraba con la atención del que cree que ya la ha conquistado; vestía tan diferente que nunca le cayó bien por su presunción y por los comentarios de la gente de su éxito como hombre. Al verlo trajeado y con distinción le importunaba.

Semejante mequetrefe de feria. Le pegaría de buena gana, pero juré no alzar la mano nunca más. Es un imberbe, siempre bien engalanado. Parece como si despreciara a los trabajadores del campo, siento asco al cruzarme y él siente lo mismo hacia mí. Sin saludarlo, montado en mi caballo, pone cara de desagrado, como si oliera mal.

Quiso olvidar el encuentro y volvió la cabeza encima de su caballo para observar el andar de Augusta Varela aproximarse. Ese energúmeno tan engreído. Seguro nunca levantó una azada, plantó un árbol o tuvo dolor de espalda. Sintió el golpe emocional. Pero el trabajo hizo que pronto la olvidara. Al llegar al final de la escalera, un rayo de sol a través de la ventana iluminaba las miríadas de polvo moviéndose con inercia y sin sentido. Dirigió la vista hacia el campo colindante sin centrarse en nada en especial. Discurría sobre el pasado casi sin parpadear. Se sentó y puso sus codos sobre la amplia mesa de madera, con el semblante traslúcido a contemplar la taza, a sentir el fuerte olor del café, humeante recién preparado; espejeaba la luz entrante. Con las manos apretaba la taza bien caliente mientras su mente recorría pensamientos volátiles y estancias gélidas del pasado sufrido por su madre. La economía tan rampante que les había dejado. Tan entregada. Lo sé. La casa es grande y vacía. La soledad no me agobia. Hasta me siento a gusto. El trabajo de continuo, sin descanso, con pocas satisfacciones, me agrada. Al meterme en la cama no pienso en otra cosa que en el esfuerzo que tendré que hacer para dejar el campo del norte preparado para la próxima cosecha. Otras situaciones revuelan sin parar, ocupan mi tiempo no más poner un pie fuera del catre.

El café con unas pocas galletas y pan duro del día anterior le deja una ráfaga de ilusión, con un tinte de esperanza, quizás vana, pero al fin un motivo por alcanzar, una meta a seguir. Se observa en el espejo. Cómo va cambiando mi expresión. Hoy. Sí. No dejaré escapar ni un día más. La sorprenderé con la elegancia, aunque sea con pinceladas de moda del pasado, la apreciará. Seguro.

Se vistió con toda la finura de ropa que se había probado. Sin pensar en el pasado, rabioso consigo mismo y con el mundo en general. Optó por ponerse el sombrero de Fedora de costado, ocultando parte de un ojo con la guarda echada hacia adelante. Afeitado impecablemente, le dio unas palmadas a la crin de su caballo blanco previamente acicalado, se montó al pescante, cogió la fusta y sin hacer uso de ella dio un silbido a su "Atrevido", como le tenía enseñado, para que comenzara a andar. Se lanzó al trote hacia la casa de Josefina Ruiz la profesora de bordado, modales y elegancia. Conocía muy bien a qué hora terminaba su clase y también en qué esquina estaba Bruno Garrido recostado contra un árbol con un ramo de flores en la mano pretendiendo deslumbrar. En cuanto pasó delante, sin saludarlo, hizo detener su carromato a la puerta de salida de la profesora de Augusta Varela para que impidiera verla y, mirando de costado, con sorna y desafiante, volvió a silbar, esta vez dos veces. "Atrevido" relinchó con fuerza, dio un par de patadas hacia atrás y le llenó las flores y cara de polvo, trozos de guijarros y agua sucia estancada. En ese momento abrió la puerta Augusta Varela, lo suficiente para ver a Cayetano Fuentes emperejilado, con su carruaje sobresaliente. Parecía una estampa de fiesta dominguera de otra época. Cayetano tiró de las riendas con suavidad y movió un poco el carromato. Lo suficiente para que se viera a un Bruno Garrido hecho un pingajo de polvos, flores alicaídas, barro y aspecto lastimoso. Se quitó el sombrero para saludarla, inclinó su cabeza y permitió que Augusta Varela viera una imagen que en la vida hubiera soñado ver: un Cayetano deslumbrante. En cierto modo tuvo su recompensa. Ella le sonrió y con mucho esfuerzo, curioseando de arriba abajo, luego de un rato

de asombro, exclamó con más dudas que acierto: ¿Pero…
pero…eres Cayetano o eres una visión del siglo pasado? No se dejó
llevar por la pesadumbre de una interpelación indiscreta y respondió
con firmeza, sacando a luz una voz gruesa y varonil:

—Soy Cayetano Fuentes, visto, luzco y calzo con la intención que
aceptes mi invitación a dar un paseo hasta el rio. Será un gran
placer que me acompañes.

Aceptó. Le causó gracia. Era una aventura, una distracción. No le
importó la estampa decaída de Bruno Garrido. Al verlo de refilón
esbozó una leve sonrisa. La disputa, un compromiso de salida
diferente, la halagó. Auxiliado por Cayetano se subió al pescante.
Bruno Garrido, desinflado, las flores a un costado, los observó
marchar. Cuando volvieron del paseo a los pies de la farola yacía el
ramo de flores ya marchitas. Pero Bruno Garrido no se rendía, así
como así. Se sabía galante, guapo y conquistador, con una labia
rebosante de interés. No era cosa de dejarle el campo abierto a
nadie y menos a un campesino medio ignorante y mayor, aunque
luciera pulcro y de aparentes maneras finas, no lo engañaba.

Vaya con el campesino tunante. Sucio y harapiento se disfrazó de
fantoche del siglo pasado. Viejo y pobre, la combinación más tétrica
de todas. Es que piensa que se va a salir con la suya.

"L´ amour n´est pas possible pour les ignorants" Y se revolvía
apoltronado en el sofá, pensativo, admirando la caída de la tarde. A
lo lejos las nubes corrían disparadas en alocado movimiento sin fin,
aisladas ahora, apretujadas al rato, encaramándose unas a otras,
llevadas por el afán de desperdigarse para volver a juntarse. Al
verlas huyendo tan despavoridas reflexionó. No podía quedarse
tragando bilis. Acurrucado en un rincón mascullaba venganzas que
no le salían. Siempre había sido osado; esta vez se sentía

incómodo, aturdido, abofeteado por un simple campesino ignorante. Una afrenta indigna que tenía que ser reprendida. En sus libros, los caballeros ofendidos lavaban su afrenta en un duelo. Algo que este tontorrón, que nunca ha leído un libro, debe desconocer. Para él solo existe la labor diaria, agachar el lomo y obedecer los designios del destino, trabajar sin descanso hasta morir, hundirse de aburrimiento con la casa repleta de hijos incultos.

Nunca había tenido un trance tan ignominioso, la vergüenza le cubría de colores y furia todo el cuerpo. Esto no quedará así. No lo permitiré. Miraba la pared llena de cuadros de antepasados suyos con caras somnolientas pero exitosos, aferrados a sus conquistas, a sus tierras, a sus campos trabajados con personas dobladas por la dureza del campo, personas como Cayetano condicionados a obedecer sin chistar. Y que sea justamente uno de estos seres insulsos que intente arrebatarme lo que ya considero mío. Joven, elegante, atractiva y encandilada por mi presencia, porque sé que le gusto, y mucho. Ya he conquistado otras de igual tenacidad y engreimiento. ¡Y que la pasee como si fuera suya! No lo permitiré, juro por mis muertos que esta guerra la ganaré. Se sobreponía del sillón como impulsado por un muelle y caminaba por la amplia sala de su comedor. Los zapatos negros y brillantes remarcaban las pisadas que sonoramente crujían sobre el suelo de madera lustrosa con alfombras curiosamente puestas en lugares para darle un atractivo singular, todo puesto con esmero y dedicación femenina.

Por las mañanas, sabiendo que Cayetano se encontraba faenando en el campo, aprovechó para acercarse directamente a casa de la profesora Natalia Fernández. La esperó más de una hora; no había ido. Camino de vuelta a su casa escuchó el galope de un carruaje, pensó que era el correo trayendo noticias al pueblo, pero era el carromato de Cayetano que atravesó la calle principal con mucha velocidad y pasó de largo a su lado; lo cubrió de polvo. Al alejarse escuchó la voz de Cayetano quien, acompañado de Augusta Varela, sentada a su lado en el pescante, le vociferó con befa: "Preste atención señorito" Mientras se quitaba la polvareda de encima con gran enfado no se enteró que retornaban. Esta vez pasaron tan cerca de él que aparte de formar una nueva polvareda unos guijarros le golpearon la nuca y al girarse escuchó "Atención carajo" Se perdieron rumbo al río.

Pasaron unos días. Bruno Garrido sin darse por vencido decidió acercarse a la casa de la profesora de corte y confección por la tarde; se colocó inmediatamente delante de la puerta. No llevaba flores. En cuanto Augusta Varela salió se topó de frente con él. Estaba majestuosamente vestido, perfumado de pies a cabeza y con un peinado reluciente; había encontrado un sobre de goma tragacanto, descolorido y arrugado que lo aprovechó; recordó cómo su padre lo revolvía con agua. Luego de prepararlo se lo echó sobre el cabello para darle un aspecto de caballero brillante y pulcro; achatado sobre la cabeza relucía como si lo hubieran planchado; tenía una raya a un costado y del otro lado el pelo estaba más aplanado, huía hacia atrás en grandes surcos paralelos. Augusta Varela se ruborizó al verlo tan de cerca. Dio un paso atrás, retraída y con cierto nerviosismo. Por lo bajo, le murmuró con dulzura y su mejor voz unos versos de Antonio Machado. Luego con voz más gruesa siguió con unas rimas en francés de Rimbaud y de inmediato en tono empalagoso, en inglés, un poema de John Keats. Quedó sumamente impresionada; a pesar de no entender francés ni inglés, los poemas de Machado la arrebolaron. Recto, con ademanes delicados, al recitar ponía caras de circunstancia según el tema elegido. Al comienzo se inclinaba con ademanes de caballero castellano, elevaba un brazo hacia el cielo y el otro lo extendía señalando a su dama. Seguía cambiando los gestos y centraba su actuación en un aspecto general de tristeza, melancolía o desgarro según mandaran las estrofas y, entre un verso y otro, los ojos le volaban a esconderse entre los párpados a la vez que fingía poses de arlequín italiano. Augusta Varela, impresionada por la actitud refinada de su demandante, no acudió a la cita que tenía con Cayetano al otro día; le dio calabazas con toda intención. En el último paseo en el carromato de Cayetano se bajó mareada de tantas vueltas, carreras y curvas. La rapidez en la conducción le pareció excesiva. Si bien le divertía el galanteo descubrió que "Atrevido" era un ingrato y mal educado, pues al despedirse mientras acariciaba la grupa le respondió elevando la cola para echar unas bostas rebosantes y malolientes acompañadas de unos sonoros gases. Al llegar a su casa, molesta se puso a pensar con cual compañía debía seguir. Días más tarde le mandó un recado a Cayetano; que de momento las circunstancias no eran propicias para continuar con la "amistad". En adelante vieron pasear por el pueblo a Augusta Varela del brazo de Bruno Garrido. Daban la sensación de una pareja de novios. Sentía en su intimidad que se cumplían todas las expectativas que siempre había deseado como mujer. Representaba el hombre ideal: joven, fuerte, educado, bien vestido y galante.

Bruno Garrido vivía sólo, en una casa muy espaciosa separada por un jardín de una tienda que, con el pasar de los años, pasó a ser el colmado "Los Titanes". En esos días era tan solo un pequeño comercio sin nombre regenteado por los padres de Joaquín Bermúdez, un joven adolescente, que en los ratos libres aburría al vecindario aprendiendo a tocar la trompeta. De vez en cuando aparecía Francisca, una chica jovencita, a coquetear con Joaquín más que a realizar alguna compra. Cuidaba su peso practicando cuantas dietas le llegaban a sus manos con un resultado muy satisfactorio pues su silueta representaba una figura escultural con una cintura de avispa envidiable; entraba por la puerta del negocio encima de unos tacones que le daban una envergadura y estilo de modelo de revista. Se ponían muy recogidos entre sí y en cuanto los padres de Joaquín se perdían en el depósito del fondo en busca de repuestos de mercancía aprovechaban para perderse en abrazos, besos y preámbulos que posteriormente le dejarían en su barriga la impronta de Facundo. Una vez que estaban apretujados entre los sacos de grano en plena labor de amores imprevistos apareció Bruno Garrido; tosió con fuerza para sentar su presencia, lo suficiente para que, detrás de las cortinas que separaban el negocio de la trastienda con las reservas, emergieran los padres de Joaquín que no repararon en ver cómo su hijo se levantaba los pantalones asustados por su entrada repentina y Francisca se arreglaba el busto. Con cierto desconcierto Bruno Garrido explicó un encargo muy especial: un anillo de bodas y unas ropas adecuadas para su compromiso con Augusta Varela. Joaquín y Francisca se acoplaron enseguida. Ella se despidió con celeridad; sus mejillas sonrosadas y los labios gruesos y rojos indicaban la fogosidad vivida. Joaquín se arregló con las manos el cabello alborotado, se quitó unas briznas de polvo del pantalón tratando de no ser visto y lo atendió mientras sus padres colocaban los cajones de mercadería que portaban al lugar previamente elegido. Le tomaron los datos, tamaño de cintura, estatura y como muestra de los dedos de Augusta Varela había traído una cinta redonda. En menos de un mes estaría el encargo a su disposición. Al retirarse Bruno Garrido muy feliz, Joaquín clavó sus ojos en Francisca que en la puerta la esperó para despedirse.

Algunos novios no necesitan muchas palabras para hacerse entender, unas simples miradas o algún imperceptible cambio en el gesto es suficiente para interpretar los pensamientos. Ella misma dijo "sea" y Joaquín le guiñó un ojo en señal de aprobación de sus deseos de compromiso. Se despidieron. Quedaron unos segundos aislados, perdidos entre las nubes del cielo de los enamorados que ya no aguantan más los deseos de encimarse seriamente, hartos de copular encima de molestos sacos de granos y barriles de cerveza o wiski.

Había un único inconveniente en la sorpresa a Augusta Varela. Ella había soñado desde niña con un vestido blanco de novia que había visto en una revista especializada; lo tenía marcado con un redondel rojo. Los padres, en una de las visitas que hizo Bruno Garrido, se lo hicieron saber en secreto. Le explicaron que si pretendía el reconocimiento y complacencia de su niña tendría que conseguir esa vestimenta que existía en una tienda especializada de novias en la capital.

Bruno Garrido no perdió el tiempo, esa misma mañana partió en su caballo rumbo a la compra del vestido. Pasadas tres semanas no se conocía nada de su paradero. Comenzaron los rumores. Muchos se preguntaban si no era una estrategia perversa de sacarle el cuerpo al compromiso. Augusta Varela, se enteró del encargo de los anillos de compromiso en la tienda de los padres de Joaquín Bermúdez; quedó conmocionada al no saber nada de su paradero. Sufría en silencio. No quería salir de su casa. Los murmullos de abandono llegaron a los oídos de Cayetano Fuentes quien luego de meditar y con gran valentía decidió apersonarse a la casa de Augusta Varela.

Montado en su carromato reflexionó a lo largo del camino. Llevaba encima una alegría desbordante por desaparecer su enemigo. Rebosaba optimismo. Había llegado su hora. Presentarse como un salvador le parecía normal; en plan apenado y conmovido, aunque fuera una postura totalmente fingida. Reparar una afrenta como un príncipe salvador de la familia de Augusta Varela. Al abrirle la puerta lo primero que Augusta Varela dijo fue:

—No habrás venido con el guarro de "Atrevido" a ensuciar la fachada de mi casa y expulsar tremebundos gases otra vez ¿No?

—No, Augustita vine a…, y antes de seguir le interrumpió:

—No me llames Augustita, ya te lo he dicho, y del fastidio le salió el primer "cogones" en su vida.

—Ese caballo es un sucio asqueroso y en tu carro de carnaval no me montaré ni aunque me lo pidas de rodillas. No vez el mal momento que estoy pasando y compungida agregó:

—Mi querido Bruno, donde estás amor de mi vida. ¿Qué ha pasado?, Y rompió a llorar.

Cayetano, afligido por su llanto, enfadado por las palabras hacia su mejor caballo, sintiéndose despreciado y dolido profundamente al oír decir "amor de mi vida" refiriéndose a su rival, le venían a la mente las palabras con que lo bautizaba en momentos de fastidio "cara de baboso, mal nacido" y le surgían nuevas expresiones de contrariedad, pero tenía que disimular el asco que le entraba al escuchar su nombre. Bajó la cabeza mostrando humildad, fingida, por cierto, pero debía disimular sus sentimientos y mostrar empatía; le prometió que lo encontraría.

—Así sea lo último que haga en mi vida, Augustita.

—Me dices otra vez Augustita y te parto las narices con la inútil fusta enguantada en pieles de zorros con que manejas a ese caballo defecador de mierdas y generador de pedos que huelen a demonios, y le salió el segundo "cogones" de su vida.

Estaba encolerizada por la ausencia sin explicaciones de Bruno y se sumaba la indeseable presencia de un Cayetano que no daba pie con bola en su intento de seducirla, al contrario daba la impresión que lo había desechado para siempre de su cabeza.

Se subió al pescante, alzó la fusta enfundada en pieles de zorro y antes de partir echó un vistazo hacia atrás para despedirse de Augusta Varela, quien cerró la puerta de un portazo al tiempo se le oía decir su tercer "cogones"

Recorrió montes y valles en la búsqueda de Bruno Garrido. Quería demostrar su valor y a su vez cogerlo del pescuezo y zarandearlo por su ofensa y dejar desamparada a su "Augustita" El par de perros perdigueros que llevó olfatearon senderos y caminos, cada encrucijada que surgía y los bordes del río, desde su comienzo hasta la desembocadura en el mar. Luego de tres días de pesquisas infructuosas vio el caballo de Bruno Garrido pastando con las riendas colgando cerca de un barranco. Cogió los perros y peinó la zona hasta que a lo lejos vio a un hombre descompuesto, vacilante, recogiendo moras silvestres. Alzaba un brazo y meneando una garrota con el otro recitaba a voz en cuello pasajes de la Odisea:

—Escucha Telémaco: *"No hay en la vida una gloria mayor para un hombre que saber manejar en sus obras las piernas y brazos"* escrito en el canto VIII para gloria de los dioses y en honor de Odiseo, explicando así de dónde provenían sus palabras a un público inexistente.

Hizo un silencio y mirando el cielo a la vez que blandía amenazadoramente la garrota, cual soldado griego continuaba:

—Ni aún los dioses podrán librar de la muerte, que a todos es común, al más caro varón una vez se apodera de él la parca funesta y le da una muerte triste.

Cayetano, con miedo y precaución, se acercó despacio para no interrumpirlo. Tenía en su cabeza una brecha grande con sangre seca; aún le manaba un débil chorro que le corría hasta mojarle la oreja. Sus ropas estaban destrozadas con agujeros en las rodillas, los codos sucios de barro, con unas hojas secas enganchadas a su espalda y la gomina le mantenía los pelos tiesos como si le hubieran dado un susto. Le tocó con precaución el hombro. Se dio vuelta enfadado y con la garrota le lanzó un golpe que Cayetano eludió al tiempo lo agarraba con ambos brazos e intentaba calmarlo. Sintiéndose prisionero no opuso resistencia y encima del pescante camino del pueblo siguió declamando pasajes de la Odisea; los alternaba con fragmentos de la Ilíada y de vez en cuando le salían descargas ofensivas sobre la relación entre los griegos:

—Patroclo y Aquiles; panda de maricones; griegos inmorales todos; inclusive Sócrates y su amante Platón, seguido de varios desvaríos similares.

Llegados al pueblo lo descargó en la puerta de la casa de Augusta Varela quien al verlo se puso a llorar y lo abrazó mientras Cayetano Fuentes subido a su carromato se retiraba. Había cumplido su promesa.

En el pueblo la gente se acercaba a casa de Augusta Varela a presenciar una escena insólita. Bruno Garrido aseado con ropas adecuadas no paraba de hablar frente a la puerta. Recitaba constantemente disparates incongruentes. El golpe, lo había dejado turulato, alelado, con una personalidad diferente que no se atrevían a definir. Todas las mañanas y las tardes, con un ramo de flores marchitas entre las manos, se recostaba contra la farola enfrente de la profesora de corte y confección de Augusta Varela a cualquier hora menos cuando le tocaba su clase. Cantaba flamenco por las mañanas y tangos de Gardel por las tardes agarrado a la farola cual malevo barriobajero; al retirarse tiraba atrás del hombro las flores como si no le importara en absoluto que nadie le hubiera hecho caso. Tampoco daba explicaciones cuando le preguntaban para quien eran "esas flores de mierda" pues algunos se empezaban a inquietar y molestar con tanta bulla inútil. Luego paseaba por la calle principal y con aires marciales recorría la gran plaza recientemente construida para grandes eventos municipales y daba diatribas con párrafos de la Orestíada. Sin inmutarse explicaba a una audiencia inexistente, con alocados movimientos de los brazos, el porqué de la maldición del rey Atreo de Micenas.

Después de semanas hablando incoherencias se enclaustró en su casa. Sin nadie con quien debatir leía y pensaba. Alterado, lleno de dudas, sobre su cabeza le daban vuelta ideas alocadas influenciado por las epopeyas grecorromanas y se iba convenciendo de la fatuidad de la separación entre géneros, que la belleza estaba por encima de cualquier distinción, que si bien las mujeres parían los hombres tenían otros dones dignos de admiración. Poco a poco la confusión de tanta lectura y la falta de intercambio con la realidad lo fueron sumiendo en un pensamiento ambiguo hacia los géneros; a ello se agregó la impresión que le causó la lectura de "El Batallón Sagrado de Tebas" en donde para fortalecer el espíritu bélico se enaltecían las parejas masculinas entre guerreros y, sintiéndose un erastés u hombre mayor griego, creía que la atracción hacia los adolescentes o erómenos, debería ser de norma actualidad; esto le fue impregnando de un estado de acercamiento indefinido hacia la juventud. El problema era la falta de entusiasmo entre los pocos jóvenes del pueblo hacia esos temas, pues lo veían como un loco descarriado, por tanto, pensando en lo desabrido de la vida contemporánea y a falta del contertulio con algún semejante emigró hacia otras ciudades en búsqueda de un encuentro personal adaptado a sus nuevos gustos. En su periplo por varias ciudades se cuenta que armonizó con muchas variantes de sus nuevas querencias y a pesar de haber tenido escarceos amorosos con varios jóvenes con ninguno congenió para vivir y después de un largo año se volvió a su pueblo.

Al entrar en la plaza principal sufrió el primer encontronazo. Ernestino el grande, había construido tres estatuas de escayola y de una perfección que le impresionó sobremanera. Zeus era tal cual lo había imaginado, enfrente Afrodita lucía espléndida; finalmente le pareció maravillosa la estatua erigida en honor a "Dioniso el dios del vino, la alegría y el teatro" Quedó embargado de satisfacción con los nuevos aires que parecía tener su pueblo. Ernestino el grande sin duda había hecho un trabajo extraordinario. A Bruno Garrido la tentación de magistrales enfrentamientos retóricos le dejó un gran sabor de boca. Entró en su casa, la limpió y se puso al día con la correspondencia acumulada debajo de su puerta. Hubo más cambios por conocer.

Augusta Varela al tanto de sus andanzas en el "extranjero" por chismorreos de mercaderes y comerciantes que cruzaban el pueblo sintió un desespero en su corazón. Lo vislumbraba encima de una carroza en carnaval disfrazado de mujer con tacones y labios pintados de rojo fuego. Las habladurías sobre su cambio se esparcieron con una rapidez insólita, con las exageraciones correspondientes cuando el reguero de falsas noticias se pasa de una boca a otra. Se comentaba que paseaba por las noches acompañado de adolescentes con los que jugueteaba entre abrazos y besos, inclusive aseguraban que una vez por semana visitaba a una manicura y pedicura para lucir más hermosa, cosa que no era cierto pues si bien tuvo esa tendencia nunca llegó a tales extremos, aunque en su interior de haberse encontrado con oportunidades semejantes seguramente no las hubiera desperdiciado.

Pasados los meses el corazón de Augusta Varela fue cicatrizando y Cayetano como buen zorro viejo urdía artimañas y nuevas formas de conquista. Desechó la idea de volver a invitarla con el carromato. En su lugar paseaba bien vestido y afeitado delante de su casa a las mismas horas que ella iba a sus clases por las mañanas. La saludaba con cortesía y sin más preámbulos se dirigía a casa de una viuda que vivía detrás de su casa. Iba silbando con la alegría que lleva un conquistador galante. Por las tardes se cruzaba con ella vestido con más elegancia aún fruto de múltiples encargos en la tienda "Los Titanes" y la volvía a saludar con indiferencia, sin mostrar el más mínimo interés. Se rumoreaba de un posible amor con Anastasia la viuda, que no era cierto, pues se acercaba a su casa con diferentes pretextos y una seriedad y frialdad suficientes para que Anastasia no pensara en otras direcciones; la finalidad era darle celos a Augusta Varela, quien molesta e intrigada, sabiéndose atractiva, le preguntó, sin acercársele mucho, cómo estaba, en qué se ocupaba; contestó secamente:

—Bien, encantado de la vida. Creo haber encontrado la felicidad. Finalmente, la vida me ha sonreído. Disculpa, estoy muy ocupado hablaremos otro día, y sin más la dejó sola en la calle. A Augusta Varela, muy al tanto de todo, se le escapó su cuarto "cogones con este", pero una inquietud la carcomía. No entraba en su repertorio el desprecio. Entonces sucedió. Antes de abrir la puerta de su clase miraba por la ventana a ver dónde estaba Cayetano; abría y enseguida hacía como que no lo veía; pero al aproximarse entablaba conversación con cualquier excusa y miraba a otro lado al estilo "Qué te parezco" Tratando de decir me gustas, pero tienes que trabajártelo. Cayetano, viendo que su maniobra resultaba exitosa, se revolvía de gozo y con satisfacción y tretas diferentes la fue conquistando. Semanas más tarde paseaba encima del carromato empujado por "Atrevido" a quien Cayetano le había educado para defecar o expulsar gases en cualquier momento menos cuando estuviera con ella. Pronto la pareja se consolidó; ya se consideraban un par de novios estables.

Bruno Garrido, enclaustrado en su casa, a lo largo de las semanas pareció orientar su actitud. No recuperó su fina galantería, lo suyo era un desdén hacia todo cortejo con cualquier dama; dejó de practicar deporte por lo cual poco a poco fue perdiendo musculatura. Permanecía en su casa leyendo constantemente hasta altas horas de la madrugada. Con respecto a su antigua prometida pasó a ser un simple comparsa, no le importó en absoluto que se ennoviara con su antiguo rival. Indiferente a parejas tradicionales, entendía que difícilmente encontraría un erómeno, su joven adolescente, en un pueblo tan escaso de juventud, por lo cual se dedicaría a proseguir su gusto por la lectura. Entonces fue que comenzaron sus tentativas como dramaturgo. Escribía desde las diez de la noche hasta las cuatro o cinco de la mañana. En poco tiempo llegó a terminar un esbozo de su primera obra. Le faltaba el título, pero lo principal, el meollo estaba terminado. Decidió tomarse un descanso.

En esas estaba cuando se cruzó por el parque con un personaje recién llegado: Ernestino el grande. Al escucharlo quedó maravillado. Con gustos similares y ambos con muchos tornillos sueltos, se acoplaron en un gran debate meritorio de un anfiteatro romano. Hablaron una dialéctica rebuscada de palabras ostentosas fuera del uso normal del idioma, con despliegue de nombres arcaicos e impresionables; cada tanto ambos se inclinaban como si alguien los estuviera admirando.

Aquella elocuente disquisición produjo un intenso revuelo en el pueblo. Sintiendo la existencia de personajes de cultura elevada, pero con salpicaduras fantasmagóricas, el pueblo reconocía que el trastorno de Bruno Garrido iba mejorando pues hasta los más escépticos certificaban que había pasado de ser considerado "un idiota redomado" a un "trastornado" a secas; por lo cual seguían atentos a los días de controversia y oratoria. Los declamadores cada tanto se agachaban en agradecimiento a aplausos ilusorios y terminaban la jornada despidiéndose con poesías. Así es que cuando Ernestino el grande se marchaba con un poema de amistad de Cayo Valerio Cátulo dirigido a su amigo Veranio y otros del mismo autor con referencias a prácticas homosexuales, Bruno Garrido en su adiós, encimado sobre sus pies para darse más importancia, le contestaba con poemas griegos de corte filosófico. De Eurípides expresaba:

— ¿Quién sabe si morir no sea vivir y lo que los mortales llaman vida sea la muerte?

Salía todas las tardes, a la misma hora, a encontrarse con Ernestino el grande en una esquina del parque municipal. Tenían grandes charlas con una estatura cultural tal, que se le fueron uniendo algunos parroquianos a escucharlos, más por pura curiosidad que por reconocer la ilustración retórica.

Entre ellos Silverio Ortuño, entonces un joven imberbe. Hacía de monaguillo del "cura trotador" cuando celebraban eucaristía al aire libre en un campo lindando con el final del parque municipal. A la reunión cristiana asistían un grupo minúsculo de mujeres mayores y unas pocas jovencitas llevadas por sus madres, entre ellas la que sería posteriormente su esposa, Ana María, que lo miraba con la curiosidad que provoca el aspecto de un joven llamativo: cara pálida, cabello largo con un cerquillo insolente y con unos ojos abultados semejantes a los de un ratón a punto de ser tragado por la serpiente. Era imposible despegar la vista de sus vestimentas; los bordes de las mangas estaban arremangados pues eran de su hermano mayor desparecido en el bosque hacía años; le formaban un remarque grueso al llegar a las manos para adaptarlos a su menor envergadura, semejante a los boleros de un conquistador, tan ancho que le dificultaba entregar la copa de consumación hacia Dios nuestro Señor al "cura trotador"; el largo del abrigo le ocultaba parcialmente los pantalones cortos, en uso hasta los 18 años, dejando al descubierto las rodillas con raspones. Esto sumado a su hablar seseando y algo de tartamudez le infligía unas risas a Ana María que pretendía ocultar con sus manos para evitar que su madre le diera un coscorrón. A la salida de la misa se cruzaban las miradas y en poco tiempo se encontraban a escondidas. Ella burlándose continuamente de él y pinchándolo con observaciones picantes para ruborizarlo pues le divertía ver las formas en que Silverio Ortuño, apocado, se resguardaba en su timidez y la seguía en cada iniciativa que se le ocurriera. Después de casados entendió que las cualidades irrisorias de Silverio Ortuño eran en verdad deficiencias innatas imposible de modificar y luego de muchos intentos por cambiarlo, harta de verlo insulso y atolondrado, lo abandonó.

Alcides Leguina entra en el recinto ferial en las afueras de "El Cortigal" junto con Delia Mendoza. Se encuentran con Sonia Martínez de los Montes sentada en una cafetería con una copa de vino espumante. Armando Pérez-García está ocupado; sus relaciones le resultan indispensables; va de un lado a otro en búsqueda de apoyo a la candidatura de sus vinos y deja para mejor momento que sus influencias valoren los quesos de Delia. Sentados con placidez comentan las bondades del ambiente, lo bien vestida de la gente, las muestras de ganadería, la elegante presentación de los productos derivados de la leche, la majestuosidad de los stands internacionales y la finura de las exposiciones de arte y artesanía. Se vive una emoción constante, cuchichean sobre el aspecto de cada uno que pasea cerca de ellos, les palpita el corazón, les invade una gran tensión por ver quién ganará y rememoran las dificultades que tuvieron para hacer su presencia en una exposición tan reconocida. Sonia está rimbombante, no deja de hablar de las calidades de los vinos que han presentado pomposamente llamados como "Los Poderes del Alma" y "Sabor Solemne", pero con poca diferencia entre ellos pues provienen de la cuba seleccionada donde Berta Lízárraga ha dejado impregnada su existencia. A Delia le late el corazón de saberse en el lugar que siempre ha soñado, mientras Alcides recorre la feria equina en búsqueda de potros y yeguas de valor; necesita los elementos indispensables para darle un impulso real a su deseada producción de caballos de raza. En la Junta de Cría Caballar encontró un grupo que hacía demostraciones de como congelar el semen de los caballos con todas sus propiedades, pues se sabe que es muy sensible y se necesitan varias dosis para conseguir preñar a una yegua. Le comentan como la inseminación artificial profunda, controlar el estrés sexual de la yegua y buscar el momento adecuado para la inseminación asegurará un incremento en la calidad de la crianza. Con varios de ellos concuerda para que se acerquen a su rancho para inseminar a sus más preciadas yeguas y se retira contento; ha cumplido con sus aspiraciones, ya nada le podrá coartar su camino a desarrollar una raza que con mucho trabajo podrá llegar a ser especial, sello suyo de la zona.

De pronto hay un alboroto en el recinto vitivinícola. Se ve a Armando García-Pérez ofuscado, discutiendo con los réferis que no dejan de increparle. Con un moño en la solapa distintivo de su bodega, suda, hace alardes con sus brazos y les responde "Mi integridad está por encima de cualquier duda" Sonia atolondrada, le tira de la chaqueta para calmarlo y se entera que los acaban de descalificar. Delia a un costado, se muestra sorprendida, pero en el fondo tanto ella como Alcides reconocen que las trampas de Armando García-Pérez por conseguir lo que quiera sin importar los medios lo han acompañado siempre y que esta vez lo han descubierto. Pero en realidad no había realizado ninguna trampa. Sí es cierto que había hecho uso de sus influencias para llegar a la semifinal, pero de lo que se trataba era muy diferente. En las muestras de su vino "Los Poderes del Alma" encontraron grandes rastros indefinidos de unos componentes jamás observados; en menor cantidad en "Sabor Solemne" Eran pequeñas trazas de metales de difícil descripción, calcitas y derivados de un colágeno similar al encontrado en los vinos en la antigüedad; agregaban cualquier cosa que les diera sabor, desde huesos de perros hasta jamones; así es como Berta Lizárraga desde ultratumba entonaba su venganza. Delia Mendoza tampoco quedó muy satisfecha, una simple mención en el queso curado y una palmaditas en la espalda de uno de los jurados despidiéndola con una paternidad repulsiva "Hijos, los esperamos en el próximo certamen. Seguro que lo harán mejor"

Semanas después, una vez en sus casas, tranquilos con la satisfacción de haber experimentado algo tan distinto y relevante, Alcides Leguina reacciona con disgusto. Los días concertados para realizar la demostración sobre la inseminación artificial y preñar a sus mejores yeguas hace tiempo han pasado. Nadie se hizo presente. Comprendió que el montante adelantado para dicha operación se había perdido; la certeza que era un fraude y lo habían timado se le hacía pesada, sentía desazón y sentimiento de culpa; la vergüenza lo atenazaba. Observa a Delia, a su diario trajinar con el ordeñe de las vacas, a sus idas y venidas a la cueva para preparar y mejorar los quesos, a la atención que pone en el cuidado de León, y entonces le surge una melancolía que no se explica. No entiende por qué ésa sensación de tristeza, de congoja y pesadumbre. No se corresponde con la felicidad de ver realizado gran parte de lo atesorado. Mira hacia atrás y ve con nostalgia cuando adolescente le abrieron las puertas del orfanato y le empujaron a que creciera con la vida al tener la edad reglamentaria y deber valerse por sí mismo. El camino recorrido se le hacía por un lado pesado y por otro, al ver a León como se prendía de la falda de Delia, se reconfortaba; había valido la pena el esfuerzo, aunque dentro de él la piedra de la disconformidad no desparecía. Se sentó en la mecedora del porche a contemplar la puesta de sol, a ver volar una bandada de pájaros dirigiéndose a posarse en los árboles que sombreaban su propiedad para guarecerse y cobijarse de la noche. Creaban una fuerte algarabía, peleando entre sí, volando de continuo entre las hojas, saltando de arriba a abajo y de abajo hacia arriba de rama en rama, chillando con fuerza; observaba las discusiones por conseguir un buen lugar para dormir; de vez en cuando caía alguna pluma que seguía con la vista hasta verla posarse delicadamente sobre el suelo; le sugería la liviandad de la existencia, la brevedad de un momento que se disfruta pero que no se puede coger. Al cabo de unos minutos con los últimos rayos de sol, un plácido silencio abarca todo el ambiente. Saca su pipa y comienza a fumar con la vista perdida. De entre la oscuridad unos pasos le anuncian que Delia de acerca de la cueva donde los quesos "reposan su sabiduría".

Dentro de la casa la lumbre de la chimenea ilumina el cuarto donde León duerme plácidamente. Entran juntos al hogar y con el calor y la luminosidad ardiente lo observan recorriendo con la vista todo su cuerpo, cubriéndolo de amor, embobados al verlo hecho un ovillo con el chupete ligeramente desprendido de su boca de la cual sale una baba que forma diminutas burbujitas con la respiración. Extasiados de amor comprenden que quizás necesita un hermano. Meses de infructuosos intentos los hicieron olvidar de sus buenas intenciones y con resignación prosiguen abrazados a la vida disfrutando de cada minuto que pueden.

La escuela "Rincón Educativo" una vez terminada dio comienzo a sus clases. Breixo Barroso se encarga de los mayorcitos y Cristina Cazorla de los más pequeños. Separados en varios grupos los auxilian un par de chicas jóvenes. Acude un grupo de alrededor de 30 niños, al resto sus padres no se lo permiten argumentando "esas cosas no sirven para nada", "en cuanto lleguen a casa no hay quien los vaya a aguantar con tanta monserga ridícula ", "terminarán creyéndose superiores"; frases de este calibre le contestaban a Breixo Barroso cuando se acercaba a sus casas a preguntarles el motivo de su ausencia. Cristina Cazorla con más bagaje social y paciencia comenzó una ardua tarea de enseñanza a los padres. Los reunía dos veces por semana, por las tardes, en el salón principal. Para que acudieran les pasaba una invitación personal que les leía en cuanto abrían la puerta para asegurarse la escucharan, pues sabía que les resultaría más difícil negarse cara a cara. Aun así muchos se hicieron los sordos, pero la labor parecía estar dando frutos. Al cabo de unos meses el pueblo tenía otros aires. Daba gusto ver por las mañanas escuchar el jolgorio que armaban grupos de niños camino de la escuela. Marcelino el hijo de Facundo y María Eugenia llevaba de la mano a sus hermanastros Iván y Gabriel y se juntaba con León el hijo de Delia y Alcides, con Mario el hijo de Silverio Ortuño y Amelia y con otros más. Formaron una pandilla que se llevaba muy bien. A la salida de las clases se juntaban en el "Parque Grande" le tiraban piedras a la fuente a ver si atinaban con el pene del ángel, intentaban romper alguna farola, se orinaban en las piernas de Atenea, le pintaban bigotes con brea a Zeus y dejaban marcas en los bancos de madera con los rotuladores que les había prestado Breixo Barroso para hacer dibujos artísticos con la condición de realizar los deberes en casa. Los dibujos mostraban todo tipo de obscenidades: parejas copulando, pechos de mujer, penes erectos, poses emulando a Cristina Cazorla con cuernos abrazada de Breixo Barroso bebiendo aguardiente y palabrotas en alemán que Iván y Gabriel aún recordaban de su periplo por tierras olvidadas cuando volvieron con Facundo forrados de hierbas sexualmente alienantes. Las niñas iban en un grupo aparte con Romualdo el hijo de Sonia de los Montes y Armando Pérez-García se acercaban con timidez a ver las travesuras y fechorías que hacía la panda. Unas pocas reían, otras daban vuelta sus caras de vergüenza, pero al escuchar los comentarios de sus amigas se volteaban para mirar con curiosidad y mantenían la vista sin perderse detalle de la jarana montada por los niños. Romualdo en medio de todas las niñas, los observaba anonadado, se tapaba la boca y les decía a sus amiguitas "!Qué brutos, son unos salvajes!" mostrando cierto grado de afeminamiento y guardando poses de niña. Luego de un rato se acercaban a ellos y juntos recorrían el resto del camino de vuelta a sus casas. Otros grupos volvían desordenadamente, de a cuatro o cinco y al ver los hechos valerosos de Marcelino y su pandilla intentaban copiarlos hasta que el Parque Grande llegó a convertirse en un lugar sin alma, deteriorado, sucio, pintarrajeado y sin lustre, de tal forma que Breixo Barroso como director de la escuela tomó cartas en el asunto; hizo una reunión. Le costó mucho rato ponerlos en orden, no lo escuchaban; sacó una corneta que le colgaba del cuello y la usó hasta que al final callaron. Explicó la situación, las medidas a tomar en caso de que continuaran con esa actitud y habló con los padres en sus casas.

Unas semanas más tarde cuando la tranquilidad parecía ser la norma en el pueblo un par de camiones repletos de soldados hizo su entrada en la "Calle Mayor" Descendió el mismo coronel que años atrás había tenido el enfrentamiento con la turba del pueblo. Se quitó el polvo encima de los hombros, se limpió una bota contra otra, dio una mirada a todo el pueblo con una mueca de asco, levantó la cabeza en gesto de padecimiento, se pasó los dedos por ambos lados del mostacho y ordenó que sus subalternos descendieran. Formó un pelotón y les ordenó que hicieran una parada militar a lo largo de la "Calle Mayor" Al llegar al final les hizo disparar al aire como prueba que los fusiles eran nuevos y estaban en toda regla.

Intrigada por el barullo se les acercó Delia Mendoza y el coronel preguntó por Calixto Martiño el comisario y por Calixto Martiño Hojuela de Martiño el alcalde; no quiso indagar por la suerte de Cayetano temeroso de provocar otra turba. La respuesta de Delia fue la misma de antes, que el comisario y el alcalde eran una sola persona y les volvió a aclarar su nombre completo. Al rato se presentó Calixto Martiño. Tenían el mandato de poner orden en el pueblo. En el medio de la conversación los interrumpe Breixo Barroso acompañado con un grupo grande de niños; lleva una mano alzada que sostiene una vara con un pañuelo rojo en la punta, detrás le siguen dos hileras de niños, los varones por la derecha y las niñas por la izquierda, cada uno agarrado de la mano del otro perfectamente organizados y cantando canciones infantiles. Pasan sin molestar entre Calixto Martiño, el coronel y Delia. El coronel queda impresionado por la formalidad y disciplina de los niños. Calixto Martiño, queriendo evitar pérdida de autoridad, le explica los muchos cambios que hubo en el pueblo desde la última vez que estuvo, que la anarquía infantil se había acabado como pudo constatar; la escuela los había civilizado; además, la rebeldía de las mujeres, si bien no había cambiado pues seguían embargadas con sus exigencias, se había matizado mucho; la cantidad de hijos que tienen que mantener, el cuidado del hogar y el aguantar tanto marido descarriado no les deja tiempo para actividades revolucionarias. Pero el coronel no quedó del todo convencido, tenía que cumplir sus órdenes y decidió instalar una gran tienda de campaña en las afueras del pueblo lindando con los terrenos de Irena y dejó un par de soldados para que acompañaran a Calixto Martiño en caso de cualquier eventualidad.

El invierno estaba a las puertas y si bien el clima era muy apacible cuando caía una tormenta sin previo aviso, la lluvia, granizo y nieve no permitían muchas horas de sociabilidad, al contrario, con rapidez la atmósfera se transformaba en un "sálvese el que pueda" Los pueblerinos acostumbrados a que algún invierno se las jugaba de mala gana, tenían todo previsto, cerraban puertas y ventanas encendían la chimenea, montaban partidas de cartas y juegos para los críos atendidos por mujeres constantemente vociferando en contra del tiempo y de sus maridos que se entretenían jugando a las cartas por garbanzos a falta de dinero.

Los soldados, sin experiencia alguna en materia de súbitos cataclismos, a la intemperie por completo y desconocedores de las perversidades de los vendavales por esas zona, en cuanto apareció una sin avisar, con un viento desbordante, se agarraban a los palos para mantener las tiendas de campaña tiesa y que no se volaran, colocaban piedras en los bordes para evitar que las ráfagas de viento las arrastraran y maldecían las corrientes de agua que se colaban por los cuatro costados de la tienda de campaña empapándoles desde los tobillos hasta las pantorrillas. Se acurrucaban unos contra otros ateridos de frio. Sin dormir durante días, con las ropas empapadas, hartos de comer enlatados y sin poder tomar café ni un caldo para calentar el cuerpo, miraban a su coronel como gatos mojados. Días antes de la tormenta tuvieron que disparar varios tiros al aire para ahuyentar el asedio de los cerdos de Irena; en su atrevimiento habían mordisqueados los pies de un par de ellos al caer la tarde, pues Irena embelesada con Martina Legrand, calentitas en su hogar, ensimismadas en sus arrumes, habían olvidado recogerlos y con el frío nocturno el hambre les había disparado las necesidades; cercaron y destrozaron las tiendas a puro bocado virulento, gruñendo y mostrando los dientes, y sin importarles atragantarse con el cuero de las botas, continuaban enceguecidos con los calcetines de lana y luego con los dedos de los pies de los aterrados soldados.

Al amanecer del cuarto día amainó. El sol iluminaba las tristes caras de los soldados que finalmente pudieron hacer un fuego, tomar café y abrir unas latas de conservas, pero el frío les atenazaba el cuerpo. Algunos reparaban sus botas mordidas, otros lavaban con iodo las mordeduras en los dedos de los pies y unos cuantos secaban al sol sus ropas caladas. El coronel observaba con tristeza la tropa. La tromba cayó tan rápido y duró tanto que no dio tiempo a poner a salvo los fusiles; gran parte de los cartuchos rodaron pendiente abajo. La situación no daba para muchos enfrentamientos en caso los hubiera y en cuanto vieron volver a los dos custodias que "protegían" la comisaría y el ayuntamiento, secos, orondos, recién afeitados, con una ligera expansión en el vientre producto del buen comer del pueblo, tarareando jotas recién aprendidas y en tren de "Cómo la habéis pasado muchachos" sin querer burlarse pero con una jovialidad envidiable, el coronel les zampo a bote pronto sin mediar palabra "Estáis arrestados" y agregó con mal genio "A pelar patatas"

Pasados unos cuantos días a la mayoría les sobrevino una congestión trepidante, moqueaban constantemente, estornudaban sin darle tiempo a taparse la boca; varios estaban afiebrados y con convulsiones; daba la sensación de que se los llevarían los hados sin salvación alguna. Tuvo que acercarse Don Fernando. Era una de las primeras ocasiones que lo necesitaban con urgencia desde la tienda de campaña, al margen de haber practicado la extracción de molares y dientes torcidos a muchos de los mismos soldados dada la baja calidad de su alimentación. Una vez extraídos los guardaba en una mochila junto a otros que atesoraba como recuerdo de sus paisanos; le resultaban de mucha utilidad en invierno pues al calentarla en la chimenea conservaban muy bien el calor y la colocaba entre las sábanas de la cama media hora antes de irse a dormir.

Le tomó la temperatura a cada soldado, revisó cada lengua, les hizo contar treinta y tres mientras, con un canutillo de cartón inventado por él en las horas de ocio en forma de jota, les auscultaba pecho y espalda, les pedía que tosieran a un costado mientras él se tapaba boca y nariz con un pañuelo. Luego, siguiendo un manual que su padre tenía en el altillo de su casa, les movía piernas y brazos a reconocer el estado de las articulaciones. Aunque sabía no venía a cuento con los síntomas que demostraban les contaba que eran nuevas maniobras sanitarias impuestas por el ministerio para ver qué tal iban de reflejos y así presumir de conocimientos delante del coronel. Les entregó una cantidad enorme de medicamentos y, como a veces sucede, la natural fortaleza de la juventud les inmunizó de la gripe, pero los remedios tomados les dieron una diarrea difícil de cortar.

Don Fernando pidió auxilio a Paulina con gran experiencia en esas lides. Se presentó una mañana cargando una carreta. Encima traía varias raíces, plantas, frascos, botellas a medio llenar y potingues que sólo ella conocía. Encendió un fuego y comenzó a echar los elementos indispensables para detener la descompostura.

—Echaré berberina que además de parar la diarrea tiene propiedades antibacterianas y antifúngicas, y gayuba rica en taninos y por ser sumamente astringente, explicaba ante la atención de Don Fernando y el aspecto descreído del coronel.

Luego proseguía dando detalles de las utilidades del resto de pócimas que a su vez servían para ahuyentar los malos espíritus, congraciarse con Dian Cecht dios de la salud, con Belenus dios del fuego y de la luz y con Cernnunos dios de la fertilidad, virilidad y la abundancia. Con una cuchara de madera muy grande y numerosas invocaciones les mandó a todos los soldados ponerse en fila y les dio de beber dos cucharadas a cada uno. Cuando se la ofreció al coronel este la rechazó con cara de asco, pero Don Fernando siempre atento a cada cosa que le pudiera ser de utilidad le pidió entregara una pequeña cantidad para su propio uso en caso de futura necesidad.

La diarrea les paró, pero les sobrevino un estreñimiento descomunal. Luego de una semana estaban con fuertes dolores de cabeza, sin apetito ni ganas de realizar los ejercicios diarios. Se fregaban la barriga constantemente y con el desespero hasta se golpeaban con los puños para ver si aquello causaba algún efecto lo que les ocasionaba la expulsión de sonoros gases y una gran desmoralización al sentirse fatigados, aquejados, sin ganas de comer y malhumorados. Volvió Paulina con el caldero y diferentes purificaciones, pero el coronel le pidió por favor que esta vez no se excediera en las proporciones pues estaban hartos de tantos medicamentos sin resultados positivos. Paulina lo miró a los ojos con seriedad y le dijo en un idioma que nadie más que ella conoce pero que se intuyó perfectamente como "No me toque los huevos o le encargo a los druidas que te abracen" El coronel, que no tenía un pelo de tonto, de todo el vocabulario ilógico que dijo entendió con claridad la palabra druidas y como buen descendiente de vascos prefirió callarse en espera que diera buen resultado y una vez repuestos poder marcharse lo más pronto posible de ese lugar tan indómito habitado por gente endemoniada.

Se repusieron y volvieron a ejercitarse, pero ahora le tocó el turno al coronel ponerse enfermo. Pálido, afiebrado, descompuesto, con el mostacho alicaído le salía una voz tan aflautada que le entraba la risa a sus subalternos; no se pudo levantar, tuvo que permanecer en cama. Débil como estaba delegó el mando en el capitán Francisco Montalvo, de pequeña estatura con espaldas anchas y mala leche exasperada. Nunca pudo pasar de capitán dada su propensión a responder sin pensar en las consecuencias.

"Si mi coronel, los pondré en orden, no se preocupe" le respondió y de inmediato mandó la tropa a cavar fosas por si volvía un nuevo ataque de diarrea tendrían donde depositar las heces en lugar de descargarlas encima de los catres y a formar empalizadas para evitar otro asedio de los cerdos a los que temían más que a un posible enfrentamiento con la turba comandada por Augusta Varela en defensa de Cayetano. Pero se pasó de órdenes. En punta de pies para parecer más alto y dar una mejor impresión, les comandaba la orden de cerrado por si hubiera un ataque sorpresa y maniobras en plan despliegue táctico para estar preparados ante cualquier asalto, zafarrancho de combate con supuestos enfrentamientos, en grupos de cuatro y de ocho, marchas durante horas con todo el equipaje sobre los hombros y sin descanso y, al terminar la jornada, los ponía a realizar flexiones y estiramientos para recuperarse. En consecuencia, de cansados olvidaron para qué habían venido y nadie preguntó por el estado del coronel que languidecía. Pasaron varios días en donde no se recuperaba, parecía empeorar; la debilidad le consumía el cuerpo y de a poco le venían alucinaciones con cánticos aviva voz sobre los beneficios de ser un militar, lo astuto que era con las canicas y como se las componía para ganar a las cartas haciendo trampas. De a ratos le sobrevenía una lucidez y dando gritos llamaba al capitán y le pedía que la tropa se cuadrara pues quería inspeccionar la brillantez y limpieza de los uniformes, cosa que Francisco Montalvo llevaba a rajatabla ante las caras de anonadamiento de la soldadesca hartos de tanta incongruencia hasta que en un momento determinado calló por completo. Se asustaron. Rodearon la tienda y en silencio escuchaban la respiración forzosa del coronel quien dando bocanadas pedía con voz de mascarita, le dieran la extremaunción. "Mi coronel" le abroncó el capitán Francisco Montalvo tratando de demostrar su autoridad:

—Todo en orden, desea el coronel pasar lista.

—Pedazo de alcornoque, no ves lo mal que estoy, me estoy muriendo, le espetó con rabia.

—Tráigame un sacerdote, quiero confesar mis últimas voluntades.

Horas más tarde se acercó el "Cura trotador" portando los elementos indispensables para celebrar una rústica eucaristía, con el cáliz en un bolsillo, una botellita con el vino sagrado en el otro y los demás dispositivos en un morral. Los soldados que partieron en búsqueda de auxilio habían peinado la zona para encontrar ayuda, y en el desespero hurgaron en cada casa, rancho y vivienda para encontrar quien salvara el alma piadosa del coronel. A grito pelado clamaban ayuda hasta que todo el pueblo se dio por enterado, por lo tanto se apersonaron el cura trotador, Paulina y Don Fernando, cada uno por su lado.

El cura trotador tenía nombre y apellido, pero debido a la falta de creencias en un ser superior en la mayoría de los habitantes, su periplo por todos los pueblos tratando de amansar fieras en lugar de recoger ovejas según las consideraba en cuanto discutía con ellos, y el tropel de su nombre tan difícil de memorizar le habían puesto ese mote despectivo. Nunca se enteró del irrisorio apodo, se contenían en cuanto querían llamarlo, les costaba pronunciarlo, pero a fuerza de morderse los labios y darse codazos lo llamaban finalmente por "Don Escolástico, pase usted", ni se atrevían con el resto del patronímico pues aquello de Escolástico Prudencio Berceruelo del Campo y Lozada, era demasiado largo y complejo. De gran envergadura, pelo cortado tipo tazón en la parte trasera del cráneo simulando la tonsura, duro en las misas, con múltiples amenazas de perdición al igual que sermones con variadas artimañas de cómo evitar al diablo y sus secuaces, dando ejemplos llenos de anécdotas con inflamas a Dios, la virgen y a la Santa Iglesia, y las distintas formas de luchar contra las tentaciones. Debían rezar con los ojos cerrados y concentrarse en varios padres nuestros y aves marías con la cabeza agachada en señal de obediencia. Consagraba la hostia alzándola en ofrenda al cielo y que la tragaran sin morder el cuerpo de Cristo para que hiciera todo su efecto, dándole a mojar los labios con el vino de misa. Con cada penitente, bebía un buen trago del cáliz y así con el siguiente hasta que al cabo de un rato le inundaba una alegría desbordante hacia el todopoderoso y sus arcángeles extendiendo la duración de la misa hasta que viendo la cara de aburridos de los feligreses ponía un abrupto final con un "Vayan con Dios" Al final de la ceremonia terminaba con el resto del vino de un solo trago y le pasaba un paño al cáliz para limpiar los bordes y, muy feliz, tarareando canciones religiosas, marchaba a otro lugar a continuar con su periplo cristiano.

Al verse Don Escolástico frente a Paulina un relámpago iluminó el cielo a pesar de no haber ninguna nube y con el trueno que siguió una bandada de cuervos voló rozándoles sus cabezas. Parecía el principio de una pugna entre religiones, pero Paulina retrocedió. Aún no estaba suficientemente preparada para el choque y permitió que el coronel escuchara su última voluntad con Don Escolástico. Se confesó, sacó la lengua, le colocaron la hostia y la tragó con un sorbo del vino de misa, colocó su cabeza encima de la almohada, puso ambas manos cruzadas encima del pecho y murió. Quedaron pasmados.

Su cara estaba violácea, las manos esqueléticas y el cuerpo se le reducía de tamaño a cada minuto que pasaba; el rigor mortis le sobrecogió de inmediato. Le impuso una dureza de brazos y piernas cual tabla de planchar, daba la sensación de que la parca se había excedido en su impaciencia por llevárselo.

—Un caso "in extremis" dejó caer Don Escolástico.

—No me parece, respondió Paulina pensando que si la hubieran dejado a ella no hubiera ocurrido una muerte tan rápida.

Pusieron la bandera del batallón a media asta. Una congoja general los dejó muy abatidos menos al capitán Francisco Montalvo que reaccionó enseguida y para salvar la situación puso a la tropa a cavar más fosas, fortalecer aún más la empalizada contra los cerdos y expuso al respecto:

—Contra quien se atreva, y vociferaba órdenes cargando la voz para imponer ánimo y obediencia.

Había que enterrar al coronel y esas vicisitudes no se encontraban en el reglamento militar que portaban. En ninguna parte hallaron que hacer con un oficial muerto "en el cumplimiento del deber y de pulmonía" Lo leyeron varias veces hasta que el capitán Francisco Montalvo decidió tomar la iniciativa.

—Haremos un pomposo homenaje con parada militar por el pueblo y edificaremos un monumento en su honor que sea visible desde todos los puntos cardinales, mandaremos realizar un epitafio a Calixto Martiño en mármol y enviaremos a sus deudos la paga nuestra de todo el mes. Íntegra.

En cuanto dijo que enviarían la "paga nuestra de todo el mes, íntegra" hubo un murmullo general que fue aumentado hasta que un soldado contestó:

—Con la mía no.

Luego de un largo silencio otro verificó:

—Con la mía tampoco.

Y le siguieron muchos más a lo que el capitán Francisco Montalvo no tuvo más remedio que recular. Luego de carraspear aclaró la voz y, tratando de impedir una rebelión, contestó:

—Bueno, bueno…mejor hagamos una colecta y que cada uno ponga su voluntad.

Todos asintieron.

Con gran prontitud se dieron a la tarea de erigir un monumento conmemorativo; recogieron cuanta piedra encontraron, las dispusieron en filas formando un círculo emulando un fanum celta, luego encimaron otras y así hasta formar un círculo de un par de metros de altura. Lo terminaron simulando una cúspide, como un cono, encima de la cual pondrían el epitafio aún por definir, pues Calixto Martiño no se sumó a las exequias, se negó rotundamente a esculpir en piedra ninguna dedicatoria más, por lo cual debían de pensar en un sustituto.

Estaban en esas meditaciones cuando se hizo presente Paulina montada en un caballo cargando dos alforjas. Habló con el capitán que no daba crédito a lo que deseaba; estar a solas con el difunto pues al morir en esas tierras era de obligado cumplimiento consumar un ritual celta; como buena sacerdotisa debía homenajear a sus dioses so pena de atormentarla con atroces martirios. El capitán llevado por las creencias celtas que había mamado en su juventud consintió con el hecho inaudito y le murmuró bien bajo para no ser escuchado:

—Pero, por favor con mucha discreción.

En realidad, Paulina ocultaba sus verdaderas intenciones. Dentro de la tienda fúnebre improvisada, muy amplia, rodeada por cuatro grandes cirios, apenas se podían ver los restos del coronel, consumido debajo del uniforme de gala. Se le notaban unos pocos huesos con la piel ajada, seca y pestilente, le sobresalían los ojos como si lo quisieran embalsamar habiendo olvidado la fórmula. A falta de un ataúd y la urgencia al verlo reducirse constantemente, lo metieron encerrado dentro de los restos de varios cajones de maderas de frutas y enlatados, unidos como pudieron, que les habían servido de provisiones. No tomaron las suficientes precauciones en la construcción del ataúd, así a un costado de uno de los cajones aún se podía leer el comercio original en grandes letras doradas "Mandarinas Don Rodrigo-Valencia" y del lado opuesto en otro cajón se leía en letras rojas" Enlatados y conservas Pepe- Cantabria"

Paulina, sin amilanarse ante el desatino fúnebre, desplegó una de las alforjas y coloco las esfinges y estatuillas de Cernnunos, Belenus y varios dioses más. Los instaló rodeando el ataúd. De la otra alforja sacó frascos, potingues, un atado de la planta de la resurrección secado durante luna llena y varias hierbas mágicas. Hizo un fuego con unas ramas, encima del cual colocó su caldero de cobre e introdujo yemas y rizomas del loto egipcio en las proporciones establecidas en el Papiro Eber escrito en hierático, cosa que le costó dios y ayuda para traducirlo, hojas de la planta de la resurrección que molió al instante haciendo una papilla con muérdago desecado, una pizca de estramonio, aceite de mandrágora y sus propios orines que portaba en una redoma sumamente efectivos en estos casos; tuvo que comer amanita muscarina el día anterior en cantidades suficientes para fermentar en su cuerpo la esencia de ésos hongos y producir los orines reconstituyentes. Lo revolvió echando constantemente de a poco un vaso de vino tinto destilado por ella misma tiempo atrás con la finalidad que las propiedades del loto egipcio fueran efectivas pues únicamente se disolvía en alcohol. Produciría un efecto de dilución fantástica, destrozaría lo material que encontrara a su paso en un santiamén y con las invocaciones preparadas expuestas durante todo el proceso se consumaría la recomposición del alma y un nuevo coronel resurgiría de forma inmediata.

Comenzó a pronunciar las palabras mágicas:

—*A través del poder de Cernnunos invoco al poderoso Arcángel de la Resurrección y a todas las legiones de luz asociadas con la vida eterna a través del Infinito.*

Siguió con otras invocaciones y luego pasó a la acción. Para abrirle la boca e introducirle una cucharada tuvo que pedir ayuda a todos los dioses celtas, pues la boca y dentadura del coronel parecían estar cerradas a cal y canto. Al primer intento se le derramó parte del preparado sobre el uniforme de gala del coronel encima del pecho; disolvió al instante la tela y los botones dejando los huesos al descubierto, blancos e impolutos, el líquido se deslizó sobre la clavícula, el esternón y bañó las costillas, al llegar a la hebilla de plata del cinturón que llevaba enmarcada la insignia del batallón se detuvo; se formaron unas burbujitas y también se diluyó. Paulina pensó "Esto va de maravillas" pero le quedaba el inconveniente de abrirle la boca para que el efecto se hiciera realidad por dentro siguiendo las consignas paganas de "Muerto disuelto, vivo recompuesto"

Por suerte también llevaba un punzón. Con una mano lo sostuvo e hizo palanca en la dentadura logrando abrir un pequeño resquicio lo suficiente para introducir una jeringa llena hasta los topes. Con mucha fuerza le pudo introducir todo el brebaje, pero al retirar el punzón como tenía la mandíbula tan apretada le arrancó los dos incisivos superiores. No le importó, el resultado final era lo único deseado. Tomó asiento a esperar. Según creía, en breves momentos se estaría desperezando como si no hubiera pasado nada y con un hambre terrible después de tantos días sin probar bocado.

Pasaron dos horas. El capitán Francisco Montalvo, fuera, se estaba impacientando. Finalmente, Paulina salió de la tienda. Había recogido todos sus petates en las dos alforjas, las colocó encima del caballo y con la cabeza agachada de vergüenza le señaló:

—No hay nada que hacer, los dioses no me han escuchado.

En los pocos minutos que siguieron ante la resignación de Paulina y la interrogación del capitán que no se explicaba que carajo había hecho durante tanto tiempo, se escucharon unos sonidos extraños, unos quejidos y unas puteadas sin fin. Era la voz del coronel enfurecido que parecía hablar en jerigonza, pero que aun así se reconocía su voz:

—Mi uniforme, que pasó carajo, los mando fusilar a todos, y prosiguió:

—Mis dientes, quien me los ha quitado, consejo de guerra, mal nacidos, Capitán, mi revolver que salgo a matar al que me destrozó la boca. Darme el uniforme, y luego siguió:

— A qué hora se pasa el rancho, ¡por los cuernos del diablo!

La resurrección se había hecho realidad, pero tenía un humor de los mil demonios.

Puede que nadie lo crea, pero lo relatado es palabra fidedigna del capitán Francisco Montalvo. Jura por Dios nuestro Señor y por Cernnunos que el coronel se levantó "vivito y coleando" cuatro días después de muerto, que antes era una piltrafa absoluta reducida a unos pocos huesos y que después que la "Madre de todas las Brujas" le impusiera sus manos se había levantado todo corajudo preguntando por el rancho y con un hambre de jabalí a comer cuanto existiera a pesar que le faltaban dos dientes y no se le entendía muy bien al hablar.

Cuarenta años después del incidente de la resurrección del coronel Agustín Balbuena Quiñones, el capitán sigue jurando y perjurando que todo lo expresado es verdad y que a pesar de no haber más testigos ni apóstoles que lo confirmen, la resurrección fue obra de "La bruja de Paulina" A continuación se persigna cuatro veces, se pone la mano en el pecho y maldice el momento vivido pues nadie le cree. La tropa que el comandaba no quiso confirmarlo, lo negaban, decían que nada de ello había sucedido, se despachaban con "son cosas raras de la vida"; que el coronel había pasado una gripe "muy fuerte" y nada más, que los cajones con que construyeron el ataúd los habían apilado en esa tienda para evitar que los cerdos de Irena hurgaran, que los dos dientes que le faltaron al coronel Agustín Balbuena Quiñones habían sido fruto de su caída al intentar levantarse, pues la debilidad de ayunar tantos días lo había dejado grillado y sin fuerzas, que en su delirio había destrozado el uniforme de gala que se había colocado con insistencia en caso vinieran de la capital a realizar una inspección sorpresa.

Quizás fueron sinceros, pero al capitán Francisco Montalvo se la tenían jurada. Desdecirlo, verle la cara de desconcierto sufriendo con la angustia de haber vivido lo más increíble que se pueda vivir, les originaba una gran dicha. Su decaimiento mental y zozobra posterior les incitaba a negar con más bríos lo sucedido; un hecho bíblico solo acaecido a un hombre bueno y entregado no se repetiría jamás; utilizaban cantidad de argumentos disparatados y sin sentido. Los rumores que el capitán había sufrido una hipnosis con visiones absurdas se pasaron de soldado a soldado; la resurrección había sido solo una alucinación de la mente calenturienta del capitán en su afán de conseguir un ascenso.

Durante cuarenta años el capitán sufrió en solitario; veía constantemente al coronel tumbado entre cajones sin respirar y resumido a un cuerpo del tamaño de un niño; luego resucitado sin dientes comiendo un jabalí tras otro. Por las noches estuvo cuarenta años persignándose de continuo y peleando con Paulina y el coronel; al despertar sudado y temblando hijoputeaba a Cernnunos por falso e hipócrita, a Lázaro por haber sido el primer resucitado dando ejemplo que tal disparate podría volver a suceder y por tanto hacer creer a la gente que ese desatino podía ser verdad, y a toda la curia celeste por negarle y difamarlo como apostata y traidor a la Santa Iglesia. Terminó recluido en un albergue para ancianos militares, rodeado de soldados jubilados con mentalidades abatidas por los trajines militares y con la cabeza ausente, más muertos que vivos, pero el continuaba insistiendo que la resurrección existía y que el coronel era un desagradecido por no reconocer haber estado muerto cuatro días, que nadie lo reconocía y dentro suyo, en su delirio decía que "el muy desgraciado le ha batido el récord a Jesús y nadie lo reconoce", y le reprochaba al coronel que si él no hubiera permitido la intromisión de "semejante bruja" ahora le estarían llevándoles flores al fanum celta, que aún seguía en pie sin lápida, lo que llevó a los gemelos, años más tarde, a subirse a la cúspide para hacer señales luminosas y comunicarse con los "foráneos espaciales"

Breixo Barros, soltero empedernido, llevaba tras de sí una vida entre licenciosa y de arrepentimiento limitado. Cuando le tocaba ejercer sus labores de maestro fuera de su Galicia natal le entraba una morriña descomunal y desahogaba sus tristezas ahogando sus pesares en cuanta cantina le salía al paso.

Había días que le sobrevenía una enérgica algarabía después de horas de beber, bailar y cantar cuanta canción se le pasara por la cabeza. A muchos taberneros y borrachines en un principio les contagiaba su alegría desbordante, simpatía y dejes gallegos, pero al final de unas horas el abatimiento y el desánimo hacían presa de su espíritu y terminaba llorando a moco perdido abrazado encima del mostrador en largas alabanzas a sus amores frustrados y despotricaba a las meigas por haberlo hecho un desgraciado solterón incapaz de mantener una relación más allá de una primavera. El florecimiento de los almendros y cerezos, la brillantez del sol, los días más largos, el olor a hierba humedecida por el amanecer, los suaves vientos y la tibieza amansadora le embargaban los sentidos y corría detrás de cada mujer que se le cruzara por el camino olvidando por completo los compromisos contraídos anteriormente. Al día siguiente de una borrachera, haciendo un repaso mental, reconocía que sus errores y fantasías eran producto de sus ansias de abrazar y besuquear; le acosaban calores internos cual llamaradas inaguantables al ver tanta mujer rodeando su magisterio, mostrando sus encantos sin darse cuenta de los efectos tan hirvientes que le subían desde la entrepierna. Era el único maestro en cada escuela que le asignaban. La mayoría de sus correligionarias eran jóvenes, tiernas, bien dispuestas con su labor de educadoras, atentas, cariñosas con los alumnos y de buen humor. En cambio, con los pocos maestros con los que se había cruzado tenían un aspecto serio, taciturno, eran unos viejos malhumorados y agriados, encogidos de hombros, encorvados de los fracasos, sin gracia alguna; odiaban los niños y deseaban morirse antes de seguir enseñando. El recibimiento hostil que tuvieron al llegar a "El Cortigal del Monte" le retrotrajo y cambió su benevolente creencia que los habitantes de los pueblos eran la mar de hospitalarios; la turba enfurecida y la ejecución frustrada del coronel Agustín Balbuena Quiñones contra la turba, le metieron un miedo atroz, en especial hacia Augusta Varela y un respecto desmedido por Cayetano Fuentes, pero los buenos aires provenientes de las colinas cercanas, la vegetación exuberante del bosque, el caudal del rio tranquilo y transparente y la paz razonable entre los habitantes, le hicieron reconsiderar su antipatía inicial y en cuanto conoció las razones de la sublevación y la posterior amabilidad y simpatía de los moradores lo terminaron de conquistar para echar raíces. Se sintió muy relajado, pero también comprendía que la edad media de las personas era tan alta que jamás llegaría a emparejarse, y para colmo de males la taberna más cercana quedaba a "varias leguas a caballo", pues se expresaban en "leguas" ya que no parecían conocer la distancia en kilómetros, y "a caballo" porque no existía otra alternativa, ni coches, ni autobuses, ni que decir trenes; unos pocos camiones y varios tractores para recoger la cosecha y el transporte de mercancía y basta.

Conoció a Cristina Cazorla cuando se montó en el coche que los llevaba al pueblo para presentarse como maestros, pero no tuvo el placer de verla al completo hasta mucho después, cuando se cobijaron muertos de miedo en la barbería de Don Fernando. Allí, agachados detrás del asiento del barbero se taparon los oídos y lloraban pensando en la masacre y su posible ejecución. Don Fernando se mantuvo escondido en el trastero donde acumulaba en estanterías bien ordenadas colonias, lociones, navajas, toallas, tijeras y ropas de recambio; asustado no quiso acercarse, los tiros de los militares lo enfermaban. Los maestros solos, acurrucados entre los sillones de barbero y los lavacabezas y temblando se miraban a la cara. Breixo Barroso reconoció en el talante de espanto de Cristina Cazorla su mismo temor y creyendo era su hora se fundieron en un abrazo. Circunstancias como esas, en cualquier hombre hubieran quedado en el inconsciente y serían borradas como un mal recuerdo inmediatamente, pero en medio del abrazo con Cristina Cazorla, luego del estruendoso ruido de los doce fusiles disparando y oliendo todo el pueblo a pólvora, por la mente de Breixo Barroso corrían aires diferentes; no importara como fuera la situación de peligrosa, dentro de su ser de hombre siempre había un resquicio de amor; los cuerpos tan pegados le sobrecogieron. Calmada la situación se pusieron de pie y al verla contempló dentro de su cara angelical un aspecto jovial, deslumbrante. Cuando días después, al volverse a encontrar, comentaban lo sucedido entre risas y bromas, le impresionó su acento andaluz tan marcado y cómo con poses saladas remarcaba cada expresión seguida del garbo, picardía y la excelencia en el andar que tienen por esas zonas. Dentro de su corazón se abrieron puertas cerradas y una vez en su casa recostado en el sillón se preguntaba de donde habían salido esos arrumes incandescentes de juventud perdida. Al cruzarse en la escuela no se atrevía a entablar ninguna conversación fuera de las que resultaban de preparar las clases y establecer las normas y reglas de conducta. Cuando se despedían, se convencía que dentro de esos ojos verdes debería de existir un fuego oculto que en cualquier momento lo incitaría a lanzarle alguna prerrogativa edulcorante, pero, la verdad, a Cristina no le movía un pelo la figura de Breixo que si bien no "estaba mal" tampoco era para entusiasmar. De sus múltiples fracasos con antiguos novios le quedaba una indiferencia y una frialdad inquebrantable; los hombres andaluces le resultaban falsos, charlatanes y engreídos; con el resto de los españoles no había tenido experiencia, pero de los gallegos sólo conocía los chistes acerca de su vulgaridad y con qué facilidad se les imitaba el acento sin darse cuenta que cosas parecidas y chistes de mal gusto también se decían de los andaluces en Galicia.

Pasaron meses de continuo trajín en la escuela; solo tuvieron ocasión de ordenar las clases en grupos, mandar cartas a los padres y formalizar reuniones con los más atrasados. A los padres de los adelantados que pujaban porque les dieran prioridad a sus hijos les indicaban que la educación no era cosa de carreras ayudando a los mejores, sino que todos terminaran el curso sin rezagados por problemas ajenos a ellos mismos.

Breixo Barroso en su casa leía libros de aventuras, novelas románticas y libros de historia. Por las tardes paseaba por los bordes del río y se adentraba en los bosques para conocer su composición biológica, prestando especial atención a las plantas autóctonas y pequeños mamíferos para luego exponerlo con lujo de detalles en sus clases, para lo cual llevaba una libreta en la que dibujaba los pormenores, la fisonomía y el lugar donde abundaban. A falta de tabernas se acercaba a la bodega de Armando Pérez-García para aprovisionarse de vino. La entrada para los clientes consistía en una puerta pequeña para los consumidores que quisieran degustar. Sonia se encargaba de llevar las cuentas en la planta alta con amplios ventanales para que no se le escapara detalle de cuanto ocurría. La caja registradora nunca estaba sola, Armando no la perdía de vista ni un segundo y al ver a Breixo Barroso se le acercaba con una sonrisa fingida y lo atendía con solicitud. El maestro partía portando una buena remesa de vinos, tintos en especial, y alguna botella de manzanilla o jerez como aperitivo antes de almorzar y, luego de cenar, se tomaba una copa de brandy, se apoltronaba en el sillón y repartía sus pensamientos entre organizar las próximas clases y escenas imaginarias con Cristina Cazorla; sus ojos ribeteados de negro, pelo lacio castaño y largo hasta la mitad de la espalda le llenaban la mente con sensaciones agradables; se debatía dentro de ensoñaciones placenteras hasta que de pronto, por la mañana, tocaron la puerta de su casa. Isaura, hija mayor de los Aizaga Olabarría primos de Joaquín Bermúdez y hermana de Susana, le traía el encargo que había hecho unos días atrás; unos textos escolares que había recogido en los "Titanes" de paso a la escuela y la factura de la renta. Abrió la puerta y al verla le corrió un hilo de electricidad por el cuerpo. Cogió la cesta con el encargo pedido sin quitarle la vista y fotografió mentalmente cada detalle de la vestimenta y cuerpo de Isaura que permaneció fuera sin atreverse a entrar. Dejó la puerta entreabierta lo suficiente como para que la pudiera observar sin ser visto mientras hacía como que rebuscaba en un cajón el dinero separado para pagar la renta. Con el rabo del ojo, percibió la estampa de una mujer frisando los cuarenta, de pelo negro rizado muy largo con tirabuzones en las puntas, volteado hacia un lado de manera que le tapaba parte del torso y dejaba ver un cuello largo del cual pendía un collar de bisutería de color armonioso con el vestido. Era principio del verano, lucía sandalias con los pies bien cuidados y, como detalle llamativo, un cinturón ancho le partía la silueta en unas caderas bien formadas y un busto erguido. Antes de salir a pagarle se peinó, limpió los zapatos, se pasó un dedo sobre los dientes delanteros y se arregló la camisa frente al espejo. Una vez fuera cogió la factura le pagó al tiempo que, para entrar en conversación, le preguntó:

— ¿Eres hija de los Aizaga Olabarría?, y continuó sin esperar respuesta dando por sentado que lo era:

—Nunca te había visto, siempre envían un recadero.

Isaura, se arregló el cabello, lo recogió hacia atrás y con un ademán de interés le contestó con cierto desparpajo:

—Sí, soy la hija mayor, al tiempo que concedía un ligero movimiento de cabeza de asentimiento para replicarle:

—Usted es el nuevo maestro ¿Verdad? Y sin darle a tiempo a responder añadió:

—Me alegro de conocerlo, en el pueblo necesitamos orden, disciplina y educación. Es un honor hablar con alguien tan instruido. ¿Piensa quedarse mucho tiempo?

Prestó atención a su forma de hablar, al lucimiento de su estampa gallarda y orgullosa. Una mujer relativamente joven de cara redonda con amplia sonrisa; dientes parejos, limpios y bien formados. Le deleitó el balanceo armonioso de su silueta al gesticular con serenidad y elegancia. Creyó que ponía demasiado interés en su presencia y que, en su mirada y en base a sus palabras, se podía adivinar un gusto por las personas cultas y por ende en su persona. Le replicó:

—Así es, estoy muy contento con la oportunidad de servir a la comunidad. A qué se dedica, si no es indiscreción preguntar.

—Por supuesto que no, al contrario. Mis padres tienen una granja que mantenemos junto con mi hermana Susana.

Y comenzó a describir su vida en la granja de gallinas y cerdos. Cómo con su hermana se ocupaban de las labores diarias: recoger los huevos de las ponedoras, limpiar y desinfectar los comederos y bebederos, asear los nidos, llevar los encargos a los clientes de los alrededores y el avituallamiento necesario a "Los Titanes". De los cerdos se encargaban en parte los obreros y le espetó:

—No me gustan para nada, son sucios, me dan asco.

—Pero son exquisitos y se aprovecha todo de ellos, le replicó Breixo, para señalar a continuación:

— ¿No tiene usted ningún gusto personal diferente, digo como leer, pasear, estudiar, algún pasatiempo; en qué pasa su tiempo al margen de las labores de la granja?

Breixo, con la mochila cargada de experiencia por haber trabajado en tantas escuelas rurales conocía el percal de muchos labriegos con respecto a las faenas del campo, sus quejas de la soledad, la escasez de oportunidades, el trabajo esclavizante y sin descanso y la falta de cultura en general, sin bibliotecas, estancias deportivas, clubs, ni esa clase de ocio existente en las grandes ciudades, pero también sabía que antes de terminar su monserga sobre la alicaída vida rural, en su monótona descripción daban un giro radical a su conversación para terminar el discurso con un montón de alabanzas al campo; el conocerse cada uno de sus habitantes les brindaba el placer de socorrerse mutuamente en los momentos de declive emocional o auxiliarse en las enfermedades, por lo cual existía entre ellos una telaraña de servicios y entrega sin miramientos, se sentían más que acompañados, la palabra era "hermanados" Pero Isaura le rompió todos los esquemas. Tocó el tema, pero de muy diferente forma. Sin despreciar la soledad ni la dura labor de los granjeros, ni ansiar la vida citadina, expuso su amor por la literatura, la historia y el conocimiento en general; disfrutaba cada vez que rondaba por el parque del pueblo engalanado con sus estatuas griegas, con el porte de la comisaría y el ayuntamiento luciendo un deje heleno; se deleitaba en amar, más que observar, los personajes mayores con sus caras arrugadas, llenas de pliegues, la piel curtida y ajada por el sol y la labor a la intemperie, sus maneras tan humildes le inspiraban un deleite de tal grado que en casa se ponía a bosquejar esos cuerpos castigados por el tiempo. Los dibujaba en carboncillo y esbozaba los mismos personajes realizando sus labores, descansando en el parque o charlando entre ellos o esculpiéndolos de forma muy rudimentaria, dado los pocos conocimientos que tengo.

Se despidieron con amabilidad. Breixo Barroso entró a su casa y en la cocina se dispuso a preparar unas empanadas de su terruño con atún, pimentón, cebolla y tomate troceado, y le añadió un sinfín de elementos culinarios, recetas de sus viejos ancestros. Contento con el encuentro y creyendo que Isaura podía ser la definitiva le salió de lo más profundo de su garganta una muñeira al tiempo que seguía el compás tamborileando sobre el mostrador de madera. Luego pasó a cantar "Catro vellos mariñeiros" a viva voz e interrumpía su actividad gastronómica, dejaba a un lado el trapo seco para sacar la bandeja del pastel en el horno y evitar quemarse, para zarandear sus piernas al ritmo de una jota. No le cabía ninguna duda, Isaura era la elegida, sus sentimientos lo aseveraban, los pensamientos revoloteaban sin cesar en pretendidos acercamientos para hacerse con sus favores. Al instante se ponía serio. Le cambiaba el humor; ya estaba bien de amoríos desventurados y sin destino, esta vez debía de ser en serio y se veía de director de la escuela homenajeado por sus logros educativos del brazo de Isaura que, enternecida y entregada lo adoraba como a un príncipe. Pero de golpe le subieron a su cabeza viejas recuerdos de romances anteriores en donde cantando las mismas canciones y zapateando el suelo al ritmo de una jota había vivido las mismas expectativas de acierto, para semanas más tarde golpearse con la realidad y no ser la que pensaba o atravesársele otra esbelta mujer con más relieve femenino y mayores rebuscamientos afectuosos. Las dudas lo carcomían, pero los anhelos de mujer no lo soltaban.

Isaura por su parte llegó entusiasmada a su granja. La recibió Susana quien, al verla con un humor tan destacado, silbando y con ganas de meterse de lleno en la limpieza y mantenimiento del corral, cosa muy rara en ella, la siguió para cerciorarse que de verdad estaba en sus cabales, hasta que una vez en el gallinero al verla con tanto ahínco y perseverancia en una tarea que la alternaban cada semana y el almanaque certificaba que no le correspondía a Isaura, se aproximó y le zanjó:

—A mí no me engañas. Soy tu hermana mayor y desde que viniste de entregar la última comanda no paras de trabajar en esta semana que bien sabes me toca a mí desinfectar y limpiar los corrales.

—Es verdad, te toca a ti, pero no importa te ahorro el trabajo. Me siento muy bien… elevada. Ya harás algo por mí si fuera necesario, ¿Verdad?, le contestó, sin darle importancia mientras tarareaba una música suave y de tanto en tanto elevaba la cabeza y depositaba su mirada en la lontananza seguida de un suspiro revelador de sus sentimientos internos.

Susana muy enterada de las dilataciones del corazón y los estados emocionales alterados por encuentros deseados, encontró que en la pose y desenfado de su hermana reconocía la misma actitud de embobamiento total que pasó con Ricardo Damasco, su enamorado; continuaban viéndose todos los fines de semana. Le comenta:

—Bueno, esa actitud la conozco. Sé que fuiste a realizar una entrega al maestro gallego. Es eso ¿verdad?, puedes confiar en mí, yo te cuento mis vicisitudes con Ricardo.

Isaura abandonó la trapeadora, dejó el cubo con desinfectante a un lado y la observó con ciertas dudas, no porque no confiara en ella, pero por la inseguridad de sus propios sentimientos. Le confesó que sintió un dolorcito en el estómago y que delante del maestro notó sus piernas entumecidas, que se tocaba el pelo sin necesidad y se le agitaba el cuerpo sin quererlo. Dicho esto, se ruborizó pensando en ese hombre tan culto e ilustrado.

Conversaron un rato largo. Se confiaron sus mutuos deseos, sus temores y esperanzas y finalmente se dieron un abrazo fraternal. La intimidad y la similar vivencia las unía aún más.

En la escuela "El rincón educativo" la normalidad de las clases se interrumpía con la llegada de los víveres y suministros para la semana, y de cuando en cuando, algún padre extraviado obstaculizaba las clases para preguntar por su hijo. Esa tarde tocó el timbre alguien inesperado: Bruno Garrido. Emperifollado de pies a cabeza portaba una remesa de libros. Lo atendió Breixo Barroso.

—Si ustedes me lo permiten vengo a donar varios libros que seguramente les servirán para instruir más fehacientemente a los alumnos.

Prosiguió con una andanada intelectual buscando hacerse un hueco en la vena cultural del maestro; un par con quien podría mantener conversaciones de altura en sustitución de Ernestino el grande, fallecido y enterrado luengos años atrás. Por ello, luego de reciprocar las gracias, se agenció con una frase aprendida y la expuso como clamando en medio de un teatro griego abarrotado de oyentes:

—Un hogar sin libros es como un cuerpo sin alma. De inmediato Breixo Barroso, competente en historia le contestó:

—Una expresión maravillosa de Marco Tulio Cicerón. Gran orador, filósofo y político, estableció las bases de la formación cívica y el uso de la razón.

Bruno Garrido embelesado por una respuesta directa y acertada, dio unos pasos atrás y recomponiendo sus pensamientos para buscar una réplica adecuada quedó momentáneamente sin palabras, tragó saliva, dejó los libros encima de una mesa, se dio vuelta con la satisfacción que da el descubrir un amigo perdido y amplificó lo dicho con:

—Insuperable retórica de un maestro por encima de todos, y qué me dice del contencioso que tuvo con su mayor enemigo Lucio Sergio Catilina, la famosa "conjuración de Catilina" Hizo una pausa al tiempo que lo observaba fijamente saboreando el verse frente a un correligionario estudioso y creer que por fin había encontrado un rival, pero antes, receloso, debía de precisar hasta donde llegaba su ilustración y, para tantearlo añadió:

—Qué opinión le merece.

Breixo Barroso, hizo un mohín de deferencia y sabiéndose picado, sin querer pullar, pero revestido de la autoridad que da tener cursos especializados y conocer las costumbres de los romanos, uno de sus temas preferidos, le glosa unas famosas palabras de Catilina en su discurso ante la plebe acerca de la conspiración contra Cicerón:

—Estimado Bruno Garrido, perdone usted que me explaye en unas palabras de Catilina, al que por un lado aprecio, pero reconozco como la mayoría de los historiadores que era un personaje oscuro, de gran fortaleza espiritual, pero con un carácter malo y depravado, que al fracasar en sus intentos por ser cónsul romano se inclinó por una vil conspiración, pero por sus sabias palabras confieso un grado de admiración, es más, son de una actualidad ejemplarizante. Así, ante la plebe a la que defendía y bregaba ante el Senado le perdonaran sus deudas, expresó esta sentencia, que hoy en día serviría para defenestrar a muchos políticos y, que sin duda, usted muy bien conoce:

—Diga, lo escucho, contestó Bruno Garrido con agitación.

Breixo Barroso infló sus pulmones para lograr mejor impulso en una frase que quería demostrar su sapiencia:

—Le diré, palabras más palabras menos, sólo una parte importante de ese discurso, pero pinta a las claras cómo Catilina manipulaba a las clases menos pudientes; es una alocución de gran interés vigente.

Y de inmediato poniendo voz impostada lanzó:

"Qué clase de gobierno tenemos hoy en día comandada por el Senado. El privilegio para unos pocos, las burlas para el trabajador y la mofa al humilde. Ventajas para los poderosos y los adinerados, leyes que protegen a los ricos propietarios, leyes para oprimir a los hambrientos y depauperados", sentencias que las podríamos encuadernar en mármol y repartir a la entrada de cualquier espectáculo público hoy en día. Nada ha cambiado estimado Bruno Garrido. En lugar de referirse al senado las podemos aplicar directamente a la clase política"

Bruno Garrido no quiso quedarse atrás y desenrolló parte de su saber:

—Es verdad, Catilina prometió que, si llegaba al poder cancelaría todas las deudas de los pobres y perseguiría la fortuna de los ricos. Reconozco que siempre usan los mismos argumentos para soliviantar a los oprimidos, pero cuando cogen el poder se olvidan de inmediato, por ello pongo por delante una de las frases célebres de Cicerón cuando afirmó que:

—Nada es más hermoso que conocer la verdad, nada es más vergonzoso que aprobar la mentira y tomarla por verdad.

Prosiguieron lanzándose andanas de todo calibre. Sentados en un desván a la entrada de la escuela departían sin cesar dichos, frases y discursos de relevantes filósofos y oradores romanos. Se podría pensar que serían grandes amigos; por lo menos Bruno Garrido se sentía satisfecho con el encuentro, se figuraba largas tertulias teniendo como centro la Escuela y no el parque como antiguamente sucedía con Ernestino el grande; la escuela de mucha mayor progresión didáctica. En cambio a Breixo Barroso, a estas alturas de su vida, las cuestiones afines a la historia romana le resultaban tediosas y menos aún la retórica y las abigarradas disquisiciones filosóficas; los tiempos en que era un fiel consumidor de literatura grecorromana habían pasado y no le interesaba mantener aburridas sesiones con el único fin de demostrar desenvoltura intelectual; en especial con un extraño de aspecto abigarrado, lánguido y maloliente pues desde lejos se notaba que el baño no era su fuerte y ataviado con unas vestimentas ancestrales que lo hacían distante por sensibilidad visual.

Deseoso de terminar con la charla se sintió aliviado cuando Cristina Cazorla se apresuró a llamarlo apremiada por el bochinche que se había armado en la clase del maestro; ensoberbecidos y bullangueros por su ausencia se comportaban indisciplinados cuanto menos, por no decir rebeldes. Se despidieron y en cuanto Bruno Garrido puso un pie fuera de la escuela se giró y le expresó:

—Por cierto, estimado maestro, la próxima vez que me acerque le traeré una copia de mi obra de teatro, verá que buena es. Espero que podamos hacer una representación abierta a todo el pueblo, y añadió con una sonrisa de oreja a oreja seguro de la aceptación:

—La leerá de un tirón, se volteó y dando la espalda hizo un ademán de despedida con su mano para terminar con un:

—¡Arrivederci, ci vediamo!

Breixo Barroso cerró la puerta y fastidiado por el encuentro mirando a Cristina Cazorla le confesó:

—Por Dios, ¡Qué hombre latoso! —, y sintiendo que era una expresión con rasgos de vulgaridad y desprecio hacia una persona mayor y, entendiendo que aún tenía ciertas pretensiones de conquista hacia Cristina, agregó para suavizar su alocución anterior:

—Bueno, en fin… quizás su obra tenga algún valor, y se apresuró a añadir, con la intención de involucrarla en un asunto pegajoso:

—Tendremos que juzgarla y decidirlo.

Pasadas varias semanas se acercaba el fin de curso. Luego de meses de esfuerzo de los maestros, los niños llegaron a tener un comportamiento modoso en base a cumplidas y extensas clases de civismo; los maestros, sin energía, estaban rendidos de tanto ejemplarizar y los últimos días escolares se mantenían con el pensamiento centrado en las vacaciones; convenían en la necesidad de colaboración por parte de los lugareños para cualquier tipo de festejo de fin de curso.

En la granja, a Isaura los pensamientos la arrebolaban. Había perdido el apetito y sus padres preocupados se inquietaban al verla demacrada, de andares remilgados y ojos entornados. En la mesa Susana cada tanto le daba un codazo por lo bajo para que reaccionara, pero le resultaba difícil esconder sus sentimientos de entrega. Si bien realizaba sus tareas con sumo cuidado le surgían ideas de encuentros casuales, se le deformaba la mente de buscar la forma de encontrar al maestro; su nombre le revoloteaba, le urgía escucharlo, intercambiar ideas con alguien culto, que le ofreciera clases de su saber, conocer su vida pasada, el por qué se decidió enseñar en un lugar tan aislado. Recordó que la escuela había formado recientemente una biblioteca. Le parecía una buena excusa acercarse con el pretexto de informarse de las posibilidades de préstamo de algún ejemplar, pero no se animaba; desechó el pensamiento y continuó con sus tareas de granjera; de seguro saldría una oportunidad por azahar.

"Los Titanes" se habían convertido en una especie de supermercado moderno en pequeña escala; el cartel anunciador "El Colmado Oportuno", instalado hacía poco tiempo por debajo del anuncio principal, resumía con claridad el suministro al completo del que hacía gala. El crecimiento se basaba en los cambios acaecidos en los últimos años. El porrón de niños que pululaban a su aire era resultado de la beneficiosa generosidad sexual impuesta por la planta "La Espléndida" traída por Facundo; otorgaba pingües beneficios en materia de ropas, calzado, ungüentos, cremas y elementos expresamente fabricados para el mundo infantil. La construcción de la Escuela "El Rincón Educativo" permitía el consumo y la exigencia de textos y vestimentas escolares para unos padres entusiasmados con la prole, la idea del crecimiento y expansión del pueblo. Tuvieron que ampliar el local varias veces. Para ello achicaron el jardín y transformaron por completo el cobertizo destinado inicialmente para guarecer los caballos de los visitantes de otras comarcas contiguas y agrandaron la entrada poniéndola más atractiva y lucida con pasillos para los abastecimientos una vez dentro; cada uno perfectamente señalado con su correspondiente nombre. A un costado de la entrada un corredor conducía a lo que se suponía era Correos; aún no estaba oficialmente reconocido, pero cumplía con todas las funciones; algo oscuro en comparación con el resto del colmado. Enseguida de adentrarse en el supermercado antes de aproximarse a Correos, se percibía un pequeño diván y un escritorio para escribir cartas, leer mensajes, tomar notas y esperar sentado en caso hubiera muchos clientes; el resto consistía en un mostrador para recibir a los consumidores, con una mampara de separación donde detrás se apersonaba un empleado para atender y despachar. De espaldas al empleado, había un gran panel con múltiples casillas para clasificar cartas, bolsas, paquetes, mensaje y demás encargos. Como el negocio iba viento en popa necesitaron emplear a Lucía Ramírez, vecina charlatana y comadrona que en una época antigua había tenido con Francisca una tremenda enemistad, pero con el correr de los años aquello había desaparecido. Los socorría en el despacho de correos, en el mantenimiento del local, en acarrear provisiones de volumen y gran peso como sacos de granos, barriles de wiski, cerveza, etc., cuando llegaba el reparto. También se encargaba de controlar tantos hijos sueltos puesto que Marcelino junto con dos de sus hermanastros Iván y Gabriel, trasteaban de continuo; se perseguían constantemente y en las carreras rompían cada tanto algún vaso, botella, detergente o frasco de perfume. No se amilanaban con los gritos de ira de Lucía Ramírez que exclamaba alterada "Si hubiera sabido su comportamiento cuando los traje a mundo" Marcelino, sin prestar atención a las regañinas lideraba las bribonadas; cambiaban los paquetes de sitio, revolvían las cartas colocándolas en reservorios distintos y una vez dentro del almacén cambiaban la mercadería de estantería para ver la cara que ponía Francisca, y en cuanto esta la volvía a su lugar original se marchaban entre risas dando pellizcos a un pastel de chocolate, por detrás de la tarta para que no se viera, chupándose los dedos, o tomaban algún yogurt con la precaución de una vez terminado dejar la tapa bien colocada para que no se notara que estaba vacío, con la consiguiente queja del cliente y las obligadas excusas, mientras ellos desde lejos se gozaban con la perrería.

Aquel día entró al correo Isaura como hacía normalmente cada mes para indagar si les había llegado alguna carta o paquete postal a nombre de la granja. Lucía Ramírez rebuscó y no encontró nada, pero había una remesa reciente sobre el final del mostrador con un montón de sobres, cartas, comunicaciones oficiales y certificados apilados desordenadamente. Los cogió y delante de ella comenzó a leerlos en voz alta, anunciando el nombre y dirección del destinatario. Luego de haber leído unos cuantos, a Isaura le tintinearon los oídos y le dio un bote el corazón cuando escuchó: Breixo Barroso, Escuela "Rincón Educativo" Isaura tosió, se le hizo un nudo en la garganta y repentinamente le dijo casi sin pensarlo:

— ¿Para el nuevo maestro? Voy de camino en esa dirección se la puedo entregar si no le importa, y agregó con rapidez para desviar la atención:

—Entonces para la granja no hay nada, ¿Verdad?

— No, nada. Sí. Puedes llevar la carta si eres tan amable, me ahorras un trabajo. ¡Ah!, expresó con un deje de desgana y encogiendo los hombros como excusándose, —Y de paso le entregas a la maestra Cristina Cazorla este paquete; llegó la semana pasada.

—De acuerdo, contestó Isaura y se despidió con un temblequeo que le recorría todo el cuerpo.

El camino desde el correo de "Los Titanes" hasta la escuela dista alrededor de un kilómetro. Esa distancia fue para Isaura tan tortuosa como el sendero recorrido por el crucificado vía el Calvario con todos los soldados y la chusma zahiriéndole con sus gritos e insultos. Dentro de su cabeza bullían órdenes encontradas que la zarandeaban de un lado a otro. De pronto se detuvo y dio la vuelta. No. No podía timbrar y entregarle la carta. Le faltaba coraje. Volvió sus pasos atrás hacia el colmado, pero distintas voces más intrépidas le reclamaban fortaleza y le traían a su mente ocasiones en que había salido bien parada de obstáculos que a la primera le parecían insalvables; las palpitaciones le atenazaban el pecho y las sienes resonaban palpitantes como si fuera una colegiala. Volvió a detenerse, Quedó unos instantes de pie dubitativa. El sol de la media tarde enceguecía, sin embargo, no hacía calor. Una ligera brisa le revolvió sus cabellos y al componerlos se cruzó con Sonia que traía de la mano a Romualdo de vuelta del colegio; por algún motivo había salido antes de terminar la clase. Se saludaron. Isaura al verla con su hijo se le ruborizaron las mejillas y comprendió que debía romper ese agarrotamiento interno, sobreponerse a cualquier situación que se le presentara. Sonia era un ejemplo. Se las había arreglado para agenciarse con un hombre como Armando Pérez-García, viejo y tacaño pero rico. Su suerte sería completamente distinta; cazar a un hombre educado y culto, a un maestro. Entonces dirigió su alma entera al encuentro de lo que suponía sería "su amor". Cada vez que se acercaba le latía el corazón con más fuerza y se le pasaban varias escenas y pensamientos por la cabeza: cómo su hermana, siempre más lanzada y pizpireta había cortejado a Ricardo Damasco con sus caídas de ojos, sus insinuaciones; cómo fingiendo ser una chica inocente con ligeros movimientos sensuales lo había logrado "enjaular" y más detalles de gran intimidad que si bien a ella le parecieron escandalosos no cejaba de pedirle detalles. Pero su situación era diferente. "Es un maestro" pensaba, los conocimientos son la esencia de su ser y entonces caía en una suerte de desilusión cuando lo comparaba con sus pobres estudios, aunque las ganas de progreso educativo siempre la habían perseguido, pero reconocía la imposibilidad de alcanzar tales logros en una localidad pequeña y alejada de las grandes urbes. Golpeo la puerta de entrada de la escuela y timbró. Se apersonó Cristina Cazorla. Tuvo un alivio. Le entregó el paquete y añadió:

—Hay una carta para el señor maestro. ¿Está por aquí?

—En este mismo momento no, pero me la puede dar con confianza, se la entregaré de inmediato, contestó la maestra.

Respuesta que la cogió desprevenida; no contaba con su ausencia y le replicó tímidamente:

— Bueno, es que… es que tengo—, y no le salía una excusa real, pero enseguida se repuso y agregó:

—Tengo la orden de parte de la oficial de Correos de entregarla directamente, en persona, la mentira le sonrojó la cara.

Cristina Cazorla con más mundo y experiencia en amoríos, al ver los colores que la delataban, las perlas de sudor en la frente y conociendo cómo se las traen en las provincianas para esas lides, entendió que no era únicamente cuestión de entregar una carta. Le contestó:

—Entiendo, iré a "molestar al señor maestro", dijo con tono agresivo para hacerle ver que no se tragaba el cuento, y se despidió con un ademán de desaire.

Breixo Barroso al verla sintió la oportunidad que estaba esperando para galantear. En cuanto le entregó la carta la invitó a pasar a conocer las aulas y la biblioteca recién inaugurada, pero Isaura, presa de los nervios, se negó, le entregó la carta y se marchó lentamente intuyendo la reacción del maestro. Breixo Barroso, luego de unos breves instantes de duda, aceleró el paso para alcanzarla y una vez a su lado la paró cogiéndola del brazo. Le habló con ternura y humildad:

—Por favor, no me rechace, no tengo mucha gente con quien hablar. Usted es la única persona que parece tener la suficiente sensibilidad. Desde que la vi pude leer su interior su delicadeza totalmente al margen de la ignorancia de este pueblo. Usted es una persona entera plena de cualidades, su interés por el conocimiento, al igual que el mío, nos acerca; podremos tener conversaciones de muchos temas. Soy una persona viajada, lo suficiente para comprender que me veía frente a un espejo.

Dicho esto, hizo un silencio para percibir el resultado. No en vano era un lector empedernido de novelas románticas, un enamorado del amor con mucha tela detrás, la suficiente para esperar unos segundos mientras contemplaba como a Isaura los colores le subían y bajaban. Con la voz trémula y nerviosa le contestó:

—Sí, tiene razón, e hizo una pausa para continuar —Yo también he pensado en usted estos días. No sé si estaré a su altura, pero me encantaría aprender con usted, que me cuente su vida, sus amistades, sus antiguos amores, la razón de su estadía en este pueblo perdido.

—Isaura, primeramente, permíteme tutearte, no hay razón para dirigirnos como si fuéramos extraños; ¡Isaura, que nombre tan bonito!

A partir de allí comenzaron a verse con asiduidad. Se les veía pasear por los bordes del río, departían sobre las estatuas, conversaban amigablemente. Breixo le explicaba el porqué de los nombres griegos y su símil con los romanos, iban juntos a la bodega de Armando Pérez-García a encargar vino, jerez y cava, y algunas noches Isaura no volvía a la granja hasta la madrugada. Su hermana ocultaba delante de los padres como podía sus andaduras con el maestro.

Capítulo 5

Una vez Sonia llegó a la Bodega, arrastrando malhumoradamente a Romualdo por su conducta dilatada y sin explicación, lo sentó en el diván atento a su comportamiento. La habían llamado al orden desde la Escuela. Avelino, el hijo mayor de Lucía Ramírez y bedel de la Escuela, le transmitió la preocupación que tenían por lo "extraño" de su conducta. Y no era la primera vez. Meses antes lo habían reprimido por encontrarlo en los aseos "morreándose" con Iván el hijo de Facundo. No le prestaron atención, "cosas de niños, ya se sabe, juegan" se decían y allí había quedado la cosa. Pero esta vez era diferente. Con un grado de ambigüedad desconcertante se paseaba de la mano de otro compañero en el recreo y se besuqueaban indiscretamente delante del resto de alumnos; se hacía llamar Azucena con insistencia y según fuera el caso le discutía al maestro que su nombre artístico podría cambiar de Azucena a Azuceno si le daba en gana, cosa de emociones internas o de los sentimientos que tuviera en ese momento según fuera estar frente a algún compañero o compañera que le gustara.

Al enterarse Sonia se arremangó en plan de lucha, como si fuera a embestir a un enemigo y sacó pecho mientras Romualdo se acurrucaba dentro del diván para aguantar la andanada.

No entiendo que esto me pueda pasar. Mi hijo, un energúmeno con el paso cambiado, tiene que haber una explicación seguro que en cuanto me vea la furia en mis ojos se le pasarán esos arrestos increíbles, un marica en mi familia, un marica en el pueblo. Es el colmo. Bajó la cabeza y dirigiéndose muy ofuscada le vociferó con voz grave

—Pero me vas a explicar de qué demonios se trata, y se desinfló un poco para volver a arremeter en tono menos desmayado, queriendo comprender:

—¿Qué es eso?, y se le hizo un nudo en la garganta; le costó decirlo

—Que te llames Azucena, y se desinfló. La sola idea de una mariconada la aterraba.

— Así es, respondió Romualdo con determinación.

—Me llamo Azucena, y al decirlo puso un énfasis imponente, para no dar lugar a dudas. Pero lo que más le llamó la atención a su madre fue cómo lo pronunció, despacio y remarcando exageradamente la zeta y la ce. Sacó una lengua fuera de la boca, exagerada, para pronunciar su nuevo nombre. A Sonia le aumentaron los ojos al tamaño de una bola de billar y rezumando desprecio y asombro le espetó con desagrado:

—Azucena, qué diablos es eso, y porqué lo expresas de esa forma tan…, no le salían las palabras, levantaba la cabeza al techo como hurgando en su cabeza, buscando una explicación, —tan ridícula, y continuó —con esa lengua tan fuera de borda, es que… es que, y calló en espera de una respuesta.

Con la rebeldía propia de un adolescente prematuro y con un convencimiento de su mismidad inalterable, le dijo con gesto de seguridad al tiempo que realizaba un suave bamboleo de su cadera dentro del diván reafirmando su postura:

—Eso, Azucena, y volvió a sacar la lengua intencionadamente para agregar —Así es como quiero que me llamen de ahora en adelante, le replicó mirándola a los ojos en plan desafiante.

— Suena tan femenino. Es… es rimbombante y provocador. Nadie me va a hacer cambiar de opinión. Se lo puedes decir a Papá. No me importan las consecuencias.

No era cuestión de poner en entredicho tal determinación en ese momento, pero le surgían enormes dudas de cómo afrontarlo. El qué dirán a Sonia la atemorizaba. Qué dirían sus padres tan cristianos, cómo decírselo en caso de que persistiera el absurdo; a quién pedirle consejo, a Don Escolástico el cura trotador, pensaba y meneaba negativamente la cabeza en actitud desconsoladora. Durante esta conversación interna estuvo de espaldas a Romualdo. Debía de tomarse su tiempo antes de hablar con el padre. Y le lanzó furiosa:

—No sé si algún día te llamaré así, pero ten presente que en esta casa jamás vas a vestir como una niña, te lo juro por todos mis muertos, al tiempo que elevaba su cabeza al cielo buscando el perdón de Dios con gestos de arresto y haciéndose cruces.

—Ya veremos, le contestó, con la osadía que da una firme seguridad interna, exacerbada por un revoltijo de hormonas bullendo en un crisol de modernidad creciente.

Sonia se retiró tan deprimida que olvidó enrollarse como de costumbre en su cubículo administrativo. Subió las escaleras, encorvadas, cabizbaja; no era el momento de liarse en las cuentas, ni de abordar los encargos.

No lo puedo creer, tan ilusionada como estaba y me lanza de sopetón tal despropósito, ¿Es que hay alguien que entienda esto? ¿Es que lo críe mal o son cosas derivadas de los genes de… y rebuscó en su cabeza? Azucena, dijo y se quedó tan pancho… y cómo es que no me di cuenta de tales absurdos. Debí de sospechar cuando lo vi montado en mis tacones, con colorete rodeándole las mejillas, como pude estar tan ciega, quizá ya sea tarde para hacerle comprender el tamaño de su desaguisado. Mis pobre padres que siempre los han visto como fenómenos de circo, pensarán que es cosa de Armando ¿o será de mi Joaquín? Es una maldición y en un pueblo tan pequeño, pronto se enterarán de todo.

Recostada sobre su sillón, observaba la estampa de su esposo acodado al mostrador siguiendo con la vista el trabajo de los obreros. El rodar de los barriles hacia la reserva y el tufo de la fermentación de las destilerías que antiguamente le erizaban los pelos de concupiscencia ahora le inducían vaharadas de desaliento y los olores aromáticos y fuertes de los lagares cercanos que antes le insuflaban sus pulmones de complacencia le golpeaban su orgullo alicaído hasta transformarse en indiferencia, en apatía; cargaba a sus espaldas una anormal inquietud. Estaba viviendo una encrucijada que no creía ser merecedora; lágrimas de incomprensión le batían desoladoramente el interior de su alma atormentada.

Lucía Ramírez

Lucía Ramírez ocupó un lugar distinguido durante los tiempos de "La espléndida"; como comadrona ejerció un trabajo formidable. Algo descuidada en el vestir, de pelo corto y enrulado tapándole ligeramente las orejas y con varios kilos de más evidenciados en las caderas que le sobresalían en exceso; al tener una cintura pequeña los flancos le rebasaban a cada lado con generosidad. Le costaba un poco caminar pues era piernicorta y al andar, del cansancio de la vida, sus pasos se cargaban ligeramente a la derecha. Parió dos hijos, Avelino y Gumersindo, con el mismo hombre, Bartolo. Un mercachifle que iba de pueblo en pueblo ofreciendo quincalla de la más barata. Aparecía y desaparecía cada tanto. Calculaba la vuelta a los mismos poblados para cuando las tijeras, dedales, llaveros o bisutería que vendía se desafilaran o se rompieran de la mala calidad. Cuando retornó por tercera vez al pueblo, lo recibió a escobazos y le azuzó sus dos perros, no quería volver a tener hijos; se consideraba una coneja pues con los únicos dos revolcones que tuvo con él, cortos y mal ejecutados, quedó embarazada; lo recordaba como al "quincallero maldito". La cópula, a él, le representaba una ceremonia rápida, sin preámbulos. Lo aborrecía cada día que tenía que cambiar los pañales a sus dos hijos, con una diferencia de apenas 10 meses, y darles el pecho. Mamaron hasta los cinco años, colgados cada uno de un pecho pues les llegaba el turno al mismo tiempo. Desde que les afloraron los primeros dientes le mordían los pezones en su ansiedad, de puro insaciables, hasta que finalmente se rindió a la evidencia y se tuvo que inclinar por las mamaderas dejando a un lado las creencias en boga:" nada como la leche materna" y un sin fin de otras cosas que fue desechando por absurdas "lo dicen los hombres porque sus tetas son totalmente inútiles" se decía. Le pasó igual con otras "modas". Se había tragado un montón de leyendas como la ecología y similares; "nada como nutrirse natural" y otras frases anodinas después de haberlas probado en los primeros años con sus hijos. Los menús insulsos de los vegetarianos y la pobreza nutricional y sin gracia de las comidas de los veganos le habían resultado insubstanciales y aburridas, por lo cual en cuanto sus hijos crecieron para poder demandar y exigir volvió a la denostada modernidad, a la aciaga urbanidad y despiadada consumación de la carne de vaca, de cordero, de pollo, pasta italiana, bollos, cuanto más azucarados mejor, y todo tipo de tartas. Pero se salió con la suya, los pezones intactos y un gusto al saborear cada comida como si fuera la última cena de los evangelistas, y así veía crecer a sus retoños con mayor normalidad. Pero las posaderas le fueron creciendo. Cuando se enfadaba para sermonear a sus críos tenía por costumbre poner los brazos en jarra que vista por detrás parecía un ánfora, le sobraba cuero por todos lados, al caminar las redondeces de la barriga se movían en un acompañamiento cadencioso, pero esta deformidad no le incomodaba, al contrario, le inducía a bromear y descaradamente ofrecía su "dieta" con desparpajo a las parturientas después de dar a luz, para que fueran felices, que a los hombres "les dieran morcillas", que no fueran "tan petimetres" y que no se inquietaran con su embastecer, que las carnes "son bellas" y les recalcaba la admiración que causan las pinturas de Botero, llenas de gordas rebosantes de celulitis.

Avelino, su hijo mayor, entró de bedel en la escuela gracias a sus esfuerzos e influencias, en especial con Francisca a la que la unía una gran amistad después del armisticio que hubo entre ellas. Tiempo ha, llegaron a odiarse en lo que se conoció como la "guerra de los helados". Una vez terminado el afán de dar a luz cuando la población masculina quedó desabastecida de "La espléndida", la falta de trabajo de Lucía la obligó a devanarse la cabeza en busca de lograr crecer la economía doméstica y viendo el salvajismo de las bandadas de niños pululando por las calles y las ansias de llevarse cualquier cosa a la boca recordó las peleas entre sus hijos cuando eran pequeños por los helados de palo casero que producía. Le pareció que sería oportuno intentar fabricarlos; se puso a la tarea y cuando tuvo la cantidad suficiente se lanzó al ruedo. Obligó a Avelino, a sentarse cómodamente en la puerta de su casa, camino obligado de retorno del colegio y, al ver pasar a los alumnos, sacaba un helado de vainilla o chocolate y comenzaba a darle lametones sorbiendo y haciendo ruidos llamativos al tragar. Los primeros días incluso ofreció algunos gratis y les remarcaba lo económico que eran. Pocos días después los escolares hacían fila y así las arcas de la familia fueron aumentando. Con rapidez se pasó la voz; se les conocía como "la familia de los helados de palo". Pero en la vida de los pueblos siempre existe un resquicio por donde se cuela la envidia y las ganas de embarullar la normal placidez. A Francisca, siempre ávida de acrecentar los caudales diarios y agarrada cuando tocaba pagar, no le pareció justo que tuviera todas las mañanas que "invertir" un gasto al margen de la canasta familiar en helados para su camada de nietos, pues a la hora de marchar al colegio se despedían en su casa y volvían satisfechos y relamidos, para darle las buenas tardes. Los primeros días no se opuso a "premiarlos", hasta se sintió buena abuela, generosa y bien dispuesta, pero al verlos tan entusiasmados y escuchar los comentarios elogiosos de las vecinas hacia la comadrona, que a ella nunca le sirvió como tal pues a Facundo, años ha, lo había parido sola en un momento de distracción atendiendo a un cliente, se puso a cavilar. No le cuadraba un gasto fijo sin recompensa financiera. La curiosidad le picó; les dijo a los nietos que quería probar uno para ver cómo sabían. Se negaron rotundamente. A los niños se les puede pedir cualquier cosa menos un lengüetazo de helado. Esto le cosquilleó aún más el interés a la par que le recorría las entrañas una sensación de envidia y, es más, de desagrado antes de probarlos siquiera. Tuvo que humillarse acercándose a comprar uno. Le pagó a Avelino y para disimular le dijo que era un regalo para su nietita Valeria que no iba a la escuela, pero se ponía a hacer pucheros y le nacía cara de trapo cuando los veía llegar embadurnados de vainilla y los pantalones manchados de chocolate; le dejaban el palo para que lo lamiera y "se diera el gusto" Francisca acabó el helado antes de llegar al colmado para evitar deseos entre los críos. Le pareció "muy malo" y a continuación formuló "esto lo vamos a arreglar enseguida" y se fue a la cocina a preparar unos helados "De verdad". Conocía la fórmula de sus antepasados, aunque con el tiempo, los había dejado de hacer, por lo cual tuvo que hacer varios ensayos. Haciendo memoria, después de varios fracasos, logró su cometido y en unos pocos días sus nietos llegaban a su casa deseosos de tomarse sus helados "ricos, más sanos y de mejor sabor" según aseveraba Francisca. En efecto eran muchísimo más apetitosos, preparados en base a leche, frutas y maicena, dejándolos reposar lo suficiente y antes de servirlos les añadía por encima confeti y chocolate rallado; eran cremosos y de mayor gusto comparados con la paleta helada de los hechos por Lucia Ramírez que en realidad consistían en una pieza compacta de hielo multicolor. Los vendía a discreción. Pronto se corrió la voz entre los niños que los helados de Francisca sabían mejor. Sin embargo, como sucede a menudo, había un grupo grande de seguidores de los helados de palo de Lucía, entre otras cosas porque eran un poco más baratos y el expendio estaba justo a la salida de la escuela. A partir de allí se inició una rivalidad muy comentada. A la disputa se unieron varios adultos a comprobar la veracidad de los hechos. Así, los clientes asiduos de "Los Titanes" elogiaban la calidad de los helados de Francisca por su sabor, cremosidad y presentación y no les importaba que fueran un poco más caros. En cambio, aquellas mujeres a las cuales Lucía Ramírez había auxiliado con tanto cariño y amor en sus partos, le profesaban una lealtad imborrable y repetían machaconamente, a falta de mejores argumentos, "ni comparación con los helados de palo de nuestra Lucía" y con la idea de convencer argüían las ventajas del hielo disuelto en la boca como refrescante en verano y a un menor precio. La rivalidad entre ambas mujeres no afectó para nada a los hombres de cada familia. Joaquín Bermúdez no se quería involucrar a pesar de la insistencia de Francisca en que hiciera algo en su favor "Y como qué" le respondía

Joaquín fastidiado por la insistencia diaria, a lo que ella contestaba irritada:

" Pues desparramarle los helados en cuanto los saca a la venta fuera de la casa o poner un cartel en su ventana que diga: "Son muy malos y están mal hechos, o directamente evitar venderles cualquier cosa en nuestro negocio, mostrando una agresividad desconocía hasta entonces. Su furia repuntaba al ver las caras, comentarios y el gusto con que muchas madres alababan a Lucía, la ponía verde de celos, mucho más que el supuesto daño material que les podía engendrar. Avelino por su parte desistió de plegarse a tal "desatino", pero Gumersindo proclive a su madre, muy encariñado por ser el pequeño, tomo partido. De niño, a escondidas de Avelino, le daba de mamar ración extra los fines de semana para recompensarlo, y por tanto salió más grandullón, apegado a sus faldas y lanzado sin mirar el peligro; hacía las veces de vendedor y propagaba cada tanto, eslóganes acompañados por una música pegadiza escuchada en la radio, "Buenos, bonitos y baratos, los mejores helados" tan fuerte que desde "Los Titanes" Francisca ofuscada, mascullaba planes.

Para aumentar las ventas se le ocurrió ofrecerles una ganga: los viernes realizaba un sorteo; el premio era un helado gratis durante todos los días de la semana siguiente. Tuvo un éxito impresionante. Lucía Ramírez observaba la cola que formaban los niños los viernes en casa de su "rival" y se descomponía. Se acercó furibunda a pedirle explicaciones; el porqué de la falta de comportamiento mercantil, que esas cosas no se hacían entre vecinos, que hay que arreglarlo como sea, finalizando con un amenazante "no lo permitiré". A medida que se enfurecía le iban surgiendo nuevas consignas cada vez con tono más alto. Se puso arrabalera; le salió su lado oscuro y violento; la invitó a salir fuera de su "tienda de baratijas" en plan pelea. A Francisca, dentro del local, se le iban subiendo los colores, intentaba contenerse, pero le podía su mal genio y los deseos de arrancarle los pelos; se elevó el busto, se limpió las zapatillas sobre el felpudo de entrada, al estilo toro que va a embestir, y salió enfurecida a trincarla de las crenchas. Tuvieron que separarlas entre Joaquín que trataba de sujetarla por los brazos y Avelino que tiraba de la cintura de su madre. Apenas separadas continuaban maldiciéndose; se escupían, voleaban brazos y le pegaban a sus respectivos haciendo esfuerzos por soltarse, con deseos de acabar la una con la otra. El espectáculo dio origen a tantas bromas entre la población que ambas mujeres se encerraron en sus casas durante varios días más avergonzadas que furiosas. La venta de helados se suspendió.

Días más tarde con el fin del curso escolar el ambiente caldeado fue menguando hasta que semanas más tarde cuando se cruzaron con sus respectivas familias paseando por la ribera del rio, se les notó el esfuerzo que hicieron para esbozar la sonrisa más fingida que se hubiera conocido en toda la historia del pueblo. Nadie supo lo que pensaban, pero era evidente el esfuerzo por borrar un episodio tan trágico como humorístico.

Pasó el verano y con la llegada del otoño comenzaron los preparativos para un nuevo año escolar. Joaquín Bermúdez le rogaba a Francisca que desistiera de la venta de helados, que no traían mayormente una ganancia como para estar en guerra continua, que mejor guardaran energías para lo que la fortuna les deparara y que ocupara su mente en otras alternativas, que el dinero no traía siempre la felicidad. Por otro lado, Avelino que se estaba ocupando de ganar un puesto en la Bedelía de la escuela, no quería cargar a sus espaldas con algo tan pesado como una madre buscapleitos. Sin embargo, Gumersindo la hostigaba y la tosigaba para que no se rindiera, que el moretón que le quedó en un ojo y las marcas de uñas en su cara por la furia de "esa gorda apestosa de Francisca" bien merecían una revancha "démosle fuerte madre yo le parto la trompeta en la cabeza" y seguía con argumentos descabellados por el estilo.

El principio del otoño era un tiempo apacible y seco, con días calurosos seguidos de noches frías. La gente se preparaba para el invierno haciendo acopio de leña y colocando en los trasteros comestibles imperecederos para las largas noches. Ese otoño lo recordarían por mucho tiempo. Los días escolares acababan de comenzar y como siempre sucede una plaga de piojos se desperdigó por las cabezas de todos los niños. A "Los Titanes" les llovieron los encargos de los insecticidas adecuados. A la plaga de piojos le sobrevinieron unos días muy fríos: los niños debían ir a la escuela repletos de abrigos y cayó una humedad desconocida para la cual no estaban preparados. Entonces comenzaron a aparecer dolores articulares y musculares seguidos de los primeros síntomas febriles, en la población infantil en especial. A la primera señal de malestar les obligaban a guardar cama. Era una epidemia. De inmediato el contagio abrazó a los adultos, en particular a los de mayor edad. La preocupación se extendió a todos los habitantes cuando llegaron noticias desde "El Cortigal" que varias personas habían muerto por la gripe y se daban enunciados de alarma, se detallaban formas de evitar el contagio; era de una rapidez desconocida. La prevención fue tan generalizada que apenas se veía gente caminar por las calles, inclusive del temor al contagio cerraron la escuela.

Una mañana Augusta Varela tuvo que despertar a Cayetano, estaba tieso como un salame, tiritaba de frío, le dolía el cuerpo, estornudaba constantemente y se negó a tomarse sus dos vasos de aguardiente con uva como era su costumbre mañanera; le preocupó tanto a Augusta Varela que por primera vez en su vida no supo que hacer. Cayetano se movía inquieto de un lado a otro en la cama, sudaba y temblequeaba como una vara azuzada por el viento. Cada tanto expresaba en voz alta expresiones incomprensibles "Bruno Garrido eres un granuja" "Las vacas al monte y los corderos al río" "madre no te lo mereces, tendrá su merecido" y otras veces se reía y contaba anécdotas de cuando era niño. La fiebre le había calentado el cuerpo, la cama ardía y los sudores le recorrían hasta los pies. Augusta Varela, espantada como nunca en su vida, hizo un repaso mental de las tradiciones en su familia, de cómo abordaban situaciones semejantes y le aplicó sinapismos a lo largo y ancho de todo el cuerpo. Mejoró, le bajó la fiebre y dejó de tener fuertes alucinaciones, pero quedó inmóvil y con los ojos sobresalidos de las órbitas. Seguía delirando "Por qué; no me pegues papá" "Juguemos a la rayuela" y otras sandeces de cuando era un chaval; su esposa asustada se decidió por otras recetas familiares, lo colocó cara abajo en la cama, le llenó la espalda de ventosas y le puso paños fríos en la frente. Al cabo de un rato, Cayetano se quitó todo con furia, la miró con el asco que uno pone cuando le ha sobrepasado el límite de la paciencia y preguntó por su desayuno. El alivio a Augusta Varela la llevó a que le salieran un par de lágrimas y "por los cogones de mi abuelita que me habías asustado, carajo" y fue a la despensa a preparar los dos vasos de aguardiente y preparar los buñuelos. Pero cuando volvió estaba otra vez afiebrado y arropado tapándose hasta a la cabeza. Corrió hasta la barbería a preguntarle a Don Fernando por algún remedio que tuviera para apaciguar la fiebre y las convulsiones de Cayetano. El resto del pueblo también sufría de las conmociones de la plaga.

Sonia dejó de preocuparse de la condición de género ambigua de su hijo cuando vio a Armando descalzo, en calzoncillos y empapado de sudor, con un andar revoltoso, agitando los brazos amenazadoramente a lo largo de la reserva de los vinos y alentando a los obreros a que "trabajen de una vez por todas haraganes, carajo, o este mes no les pago" Corrió a taparlo y se lo llevó a la cama. No tuvo que poner mucho esfuerzo en conducirlo, estaba enclenque, en los puros huesos, pues llevaba semanas negándose a desayunar, decía que su estómago no lo soportaba y por las noches se las apañaba con un huevo duro, "son pura proteínas" versaba queriendo imponer un criterio nutritivo poco convincente. Sonia viéndolo tan apagado, tan fuera del mundo, aplicó sus conocimientos basados en dietas que imaginaba le serían de mucho beneficio. Una vez que lo ayudó a vestirse, lo obligó a sentarse en la mesa y lo colmó de jamones ibéricos de bellota de pata negra, gruesos filetes de carne acompañados de pilas de patatas fritas y muchos zumos de naranja, y como broche de oro, tabletas de chocolate negro. Lo conminó a que lo tragara, "sin pensar", hacía cualquier cosa para que se repusiera; por su cabeza aún le rondaba que debía de confesarle donde guardaba el grueso de su fortuna, en cuál de los doscientos barriles estaba escondido el mogollón de dinero, depósitos a plazo fijo, joyas, acciones etc.

Se repuso con rapidez. En unos pocos días estaba como nuevo; evidentemente no era gripe, si no debilidad nutricional con "fiebres de los montes" según la había denominado Primitivo Hernández en sus periplos montañeros cuando era un adolescente salvaje y vivía al margen de la sociedad. Se puso tan bien que una vez en pie, recorrió toda la bodega hasta que llegado al tonel secreto asegurándose que nadie lo observara, hizo un recuento de todos sus haberes; no faltaba nada; le sobrevino una satisfacción tan grande que recorrió la vuelta hasta llegar al mostrador de atención al público tarareando tonadillas y tiranas. Pero días más tarde comenzó a estornudar, le brotaron unos granos extraños en todo el cuerpo; se sentía afiebrado. Se arropó tanto que no podía caminar. Sonia al verlo que trastabillaba con cada estornudo agarrándose de las paredes, lo cogió de los brazos y lo arrastró a la cama. No se animó a embutirlo con sus ingeniosos menús reponedores; el termómetro indicaba 40 grados y al llegar a los 42 lo desnudó y lo zambulló en la bañera a la que le tiraba cubitos de hielo constantemente. Temblando y llorando del fastidio, Armando se puso lívido, le castañeteaban los dientes, tenía los pelos erizados, imploraba perdón y, en su alucinación rezaba a Dios, a pesar de jamás haber creído en un ser superior pues siempre dudó de su existencia. En tiempos de escasez y penurias en las múltiples situaciones que pasó en su dilatada vida, declaraba que Dios, si existía, debía de ser "Un señor con muy malas pulgas" alguien de quien "No se puede uno fiar; eso de arrodillarse para pedirle que lo escuche sin tener nunca una respuesta —y continuaba — o es sordo o es un bribón malavenido" y otras perlas anticlericales. Al verlo sufrir Sonia se apresuró a secarlo, lo metió en la cama y a la tarde cuando le llevaba un caldito caliento para animarlo no lo pudo despertar. Murió de cuerpo entero; no hubo mortal que lo pudiera levantar; tieso como una estaca y arrugado hasta en las orejas; sin embargo, se le manifestaba una sonrisa en los labios más enigmática que la Gioconda según bromeaban sus empleados cuando tuvieron que ponerlo en el ataúd entre cuatro trabajadores. A Sonia no le extrañó verle esa mueca de felicidad, representaba la dicha de dejar el mundo sin revelar el escondite de su fortuna. Sabía que se las jugaría así, sin prevenirla, sin alentarla o darle una pista, de puro amarrado; avaro hasta el fin. Como no tenían jardín donde enterrarlo, pues en su casa sus padres se negaron a "prestarle "un hueco a tamaño ateo", y cómo vivían en un apartado pegado a la bodega con todas las comodidades, tipo palacete con unos jardines tan bien cuidados con fuentes y decoraciones tipo Versalles, no le apeteció estropear la vista recordando al "hombre más roñoso del mundo" por lo que tuvo que comprar una parte de terreno propiedad de Augusta Varela, aún muy ocupada en luchar contra los altibajos corporales de Cayetano cada día más sumido en los tenebrosos brazos de la gripe; la muerte también le rondaba.

Finalmente le dieron sepultura a Armando Pérez-García acompañado por sus empleados que la rodeaban para consolarla y un largo número de vecinos y varios curiosos por ver la estampa del hombre más rico del pueblo y, por fin y de una vez por todas, morder el polvo como cualquier hijo de vecino. Don Escolástico al frente de los dolientes rezaba por el "alma de un pecador, pero buen vecino. Piedad Señor" y todos a una contestaban "Piedad Señor" Sonia encabezaba el grupo funerario llevando de la mano a Romualdo, con la cara empolvada de maquillaje y los labios pintados con carmín quien miraba la lejanía en actitud de desafío. De tanto en tanto se quitaba un pañuelo del bolsillo y, con suavidad, hacía que se limpiaba una lágrima; unos pasos más adelante llevaba con delicadeza una mano a la boca y soltaba una bocanada de aire para ver si tenía mal aliento; luego seguía andando con un suave meneo de cadera.

En verdad fue un otoño desastroso, en un momento determinado prácticamente no hubo niño que se hubiera salvado de la gripe.

Varios hijos de los obreros de la bodega de Armando Pérez-García fallecieron y como muchos vivían en casas modestas en un terreno baldío empobrecido por la falta de cuidado, creció la preocupación de donde enterrarlos, pues el cementerio frío y descuidado no era la opción adecuada para enterrar a sus retoños. Sonia, que no podía olvidar sus creencias cristianas y con un corazón debilitado al ver cada día como Romualdo se iba transfigurando en Azucena y sin Armando que, quiérase o no, era un apoyo incondicional a sus caprichos, sintió dentro suyo el palpitar del buen samaritano y ofreció el terreno donde estaba Armando enterrado para que pudieran sepultar a los hijos de sus asalariados. Una buena acción muy comentada, aunque no todos la entendieron de la misma forma. A Calixto, apoltronado en el sofá del Ayuntamiento, harto de realizar esculturas pequeñas de madera, ya que tenía la mesa llena y un montón más diseminadas por los registros, aparadores y el bargueño, le llegó la noticia de la apertura de lo que se estaba convirtiendo en un cementerio en su jurisdicción. No había sido debidamente informado por los dueños o los gestores. Sabía que la muerte acechaba las puertas de cada casa y se llevaba al más débil, pero no imaginó se estrenara un camposanto sin su autoridad ni consentimiento. Quedó reflexionando. Cuando le otorgaron el cargo de alcalde se había informado de todas las reglamentaciones que abarcaba su mandato. Los primeros meses estudió detenidamente y con entusiasmo cada ley y ordenanza y hasta donde podía llegar su potestad, conocimientos que nunca aplicó dada la aparente buena camaradería que existía entre los habitantes del pueblo, de tal forma que las instrucciones y legislaciones permanecieron herrumbradas en un rincón tapados por la rutina diaria y falta de interés. Pero ahora la situación era diferente, un cementerio al fin de cuentas no representa ni más ni menos que la detallada historia de los ilustres hijos del pueblo, el estandarte en que se mira la nobleza que los distingue o la insignificancia de una región; sus estatuas, mausoleos y lápidas con los nombres de cada integrante indican un trozo de la vida pueblerina, son el bálsamo que ilustra la grandeza de un momento vivido; cuando las civilizaciones desaparecen quedan como mudo testigo de su grandeza los funerales, tumbas o edificaciones erigidas en honor de los eximios integrantes. Le parecía que simbolizaba la propia esencia de su pueblo, que tendría que rivalizar con el Ayuntamiento y la Comisaría en fastuosidad y por ende debería tener la estructura y exigencias necesarias. Para ello decidió hurgar entre los montones de libros, declaraciones y sucesos que apilaba en unos estantes rotulados por año hasta que encontró la singularidad que buscaba. Para declarar un predio como cementerio oficial debía de llevar los permisos reglamentarios y autorizados por triplicado y pasar una revisión llevada a cabo por la central jurisdiccional en la capital de la región. Una serie de trámites que no se habían cumplido; quedó pensando en la forma de abordar la legislatura vigente. Finalmente, se acercó con firmeza a la bodega de Armando Pérez-García con los papeles acreditativos que reglamentaban los principios y consideraciones a tener en cuenta, las normativas que debían de cumplir las instalaciones y un montón de papeles oficiales con la intención de verificar que el uso de ese predio como cementerio debía de estar acondicionado, reglamentado y con las correspondientes autorizaciones administrativas. Al aproximarse a la entrada de la bodega se encontró con un grupo de madres abatidas, llorando, con el rostro apesadumbrado, cargando en brazos a sus hijos envueltos en mantas obscuras. Detrás marchaban a paso lento sus padres portando grandes cirios seguidos de filas de parientes y amistades murmurando en voz baja la desgracia.

Sonia, muy enternecida por la tragedia, sentía la llama de la conmiseración y en vista de ser los hijos de sus empleados, además de ofrecerles un lugar cerca de la tumba de su esposo para reposar, había decidido correr con los gastos de los sepultureros, encargado una corona de flores con el nombre del pequeño en letras doradas y les proporcionaba en mano un estipendio como compensación a tan desdichada pérdida. Las familias venían a descargar su pesar, a enseñarle la fatídica escena que los hundía en una situación miserable, a expresarle a Sonia su dolor "tan buena madre, que tanto por ellos se compadecía"

Calixto había pasado de largo los noventa años, pero mantenía un vigor y una plenitud asombrosa, probablemente debido a sus muchos años de vivir a la intemperie y cuidar ovejas antes de aceptar el cargo de comisario y alcalde y, al encontrarse con sus conciudadanos sollozando y apenados, un escozor interior le recorrió el cuerpo. Se detuvo unos cien metros antes a recapacitar. Dudaba de aplicar la ordenanza tal cual estaba escrita, no solo pondría por los suelos su reputación de justo, sino que dejaría a toda su "gente" en situación de abandono; lo contrario de lo que toda la vida él mismo había profesado, un pastor nunca abandona sus ovejas. No podía ejercer una ordenanza tan injusta, le remordería la conciencia el resto de la vida. Encima, para ahondar en la herida que él mismo se estaba clavando con esas dudas, lo recibieron con gran animación, apreciando unirse al infausto suceso y se lo agradecían con grandes abrazos, apretones de mano y "Dios lo bendiga", por el solo hecho de acompañarlos en tan trágicas circunstancias. Se le hizo un nudo en la garganta. Consternado le devolvía las gracias; más por dentro, una cicatriz de misericordia le partía en dos su persona. El juramento de cumplir los requisitos legales, fuera quien fuera a quien le tocara, le azuzaba sus deseos de hombre recto y legal, más por otro lado, los sollozos de los padres, la angustia del dolor insoportable de perder un hijo y no poder darle sepultura "Como Dios manda" lo acongojaba, le podían sus sentimientos. En cuanto se acercó Sonia a saludarlo con la cara encogida y los ojos humedecidos se sintió tan tocado que no se animó a proseguir con su propósito. Se dijo "Y quién diablos se va a enterar en la capital que existe un cementerio en un lugar tan apartado, si se le puede considerar un cementerio a este predio" a lo que seguía "Tampoco hay un cartel o rótulo que anuncie su existencia" y con frases similares se fue convenciendo del absurdo que iba a realizar. Guardó sus papeles y sacando coraje expresó una mentira piadosa "Vine a acompañarlos en el sentimiento" para añadir "Siempre estoy a su disposición" y del fondo del grupo surgió un "Viva nuestro alcalde" a lo que todos se sumaron y al cabo de un rato se retiró para que los deudos continuaran con las condolencias y prosiguieran con el cortejo fúnebre. Ninguno de ellos se percató de la tímida retirada de Calixto hacia la Alcaldía. En su solitario trayecto, de a ratos cabizbajo, de a ratos contento, rompía las órdenes de cierre del cementerio y esparcía con desidia las reglamentaciones y las ordenanzas. El último pliegue administrativo lo tiró por los aires al tiempo que decía "La vida es algo mucho más que un montón de papeles dictados por personas ajenas al dolor humano" se ajustó el cinturón, pateó un par de piedras, observó el cielo, inspiró con profundidad y prosiguió su andadura hacia el Ayuntamiento sintiendo que había hecho una gran obra.

Don Fernando pasaba cada tres días a ver el estado de Cayetano bien cuidado por Augusta Varela. Le había encargado realizara infusiones de raíces de malvavisco varias veces al día, para calmar la tos y por sus propiedades antiinflamatorias, que con el mismo preparado hiciera gargarismos para tratar las anginas y que le aplicara paños tibios empapados en azufaifa en la espalda para aliviar el dolor y aflojar la congestión; que nada de ventosas por ser contraproducentes. La cuestión es que a la semana Cayetano se pudo levantar y enseguida emprendió la tarea de recuperar el tiempo perdido. Las faenas del campo le absorbían por completo las mañanas. Por las tardes se dedicaba a la recolección de miel de los panales y con Augusta Varela a preparar utilidades caseras como mermeladas, compotas, separar el grano, guardar las patatas y boniatos en el cobertizo y acumular leña para el invierno.

Don Fernando, en cuanto comprobó los beneficios de su tratamiento, se retiró satisfecho encaminado a utilizar "su medicina" en aquellos pacientes que aún sufrían los varapalos de la gripe. Tuvo mucho éxito; la recuperación de los enfermos fue total y pasó a ser bendecido a cada paso que daba, hasta querían ponerle su nombre a una calle, cosa que se opuso totalmente, no por humildad, palabra que nunca había conocido, es que no creía se lo mereciera. La verdadera heroína había sido Paulina quien le había dado las recetas para trasladarlas a los que las necesitaran.

Paulina se acercaba poco al centro del pueblo conocedora de la fama que le precedía y también sabía la tirria que despertaba en algunos personajes relevantes como Augusta Varela, que la celaba sin disimulo; si se cruzaban por la calle la seguía con la vista, una ceja levantada y cara de estreñida hasta que desaparecía entonces giraba la cabeza y lanzaba un escupitajo de bilis al suelo. Paulina nunca lo confesó y nadie lo supo, ni siquiera sus gemelos ahora tan cambiados por sus respetivas mujeres, que en sus tiempos mozos llegó a intimar con Cayetano, cosa que por misterios de la vida

Augusta Varela, sin saberlo, lo presentía. Vivieron un romance, un acercamiento amoroso que no llegó a buen puerto. Paulina de joven era muy atractiva, delgada, de pelo negro y largo, llevaba siempre un cinturón ajustado y ancho que le resaltaba la figura; con un interés aún limitado por los conocimientos oscuros ajenos a la moral cristiana reinante, mientras Cayetano paseaba su estampa de hombre adulto pizpireta. Por la misma época Augusta Varela era una adolescente aún, suspiraba por amor sin tener una idea exacta de su significado, anhelaba con ser rescatada de peligros acechantes por un hombre fuerte, elegante, rico y distinguido, y dormía arropada entre algodones de ensoñaciones principescas. Para ella Cayetano no era más que un hombre mayor al que observaba con la misma actitud y respeto que a cualquier otro ciudadano; un desconocido sin importarle el rumbo que llevara.

La relación entre Cayetano y Paulina no pasó de unos pocos paseos por los alrededores del pueblo montada en el carro de Cayetano y unas caminatas a lo largo del río en donde tuvieron su aproximación más cercana: unos tímidos abrazos, unos besos frugales y la vuelta cogidos de la mano hasta que al aproximarse a la población se separaban con el corazón palpitando fuertemente. No se volvieron a ver. Cayetano tuvo que ausentarse del pueblo durante varios meses para arreglar unos asuntos familiares; la muerte del hermano de su padre, un solterón empedernido que había amasado una pequeña fortuna. Le dejó en herencia una cantidad respetable de terrenos y una suma de dinero suficiente para vivir holgadamente un tiempo sin preocupaciones. A la vuelta al pueblo no se vio con Paulina, estuvo ocupado en la compra de nuevas tierras, agrandar su parcela, modernizar las instalaciones para almacenar granos, reponer aperos y compró nuevas herramientas de labranza. Vendió algunos jamelgos ya viejos, compró briosos caballos y un carro nuevo para el transporte de mercaderías y eventuales paseos.

Paulina por su parte, sintiéndose olvidada no perdió el tiempo; por una de esas casualidades de la vida conoció a un trapero de paso por el pueblo. Se le había roto una de las ruedas de madera de su carromato sobre la cual cargaba una montonera de telas para confeccionar cortinas, ropas usadas de hombre y de mujer, paños de cocina, aperos de trabajo y un surtido de trapos y artilugios útiles para labradores. En la puerta de su casa el carromato se desequilibró y con gran estruendo quedó escorado a un lado al rompérsele una rueda. Atraída por el estruendo, quedó impresionada al ver la facilidad con que levantaba el carromato con el único auxilio de sus brazos para colocar unos leños enormes y varias piedras a modo de cuña entre el suelo y el eje para mantenerlo equilibrado. De la camisa arremangada, a pesar del frío invernal, le sobresalían unos bíceps impresionantes y su gran espalda curvada haciendo esfuerzos para quitar la rueda con algunos barrotes partidos, mostraba la firmeza triangular de un gladiador; en cuclillas sobre sus piernas le sobresalían abultados cuádriceps; el trasero respigón y tan bien formado la dejaron alterada, con el nerviosismo sugerente que da toparse con un "verdadero hombre"

No dudó en ofrecerle ayuda a pesar de ser un desconocido y al rato le trajo un café con unos bollos recién horneados. A partir de allí, Hermenegildo Madinagoitia no paró de hablar y de a poco fue haciéndose con la voluntad de Paulina hasta terminar ambos enrollados en la cama y sentir cumplidas las ambiciones y fantasías amatorias que le abordaban en sus solitarias noches.

Muy constante con los revolcones, con exceso de empuje y caricias sorprendentes la dejaba cumplida. Sin embargo, en los momentos culmines de la pasión tenía por costumbre describir con palabras lo que deseaba, sentía o se le ocurría que ella hiciese o dijera, comentarios no sólo que la importunaban sino que le interrumpían la concentración y la alejaban del orgasmo. Pero como era tan esmerado en sus faenas, con tanta mecha, con empujes interminables y movimientos arabescos de cadera, mejoraba su condición de amante en la etapa final de cada cópula hasta dejarla satisfecha.

Viendo que Paulina gozaba de una posición estable, que nada faltaba en una casa amplia con todas las comodidades, mostró su lado más afable y se apalancó en su casa. Las primeras semanas fueron deleitantes, era todo un caballero. Al levantarse sin camisa por las mañanas, se dirigía a asearse, mientras Paulina no cejaba de admirar su cuerpo bien formado y cerrando los ojos recorría cada pedazo de su piel adelantándose en sus afanes erótico-afectivos a esperarlo con afán cuando volviera a despertarla. Mientras preparaba el desayuno y notaba que estaba despierta comenzaba a contarle sus andanzas por cada pueblo. Las anécdotas se sucedían y como buen conversador tenía el salero de unir uno y otro cuento al que cada vez le sumaba más envoltura y regodeo hasta llegar a pensarse si en realidad habían sido aventuras suyas o parte de historias inventadas.

Luego de unos meses Paulina llegó a sentir un fastidio enervante en cuanto notaba que a Hermenegildo Madinagoitia le costaba levantarse. Se habían cambiado las tornas, ahora ella le preparaba el desayuno. Acurrucado en la cama esperaba a que estuviera listo; se sentaba descalzo a la mesa para esperar el desayuno y groseramente se embuchaba con glotonería, sorbía el café exageradamente y hacía ruidos desagradables al masticar sin siquiera mirarla. Molesta por su actitud y aburrida de verlo grosero llegó a pensar cómo deshacerse de un ser que comenzaba a aburrirlo. De todas formas, el trasiego diario y hastío no se convirtió en rutinario, pues el trapero, para evitar ser pesado y abusador, de vez en cuando desaparecía unas semanas para continuar con su trabajo recorriendo pueblos, comprando y vendiendo cuanta mercadería le pareciera oportuna para volver con una amplia sonrisa a contar con lujo de detalles cada venta y encimársele con desespero. Paulina, durante esas largas jornadas de aislamiento, olvidaba parte de su desagradable comportamiento y al reencontrarse y verlo tan fornido lo dejaba entrar con la satisfacción que produce el ansiado acaloramiento que la acorralaba desde días antes de aparecerse. En esas etapas de encantamiento notó que estaba embarazada.

La vida inesperada que le surgía cambió por completo su forma de ser; desde el interior de su cuerpo, su afecto y maneras se transformaron por completo. Le sobrevino una ternura desconocida; al sentirse madre sus pensamientos cursaron por derroteros distintos. Enternecida con su nueva estructura anatómica y como efecto primordial del nuevo ser que se estaba gestando comenzó a mirar a Hermenegildo como si fuera un buen padre. Sus cuentos ahora le divertían y la afectuosidad hacia su "novio" como lo comenzó a llamar instintivamente le creció tanto como su barriga. Sobresalía puntiaguda, brillante e incómoda para caminar haciendo honor a la robustez del padre. Dentro de la casa debía de levantarla con las dos manos para evitar darse con las esquinas de la mesa del comedor diario, cuando se acercaba al frigorífico la apartaba con delicadeza para retirar los alimentos necesarios y eludía con acierto los sofás y las mesitas de luz de la sala al barrer y trapear.

Cuando nacieron los gemelos Hermenegildo les puso nombres tan singulares como Fedor y Federico. Ella no puso ningún reparo de tan decaída, deprimida y sin fuerzas que quedó después del parto. Estuvo un mes en cama reponiéndose y en cuanto cogió fuerzas le pidió explicaciones sobre el origen de unos nombres sin conexión racional con la lengua materna. Hermenegildo le contestó que su padre, su abuelo, su bisabuelo y hasta donde recordaba hubo varones en su familia que se llamaban Federico; creía que al primero de la zaga lo habían bautizado así por el auge del imperio alemán y por los reyes noruegos y daneses; personajes de mucho éxito.

—El nombre indica a las claras cómo será el niño de afortunado cuando crezca, un emprendedor y un líder.

Extrañada y pensativa Paulina le preguntó:

—Y porque interrumpieron la norma contigo, a lo que contestó con un tanto de vergüenza, agachando la cabeza:

—Fue cuestión de mi madre. Era muy mandona y le dijo enfadada que esas imbecilidades no abundarían en su familia, que se llamaría como su padre.

Paulina no entendió muy bien las razones, pero Hermenegildo continuó dando explicaciones sobre los nombres, adornando con flores y razonamientos incomprensibles cada hecho que relataba hasta que, después de un buen rato sin oírlo, interrumpió para decirle "Y Fedor porqué"

Luego de unos instantes de duda replicó "Fedor por los zares rusos" y siguió con una extensa perorata para darle fuerza a su decisión.

No quedó del todo convencida; el no haberla consultado y por la rapidez con que se dirigió al Ayuntamiento a inscribirlos, le pareció un insulto al que se agregarían más adelante otras características que hicieron que las relaciones se fueran enfriando.

Una vez nacidos los gemelos, del tremendo esfuerzo de Paulina en parirlos, el posterior trabajo para criarlos y el empeño del "Macizo Cataplás" en continuar generando niños rebuscó entre sus conocimientos la forma más natural de evitar otros embarazos. Comenzó a beber dos tazas diarias de té de jengibre, pero le daban unos ardores de estómago tan imponentes que cambió a tomar de 5 hasta 7 higos secos cada día con el desayuno, conocidos por ser de lo más apaciguadores de embarazos no queridos. Como le resultaban gomosos y se quedaba sin saliva para tragarlos utilizaba infusiones de raíces y hojas de achicoria trituradas de acuerdo con chismes de antiguas vecinas; el alto contenido en levulosa e inulina machacarían el útero sin darle la más mínima oportunidad a los espermatozoides, pero la insistencia le dejó un estreñimiento que le hizo cambiar por algún otro método menos agresivo.

Entonces, una vecina muy puesta, le aconsejó la papaya que estimula el útero hasta abortar lo que fuera y quema gérmenes y deja sin aliento a espermatozoides no deseados en su recorrido vaginal. Estuvo bebiendo un concentrado de papaya una semana entera, pero se arrepintió pues le puso los intestinos del revés, con una diarrea descomunal que le duró una quincena; tuvo que volver a los higos secos para sosegar la violencia intestinal. Tampoco es que hubiera muchos otros remedios populares que conociera, por lo cual debía de resolver el asunto lo más rápido posible ya que Hermenegildo volvía del trabajo en el campo con la única idea de fornicar, de apabullarla a empujones sin medida y Paulina harta de reparar las patas de la cama y limpiar colchones pastosos después de cada faena sexual, desencantada de lo que consideraba un fracaso por vías naturales, encaminó sus pasos a hechizos de verdadera brujería.

Fueron los primeros pasos de obligada concentración y suma perseverancia que posteriormente se le harían carne de conocimiento y transformaría sus pensamientos al ver resultados tan favorables. Salió al campo y en el bosque cercano recogió ingentes montones de asafétida, un hinojo gigante de conocida potencialidad efervescente, capaz de quemar al más encumbrado copulador pues se lo habían recomendado a una mujer joven de un pueblo vecino muy desesperada ya que no podía hacerse con los 9 hijos que tenía; su marido, un verdadero toro empotrador, la acometía tarde tras tarde empecinado en poblar la región de varones y le habían salido todas niñas. Le advirtió que producía un intenso olor a azufre, pero que en poco tiempo desaparecía; se unía al sabor y olor del resto de alimentos; que era un sabor parecido a la cebolla o a los puerros. Una vez en su casa lo hirvió en una gran marmita; un preparado exótico que burbujeó toda la mañana. Cuando entró Hermenegildo en su casa a la vuelta de una larga faena sufrió un golpe olfativo atroz:

—Por Satanás, es que estás preparando una sopa de cuernos del diablo, gritó y abrió las ventanas para evitar perder el conocimiento. Fue la comida diaria durante semanas. Al almorzar Hermenegildo por primera vez tal preparado cambió de parecer, el arroz con la salsa de asafétida le pareció delicioso, pero las carnes preparadas en la misma salsa y las cucharadas de mermelada de asafétida encima del flan le parecieron exageradas. Meses después Hermenegildo parecía otro hombre; los arranques libidinosos quedaron flotando en el éter del olvido y la lujuria engrandecida de la que hacía gala pasó a ocupar un puesto en la retaguardia, se le aflojó el caminar, hablaba gagueando, y tropezaba de continuo, pero como buen vasco fuerte y cabezón se recuperó muy pronto. Paulina debía de esperar a una nueva oportunidad de desembarazarse de su hombre.

Hermenegildo Madinagoitia a pesar de ser un parlanchín latoso no le hacía ascos al trabajo. El único problema era que a Paulina, al margen de sus maneras grotescas, le pesaba que entre faena y faena no parara de charlar. Enlazaba un tema con otro y como detrás suyo llevaba una vida plagada de encuentros y desencuentros al estilo aventurero pero en plan pobretón, a sus gemelos, de pequeños, esas historias tan adornadas y fantasiosas, les encendían la imaginación y lo miraban con idolatría, pero a Paulina la fastidiaban, pues mientras él se divertía con las exageraciones de héroes alemanes, mandamás rusos y visitantes del espacio por obra y gracia de un poder superior, ella trajinaba sin descanso en las tareas del hogar, limpiando los estercoleros de los cerdos y el corral, recogiendo huevos, partiendo leña y preparando mamaderas por duplicado pues los gemelos se negaron a aceptar ninguna otra comida hasta ya tener todos los dientes. De pequeños les limpiaba los pañales y mientras los lavaba, Hermenegildo ponía cara de tonto embelesado viendo cómo movían sus piernas, estiraban sus brazos y les cambiaba el semblante al mismo tiempo, pareciéndole que eran la viva imagen de su padre y su abuelo. Pasados unos años los gemelos fueron creciendo y se podía ver a las claras que llevaban la fortaleza del padre, mientras Paulina cogía cada vez un encono mayor hacia un ser que pasaba los días charlando con los hijos, comiendo y haciendo como que trabajaba puesto que ya no salía a buscarse la vida. Más un día, quizás presintiendo su holgazanería, se levantó decidido a echar el hombro y harto de la placidez del campo, se acercó al pueblo y vendió su carro, puso a remate una parte de su cargamento y la otra la dejó en consigna en "Los Titanes" Sacó buen provecho de su verbosidad y retornó a casa, algo trastornado, liviano de carencias y quien sabe de qué otras cosas, por haberse desprendido de su cargamento, pero con un buen caudal de reserva económica. Sin embargo, a Paulina ya no le alcanzaban "sus buena obras" lo tenía entre ceja y ceja, pero no se animaba a echarlo pues los gemelos lo adoraban. No tenía más remedio que aguantar y esperar alguna oportunidad de deshacerse de él, aunque en el fondo de su ser cuando observaba a sus hijos cómo corrían a abrazarlo en cuanto abría la puerta y el cariño con que les respondía, dudaba de sus ideas y apartaba los deseos temporalmente, pero en cuanto Hermenegildo abría la boca le embargan unos deseos tremendos de echarlo a escobazos.

Prosiguió mascullando la forma de deshacerse del "Macizo" como muy bien le había apodado Francisca. Esta le había aceptado una buena parte de su cargamento después de haberlo escuchado durante varias horas con ese "aire raudo de macho fornido" y transportada olfativamente por las ráfagas de efluvios "varoniles" que emanaba Hermenegildo haciendo aspavientos de invencible vendedor ambulante. Al llegar a su casa y explicar con donaire y presunción la forma de venta en una cháchara sin fin, Paulina al calificativo de macizo, le agregó "Cataplás" como desde entonces sería conocido hasta su muerte cuando los gemelos apenas habían cumplido los doce años y ya mostraban las dotes físicas del padre.

Un día Paulina, ya harta de tanto aguantarlo, decidió quitárselo de encima como fuera para siempre. Utilizaría otros conocimientos que había oído en su propia casa. Abandonada por su madre que se había fugado con un mercante de paso fue criada por su abuela, una mujer corpulenta a la que le faltaba una pierna. Se le había gangrenada por una infección proveniente de la mordedura de un lobo cuando recogía leña en el bosque. Ella misma se hizo un torniquete y cortó la pierna con un par de fuertes tirones con el serrucho mientras mordía un trapo y bebía un litro de aguardiente. Cuando se dio cuenta que ya no sentía ni sabía dónde estaba, quemó el muñón con un leño ardiente ante la presencia aterrorizada de Paulina aún una niña. Días después se agenció un palo, lo ató como pudo a la pierna y cojeaba de manera particular; golpeaba con fuerza los suelos de madera de tal suerte que despertaba a Paulina temprano por las mañanas. De una memoria inusual, recordaba todos los detalles de su vida y cada conversación que había mantenido con el resto de las personas del pueblo. A falta de médicos, en esos días Don Fernando era un crío luchando contra la tiranía de su padre, tuvo que arreglárselas como pudo, al igual que el resto de los pobladores, con lo que les brindara la naturaleza y, a fuerza de ensayos y consejos de visitantes foráneos, nigromantes y hechiceras de la vecindad, fue haciendo acopio de un cúmulo de medicinas, mejunjes, pócimas y hierbajos que por las noches obligaba a Paulina a memorizar. A la tarde en cuanto bajaba el sol le contaba historias; la mayoría escuchada por titiriteros, saltimbanquis y personajes variopintos que más que trotar por la región en busca de sobrevivir pasaban con la rapidez de un rayo intentando afanar cuanto pudieran y repetía esos cuentos cada tanto por lo cual cuando Paulina le respondía con un deje de acidez que "ya lo has contado", rebuscaba en su retentiva y le añadía versiones que se le ocurrían al momento o inventadas, pues imaginación no le faltaba. Rebuscando en su memoria los consejos de la abuela, encontró lo que creyó salvaría la situación. Un baño de alcanfor, muy tóxico, le podría causar la muerte sin despertar sospechas.

Hermenegildo se había extasiado comiendo asafétida, ese sabor entre rancio y desconcertante lo hacía dormir unas siestas arrabaleras. Se levantaba alicaído y nomás en pie se embotaba con la mermelada y panes embutidos en preparados de la misma planta. Su asedio sexual estaba por los suelos. No le importaba. Sentía que le pesaban los pies al caminar y quedaba mucho rato ensimismado mirando el horizonte con la vista perdida, pero en cuanto volvía en si su verborrea se mantenía imparable. Ese día se había atragantado de comer. Se sintió tan mal que se echó en la cama. Con los brazos a los costados, alelado, con sentimientos de muerte prematura, los gemelos apenados le imploraron a la madre que lo curara. Fue la oportunidad esperada. Arrastró el cuerpo herrumbrado de Hermenegildo con el auxilio de los gemelos, pues pesaba un quintal, y lo sumergió en la bañera que humeaba alcanfor. Cada tanto le tiraba un cubo de agua bien caliente. Hermenegildo ni se inmutaba, sus ojos apenas parpadeaban; hacía gorgoritos con la espuma como única señal de vida. No funcionó, no le hizo ni mella. Lo secaron y llevaron delante de la chimenea arrastrándolo como pudieron. De los leños borbotaban lenguas de fuego, los chispazos de madera saltaban fuera rebotando contra el suelo y chispeaban apagándose raudamente. Lo colocaron tan cerca del calor que comenzaron a quemársele los pelos de las piernas y como única expresión de vida movía tres dedos de un pie. Le rociaron el cuerpo con bálsamos de malvavisco, le untaron cremas curativas basadas en cáñamo, amapola y eléboro, y le ungieron la espalda con un machacado de jengibre dándole golpes secos para ahuyentar los malos espíritus. Luego lo volvieron a la cama y Paulina haciendo uso de todas sus fuerzas esotéricas le pasaba el sahumerio alrededor a la vez que invocaba a toda la plana mayor de dioses celtas, pero con poco empeño, no fuera cosa que la fueran a escuchar. Sus intenciones delante de los gemelos eran para reponerlo un poco, un disimulo. Dentro le bullían ideas de apartarlo del mundo de una vez por todas.

Los gemelos en un rincón cogidos de la mano, absortos no se perdían detalle de los movimientos de Hermenegildo que parecía responder con sonidos guturales; mostraba los ojos en blanco. Sin obtener mejoría, Paulina ya cansada de no encontrar la solución final recurrió a prepararle una lavativa con cera de abejas derretidas a las que agregó gotas de cedro, sándalo, eucalipto y aceite de semillas de cinamomo; al mismo tiempo, le hacía beber "aceite de luna" en donde había mezclado partes iguales de jazmín, sándalo y cardamomo. Lo vomitó, le vinieron convulsiones y diarrea; daba pataletas y tiraba puñetazos al aire. Al cabo de dos horas dio un estentóreo grito y expiró. Los gemelos partidos en llanto clamaban a su madre que lo reviviera. En esos momentos aún no había dado con la fórmula, pero juró que la encontraría.

Federico y Fedor se miraron y permanecieron abrazados un buen rato. Paulina viendo sus caras angustiadas, intentaba de alguna manera reconfortarlos. Al cabo de unos instantes dijo:

—Lo embalsamaremos. Así podrán contemplarlo cada vez que quieran, lo pondremos en el cobertizo, en un aparte donde construiremos un altar en su honor.

Federico la miró con firmeza y Fedor le contestó:

—No madre, ya es suficiente, lo mantendremos guardado en nuestra memoria. Le construiremos en nuestro jardín una lápida, y Federico añadió—Con eso nos bastará.

Lo enterraron en el jardín y pusieron una lápida de madera que decía "Nunca te olvidaremos, el mejor padre del mundo" Cada tanto le llevaban flores mientras que a Paulina le rondaban pensamientos y sensaciones encontradas. Por fin no escucharía más sus discursos y largos cuentos, su verborrea, sus palabras altisonantes y sus bromas de mal gusto, pero por otro lado reconocía que había sido un buen amante, pertinaz en muchos aspectos, pero cumplidor y un buen padre.

El apicultor

Por la mañana en un día soleado llegó un autobús destartalado a la pequeña plaza "Fuente del Toro" situada por detrás de la barbería de Don Fernando. Paró unos instantes y descendió un hombre corpulento con una pequeña maleta y varias bolsas abarrotadas de bagajes. El autobús cerró sus puertas, arrancó con gran estrépito del motor y dando empellones se perdió bufando camino arriba dirigiendo su ruta hacia otro pueblo; dejó una polvareda densa que no permitía distinguir al viajero. Era la primera vez que un autobús hacía su presencia en el pueblo y, quizás por ello, equivocó su entrada adentrándose por una calle colateral de poca importancia. El viajero dejó sus pertenencias sobre el suelo. Una vez desaparecida la polvareda, aspiró llenando su pecho de aire, dio un vistazo a los alrededores para reconocer y orientarse y con un pañuelo arrugado se quitó el resto de polvo de los hombros, brazos y pantalones. Recogió sus cosas; encimó un par de bolsas sobre el hombro izquierdo, con la derecha recogió el morral y la maleta y comenzó a recorrer la calle. En cuanto divisó unas estatuas extrañas se adentró atravesando el "Parque Grande" y una vez en la Calle Mayor le llamó la atención un negocio, sin título alguno, con una amplia vidriera y un poste con rayas oblicuas de color rojo y blanco; la barbería de Don Fernando. Se detuvo, colocó sus bártulos sobre el suelo, se limpió el sudor de la frente con el pañuelo aún más arrugado y lo guardó en el bolsillo de una chaqueta color panza de burro, más desgastada que su pantalón negro hecho un acordeón al llegar al suelo. El largo del pantalón se confundía con unos zapatos de cuero cuarteado que le resultaban holgados; en cuanto un pie doblaba para dar un paso quedaba el tacón sobre el suelo y como si estuviera domesticado volvía a su sitio golpeando el talón secamente. Empujó la puerta de la barbería con cierta aprehensión. Don Fernando estaba afilando la navaja a la espera que apareciera Alcides que se cortaba el cabello cada dos meses y de paso pedía lo afeitaran. Se quedaron mirándose el uno al otro. El forastero, sujetando la puerta con la mano, medio cuerpo dentro de la barbería pregunta:

—¿Perdone Usted, conoce si hay algún sitio cerca que pueda alquilar por unos meses?

Don Fernando asombrado de ver una cara nueva le contesta:

—Bueno, en fin, es probable. No quiso ofrecer alguna de sus habitaciones, el aspecto que tenía no le inducía confianza.

—En unos minutos llegará un cliente, Alcides, que le podrá indicar mejor. Creo que existe una casa suya cerca de aquí que de momento está deshabitada. Si quiere esperar se puede sentar con gusto.

Le agradeció su hospitalidad y se sentó. En los minutos que pasaron el barbero reponía parte de su muestrario, acomodaba lociones y apilaba toallas mientras el forastero sentado con las piernas juntas, su equipaje a un costado repasaba con la vista la totalidad del comercio.

Luego de terminar su quehacer el barbero le pregunta:

— Viene usted de fuera, ¿verdad?, y agregó de inmediato — Es que con todos los bártulos que trae dan la sensación de venir desde muy lejos o me equivoco, buscando entrever sus intenciones.

—Sí, desde León, aunque me crie en Madrid, le contestó y de inmediato como para querer dejar sentada la conversación, hizo como que husmeaba entre una de sus bolsas.

La conversación se interrumpió al entrar Alcides, quien sorprendido por ver en la sala de espera a un desconocido, le dice:

—Buenos días, Don Fernando, ¿Tengo que esperar? O vengo más tarde,

El barbero le explica la situación y se presentan.

Alfonso Reguera, el visitante, le explica los deseos de instalarse por un período indeterminado y a continuación se explaya y destaca su ambición de poner varias colmenas para la producción y venta de miel, extraer própolis, jalea real y un sinfín de cosas con las que posteriormente se pueden fabricar geles, champús, cremas faciales y un largo etcétera, dando muestras de sus amplios conocimientos en el tema. Alcides, que aún mantenía la puerta abierta, no cejaba de mirarlo entre extrañado y con cierta intriga. Conocía muy poco de las abejas. No le quitaba ojos de encima. Don Fernando comenzó a acercársele a escuchar más de cerca. La charla, viniendo de un personaje que en un principio le pareció algo dejado y sucio, lo inclinó a prestarle más atención. Los detalles de la miel y subproductos le parecieron apasionantes y de a poco fue perdiendo el recelo que ofrecía su aspecto general. La idea de un comercio diferente con la posibilidad de atraer nueva clientela y hasta quizás usar ciertos productos derivados de la miel para completar su agenda farmacéutica y curandera y presumir de conocimientos delante de sus compatriotas, le indujeron a considerarlo más detenidamente como alguien que podría valer la pena intimar más de cerca.

Cuando le compró Alcides la casa a Silverio Ortuño incluía un predio que contenía una casa algo destartalada y abandonada. Con el correr del tiempo, en los ratos libres se dedicó a repararla y acondicionarla. No era su idea tener frente de su casa unas ruinas abocadas a desplomarse y ser más difícil de recomponer posteriormente. Afeaba la visión desde su comedor. Delia insistió en derribarla. No le gustaba algo que parecía funesto, no le inspiraba buenas energías. Al verlo tan deteriorado le inducía una melancolía y tristeza como si el mundo no tuviera más elección que siempre terminar en la zozobra de un fin ineludible. Temía influenciara negativamente en León quien de vez en cuando al ver a su madre tan ensimismada mirando fuera decía "Así de vieja quedará nuestra casa" o "Da miedo. ¿Va a caerse?" Por lo cual una vez puesto Alcides a acondicionarla le cogió entusiasmo. Dentro de sí pensaba que sería para León cuando creciera y lo imaginaba con su familia rodeada de nietos y queridos como buenos abuelos. Alcides, al momento de charlar con Alfonso Reguera, la tenía prácticamente terminada por lo cual al preguntarle si le podía alquilar una pieza le surgió una ambición desconocida. ¿Y por qué no? Al final de cuentas hasta que León se haga un hombrecito le puedo sacar partido. Una entrada extra no es de despreciar. Seguro que a Delia le gustará la idea. Solo es cuestión de hacer unos pequeños cambios, pero la verdad ya está preparada. Además, si es emprendedor mejor para todos.

—Pienso que no habrá problemas. ¿Va a estar mucho tiempo?, y antes que contestara agregó— Es muy acogedora. Para una persona sola va muy bien o ¿es que viene con compañía?

—No. Vengo solo y no espero a nadie. Necesitaría una pequeña parcela de terreno para comenzar a instalar varias colmenas. Tengo una vasta experiencia y en poco tiempo tendré buenos resultados. He visto desde el autobús la zona y parece muy apropiada para mis intereses. Las abejas son insectos muy nobles, su trabajo resulta poco reconocido, nos brindan una lección de vida, nadie de sus congéneres pasa necesidades, todas cooperan, dan un servicio inestimable. Sería una pequeña parte de terreno, solo para instalar las colmenas, mejor si están alejadas de cualquier persona que merodee, aunque las abejas no son de temer. Se dedican a sus tareas y no molestan.

Llegaron a un acuerdo. En pocos días estaba instalado a su gusto. Le pareció apropiada. Amplia para sus pocos requisitos y suficientemente alejada de la casa de Alcides y Delia como para no toparse más que en caso de necesidad.

Alfonso Reguero no era todo lo que parecía. En sus tiempos mozos fue un hombre decidido a afrontar la vida como viniera. En cuanto cumplió la mayoría de edad se fue de su casa harto de escuchar a sus padres contantemente atosigándolo con ser un hombre recto, de provecho, que siguiera las normas de Jesús nuestro salvador. Único varón en un hogar pleno con 3 hermanas y su madre dedicada por completo a cumplir con la severidad y austeridad del padre. Su aventura no lo llevó muy lejos. Se apalancó en Madrid en un barrio modesto como Vallecas, lleno de vida, alegría y formas de independencia que no había conocido. Alto, de pelo oscuro, grandes ojos marrones, buen físico, de caminar orgulloso quebró su virginidad con una prostituta más mayor que él que lo descorchó enseñándole todos los buenos y todos los malos pasos para vivir cómodamente. Lo mimó hasta hacerle pensar lo maravilloso de la vida sin trabajar. La buena vida le duró poco. El ingenio que tuvo para engatusar otras mujeres de la zona lo ensoberbecieron de hombría y de machismo insultante. Se las hizo para llenar su tiempo celando y copulando a cuanta hembra se le cruzara por el camino, Hasta que su primer amor se cansó de vestirlo y amamantarlo como a un príncipe cuando un día llegó más tarde de lo habitual con la nariz encorchada de vino, la camisa fuera de los pantalones con restos de carmín y una pequeña flor colgando en la bragueta. No aguanto más; le tiró sus pocas pertenencias por la escalera y, a empujones con su pecho abundante, lo desparramó encima del zaguán. Giró y giró sobre sí mismo durante alocados meses en donde no sabía qué hacer ni por donde seguir. La soberbia delirante se le cayó estrepitosamente. Perdido y sin rumbo caminaba por las calles con la mirada perdida, sin amigos ni en quien confiar. Le creció la barba y las ganas de cambiar lo aturdían dado el hambre descomunal que le rugía las entrañas, se le enfriaban los huesos y en la sesera le carcomía la incertidumbre de no encontrar su lugar en el mundo. Sufrió al verse sin trabajo, oficio conocido y sin saber qué hacer. Tirado sobre un banco de madera en una plaza pasaba las noches acurrucado rodeado de vagabundos que se peleaban por los cartones para dormir a sus anchas hasta que sintió que una mano lo recogía con delicadeza, pero con la firmeza de alguien decidido. Abrió un ojo y vio la sonrisa de un hombrón de fuerte espalda, con manos enormes y aspecto de rufián. Se excusó aún sin saber el porqué, temiendo haber realizado algo no permitido. En su corto paso por el barrio aprendió a pedir perdón y esquivar con rapidez la situación apremiante dada la pronta respuesta que normalmente se daba; unas patadas en el culo y unos golpes duros y secos zanjaban cualquier atisbo de disputa. Las drogas y el alcohol paseaban por la plaza de los "perdidos" apartando esclavos y dejando huellas de mala vida por doquier. Se escapó de ser derribado por los vicios dada la pobre economía que lo atenazaba y por aquellos infaustos consejos y costumbres que había amamantado que le rondaban en los momentos de apuro. Con la ayuda de otro hombre lo elevaron cogiéndolo de los brazos y le llevaron hacia un callejón. Un par de mujeres los subieron a un coche y con la ayuda de los hombres lo colocaron en la parte de atrás de un coche destartalado que arrancó dando tumbos. Se lo llevaron a una casa en las afueras. Quieto, sin hablar, le atenazaban las palabras y consejos de su padre. Luego le sobrevenían los abrazos y besuqueos de la prostituta que lo amparó y protegió durante tantos meses. Es el fin, no me escapo. Me lo merezco por abusón, vago y creerme que la situación nunca cambiaría. Padre, cuánta razón tenías. Ya no hay vuelta atrás. Esta gente habla bajito y murmuran cada tanto mirándome. No tengo nada que puedan robar. Deben de ser unos pervertidos. Dios ayúdame, te lo suplico.

Meses después la situación se hubo aclarado. "La casa de la salvación" como así se llamaba era un rincón especializado en recoger gente desperdigada por Vallecas, Moratalaz y los alrededores de Rivas, cerca de la gitanada mal nutrida y perseverante en vender droga, donde pululan entre la basura de Valdemingómez mendigos entregados a la venta de cualquier mendrugo, camellos de poca monta, chaperos, prostitutos con el busto bien erguido, adolescentes rateros y buscapleitos, proxenetas y desclasados de todo tipo.

El local amplio albergaba una marea social cuanto menos intrigante. Jóvenes la mayoría. Algunos recompuestos de su anterior vida, marginados con los huesos chupados con caras de viejos y arrugas a lo largo y ancho de un cuerpo esmirriado, moviéndose con lentitud cogidos de las manos cantando loas al señor para luego con rapidez acercarse a la gran mesa para disfrutar, por fin, de una comida caliente. En un costado algo sombrío un grupo de viejos, carraspeaban y tosían constantemente; alzaban la voz para seguir el compás de una música que machaconamente daba loas a Dios. Luego terminaban con poca algarabía y se separaban sin saludarse. Encorvados, algunos apoyándose en el otro, arrastrando los pies, de mirar empobrecido y ropas antiguas y apolilladas se acercaban a otra mesa donde los atendían con cierta placidez dando voces para que los ayudaran a sentarse. Cada uno en su sitio asignado. Los había que nomás sentarse despotricaban pues el compañero a su lado no era de su gusto, eructaba sin más, hacía fuerte ruido al sorber la sopa, se le caía la baba encima del plato o por sus manos temblorosas le volcaban encima de los pantalones el vino aguado o se les caía el pedazo de carne a un costado y armaban jaleo para encontrarlo.

Alfonso se acostumbró con rapidez. Entendió claramente que había que agachar el testuz y acomodarse a la nueva situación. Los rezos y alabanzas a Dios no le incomodaban demasiado. Eran casi los mismos que en su familia se esforzaron en adormecer y apagar los adelantos técnicos y cambios sociales que se sucedían en el resto de la sociedad. Cánticos y sermones repetidos hasta la saciedad para que de tanto insistir se colaran al cuerpo y le agarrotaran los pensamientos. Se acostumbró de mala gana. La idea de volatilizarse en cuanto se repusiera se le prendía al cuello.

El grandullón que lo recogió, Ramiro, se le acerca y con voz gruesa y aguardentosa, le brinda una sonrisa marcada por la falta de algunos dientes:

Chico que pasa. Te estás recomponiendo con rapidez. Creemos que estas más preparado que otros. Los primeros días no te atrevías a decir una sola palabra. Callabas y mirabas a tu alrededor, como buscando algo. ¿Qué has perdido? Aquí adentro puedes ver que no falta de nada. De todo hay en la viña del Señor. ¿Tienes algún oficio? Nos podrías ayudar en muchas cosas. Se te ve fuerte. Fuera en el campo tenemos algunos animales, vacas, gallinas, cabras, gansos. Rufo el encargado de las cuestiones del campo, nos saca de todo problema, en especial el aprovechamiento de los que nos ofrecen tan gentilmente las abejas.

Les estoy muy agradecido. No soy persona de muchas palabras. Me sentía solo y abandonado, eso es todo. En cuanto me recupere del todo me iré para dejar el lugar a otro, al tiempo que bajaba la cabeza tratando de evitar mirarlo a los ojos, la vergüenza lo atenazaba e impedía desenvolverse normalmente.

No importa lo que hayas pasado. Pienso que sería buena idea te juntaras con Rufo, te airearás y aprenderás de las abejas su servicio a la comunidad, seguro que te será de provecho.

La compañía de Rufo le ayudó a sentirse un hombre. Como decía su padre, un hombre de provecho. De pocas palabras había estado preso durante muchos años por haber matado a un hombre en una pelea sin sentido comenzada por una disputa por un simple empujón en un bar. El alcohol lo cegó y con la rabia que tenía de haber sido despechado por una mujer no reparó en clavarle cuantas cuchilladas pudo. Los años "enjaulado" habían mermado su carácter rudo para pasar a ser una persona ensimismada pero bien dispuesta. Le podía el peso de un error estúpido; le martilló su cabeza durante años hasta que una vez fuera errando por la carretera de Valencia,

Ramiro, el jefe de la misión, lo cobijó y le abrió las puertas a otra vida. La oscuridad que lo atormentaba no desapareció del todo. Alfonso respetaba su seriedad y largos silencios. El también callaba, pero por diferentes motivos reconocía que su vida no debía de estar encaminada dentro de un recinto religioso especializado en adormecer fieras salvajes, años ya entregados, sin vida, apagados, con ojos ausentes y caminar desvencijado.

No fueron buenos compañeros, simplemente un respeto y agradecimiento a las circunstancias, pues ambos en su fuero interno, a pesar de sentirse agradecidos, no les terminaba de llenar la existencia de un más allá gobernado por un ser superior al que hay que alabarlo constantemente para evitar le broten malos humores y mande a un tropel de los suyos a dar palos y desgracias a diestra y siniestra.

Alfonso Reguera prestó mucha atención a cada paso que iba surgiendo. Le interesó. No es que las abejas le gustaran, pues llevar un pijama a prueba de picotazos con un sombrero tipo astronauta, con una amplia mirilla delante galvanizada a prueba de seres tan picajosos no le entusiasmaba, pero cuando se llevaban la miel, el propóleo, la jalea real y restos del panal, le pareció algo grande, digno de seguir aprendiendo, aquello estaba fuera de la ley mundana. Son trabajadores dignos, seres perfectos que viven en un orden social inigualable. Sin familia correosa y mandona, sin Dios, ni iglesias, sin capellanes, curas, diáconos y toda la jerga inventada para impresionar y sacar tajada, trabajando poco, todo a base de mucha labia. Algo que a él le faltaba. Estudió las abejas y su orden social, cómo se las ingeniaban para sacar más provecho y comunicarse simplemente con un aletear. Preparar las colmenas, observarlas con la intención de poder aprovecharlas, llegar a ser independiente. Se transformó en un ser distinto, aplicado, con los oídos prestos a aprender. Supo lo que su padre quería decir. Aprovechar las ocasiones para valerse por sí mismo.

Un día se levanta y se acerca a encontrarse con Rufo para seguir con las labores diarias. Alrededor de su puerta se aglomera Ramiro con un par de colaboradores. Con caras tristes miran el suelo. Rufo tirado en la cama, sin aliento, cadavérico, llevaba completamente frío varias horas. No le produjo un gran pesar. Se despidió de su compañero sin sentir mucha congoja. Su muerte era lo mejor que le hubiera pasado, parco, aburrido y sin humor. Nunca se quejaba de nada, aunque sabía que la procesión iba por dentro. Únicamente un día mirando el firmamento le confesó sus deseos.

Este mundo no vale la pena vivirlo. Ni de niño llegué a pasarla bien. La muerte no es el fin de todo. Quizás éstos soñadores tengan razón. Ojalá sea así.

Sea, le contesté sin ninguna convicción de que fuera cierto. Acompañaba sus expresiones pocas veces. No me entusiasmaba su forma de ser ni cómo había vivido. Iba a lo mío, aunque no sé muy bien qué, pero la verdad tendré que irme lejos de esto en cuanto pueda.

En realidad, Adolfo Reguera pasó varios años en su labor dentro del recinto, obedeciendo y calmando su ánimo que iba dejando detrás de sí una vida desafiante y sin rumbo hasta que de tanto darle al callo y recomponiendo su interior terminó siendo un verdadero apicultor. Su trabajo lo llenaba. Se evadía del mundo, de las preocupaciones, no tenía amigos. Ramiro y varios de sus colaboradores habían dejado el puesto por distintas razones. Hacia ellos les guardaba un simple agradecimiento. No los olvidó. Siguió el curso de los acontecimientos hasta que un día el gobierno decidió cerrar todos los locales de la orden. Una oscuridad no declarada los hacía sospechosos de emplear gente pagándoles míseros sueldos que, con la excusa de estar ofreciendo una labor desinteresada, escatimaban los impuestos reglamentarios y se llevaban los recursos a lugares paradisíacos donde poder lavar activos.

Cuando se fue del albergue religioso se encontró un poco perdido. No supo dónde ir. Vagabundeó por Madrid. Se alejó de Vallecas. El ambiente ya no le resultaba agradable. Un día se cruzó con su primer amor. En la calle con poca ropa, fumando, no lo reconoció. Lucía abandonada. Su aspecto era el de una prostituta achacosa de piernas regordetas, ojos muy maquillados de negro y labios de rojo intenso pintados por encima de la comisura para que parecieran más voluminosos. Le dio un bote el corazón. Le vino a la mente qué hubiera sido de él siguiendo encamado con ella. Caminó con rapidez para alejarse del pasado, cosa que no es fácil cuando uno se topa de frente con él sin previo aviso. Abruma y corroe los pensamientos. La Tola. No quiero hablar con ella. Casi no la reconozco. Está espantosamente vieja, deteriorada. No es ni sombra de lo que era. O es que siempre fue así y nunca la vi tal cual es. No pasaron tantos años. La llevo en la retina prendida. No la podré olvidar. Etapa que me gustaría desapareciera. No. No quiero pensar en ello. Hasta me da pena. Pena de mí mismo. Que me sirva de ejemplo. Por vago, presumido y engreído que era. Me vino bien el cambio. Seguiré siendo lo que he hecho hasta ahora. Fuera de la mente todo mal pensamiento. Debo encontrar mi destino, donde sea.

Rumbeó varios días tratando de ubicarse. La idea de instalarse por su cuenta en algún lugar aislado, solitario, sin pasado le rumiaba la cabeza. En la pensión se le sucedían ideas sin aceptar ninguna que le instara a llevarla a cabo. Algo perdido no se podía concentrar. Los golpes de un tambor en la pieza cercana a la suya lo aturullaban. Llegaban a ser tan fuertes que, aturdido, se acercó a golpearle la puerta para quejarse. Le abrió un hombre joven corpulento, vestido con un overol azul desgastado. Al fondo del cuarto se veían varios tambores y, por el suelo, desparramados lo que parecían ser partituras. Con los palillos de tocar en una mano lo observó con atención e intriga. Se miraron un rato. Le dijo que por favor le molestaba tanto ruido sin sentido. Facundo, con las cejas enmarcadas y los ojos abiertos de sorpresa, lo invitó a pasar. Le explicó lo que pretendía. Se explayó describiendo su trabajo, la tienda de sus padres, lo que pretendía, su música y participación en la orquesta, la labor musical de su padre como director, sus pretensiones de formar pareja, las candidatas que le arrumaban por las noches y permanecían rondando su cabeza por el día y el buen ambiente de su pueblo donde todos se conocían, el parque tan singular como el ayuntamiento y la comisaria; no paró de charlar por un buen rato. Alfonso lo escuchó con atención. Apenas le hizo algunas preguntas de la ubicación de un lugar tan extraño como atractivo que podría cumplir perfectamente con sus querencias de arraigo; aislado y con características tan extravagantes como lo que buscaba para recomenzar su vida. No llegaron a intimar pues Facundo debía marcharse a los pocos días; ya tenía consigo lo que quería.

Alfonso, una vez Facundo partió, comenzó a buscar los elementos necesarios para instalarse. Construir las colmenas no le supondría un esfuerzo, su experiencia era vasta y efectiva, le faltaba un poco de arrojo. No supo muy bien cómo llegar al lugar dónde instalarse. Facundo no le había dado grandes detalles. Cerca de la pensión existía una parada de autobuses que se ocupaban de llegar a los lugares más remotos. Eran de baja calidad, antiguos, con asientos deslucidos y polvorientos. En un hangar cochambroso pero atendido por un conductor con gran displicencia y entusiasmo aceptó lanzarse a lo que sería su aventura. Le dio los pocos datos que recordaba que fueron suficientes para el achacoso conductor pleno de experiencia en lugares aislados y remotos.

Capítulo 6

Llegó la primavera. Brisas suaves permean con aire tibio cada rincón del pueblo. Los almendros en flor dan un toque fresco, de ilusión, deslizan la suavidad de su armonía con sus colores penetrantes. Cada pétalo trasluce un brillo imantado por el que decenas de abejas e insectos revolotean a su alrededor. Los jardines plenos de flores brillan con los rayos del sol emanando dulces ráfagas de aromas cautivantes. De vez en cuando un picaflor destella luminosidad con su plumaje metálico y aleteo incesante; reposado en el aire como si levitara, coloca su largo pico dentro de cada flor al tiempo que sus alas producen un sonido zumbante, absorbe el néctar y como si fuera catapultado desaparece con suma rapidez en busca de otra flor. Breixo Barroso cuenta a un grupo de alumnos que observan con curiosidad, cómo toman el néctar de cada flor, sus características polinizadoras, el saber que tienen centrándose en aquellas flores con más azúcar y el aleteo incesante para mantener el equilibrio. Embelesado por la belleza del pájaro, su levedad, plumaje y brillantez, Romualdo muy atento, exclama con voz aflautada:

Es una ricura. Que plumaje colorido, quien pudiera.

Breixo Barroso le contesta:

Así es Romualdo, su nombre científico es *Chlorostilbon aureoventris*, recorre incansablemente cada flor libando…, Romualdo no le permitió continuar, le aclaró:

Azucena, si no le importa. Ese es mi nombre·

De inmediato varios alumnos se rieron, pero haciendo caso omiso a sus burlas replicó:

Sois unos palurdos, contestó altivamente e hizo una mueca de desprecio con un suave ademán de su mano izquierda.

Romualdo, luego de la muerte de su padre Armando, ya sin cortapisas que pudieran amilanarlo, se mostraba cual era delante de su madre. A Sonia, esa insistencia en adoptar una postura femenina, una incongruencia sin par, la tenía apesadumbrada, vencida por completo. Lo miraba cada día con instinto demoledor, se tragaba las ganas de despacharlo a bastonazos, pero se reprimía a regañadientes pensando que a lo mejor empeoraba y pudiera terminar decantándose por esas poses tan presumidas como exageradas de los maricas plumíferos que la habían asombrado en su periplo por Europa. Admitía su cambio de género de mala gana, a sabiendas de las bromas que se jugaban entre la vecindad y, cuando a su paso escuchaba cuchicheos seguidos de risas ocultas, le surgía un encono hacia "estos pueblerinos, sin educación alguna" Lo defendía a capa y espada ante sus amistades porque cuando le preguntaban por Azucena, con el rin tintín que suponía lo decían, les contestaba:

Mejor un maricón, que un paleto provinciano, por lo menos será limpio y sin mal aliento, o directamente una mentira del tamaño de:

Le compré unos vestidos que le hacen juego con el maquillaje, y las miraba desafiante a ver si se atrevían a hacer una mueca de negación o un mohín de desprecio.

Breixo Barroso algo incómodo con la situación generada ante la respuesta desafiante de Romualdo, recapacitó y sin querer ofenderlo afirmó "Si, perdón" mientras Romualdo elevaba el mentón y fijaba su vista en el maestro y esperaba la respuesta comprometida, que aclarara algo más. Breixo Barroso hizo una pausa y resignado aseveró "Si…Azucena quise decir"

Ya en casa le comentaba a su madre:

Es que alguien piensa que Romualdo es un nombre idóneo, suena antiguo, arcaico, de las cavernas. Azucena es más sonoro, más actual, a quién se le ocurrió Romualdo.

Sonia, encogió los hombros. Le pareció que llevaba razón. Romualdo era el nombre de su abuelo y su madre le había insistido desde pequeña que cuando tuviera un hijo le ilusionaría le pusiera el nombre de su padre. También recordaba lo poco que lo había querido por autoritario, exigente y distante. Como abuelo no le había generado gran cariño, al contrario, pero cuando le mencionó a Armando la sugerencia tan insistente de su madre y su actitud de desconcierto en nombrarlo así o mejor buscar algún otro nombre menos comprometido por sus malos recuerdos, a él le pareció que Romualdo era un nombre muy de personaje histórico pues se enteró que significaba "Aquel que gobierna con buena fama" En la disyuntiva accedió. Respeto a sus ademanes y obstinación en ser cada día más femenino, le surgían múltiples dudas. Bien se sabe que a los hijos en la adolescencia basta que les lleves la contraria en algunos temas para que se empecinen y se apalanquen en cualquier adopción escandalosa. Al principio, con timidez, comenzó a tratar a su hijo de Azucena, pero sin nombrarlo, apesadumbrada y con cierto desprecio. A medida que pasaban los días fue admitiendo la verdad. Una madre siempre debe de tener condescendencia con su hijo; es y siempre será su niño amado desde que nace hasta que muere, sin importarle sus carencias, caprichos o defectos y más si es hijo único.

La primavera

Joaquín Bermúdez conduce la orquesta portando una batuta de abedul. Recogida en su mano derecha, con la punta a la altura de sus ojos, la maneja con soltura como una extensión de su brazo. La lleva con orgullo. Regalo que le hizo Sonia en un momento de acercamiento que tuvieron. En el sepelio de Armando Pérez García, Joaquín Bermúdez se apersonó a ofrecerle sus condolencias. Se fundieron en un abrazo que a unos cuantos presentes, sospechosos de sus viejos escarceos, les pareció de exagerado calor afectivo. Siempre hay ojos que observan cualquier cosa diferente o rara; luego con largas lenguas dispuestas a divertirse desparraman noticias nuevas que distorsionan y llenan parte de su vida con inventos y exageraciones; son la sal que condimenta la vida en los lugares apartados. En el funeral, Joaquín la observaba a prudente distancia, con suma discreción. A la chusma no se le escapó el candor relampagueante de los ojos de Joaquín, hasta les pareció ver un gesto de satisfacción. Mientras, ella caminaba cabizbaja, condolida, aunque a nadie convenció que eran sentimientos propios. Al cruzarse pudieron advertir que las miradas entre ellos no eran de simple consuelo hacia el difunto.

No se vieron por unos meses, pero al encontrarse por azar en la Calle Mayor quedó patente que aquel largo abrazo en el sepelio había significado algo más que un simple saludo de sincera compasión. Las sospechas no las pudieron confirmar de inmediato. A escondidas, con lo difícil que resulta en un lugar tan pequeño pasar desapercibido, se vieron y se amaron. Paseaban del brazo disfrutando del encuentro por las regiones alejadas en donde sabían que no existían conocidos. Joaquín se evadía del almacén con la excusa de visitar el estado de comercios similares en un afán de competencia. Se escabullía desde la mañana hasta tarde la noche, mientras Sonia dejaba a Azucena con la aya que le enseñaba modales y protocolo quien entusiasmado se entretenía pidiéndole le contara las mejores formas de comportarse delante de jovencitos de su edad y le informara las últimas novedades en modas, maquillaje y aderezos. Joaquín y Sonia, al retornar, se separaban mucho antes de aproximarse al pueblo.

Francisca, por su parte, había engordado muchísimo. Raras veces se acercaba a las fiestas. Lenta para andar por el peso, no se despegaba del mostrador y no le importaba la vida externa de Joaquín; que cumpliera con su trabajo en el colmado le resultaba suficiente. En cuanto no entraba ningún cliente recorría la tienda hasta la sección de pasteles, tartas, dulces y postres y, con la excusa de llegar a conocer el ramo, se forraba a probarlos en los momentos de ausencia de clientes "hay que conocer el percal y para convencer hay que probar"; el más dulces, el más cremoso, el más empalagoso y así buscaba justificaciones para encontrar la forma de persuadir a la clientela en base a una verdadera degustación propia.

 Enfriada por los años en cuestiones amatorias, desganada por encontrar un Joaquín Bermúdez ajeno a los manejos del cariño, soso en cuanto a galantería y, en especial, el verlo poco hombre según su criterio, con un físico espigado, pero sin chicha muscular, la dejaba en un limbo sensual, totalmente fuera de juego en lo concerniente a vaivenes del amor y, menos aún, a sacudidas eróticas o metejones primaverales. Mientras, Joaquín vivía en una nube de armonía musical enmarcado en arreglos de partituras para que los músicos se apañaran a sus nuevas composiciones orquestales. Sus encuentros con Sonia le brindaban toda la euforia energética que no hallaba en Francisca.

La única tentación carnal que tuvo Francisca fuera del matrimonio fue con el "Macizo Cataplás" cuando se acercó a ofrecerle parte de sus pertenencias mercantiles. Aquello fue un arrebato de pasión desenfrenada, de un inesperado e increíble fervor escalofriante. Hermenegildo Madinagoitia hablaba tanto en su afán de dejarle su mercancía en exposición que no se percataba que los ojos de Francisca revoloteaban en otra dirección, con el brillo imparable que emana cuando surgen deseos de entrega. Nunca le había sucedido algo parecido. No se contuvo. Le hirvió la sangre y no pudo evitar que sus impulsos dirigieran sus actos. Ver su pectoral erguido, los brazos hinchados de músculos plagados de gruesas venas azules y el cuello triangulado sosteniendo unas espaldas fuertes con marcados hombros la encegueció y prendió la mecha de su locura. Ese día no permitió que Hermenegildo terminara su discurso mercantil; le bailaron los ojos, se le nubló la mente regodeándose en la figura tan viril. Lo miró de pies a cabeza deteniéndose inconscientemente en los lugares más sobresalientes, entrepierna incluida. No se pudo aguantar. Sofocada de pasión lo agarró de la solapa, se le prendió al cuello para besarlo, le estrujó la ropa, le palpó los bíceps, acarició su pecho, levantó su sanguíneo muslo para masajear la bragadura del Macizo Cataplás con la rodilla, quien azorado, con las mejillas sonrojadas y sudor en la frente, sentía el efecto que, seguramente, todas sus conquistas femeninas habían experimentado al haber sido actor dominante y comportarse de la misma manera. Ahora, seducido, incómodo, un rubor le subía por el cuerpo. Se dejaba desarropar y besuquear; una experiencia jamás concebida. Él, un rudo hombre de monte, acostumbrado a domeñar cualquier situación diferente, se veía sometido, apretujado contra los barriles de wiski, sentía esos dedos regordetes estrujándoles los bíceps con fuerza desconocida, pellizcándole los pechos, acariciando con apretujones la entrepierna, buscando alocadamente su hombría; palparla y masajearla sin tapujos. Quieto y sin pestañear comprendía lo que significaba ser violentado. Abrumado con ojos claudicantes se dejó llevar. No se opuso, hasta le gustó sentirse amasado por una mujer que rebasaba carnes por los cuatro costados. Ese calor fragoroso lo subyugó. Apremiado por algo tan inesperado, se acobardó. La rechoncha silueta de Francisca lo ahogaba refregando contra sus labios unos pechos enormes de puntiagudos pezones quien, de pie, con sus piernas abiertas lo manoseaba y buscaba terminar de consumirlo; extasió a Hermenegildo con su arrebatadora conducta de mujer apabullante. Cuando el Macizo Cataplás salió fuera de "Los Titanes" desaliñado, arreglándose los pantalones y peinando sus cabellos alborotados, reconoció en su fuero interno el vasallaje a que había sido sometido y, si bien estuvo complacido, sintió la vergüenza de haber perdido una parte de su hombría. Volvió sus pasos hacia la casa de Paulina con la firme intención de no volver a "Los Titanes", por lo menos hasta que se vendieran los enseres que le había dejado en consigna.

Francisca recompuso su figura, se peinó y ajustó la falda y, sentada en un rincón, no paraba de sorprenderse del acto clamoroso que la había poseído. No sintió vergüenza. Si bien no comprendía su impulsivo acto, le subía una satisfacción jamás experimentada; ni siquiera con Joaquín, cuando era un jovencito enamorado había sentido un placer de esa naturaleza, y fue entonces que comprendió la inaguantable necesidad de aquellos hombres cuando temblorosos se aproximaban a pagar su ración diaria de "La Espléndida"

Se juró que nunca más repetiría tal comportamiento, le inspiraba cierta vergüenza cuando recordaba la firmeza y decisión que tuvo, cómo lo había desvencijado hasta dejarlo acorralado y sin aliento. Pero días más tarde, repasando los placeres encontrados, miraba las prendas dejadas a la venta por Hermenegildo y no podía menos que decirse con una sonrisa picarona "Volverá"

Delia y Alcides pocas veces se engalanaban pues el trabajo agotador del mantenimiento de la vaquería y la cría de caballos, no les permitía concentrarse en otra cosa. Los pocos tiempos libres que encontraban eran absorbidos por León con demasiados requerimientos y necesidades a cumplir; terminaban agotados. Los hijos son una bendición, pero llevan dentro mechas de destrucción matrimonial por su egoísmo y requerimientos energéticos; en ocasiones, sin pretenderlo, llegan a convertir a las parejas en un polvorín a punto de explosionar si los pillan desprevenidos, sin la coraza necesaria. Hay que ser muy fuerte para aguantar el chaparrón.

Delia, tranquilizada de ver que León crecía cumpliendo con satisfacción las expectativas de adolescente imberbe y bien encarrilado, al ver a Alcides listo para ir a la fiesta primaveral y tan emperejilado le surgió una chispa de cariño. Verlo trajeado con una pequeña flor en el ojal, recién afeitado, perfumado y con relucientes zapatos, le despertó sentimientos olvidados.

La deslumbró; los mechones canosos que ondeaban sobre sus orejas a los costados de su cara, relucientes por la brillantina y la mirada de conquistador frente al espejo le campanillearon su cuerpo de mujer aún joven; lo encontró reluciente, vivaz como si lo estuviera descubriendo.

No me había fijado. Quizá por el trabajo tan rutinario. León, tan absorbente, no deja tiempo nada más que para atenderlo. De costado luce espléndido, hasta las canas que le cubren los costados como hebras de algodón surcando sobre un mar de negras olas le dan ese toque de hombre maduro. Sí. Lo sigo queriendo y de a ratos lo deseo. A pesar de los años, está muy bien, un macho en toda regla.

Lo siguió observando sin que él lo notara. La cara le iba cambiando, olvidando por completo su disposición de madre y trabajadora incansable. Le surgían pensamientos olvidados, atraídos por una luz que la obligaba a remirarlo.

Hoy no se escapa, los hombres no lo saben, creen que nos conquistan. Nosotras somos las que decidimos; hacemos como que ellos marquen el paso, pero no es verdad; es un simple teatro, pura estrategia para conseguir lo que queremos. Decidimos cuándo y cómo. Está espléndido. Me haré la distraída, dejaré que se insinúe, me haré la tonta, fingiré como lo he hecho tantas veces y al fin lo apretaré y…quien sabe. Tengo armas para convencerlo, y esbozó una sonrisa de complicidad.

Lo volvió a mirar una vez más, ahora fijamente.

Está de rechupete. No me importaría traer otro vástago. Es verdad que son 9 meses de aguante, de cargarlo, pero ya he olvidado lo que pasó. El sueña con una niña. Nunca he querido otro ser correteando y exigiendo atención. Pero no sé. Algo me llama a que se monte y me estruje entre sus brazos. Hace mucho que no tenemos una relación satisfactoria, de esas que antes eran…uff que cosa magnífica. No olvido lo bien que se comportaba. Entregarse a satisfacción, sentirse poseída, montado encimado con esa fuerza imparable.

Volvía la cabeza en dirección contraria para continuar:

Pero nueve meses, caray, se hacen muy largos. ¡El trabajo es agotador, quien sabe. A lo mejor, hoy… no sé. Veremos.

En el Parque Grande la música suena y la algarabía de la fiesta primaveral es contagiosa. León, lejos de la pista de baile, con su panda de amigos, sin necesidad de los padres, dejaba de ser un obstáculo.

Bailaron muy juntos y bebieron como si estuvieran festejando el primer aniversario. Sin quererlo sus ojos los retrotraían a aquellos días del comienzo. Acides la seguía admirando. El saber que su hijo estaba a buen resguardo, lo conminó a sentir muy cerca la pasión que creía perdida. Al notar que la cintura de Delia lo apretujaba le invadió un deseo perdido, herrumbrado en el zaguán del olvido. Se retorcían sin quererlo, se buscaban encontrando un ambiente evocador. Ambos ardían, les brotaban estrellas de ternura, tantas, que por la noche apalancados en un solo abrazo no se separaron hasta la madruga. Fue un renacer; la placidez vuelta a encontrar en abrazos, caricias y un revolcón, una pausa y otra vez.

Nueve meses después nacía Natalia y regocijados por la felicidad que da una niña, la pareja que tanto habían buscado, se volcaron en ella como si fuera el primer hijo. Constituyó un renacer de sus vidas, revivieron con algarabía una emoción inesperada que los rejuveneció, los llenó de fuerzas y nuevas esperanzas. La miraban y con ojos humedecidos encontraron nuevas formas de vivir. La edad madura les imbuía con la paciencia, entrega sin condiciones y afecto hacia aquel ser pequeño tan inocente, lleno de esperanzas. Natalia fue la pieza que faltaba para romper el desapego, la falta de unión, el cerrojo en que perviven las parejas luego de años de monótona rutina cuando, sin quererlo, van poco a poco deshilvanándose y caen en un tobogán de indiferencia. Descubrieron que aún vivían.

Breixo Barroso con el codo frente al mostrador espera que lo atiendan. De pronto se acerca un grupo de vascos que lo reconocieron. Eran los que habían apostado a ver quién bebía y comía más chorizos, si su amigo Asier o el maestro del pueblo en aquella fiesta memorable hace unos años. Breixo, al verlos, le cambió el semblante. Ahora era una parte respetable del pueblo, si bien cuando bebía aún perdía los estribos, hacía esfuerzos por controlarse. Isaura lo esperaba en una mesa. Ya no sentía los empujes que le hostigaban a continuar bebiendo una vez pasadas las dos o tres primeras copas. Le conminaron a una nueva apuesta. Se negó, pero insistieron y entre risas y burlas lo señalaban como si fuera un perdedor. Vivía con Isaura desde hacía muchos meses y no sentía necesidad de enzarzarse en litigios varoniles por demostrar una hombría sin sentido. Se retiró hacia su mesa junto a Isaura sin prestarles atención. Al cabo de un rato apareció Bruno Garrido. Los saludó y sin decir más se sentó a su lado. Llevaba una copia de su obra teatral. Luego de los saludos formales abrió el libro y comenzó a leer párrafos salteados, señalados previamente con marcadores. Breixo Barroso se sintió acorralado. Cerca oía los comentarios jocosos de los vascos hacia su persona y enfrente tenía a Bruno Garrido parafraseando personajes, cambiando la voz según tocara, aflautada si personaje femenino, gruesa si varón. Al mismo tiempo observaba la cara de Isaura que no parecía escuchar, lo miraba complacida en su romance particular, estaba al margen de cualquier tipo de intromisión. Se cruzaban miradas sin decirse nada; ambos pensando en lo inoportuno del amigo recién sentado. Bruno Garrido con entusiasmo, contaba extractos de capítulo a capítulo. En un momento determinado, al terminar el segundo acto, levantó la vista y al notar el silencio comprendió que no le habían prestado atención. No le importó, les expresó "Gracias por haberme invitado" se puso de pie y dirigió sus pasos en busca de audiencia más agradecida. Se hizo camino atravesando gente bailando, eludiendo mesas abarrotadas y niños corriendo; se cruzó con Augusta Varela que bailaba sola en la pista haciéndole señas a Cayetano; evitó saludarla y en cuanto vio en un aparte a Rosalía Casielles con Primitivo Hernández, les instó con un tímido saludo a compartir mesa. No esperó respuesta, con una sonrisa se sentó y luego de un saludo protocolario abrió su libro y comenzó a leer algunos tramos, pero Rosalía le tocó la mano para interrumpirlo, para que no siquiera, algo le llamaba poderosamente la atención; con la cabeza levantada, agudizó la vista y se sorprendió al ver a un personaje que se aproximaba a la mesa con una amplia sonrisa. El sujeto de aspecto amigable extendió su mano para saludarla y Rosalía sin salir de su asombro, pero tremendamente complacida lo invitó a tomar asiento, sin prestar atención a Bruno Garrido que hacía esfuerzos por querer entender de que iba la nueva situación. El hombre de barba, elegantemente vestido, con una cicatriz en la cara era Gavin, su hermano. Portaba una botella de cava en la mano y tres copas en la otra. Al sentarse expresó:

Hermana querida, deseo chalar con la única persona de mi familia que admiro y quiero, con tu permiso Primitivo y con el suyo, con todos mis respetos, Gavin Casielles.

Comenzaron a charlar. Con rapidez les comentó que luego de realizar largas estadías en otras regiones cercanas con la intención de echar raíces sin lograr sus objetivos había decidido darse una vuelta para recordar "su terruño", volver a ver a su hermana, y si fuera oportuno comprar una tierra y vivir tranquilamente.

Bruno Garrido, a todo esto, sin prestar atención al nuevo sujeto, recorría la plaza con su vista y buscaba amistades. Notaba que su presencia, sin molestar, resultaba inoportuna. En determinado momento ve a Cristina Cazorla, recién llegada, vestida con distinción, portando tacones altos que le resaltaban su silueta, el pelo largo que le brillaba y se movía con garbo, en busca de algún conocido con quien compartir un momento.

Vio en ella una oportunidad, alguien con conocimientos que de seguro entendería la sapiencia de su obra. Se puso de pie, la intercedió y la invitó a sentarse a "su mesa" La conversación familiar entre Rosalía y Gavin se interrumpió, Primitivo Hernández se puso de pie para recibir a la maestra y pronto se reanudó la tertulia. Gavin no dejó que Bruno Garrido abriera su libro, con educación le expresó:

Perdone creo que la presentación de su obra es merecedora de una reunión aparte con un público selecto. Este festejo primaveral da pie a que la alegría que se lleva reprimida en el cuerpo por la faena diaria, el agobiante trabajo labriego o las interminables tareas del campo den lugar a un brote chispeante de saludable armonía vecinal, jarana, cantos y danzas, hizo una pausa para respirar y observó de costado como Cristina Cazorla no le quitaba los ojos de encima. Impresionado por su gallardía, sabiendo que era una maestra, una persona instruida, continúo contando sus andanzas por tierras extranjeras y enlazaba una anécdota con otra aún más interesante.

Esta situación me recuerda cuando en el" Bergantín del Este" atracamos en Túnez para dejar una carga proveniente de Oriente. El barco estaba cargado hasta los topes de harinas, especies, té, chocolate y tabaco. Resulta que luego de dos semanas de labor incesante los estibadores dejaron de acercarse a trabajar, no sabíamos qué sucedía y teníamos aún la mitad del barco por descargar. Como les pagábamos a diario, según ellos, ya tenían suficiente dinero para pasar todo el resto del mes y se rehusaron a seguir, aseveraban:

Cuando se nos acabe lo que ganamos volveremos, dijeron ante nuestro asombro. Es que por esos lares se toman la vida tan descansada, tan de vivir al día que uno se pregunta que quizás tengan razón. El caso es que tuvimos que redoblar esfuerzos en pueblos cercanos en busca de otros estibadores para poder terminar con la descarga, y siguió contando historias de sus periplos en lugares remotos con costumbres extrañas.

Cristina Cazorla a medida que Gavin describía con detalles cada paso en un lugar diferente empatizó con muchas de las situaciones vividas por Gavin. Sentía como si estuvieran narrando algunas de sus propias vivencias, salvando la distancia entre ellos. Ella, en su travesía a lo largo de muchas escuelas, tampoco había podido enraizar. Lo escuchaba boquiabierta, lo miraba con simpatía desbordante, y cuando dejaba un espacio libre intercalaba sus prácticas en las escuelas regionales. Rosalía y Primitivo, en silencio, permanecían atentos a las charlas; comprendieron que parecía estar surgiendo una aproximación sentimental; se les veía complacidos, atentos y con ganas de seguir charlando. Mientras, Bruno Garrido se aburría, pero no cejaba de querer traer el tema de su obra teatral y tanto insistió que en un momento determinado Cristina Cazorla, más para quitarse de encima su porfía que para comprometerse le espetó:

Creo señor Garrido que lo mejor sería que me preste un ejemplar y lo lea con tranquilidad en casa y, le aseguro, que si es de mi agrado convenceré a Breixo Barroso a que estrenemos su obra en la escuela.

Quedó tan agradecido que se acercó al mostrador a buscar un par de botellas de cava para festejar con "sus amistades" la representación a final de curso, pues él ya daba por sentado que así sería. Antes que acabara la fiesta Gavin y Cristina Cazorla bailaron muy juntos y sonreían complacidos el uno con el otro. Cogidos de las manos se sentaron en la mesa. Rosalía notó el comienzo de un largo romance.

Los problemas que encontró Alcides en la crianza de caballos de pura raza, una vez recuperado del golpe de no recuperar su dinero y sentirse embaucado por los charlatanes de la feria caballar, pasaron con el tiempo; le sobrevino una calma subyugante al ver crecer a Natalia. Su niña lo llenaba. Le arrebataba el corazón cada vez que la sentaba en sus faldas y observaba la cara de asombro al relatarle con detalles las carreras que había ganado o cómo se las había ingeniado para conocer a Delia y enamorarla. Los cuentos a Natalia le parecían maravillosos, se los hacía repetir una y otra vez, sin percatarse que León muy cerca notaba cómo su presencia comenzaba a pasar desapercibida. Delia preparando la cena los miraba de reojo complacida. León había pasado a un segundo plano.

Hacía tiempo que ocupaban la residencia Dulces Sueños. Habían agrandado la casa con dos habitaciones nuevas, ampliado la sala y a instancias de Delia, habían decorado con gusto cada ambiente. Fuera, un jardín bien preparado lucía caminos de piedras pulidas que llevaban a un pequeño estanco; desde lejos se olía el aroma que dejan los cerezos en flor y se podía distinguir la casa alquilada a Alfonso Reguero

Sobre la pradera varios caballos galopan en turnos y se persiguen en busca de saciar sus impulsos. León desde cerca los observa. Sabe muy bien galopar, fue enseñado por su padre quien le insistió en recogerlos y acariciarlos cuando se notaban alterados, al margen de las advertencias de Delia sobre los peligros cuando están en celo. El ganado ella lo manejaba con soltura, sin embargo, los caballos le infundían cierto respeto.

El preferido de León es un alazán brioso al que pocas veces ha montado. Al acercarse a "Indómito" este parece ignorarlo. La yegua en celo, muy cerca, lo tiene perturbado. Se le aleja, aunque luego retrocede y le concede un acercamiento. León le acaricia el cuello. "Indómito" da muestras de agradecimiento. Empieza a bajar el sol. Una leve brisa remueve la crin del caballo que sigue mostrando su temple y nervio al ver como la yegua en celo se aproxima. Mueve la cabeza y León intenta calmarlo. No entiende que en algunos momentos la naturaleza es exigente y no deja lugar a otra cosa que mantener viva la especie. León, caprichoso, en un arranque para demostrar su valor trata de montarlo. La yegua eleva su cola. Obstinadamente lo excita. León encimado no se percata de la situación peligrosa que puede suceder. "Indómito" corcovea con fuerza y lanza a León contra la valla. Suena un golpe seco, queda inconsciente sobre la hierba. De la cabeza mana abundante sangre. En el atardecer, el cielo teñido de rojo entremezclado con líneas rosadas separadas por un azul pálido anuncia la tenue estampa que abraza el cuerpo al sentir el final del día.

Pasaron varias horas antes de verlo tendido. Al llevarlo entre brazos, Delia gritando, Natalia llorando, Alcides con las piernas temblando, sudando con amargura, lo tiende encima de la cama. Se acercan Don Fernando acompañado de Cayetano y Augusta Varela. El espectáculo, sombrío, entre gritos y llantos; nada pueden hacer. León yace tumbado boca arriba, pálido con los ojos cerrados, la boca ligeramente abierta descansa sobre la misma cama que Delia lo parió. La escena, distinta, rompe con los esquemas de la mejor pareja del pueblo, ahora abatida. La tragedia se cernió sobre unos seres que jamás habían pensado que algo similar les pudiera suceder. Alcides con los ojos ausentes, los brazos descansando sobre su regazo, las manos abiertas implorando perdón, con los dedos contraídos como queriendo cogerse de algo que lo sostenga, muestra en la curvatura de su espalda el dolor que lo atraviesa cual espada ingobernable. Su mundo por los suelos. Delia de pie, a espaldas de él, con una bata abierta mostrando la endeblez de su estado, aletargada y sumisa se niega a atender a Natalia que, afligida al ver a sus padres tan asolados, se aferra a las faldas de Augusta Varela quien desconsolada no tiene palabras para atenuar el dolor y coge a Natalia contra su seno. La aprieta con ternura, tratando de calmarla. Cayetano y Don Fernando hablan bajito, casi sin comprenderse, asociados en un luto irreparable. Fuera se sienten los llantos de amigos. El dolor atenaza los corazones de todo el pueblo. La muerte constantemente al acecho le gana a la vida y cuando se lleva un niño no hay reparo, no existe nada que llene ese hueco enorme, la inocencia tirada por los suelos; se lleva el calor de un hogar que queda sumido en una penumbra irreparable. Se apagó la luz que apenas encendida comenzaba a dar calor.

Pasaron días y semanas. No se recompusieron. Nadie podría hacerlo, es un dolor que acuchilla las entrañas con un acerado filo que desgarra por dentro. Apenas unas palabras dejan lugar al desaliento y la congoja. Natalia en solitario llena su vida a espaldas del dolor de sus padres, que, sin salir del pesar de la perdida, poco a poco tornan sus vidas en un sórdido disentimiento. Sin quererlo entre ellos surge un resquemor que les invade el cuerpo de malsanos pensamientos. No podría haber culpables, pero sin pensarlo aparecen pequeños indicios de violencia soterrada. El que Alcides lo empujara a domeñar caballos aparecía como una carga en las pocas palabras que se dirigían intentando evitar subir el tono de voz en presencia de Natalia. Se suceden sin interrupción los malos modos. La comida está fría o no tiene el sabor de antes, la casa parece haber perdido brillo, la limpieza y pulcritud han quedado a un lado, en su lugar se amontona el trabajo doméstico y los caballos no son atendidos como deben. Delia se aferra a sus vacas, las ordeña sin pensar nada más que la desgracia en que están sumidos. Las vacas cada tanto mugen; aquellas manos, esos dedos que anteriormente las acariciaban con suavidad, no son los mismos. Se sienten inquietas, molestas, notan un cambio. Mugen y se mueven sin que Delia se percate que están inquietas. Alcides en un arrebato de furia se acercó a "Indómito" y le descerrajó un disparo. Delia al enterarse le recriminó su postura y surgieron una serie de altercados que subiendo de tono hicieron que Natalia rompiera en llantos. Al levantarse temprano por la mañana no se hablan. En la comida cada uno recoge sus platos y los deja para que se acumulen, el desorden cunde. Delia apenas puede proseguir con su trabajo; se acerca a la cueva a ordenar sus quesos a desgana. Pasa largas horas pensando. No comprende el porqué de la vida; que en unos segundos pueda cambiar repentinamente, la desespera, no existe un Dios, no puede ser tan ciego a los destinos de los más pequeños, de los que se ganan el pan con mucho esfuerzo. Alcides ofuscado por no encontrar con quien desahogarse, viendo como su hogar se descompone, vende parte de sus caballos. Ya no le interesa criarlos, sus sueños cayeron truncados. No entienden que la que más sufre en silencio y abandono es Natalia. En su cuarto ha dejado de hablar. Se niega a estar con ellos, los mira con una mezcla de intriga, insatisfacción y abatimiento. Come menos, ni siquiera los postres que le trae Augusta Varela los fines de semana con la intención de establecer un contacto caluroso, ofrecer una mano tendida para rescatarlos del acoso y desespero que los embarga, surte efecto. Antes la recibía con un "abuelita", cariñoso, ansiosa de amor. Acotación que a Augusta Varela se le había hecho meritoria al desvivirse por algo que nunca había podido tener, un pequeño, unos brazos cálidos a quien abrazar. Cayetano tan fehaciente y cumplidor parece que sólo tenía el esperma desorientado porque por más buenas intenciones y arduo entusiasmo detrás para conseguir embarazarla sólo había logrado una sola vez en su larga vida matrimonial hacer que la regla se esfumara unos meses. Falsa alarma, asquerosidades de la vida que a algunos se lo da sin merecerlo y a una que lo busca con ahínco y méritos propios sólo recibe un adelanto ingrato y sin valor. Con lo divina y maravillosa que es esta niña y ellos…bueno la están pasando muy mal, pero deberían comprender que tienen una niña pequeña, desvalida. No es culpable; de nada en absoluto. La veo arrinconada sin querer hablar y se me parte el alma. Natalia, dice con enfado Alcides, quieres hacer el favor de decirme qué te pasa. No le grites a la niña no ves que no quiere hablarte. Por favor, escúchenme. Nos es cosa de tomarla con ella. Yo sólo quiero ofrecerle un poco de cariño. Claro; ¿es que nosotros no se lo damos? ¡Eso es lo que quieres decir! Si no fuera por esos malditos caballos no hubiera pasado esto. Qué dices, no quiero escucharte, ya me has dicho tantas cosas; no quiero oírte más. Augusta Varela por favor váyase, deje la tarta de chocolate. Ya se acercará… si es que se digna abrir la puerta. Y pensar que lo aguanto así, refunfuñando todo el día, porque no dices algo que la ayude. Siempre pensando en ti y en tus cosas. Jamás te has interesado por saber qué pienso o qué siento.

Augusta Varela callada se retira, cierra la puerta despacio, para no llamar la atención, y desde afuera oye cómo se gritan. Los buenos tiempos han pasado y quizás nunca más vuelvan. Cuando se abre un hueco malsano, cuando la puerta de la vida se desmorona, la discordia barre rápidamente con todo el amor cosechado durante años. Un golpe fuerte de desahogo sobre la mesa lleva a nuevos llantos y añade nuevas sombras de discrepancias; el error y los llantos apagados se mantienen.

Fuera de la casa Alfonso Reguera podía escuchar algunos gritos. No se hace preguntas. Lo suyo es encargarse de las colmenas, conseguir que no se infecten, retirar la miel, envasarla, colocar el rótulo con su marca y reservarla en el cobertizo preparado especialmente para mantener los frascos de miel, la jalea real y el própolis. Ya había comenzado a distribuir su reserva de productos en "Los Titanes" y en los pueblos vecinos. El negocio comenzaba a prosperar. Salía a realizar su trabajo de continuo; estaba enraizando.

En las horas muertas recapacitaba sobre su paso por el mundo. Leía mucho. Ya en Madrid se interesó por la filosofía. Los misterios de la vida se iban prendando de su pasar en los ratos libres. Las mujeres pasaron a un segundo plano, aunque algunas veces se le ocurrían rebusques mentales, ociosidades con poco sentido práctico sobre supuestos encuentros con féminas. Pero no prosperaba la idea de compartir vida con alguien extraño. Quizás porque podía llegar a ser diferente o molesto, con imposiciones en el hogar que no le gustaran, o quizás, porque una vez pasados los primeros ratos de dulzura a la caída del primer romance, se pudieran transformar en una compañía refunfuñadora, quejándose de la vida austera que a él le complacía tanto. Rebuscaba posibilidades materiales y no le interesaba ninguna en especial. Lo mundano le descomponía. Veía la sociedad con cierta repugnancia, sin valores, de un egoísmo brutal. No tenía televisión; una radio y basta. Su mundo es bastante pequeño, reducido a las abejas y a comerciarlas; único espacio que le deja algo de sociabilidad, la justa. Se cruzó con Alcides varias veces. Se saludaron con cortesía. Verlo cabizbajo, huraño, con barba de varios días, lo sorprendió. Con Delia fue diferente. Nunca tuvo una palabra; un frío saludo y punto. Al verla rondar alrededor de la casa sin rumbo notaba su mala estampa cargando sobre sus espaldas un dolor tremendo; las madres llevan siempre la peor parte.

La percibía desdichada. Supo de la muerte de León e imaginó la que estarían pasando. Como buena persona introvertida se acercó un rato a dar las condolencias, pero se retiró pensativo. La frugalidad de la vida no deja espacios a meditar. Las abejas, su forma ideal de convivencia, lo llenaban de respeto y admiración. Autores llamativos le despejaban dudas y lo orientaban. Buscó en la filosofía la respuesta a muchas de sus preguntas. Al principio se perdía en la maraña de contradicciones, pero de a poco consiguió entrometerse dentro de pensamientos rebuscados o difíciles de comprender al principio, pero que luego al analizarlos con calma le parecieron de estudio, de comprensión, de sinceridad aplicable a lo que estaba viviendo. Friedrich Nietzsche lo impactó con su idea de superación, de evolución, de transformarse en algo mejor; su rechazo a Dios y al cristianismo le parecieron dignos ejemplos a pesar de que el propio filósofo sentía a Jesús como un hombre valioso cuyas ideas fueron luego tergiversadas por seguidores materialistas. Enlazó el domino de la voluntad desarrollado por Nietzsche con la variación del mismo tema por Schopenhauer. La voluntad, según el filósofo, podía representar algo engañoso. Cada deseo, una vez satisfecho, genera el surgimiento de nuevos deseos, se trata de una serie interminable de engaños y desengaños de tal manera que a Alfonso, tal interpretación, en su soledad, inmiscuido en sus propios pensamientos llegaba a descorazonarlo con la vida en general, la fatuidad del todo lo agarrotaba. Kierkegaard melancólico y sentimental, con sus preguntas de ¿Quién soy?, ¿Para qué vivo? y sus respuestas con decisiones necesarias a tomar a cada instante, comprendiendo también que no hacer nada es también una opción, lo terminaron por dejar en el limbo irresoluto. El escepticismo hizo presa de él y ver cómo las circunstancias habían tirado por los suelos a Alcides y Delia lo conminó a que se retrotrajese aún más en determinadas consideraciones emocionales.

Un día Delia caminaba desorientada; la vio detenerse no muy lejos de su casa y sentarse a los pies de un Tilo. Arrodillada puso la cabeza entre las piernas; lloraba desconsoladamente. Alfonso hizo un intento por acercarse, pero se detuvo no más salir de su casa. Miró el cielo, no quiso seguir; bajó la cabeza y volvió sobre sus pasos. Quedó un rato pensativo. Sabía lo que estaba pasando. Nunca fue una persona que se conmoviera por la desgracia ajena, pero en la soledad de su vida se le abrieron espacios de reflexiones que jamás se había hecho.

Sé lo que es sentirse completamente aislado, aún me duelen los maderos de la banca donde dormía queriendo nunca más despertar, no sé qué le puedo decir, ni como lo va a tomar. Quizás hablarle con la sinceridad de una persona que ha vivido momentos apremiantes, buscados por uno mismo desde luego, pero he aprendido a sobrellevarlo. A pocos pasos de ella se detuvo. El sol del mediodía entre nubes daba un tinte plomizo; mezclado con rayos débiles de luz dejaban sobre el ambiente un marco de levedad. La primavera no da lugar a días calurosos, más bien a una temperatura intempestiva y cambiante. Ese día estaba calmo. De pie daba sombra a Delia que no se percató de su presencia. Tosió, con cierta timidez, para hacerse notar. Paró de llorar. Sintiéndose observada no quiso levantar la vista y contestó:

No sé quién eres, pero no llegas en momento oportuno. Por favor, déjeme sola. No quiero hablar con nadie, es algo personal.

Soy Alfonso Reguero, tu vecino. No tengo intención de hablar, no soy de palabra fácil, me cuesta más que a nadie mantener una conversación. Mi soledad no da lugar a expresarme como para mantener una charla amena. Pero una cosa sé. Cuando se está desolado y apesadumbrado no hay quien traiga un albor de cariño, no hay palabra que atenúe la tristeza, se desvanece la paz, la pena recorre el alma, la tribulación no ceja de oprimir. Lo sé muy bien.

Y prosiguió hablando pausadamente, en voz baja evitando querer molestar.

Me recogieron en la calle y ayudaron en "La soledad de los vientos" una orden religiosa que trata de encarrilar desahuciados y dejados de la mano de Dios. Aprendí a escuchar, pues la mayoría de los que allí morábamos éramos desclasados de la sociedad, abandonados por el resto del mundo. La mano amiga que me ofrecieron en aquellos días difíciles que viví no la puedo olvidar. Muchos de mis compañeros cayeron para siempre en las garras de sus propios vicios, otros se suicidaron y varios que escaparon presa de la angustia nunca más volvimos a tener noticias de ellos. Me refugio en las abejas, como bien sabes. Tienen un orden perfecto. No es para imitar pues es imposible que con tanta soberbia e incomprensión haya resquicio para escuchar a los necesitados, a los desamparados, a los que sufren, a los que no tienen más que el aire para respirar, que van descalzos de ilusiones, sin nadie que abra su corazón o les tienda una mano. Sé lo que te ha pasado y no hay consuelo. Nada en este mundo puede sanar el hueco tan grande que deja un hijo. Pero la vida es más larga de lo que uno cree y muchas veces recogerse dentro de uno mismo no ayuda, sino que desespera aún más.

Delia dejó de llorar. Lo escuchó con atención. No sabía de él más que de su trabajo como apicultor; de su pasado nadie tenía la más remota idea. Circulaban diversas versiones, algunas disparatadas, otras de mal gusto o sin sentido real. Lo veía desde la ventana del comedor. Una pequeña figura disfrazada de astronauta en busca de la miel, rodeado de abejas. Algunas veces lo distinguía alejarse en su jamelgo ataviado de bolsas, alforjas y bultos que cargaba a los lados de la grupa. Galopaba con la lentitud de los que no tienen prisa en llegar, de los que disfrutan el andar por los caminos. Ese aspecto le ofreció atención y respeto. En cierto modo le intrigaba alguien ensimismado en su trabajo. Le hubiera gustado conocerlo, saber quién era. Siempre le fascinaron las personas solitarias e introvertidas, el porqué de su forma de vivir. Muchas veces pensó en acercarse y entablar amistad. Al fin de cuentas un vecino al que le arriendan una casa es en cierto modo digno de tener en cuenta. Quizás esto último sea lo que hizo levantara la cabeza y prestara atención. Nunca lo había visto de cuerpo entero y tan cerca. Le pareció tierno, cercano, hasta dulce. Sus ropas parecían desgastadas pero limpias. Con el pelo revuelto, alborotado, de color marrón, alto, fornido, con ojos muy negros y grandes le pareció una persona interesante, diferente. Permanecieron unos segundos sin hablar. Las lágrimas de Delia aún corrían a los costados de las mejillas sonrosadas. Su pelo rubio, desordenado, con ligeras arrugas a los costados de los ojos, le daba un atractivo singular. De mediana edad, aún esbelta, recompuso su vestido y sin querer trató de cambiar el comportamiento; se mantuvo unos minutos mirando su casa, en silencio, como esperando que algo cambiara, que el devenir se restableciera, que volviera a aparecer lo vivido. Al ver a Alfonso, erguido, sin parpadear ni mirarla, concentrado, le impuso cierta tranquilidad. Con un pañuelo se limpió la cara y se despejó el semblante. El discurso de Alfonso, tan emotivo, le cambió ligeramente el malestar. Le surgió una calma inesperada; le gustó verlo sentarse a su costado y mirar la lontananza sin decir nada. Como él, ambos habían pasado por trances desagradables, de esos que dejan huella. El silencio es a veces demostrativo, ocupa un amplio espacio, es la necesidad buscada, alivia y limpia los rescoldos acumulados. Permanecieron así un rato largo. Un portazo interrumpió la serenidad que mantenían. Alcides abandonó la casa con premura, se montó en su caballo y partió al galope en dirección desconocida.

Pasaron varios días. Delia en la casa atendía como podía a Natalia. Sabía que su padre no estaba, hacía esfuerzos por comprender una situación anómala. Los niños son mucho más receptivos de lo que se piensa. Sin decir mucho, apenas lo esencial, se sentaba en la mesa y sin preguntar por su padre desayunaba y se recogía en su cuarto. Antes de cerrar la puerta echaba una mirada a su madre, quien desde el comedor la seguía con la vista sin decir nada. En lo apagado de sus ojos se llegaba a profundizar la amargura de sus sentimientos.

Delia, en su ensimismamiento, miraba las estrellas a través de la ventana. La luna daba un leve reflejo a la casa de Alfonso Reguero. La ventana, pequeña de barrotes de madera cruzados, vislumbraba un leve color transparente dejando entrever el candor hogareño de la estufa de leña; lenguas de fuego se movían con atrevimiento, alzando y recogiendo sombras de calor humano. Qué estará haciendo, tan solo... es que lee, piensa o sueña y, si lo hace en quién. Es un misterio, sin duda. Oh, Alcides. En donde te has metido, es que no comprendes cómo sufro, dónde estás; nos has abandonado. Qué sola me siento por Dios. No hay quien nos ayude. Pasan los días y no hay el más mínimo cambio en la vida y mis padres...tan lejos de mis sentimientos.

Se sienta y mira la luna, el tintinear de las estrellas y no comprende la miseria de una vida compleja, sin paliativos que ayuden a combatir los embates de situaciones ajenas a la voluntad de uno. La soledad y falta de comprensión la abaten. A través de la ventana, a lo lejos, en la casa alquilada observa una sombra que va y viene, se mueve con lentitud. Se agranda y achica con la intermitencia de los destellos de la lumbre de leña. Lo observa sentarse. Nota que coge un libro, se recoge en el sillón, saca su pipa y las volutas de humo se esparcen entre las paredes del cuarto y deforman el cuerpo de Alfonso. Apagó las luces del comedor para observarlo mejor y no ser descubierta. De pronto un portazo la sorprendió. Alcides entró abruptamente, tambaleante trastabilló y para no caerse en la oscuridad, maldiciendo, se agarró del respaldo de una silla y cayó al suelo. Maldijo a Dios y a todo el Universo. Delia sin hablar intenta levantarlo, lo lleva a la cama, le quita las botas y lo abriga.

Aunque tú no lo creas, te sigo queriendo, pero a veces me respondes como una perra. Conozco a otras…y son. Se durmió y comenzó a roncar.

Que es la muerte. Quien puede definir la vida sin la presencia agobiante, sin el resoplo constante sobre nuestra nuca de la muerte. Qué suerte tienen los animales, no se hacen preguntas, viven su rol sin saber que cada minuto puede ser el último, no son conscientes, comenta con la vista fija en la lontananza.

Cuánto más alejado del hombre, cuánto más primitivo un animal, más feliz lo siento. Hay que sobreponerse. No importa cuán dura sea la vida. Siempre hay un camino; por escabroso que sea en un momento determinado, sin esperarlo, aparece una ligera luz que nos lleva a otro sitio. Ellos no piensan, siguen su rumbo. No quiero adormecerla con una cháchara cansina. Hoy se le ve mejor. Se ha cambiado de ropa y armonizado su pelo; luce despejada. Quizás los aires primaverales le impongan una renovación interior; se lo merece; el trabajo, la vivencia rutinaria de la labor diaria, su entrega, la van ayudando.

Es cierto. Tiene razón. Sus palabras y gestos lo hacen más cercano. Natalia va mejorando. Ya habla un poco, pero mira diferente, con cierta sanidad, hasta me besó en la mejilla antes de retirarse. No sé lo que pensará. Alcides hace semanas que no aparece. No importa. Alfonso es una excelente compañía. Lleva dentro un corazón amplio reflejo de una vida azarosa, pero en calma. Lo admiro. Entiendo que es una aproximación que no esperaba, jamás pensé en otro hombre que no fuera Alcides. Lo noto fuerte, fuerte por dentro y… sí puedo decirlo, adorable. Quizás no sea la palabra que lo defina, pero no encuentro otra mejor. Vaya. Qué es lo que estoy pensando. Qué locura es esta. ¡No! Esta puerta no he de abrirla.

Está hermosa. Es una mujer joven y atractiva. Sola. Su hija, tan pequeña…creo que podría llegar a quererla. Por favor, alejaos de mí. Qué ojos tan bonitos. Hoy se ha maquillado. Eso es un símbolo. ¿Por qué lo ha hecho? Cuando golpeó la puerta de mi casa, al abrirla se quedó mirándome a los ojos con fijación y sin parpadear. Fueron unos segundos. Luego bajó la vista. Me inundó su humildad, su desconcierto, sus deseos de…. No dijo nada y nos marchamos hasta llegar a nuestro Tilo. Son unos pocos metros que caminamos sin decirnos palabra, comprendí que algo extraño, por ponerle un nombre que no comprometa, está germinando. Sin saber que venía a casa tuve un presentimiento. Un hormigueo desconocido que trepó hasta alcanzar mis pensamientos. Me puse mis mejores ropas y acicalé lo mejor que pude antes siquiera que golpeara la puerta. El espejo refleja un ser diferente. He cambiado, luzco mejor semblante, veo un hombre en perfecta armonía o es una idea absurda de una mente cambiante. Al verla de cuerpo entero en el dintel de mi casa me subió un rubor inexplicable.

Sentados observando el bosque, sin pensar, al cambiar de postura sin intención rocé su mano y, tentado, la dejé encima de la suya. No pareció molestarse. Un calor ascendió hasta inundarme el corazón. Ella, sin mover su figura, la apretó con debilidad y sus dedos entrelazaron los míos. Qué instante maravilloso. Luego posó su cabeza sobre mi hombro y la abracé con la fuerza de un amor débil, que necesita crecer, que ansía subir la cuesta de vidas entrecortadas, con suavidad y con el miedo de no querer interrumpir un momento tan delicado como el vuelo de una abeja en busca de miel para el sustento.

De pronto, el cabalgar de un caballo al galope interrumpe la situación. Una polvareda enmascara al jinete. Se detiene en la casa de Delia y Alcides entra con la delicadeza del intruso apesadumbrado.

Sentado bajo la sombra del Tilo, Alfonso Reguero miró fijamente a los ojos azules de Delia por primera vez. En los sucesivos encuentros esporádicos, quizás buscados por Delia en busca de un alivio a sus penurias matrimoniales, jamás se había atrevido a mirarla a la cara con la intensidad de esos deseos prohibidos.

No quiero ver la profundidad de su alma. Siento que la atenaza la misma sombra que ha oscurecido mi vida y no sé cómo ayudarla. Quisiera…

No sé qué me pasa. Estoy tranquila a su lado. La placidez de su estampa atrapa. Parece inmutable a los vaivenes de la vida, su experiencia lo mantiene a flote o dentro existe un tobogán de llantos oculto. Su tristeza envuelve como un manto de cariño. No es amor lo que siento. Me da gusto estar a su lado. Así, sin hablar o apenas diciendo unas pocas palabras, como dos almas rodeadas de una neblina que comienza a desvanecerse. ¿Queremos escaparnos de una situación no buscada o estamos perpetuando la angustia de sobrevivir sin esperanza? Parece saberlo todo. Se ha mimetizado con la forma de vivir de las abejas, con la dulzura de la miel, con el aleteo en busca de nuevas formas de mantenerse vivo.

A lo lejos, sus figuras, muy cerca uno del otro, dan una percepción de calma; una aureola de luminosidad los rodea. Dentro de su casa Alcides los ve debajo del tilo; permanece quieto, pensativo. Despide a Augusta Varela quien da un beso cariñoso a Natalia. Se marcha despacio y antes de perder de vista la casa se gira para decir adiós y ve a lo lejos, medio oculto por las sombras de las ramas, a dos figuras debajo del Tilo. Sabe quiénes son, hace un esfuerzo para que no la vean y sigue camino con la cabeza agachada, mirando el suelo. Entiende. No hay mucho más que hilvanar y sigue andando decaída con una herida clavada en su duro corazón. Calla al encontrarse con Cayetano y con disimulo quiere dar una imagen de normalidad, esconde su preocupación.

Alcides intenta jugar con Natalia quien lo observa sin comprender su falta de interés ni sus largas ausencias. La tristeza se refleja en cada pliegue de su cara, ya con rasgos de años que no perdonan. La piel seca, el pelo si bien sigue siendo abundante perdió brillo, luce áspero y desaliñado; profundos surcos marcan la frente y la frescura de su estampa quedó ajada por incipientes rastros de derrota y pliegues entre ceja y ceja. De caminar cansino, vaga dentro de la casa en penumbra, se niega a encender las luces; solo los débiles rayos del atardecer le señalan algo de vida en sus ojos en los cuales persiste la imagen de ambos cogidos de la mano debajo del Tilo.

Tienen que esperar, un posible cambio es impredecible; sufren la angustia de no saber por dónde discurren los acontecimientos, cómo encauzar sentimientos que hace tiempo han perdido la brújula que orienta el cariño, la ternura, la comprensión, la entrega sin límites.

Delia se despide de Alfonso muy cerca uno del otro, pero ninguno da el paso siguiente. La imagen de Alcides a través de la ventana no les permite profundizar lo que sienten, aunque es posible que ninguno sepa muy bien qué es lo que sigue en un guion con pocos renglones sobre un papel en blanco.

Dentro de la casa, Delia sin mirarlo lo saluda con frialdad. Intuye que al amanecer desaparecerá como lo ha hecho otras veces y prefiere evitar acercarse. Se sabe débil, sigue siendo el hombre que siempre amó y entiende que Alfonso no es más que una frágil hoja mecida por los vientos del despecho que abanica sus deseos de evadirse, de encontrar otro rumbo. Natalia entra intempestivamente y se agarra con fuerza de ambos, que sorprendidos no atinan qué hacer. Al querer cogerla sus manos se encuentran y con rapidez se retiran con miedo a lo que pueda venir. Natalia no les permite moverse, tira de ambos para soltarlos enseguida y volverse llorando a su cuarto. Quedan tan cerca uno del otro que la fuerte respiración envuelve la ligereza de sus pensamientos acunados dentro de un pasado que aún palpita. La fuerza de la entrega, la pasión desmedida que los unía, parece tener todavía fuerte hilos de sujeción, pero aún tensos, que los incita a aproximarse, a darse un abrazo. En el calor de sus cuerpos, salta una breve chispa, aún incapaz de encender un fuego tan apagado, pero de viejos rescoldos surge una débil llama que en poco tiempo trae fulgores del pasado; como para restañar viejas heridas. En silencio, recogidos en la debilidad del deseo, se entregan sin decir palabra. En cada beso encuentran lo que habían perdido. Sin ser apasionados en sus labios encuentran el perdón buscado. Una vez el fragor sexual es saciado, duermen de espaldas, evitan rozarse.

Por la mañana, no se hablan, de vez en cuando una ligera mirada que cambia de dirección enseguida. Aún no están preparados para dar un paso definitivo, pero sin duda el camino comienza a estar despejado.

Días después Alfonso, a la sombra del Tilo, solo, en el retiro de sus pensamientos, comprende que debe volver a su soledumbre, con la misma tranquilidad de otras veces se retira cabizbajo a la calma que da el estar rodeado de sus abejas, retorna con lentitud hasta el silencio de su sillón; enciende la pipa y observa cómo el humo va desapareciendo sin dejar rastro.

Llegó el fin de curso y decidieron representar la obra teatral de Bruno Garrido por insistencia de Cristina Cazorla. A Breixo Barroso no le pareció representativa una función con tintes grecorromanos "pasados de moda totalmente" y pensó, sin decirlo, "seguramente mortal de aburrimiento", pero la maestra la encontró con "pinceladas actuales", al mezclar hábilmente historias entre personajes altivos de otra época con una jerga fresca y actual en donde aparecían y se esfumaban choques y amores caracterizados por la ambivalencia de género y feminización masculina en algunos protagonistas, muy en boga en las principales ciudades modernas.

La gente tiene derecho a saber cómo discurre el mundo actual, aunque no estemos de acuerdo, interponía Cristina Cazorla pensando en el gusto que sentiría el verla un hombre de mundo como Gavin Casielles con el cual estaba manteniendo una incipiente relación prometedora. Breixo Barroso, sin querer polemizar, asintió a regañadientes creyendo que no habría empuje suficiente para detener las impetuosidades de Cristina que, como mucha gente prístina, no hay quien la mueva de su idea una vez aferrada en la mente. Descreído, no leyó el libro al completo; se saltó varios capítulos y en aquellos en que se detuvo leyó unas pocas páginas con la única intención de no quedar mal si alguien le preguntaba sobre el meollo principal.

Estuvo varios días cavilando como sacarle la idea de la cabeza. La seguía de cerca buscando el coraje, pero una y otra vez se contenía. No tenía argumentos válidos para rechazarla; que el autor tuviera pinta de andrajoso y hablara de continuo no eran valores de peso para rechazar una obra y como había leído sólo unos cuantos párrafos adolecía de la calidad verbal necesaria. Pero por otro lado entendía que una obra teatral escrita por un conciudadano sería muy valorada en el pueblo, más si es representada por sus hijos. Pero en cuanto le sobrevenía a la cabeza la estampa desaliñada de Bruno Garrido, su verborrea aburrida y un físico escuchimizado a punto de desquebrajarse hasta con un estornudo, le entraba un escozor interno y se le ponía el pelo de punta de la inquietud. Finalmente, al no encontrar argumentos válidos, desistió de su intento.

La realización escénica consistía en tres actos representada completamente por los niños de la escuela. Bruno Garrido, muy avispado, había contemplado la intervención de los más pequeños en varios papeles menores. De esta forma se aseguraba la participación de padres, familiares y amigos de cada participante con la intención de llenar el aula y, por supuesto, aplaudir a rabiar la actuación sin prestar mayor atención a la excelencia de la obra. Para evitar espacios muertos en cada entreacto, al bajar el telón, aparecían cantando y danzando con vestimentas típicas de la época; entre ellos Natalia. Había cambiado de humor gracias a los esfuerzos y el cariño profesado por Augusta Varela; se le notaba mejor dispuesta y más locuaz. Al enterarse que su hija iba a participar, Alcides y Delia cambiaron de actitud; llegaron a un acuerdo sin palabras. Delante de la niña se comportarían como si nada hubiese ocurrido; sin frialdad, con un esfuerzo considerable por olvidar palabras y actitudes que, de solo pensarlas, hubieran desatado inapagables incendios.

A las semanas de haberse logrado el acuerdo tácito la "normalidad" era la esencia. Las caricias y besos fingidos formaron parte de un guion bien estudiado. Verla entusiasmada con su disfraz y cantar angelicalmente les imbuyó de una gracia interior refrescante como para evitar resabios de intempestivas actitudes anteriores.

La felicidad de su hija les conminó a ser parte de una integridad familiar, aunque más no fuera simulada. A pesar de los esfuerzos, un río revuelto imposible de limpiar por completo seguía cursando dentro de ellos, pero la fuerza de Natalia resurgiendo a la vida los instó a dejar a un lado los trapos sucios. La tormenta había dejado huellas imperecederas, pero resurgía la tranquilidad que se siente al acercarse a un remanso; la serenidad de la madurez surgía de la penumbra.

Bruno Garrido sabiendo la falta de instrumentos musicales típicos del teatro griego como la cítara, la lira y los címbalos convenció a Joaquín Bermúdez que tocara significativas piezas innovadoras. Cumplió con su cometido. En esos días, totalmente entregado a lujuriosas tardes de placeres sin fin con Sonia, enfrascado sobre unos pechos acariciantes, tuvo un rapto de inspiración al escuchar el aullido estertoroso de sus orgasmos y posteriores gimoteos. Sobrecogido por la musa, luego de la faena copulatoria, se levantó raudo de la cama ante la sorpresa de Sonia y, sin decir palabra, cogió lápiz y papel y se puso a plasmar la novedad musical.

La partitura comienza con un solo de violín tocado por Sonia; muy bajo y tenue para insinuar en la platea las miradas fogosas entre los amantes una vez solos en la habitación. A continuación, los abrazos y arropes entre sus cuerpos son auspiciados por varios bemoles para marcar un silencio obligado; que la audiencia preste atención no más sentarse, interrumpido abruptamente por agudos sonidos de trompeta acompañados por estruendosos golpes de la batería; la fogosidad estalla dando lugar al desenfreno; tan tremendos y repetitivos que paralizan los nervios de las primeras filas; el resto, boquiabierto, presta suma atención a una improvisación no esperada. Una vez la platea está atenta y confusa, pues no esperaban algo tan moderno, les sigue la flauta llevada por Saturnino Belmonte quien dando repetidos trinos simula pájaros oficiando el amanecer como para indicar el embeleso y atontamiento después del orgasmo. Luego un silencio que impacta. No fue largo pero lo suficiente para crear en la sala especulaciones de todo tipo.

Se miraban sin comprender lo que era. Inmediatamente irrumpen los bajos de Facundo dando la sonoridad esperada de los grandes acontecimientos, como para volver a la normalidad de lo que se entiende por una orquesta de pueblo; es acompañado por la majestuosa interpretación de Braulio Montesquinos quien, a pesar de su avanzada edad, toca la pandereta y la zambomba con un entusiasmo contagiante. María Eugenia, quien había podido hacer un alto en su tarea de criar a tantos hijos suyos y ajenos, con el acordeón da lustre a las innovaciones del director, quien encima de la tarima se sobrecoge con cada nota salida dentro de las entrañas de su encendido amor y acompasa con tremendos trompetazos.

De inmediato entran los más pequeños. A sabiendas del estupor que causa su entrada la música desciende de volumen. La audiencia explotó en aplausos en cuanto oyeron sus cantos. Las voces de los padres se confunden con los codazos entre los amigos y los gritos de "bravo" por la parentela, embobada ante la mirada perdida de alguno de los más pequeños sobre el escenario que no atinan a saber qué pasa. Varios, asustados, se dan la vuelta con intención de salir corriendo y otros boquiabiertos, enceguecidos por los focos, quedan paralizados del susto. Pero es entonces que más fuerte gritan los papás, mientras las mamás dicen a voz en grito "ese, el del pelo crespo y cara vivaracha" otras afirman "lo que le ha costado aprenderlo" se secan las lágrimas mientras los papás se acercan hasta casi tocarlos para sacar una foto tras otra.

El tema principal es una comedia en donde se narra el choque entre clases sociales en plan burlesco. Basado principalmente en las andanzas de Bruno Garrido por tierras extrañas, aderezado con invenciones suyas extraídas de libros, comedias y ensayos de autores griegos y romanos.

El actor principal recayó en Mario. Estuvo ensayando en casa a viva voz ante la presencia de Amelia y Silverio Ortuño, que lo aplaudían e invitaban a continuar con demostraciones de aprobación e insistencia ante los lapsos de repliegue y olvido que de a ratos le sobrevenían. Aptitudes tenía, pero había frases tan altisonantes que no las podía recordar. En los ensayos en casa, viste tal cual será en la obra. Arropado con una túnica larga de vivos colores que le llega a los tobillos, con mangas muy holgadas y un cinturón ancho para dar sensación de equilibrio. Calza botas con tacones altos cosa que al principio le resulta escabroso y en su cara porta una máscara que simula una sonrisa sardónica de tal forma que no oye bien su discurso; todo le incomoda para moverse con soltura. Se sofoca cada tanto y se la saca con fastidio al tiempo que le brotan unas palabrotas de inmediato censuradas por Amelia. Lloriquea y lanza sus ropas, máscara y tacones a los costados a menudo, hasta que a base de insistencia y tenacidad termina por aprender su papel. Cumplió con su repertorio para satisfacción personal y alegría de sus padres.

Uno de los papeles femeninos más importantes le fue asignado a Romualdo el hijo de Sonia quien se ponía furioso si no lo llamaban por su verdadero nombre "Azucena". Pataleaba e imploraba hasta el cansancio.

Es que no entendéis quien verdaderamente soy. Hasta cuando tengo que decir que me llamo Azucena.

Tanto insistió que lo logró a pesar de las sonrisas burlonas de muchos compañeros a quienes respondía con sorna "Sois una panda de palurdos"; les demostró que lo hacía al dedillo; muy interesado en temas de la sociedad griega donde conocía la falta de prejuicios con respecto a los amores entre personas del mismo género se compenetró con la actuación y, como Bruno Garrido había incluido varios pasajes al respecto inspirado en su vida personal, las pruebas las realizó a la perfección. Mientras Sonia afinaba la flauta y se imbuía en las partes de mayor concentración, el ensayaba su parte en el cuarto de al lado. Se puso tan nervioso que casi explota al no poder concentrarse en su papel; los agudos de la flauta la ponían de los nervios. "Mamá" gritaba:

Por favor, no me dejas concentrar, es que no entiendes que mi parte es fundamental. Por qué no vas a otro lugar a tocar, me estás destrozando los oídos y el monólogo no me sale. Entiende que este es el momento culmine de la obra y que debe haber un completo silencio en la sala. Mi actuación tiene que ser magistral.

Maquillado a la perfección con una peluca de pelo negro larga se sentía sublime. Luego de muchas idas y venidas y repeticiones enfrente del espejo sin nadie a su alrededor a excepción de su haya preferida, logró su cometido. No se equivocó en ningún párrafo. La voz le salía afinada y entonada como si fuera la misma Medea recién abandonada por Jasón. Silverio, desde ultratumba, se removía al escucharlo, sin aún creer que su hijo tuviera inclinaciones tan "aberrantes"

Sonia, al sentir esos desgarros, tuvo que interrumpir su ensayo y, al verlo sufrido y acongojado, le recriminó que el papel que llevaba no era en absoluto compatible con el que estaba representando, sino que debía de ser el de una cortesana, Hetera, famosa prostituta de gran nivel cultural e intelectual dedicada a entretener a la corte con cantos, bailes y exhibiciones de su atractivo físico. Al enterarse de esto último quedó conmovió por completo, le pareció una oportunidad única para encarnar una actuación que, si bien podría ofender a sus abuelos, le cosquillaba el personaje tan contrastante, de un libidinoso desenfrenado. Se embebió del papel. Le pareció divertido y excitante, su voz ahora le salía aguda, pero con arrebatos de lujuria y ademanes insinuantes ante las dudas de Sonia que al verlo tan ensimismado terminó diciéndole "mejor te corrijan en el ensayo"

La obra tuvo un éxito memorable. No faltó nadie del pueblo. Bruno Garrido cuando escuchó los aplausos y vítores; quedó conmovido. Le subieron los colores, demostró una timidez ausente en toda su vida. Cristina Cazorla tuvo que empujarlo para recibir las felicitaciones. Salió al escenario, compungido, le temblaban las piernas, miraba sin ver, esbozaba una sonrisa de complacencia fingida pues no creía lo que estaba viviendo. Breixo Barroso se acercó a darle un abrazo y comentó:

Jamás pensé que fuera de tan alta categoría. Discúlpame, es excelente, has hecho una obra genial. Te felicito.

Lo tenía entre sus brazos y notó que sus piernas no daban más de sí. Estaba en los huesos pues de los nervios, previo a la actuación, estuvo varios días durmiendo poco y mal y, a falta de apetito, se alimentaba con café acompañado con unas pocas galletas. Encima del plató las luces le cegaban. Se puso una mano sobre la frente para poder ver. Temblaba y el color de la cara le cambió. Le sobrevino una palidez desconcertante; quería hablar, pero no le salían más que palabras aisladas e incoherentes. Breixo Barroso, alarmado, lo tuvo que sostener con disimulo para evitar cayera de bruces. El público de pie observaba el acontecimiento y continuaba aplaudiendo; pensaba que la falta de coordinación, que su templequeo era de pura humildad. Augusta Varela, luego de celebrar el éxito, le comenta a Cayetano:

Es de no creer, cogones, a continuación agregó

Quien iba a suponer que este melindre tendría tanto talento como para escribir esto, y al ver que lo sostenían como podían entre Cristina Cazorla y Breixo Barroso, se acercaron a ver qué pasaba. La audiencia de pie no se marchaba, el verdadero protagonista, parecía abatido. Rodeado de amigos y admiradores, Bruno Garrido se repuso, pero con mucha dificultad; con respiración entrecortada, sudor en la frente y la vista perdida, parecía estar en otro mundo. Rodeado de amigos y curiosos, intentaban dejarle un espacio para que pudiera respirar sin dificultad, pero a cada rato empeoraba. Mermado, abrió los ojos y permaneció mirando un rato largo a Augusta Varela. Quiso hablar, pero no le salió palabra alguna. Intentó ponerse de pie, pero no pudo. Recordaba su obra y sentía aún los aplausos de reconocimiento. Sobrecogido, le vino repentinamente a la memoria su pasado. Como un relámpago se le pasó el noviazgo con Augusta Varela. Imágenes con toda su perfección se sucedían en un tren de múltiples colores: juntos mirando el plácido correr del río; ella con sus ojos entornados al escuchar sus poemas; las rimas de sus relamidos versos y declamaciones sin fin se entremezclaban con el perfume de la piel de Augusta Varela. De a ratos, se veía encima del caballo observando su gallardía mientras se abanicaba; recordaba súbitamente caricias y abrazos en cada paseo entremezcladas con el murmullo de la vegetación mecida por la brisa de la primavera; su delirio entregado totalmente hacia Augusta Varela le cosquillaba la voluntad. Con una sonrisa en los labios recuperó la memoria al completo. Se vio con todos los detalles tal como era antiguamente; con un físico deslumbrante, ágil, risueño, deportista; lleno de orgullo. Su juventud prendida con fuerza, como una película en tres dimensiones le sostenía con un hálito de existencia y, como aquellos que en el dintel de la muerte ven recorrida su vida, sintió una gran complacencia y paz interior. Los sentimientos hacia Augusta Varela afloraron tal como fueron; el corazón latía lentamente devolviéndolo al pasado. Ahora, extenuado, descansando sobre los duros tablones del plató, la miraba a ella fijamente; no podía creer en el vejestorio en que se había transformado. Don Fernando permanecía a su lado por si podía ser de utilidad. Al verlo tan apagado lanzó su veredicto:

Tiene el aspecto de una afección cerebral. Se mueve y habla con lentitud; la falta de riego sanguíneo le ha trastornado una parte de la memoria. Tiene chispazos de vida, si no se le trata con urgencia se nos quedará. Bruno Garrido seguía observando a Augusta Varela y con la mente pudo expresarse con claridad:

Eres un ángel maravilloso. No importa cuán vieja y arrugada estés, te seguiré queriendo hasta el último soplo de mi vida.

Le cogió las manos a Augusta Varela quien completamente abatida por la declaración y como si aún dentro de su corazón siguiera existiendo una pizca de su amor le contestó:

Mi querido Bruno Garrido, siempre un caballero.

Murió en sus brazos.

Augusta Varela, abatida, se abrazó de Cayetano Fuentes y se fueron alejando cabizbajos de la escuela. La noticia se esparció con velocidad por toda la región; el héroe del pueblo, el autor de tantas disquisiciones, alegrías y discusiones había muerto en su ley, sobre el escenario, dejando su obra para que le recordaran. Una estatua en su nombre fue erigida para conmemorar toda una vida dedicada al arte; la entrega por completo de un erudito que pocos comprendieron.

Augusta Varela y Cayetano Fuentes en silencio marcharon a recogerse a su casa a sabiendas que mucho cambiaría el pueblo sin la presencia de alguien tan preparado y culto. Sobrellevaron el resto de su existencia unidos hasta la muerte.

~FIN~

Acerca del autor

Carlos Manuel Magariños Ascone nace en Montevideo, Uruguay, el 25 de diciembre de 1942. Entre 1965-70 cursa estudios en la Facultad de Odontología de la Universidad de la República. Al tiempo es también subdirector del periódico local "El Diario Español". A finales de 1970 viaja a España. Se traslada a Ámsterdam, Holanda, y luego decide reanudar su formación profesional en Londres donde se recibe como Neurofisiólogo por el Bedford College. Concluye su formación como Doctor en Neurociencia (Ph.D.) por la Universidad de Londres, Inglaterra en 1979. Se traslada a España y a partir de 1980 hasta el 2010 desarrolla su actividad profesional en el Hospital Ramón y Cajal de Madrid en el Departamento de Investigación y en el Servicio de Neurocirugía. Estudia violonchelo en la Escuela de Música de Rivas, Madrid, y toca en la orquesta Athanor durante los años 1996-2009.

En paralelo con su vida profesional en la cual realiza múltiples publicaciones científicas, juega un papel esencial en la cirugía del Parkinson. Participa en trabajos editoriales literarios y aporta poemas en la revista digital "Resonancias" y en el libro "El cuento, por favor, 39 relatos sin vuelta" de ediciones Fuentetajo, España y en las antologías poéticas "Mundo Poético" -2003- y "Letras de oro 2007" de Editorial Nuevos Ser, Argentina, con varios poemas. En el libro "Las Conchas en el Arespin", Colombia, sus aportes poéticos ponen letra a obras pictóricas.

OTRAS PUBLICACIONES DEL AUTOR

En diciembre de 2017publica el libro:

"**OCHO RELATOS**" en Amazon.

8 referencias de 5 estrellas

Número 1 en ventas en febrero-marzo 2018 en Amazon

en el apartado "Crítica literaria de Humor"

Enlace: http://www.amazon.es/dp/1973522497

En abril 2019 publica

" **SEQUÍA AMORES Y OTROS DEMONIOS**" en Amazon.

21 referencias

 Enlace:

http://www.amazon.es/dp//B07R4GLWBM   **ASIN** : B07R4GLWBM

En noviembre del 2021 publica un libro de poesías:

Poesía y algo sobre la vida, el amor y la muerte

En Amazon:

- ASIN : B09MCDB1B5
- *4 referencias de 5 estrellas*

Web:

El blog de un escritor

https://carlos-magarinos-ascone.webnode.es

Carlos Magariños Ascone reside en Alicante, España

Correo electrónico:

asconemag@gmail.com

carlosmagarinosascone99@hotmail.com

Printed in Great Britain
by Amazon

20940699R00201